留点回忆给自己

杨贵才 著

郑州大学出版社

图书在版编目(CIP)数据

留点回忆给自己/杨贵才著. —郑州:郑州大学出版社,2023.3
ISBN 978-7-5645-9319-3

Ⅰ.①留… Ⅱ.①杨… Ⅲ.①散文集-中国-当代 Ⅳ.①I267

中国版本图书馆 CIP 数据核字(2022)第 251031 号

留点回忆给自己
LIU DIAN HUIYI GEI ZIJI

策划编辑	李勇军	封面设计	吴　月
责任编辑	孙精精	版式设计	吴　月
责任校对	暴晓楠	责任监制	李瑞卿

出版发行	郑州大学出版社	地　　址	郑州市大学路40号(450052)
出 版 人	孙保营	网　　址	http://www.zzup.cn
经　　销	全国新华书店	发行电话	0371-66966070
印　　刷	河南瑞之光印刷股份有限公司		
开　　本	710 mm × 1 010 mm　1/16		
印　　张	23.5	字　　数	365 千字
版　　次	2023 年 3 月第 1 版	印　　次	2023 年 3 月第 1 次印刷
书　　号	ISBN 978-7-5645-9319-3	定　　价	68.00 元

本书如有印装质量问题,请与本社联系调换。

目 录

自序 / 1

第一辑　岁月应有痕

一诺五十年
　　——一个回乡知青和一个下乡知青的故事 / 003
露水朋友
　　——认识胡子李 / 029
一群记者的大寨梦
　　——沙窝李的一九七七 / 053
幸福的时光
　　——在花卉诗词的海洋里徜徉 / 071
靠山居笔记
　　——写在清华·忆江南 / 101

第二辑　回望是故乡

桐河岸边是我家 / 121
爱笑的奶奶 / 130
委屈并不求全
　　——写给父亲 / 135

母亲的剪影

——写在母亲辞世三十五周年 / 148

饥饿的感觉

——悼念我的外公和外婆 / 171

英雄有泪

——记命运多舛的四叔 / 176

学习"偷盗"

——忆五叔 / 182

郭家四伯 / 187

姑姑的智慧 / 193

黑妞 / 199

第三辑　似水流年

洋洋的口腔期 / 207

考驾照 / 212

大姐 / 214

谁说女子不如男

——写给二姐 / 220

师者如光 / 234

庐山雾中行

——带着老伴儿自驾游 / 243

第四辑　记者生涯

豫西行

——记者生涯之一 / 255

雁北行
——记者生涯之二 / 263
信阳行
——记者生涯之三 / 271
纬一路一号
——留在河南日报社的记忆 / 280

第五辑　书有余香

寺河山情结
——《红色接力棒》后记 / 301
追求生命的质量
——《过河卒子》后记 / 305
读书人的心是相通的
——《小小说之我见》序 / 307
生活不曾亏待我
——《寸心摇摇》后记 / 311
说实话是需要勇气的
——写在《野西瓜》出版之际 / 313
写作一如登泰山
——写在《无悔年华》出版之际 / 316
人过留名
——序《郭逢廷美术作品集》 / 318

第六辑　编辑札记

中国原生文明的艺术再现
——长篇历史小说《大秦帝国》编辑札记 / 325

弘扬历史精神　抒写英雄画卷
——读长篇历史小说《大秦帝国》第二部 / 330

金戈铁马　瑰丽雄奇
——读长篇历史小说《大秦帝国》第三部《金戈铁马》/ 334

创世纪的河流
——《平民世纪》编辑札记 / 337

诗品　文品　人品
——《苏金伞诗文集》编辑札记 / 340

第七辑　编外余墨

以短养长　以长带短 / 345

地方文艺社的生长点在哪里
——南阳作家群丛书策划的启示 / 347

人物采写三题 / 349

加强编辑专业教育　提高编辑生产力
——读《编辑学原理论》引发的思考 / 353

关于自传的闲话
——写给我自己 / 361

后记 / 363

自 序

一点记忆。

一些隐私。

一串故事。

一段传奇。

把断断续续的回忆串联起来,就形成了一条活蹦乱跳的生活小溪,就形成了一曲叮咚作响的生命乐章,就形成了一棵枝丫交错的故事之树,就形成了带有时代印痕的人生轨迹。于是便有了这本书,我把这本书取名为《留点回忆给自己》。

此前我写的文章大都是写别人。

这本书我要写的是自己。

写家人,写亲戚,写朋友,写同事,这些人都是与我有关联的,因此写这些人等于写自己。大凡写人必须说事,只有说事才能写出人来。写事就会有好事和坏事,有顺心的事和别扭的事,有高兴的事和倒霉的事,当然也会有非常时期的非常之事。

第一辑收录的是五个小中篇,应该算是纪实文学,说是小报告文学也可以,某些篇章带有一点传奇色彩。其中涉及的人和事,时间跨度较长,从我学生时代一直写到退休生活,突出写的友情、同志情和邻里情。从这些文章可以读出时代的印痕,比如"大串连"、知青上山下乡、工分、粮票、早请示晚汇报、学大寨、同吃同住同劳动、工作队、计划经济、商品房、土地租赁、物业管理、城镇化、物质文明、精神文明等,从这些语言符号里可以感受到环境的变迁,时代的心音,生命的律动,人情的冷暖,人性的善恶,以及不同时期社会的生存状态、政治生态和挂在人们脸上的精神状态。这样一个长达五十多年的时间链条,基本上可以看出我的青年、壮年乃至退休以后各个时期的生存环境以及精神面貌。

第二辑收录的是十篇散文、随笔之类的作品,偏重于写家人和亲情,也写乡风民俗和乡愁。这部分作品表现的大多是我童年和少年时代的生活,其中有些记忆是美好的、幸福的,基调是"生在新社会、长在红旗下"的大环境和大背景。不过也有些刻骨铭心的痛苦记忆,其中最难忘的记忆是"三年困难时期"。这种记忆影响了我的一生,使我对粮食和土地充满了敬畏和尊重,由此让我养成了一生节衣缩食、勤俭持家和勤俭办一切事情的习惯和作风。另外对我精神刺激最大的是"大跃进",放"卫星",搞浮夸,对说实话、办实事的人进行残酷斗争、无情打击,成了那个时期的特殊标志和政治符号,由此使我对"做老实人、说老实话、办老实事"的做人原则和立身之道,表示深深的怀疑和嗟叹。好在以后我在大半生的记者生涯中,通过新闻采访和写作的实践,逐渐医治好了"大跃进"那个年代给我留下的精神创伤,而很快回归到"新闻的真实性高于一切"的"人间正道"。

人生最顶峰的阶段应该在青年和壮年,幸运的是这个时段我有三分之二的时间做新闻工作,有三分之一的时间做出版工作。在河南日报社工作期间,先当记者,后做编辑,再后职称和职务一步一步晋升,一切顺风顺水,一切如鱼得水,工作、事业、家庭乃至工作业绩和个人成就,方方面面都达到了同龄人羡慕的境界。与此同时,我在完成岗位工作过程中还兼顾了个人文学创作,出版了小说、散文、诗歌、报告文学等多部个人著作。本书第五辑"书有余香"所列的序言和后记,其实是对我个人创作的收纳和归拢,目的在于提醒自己和后人不要忘记。第六辑收录的是"编辑札记",单篇文章都在省级以上报刊上发表过。时间为证,文字为据,目的在于求证真伪,还原历史的本来面目。同时期望吃水不忘掘井人的世风良俗,依然成为代代相传的美德,加以发扬光大。至于第七辑的"编外余墨",收录的文章不在展示个人文采,意在印证履行岗位职责的执着,仅此而已。

以上这番话算是对这本书的导读。

其实我最在意的还是那些忘不掉的故事。

有人说,最好的人生,不是拥有多少高光时刻,也不是万贯家财,而是尽一切可能,让自己开心,让别人放心,让家人安心,将日复一日的平凡日子过得有声有色才对。

但愿我的故事能让人想起点什么。

不是人生经验就是人生教训。

是为序。

2022 年 5 月 26 日于郑州

第一辑　岁月应有痕

一诺五十年
——一个回乡知青和一个下乡知青的故事

引子

一个是城市下乡知识青年。

一个是农村回乡知识青年。

两个人于1968年相识,一见倾心,互称兄弟,彼此以"你帮我照顾爹娘,我帮你照管父母"为诺言,由此引发两个家庭,继而引发两个家族,直至扩展到两家三代人友好交往,诚信守义,一诺五十年不改初心。这个发生在河南郑州的真实故事,在中国知识青年群体特别是老三届群体中似乎并不多见,甚至带有一些传奇色彩。

当年那个下乡知青,名叫冀建山。如今他已经去世二十四年,很不幸,他无法开口讲故事了。而那个回乡知青便是我,如今已经年逾古稀,再不讲这个故事,便永远不会有人知道,世间除了梁山伯与祝英台的爱情故事,还有我们这两个当年穷得捡烟屁股抽的痴心汉,守着一份诺言终身不悔的故事。

故事的开头就从抽烟说起……

一

初次见面,他不习惯握手,只是不由自主地揉搓着双手,很腼腆地微笑。他说他姓冀,北田共那个冀,全称冀建山,同学们都叫他老冀。他是山东泰安人,郑州铁路一中的下乡知青,如今来这里插队劳动,接受贫下中农的再教育。作完自我介绍,他从屁股后面的裤兜里摸出一盒香烟,自己先噙到嘴里一支,然后递给我一支,点上火就不再说话,只顾大口大口地抽烟。

"听说你会刻钢板?"

他点头,同时抽了一口烟。

"用蜡纸刻字,油墨印刷?"

他依然点头,又抽了一口烟。

"一次能印一百多张,是这样吗?"

他再次点头,又接上一支烟。

"那你明天就不出工了。"我说,顺手将快要燃尽的烟头掐灭,"到大队部刻钢板,印简报,然后发送到各个生产队。"

"那……我们的队长同意吗?"他犹豫了一下,吐了一口烟圈儿,"不给我记工分咋办?"

"放心吧,大队会通知你们队长的。"我笑着把我那八分钱一盒的赖烟递给他一支,"不按天工,按月记工分,满勤!咋样?"

他听罢,突然伸出双手攥住我的右手,将我的右手握得生疼生疼。我知道他是感激,只是没有把话说出口。刚从大城市下来的小青年,嫩胳膊嫩腿的,每天锄地翻土,十有八九肩膀肿疼,手上磨泡都是正常的。这下让他坐到办公室里写字刻蜡纸,当然要比扛锄头下地干活儿舒服多了。

"你不用感谢我。"我抽了口烟,对他说,"这事是县里的驻队干部、公社的驻队干部和大队干部一起商量好的,只是让我帮助物色一个人选,能够刻字印报就可以了。"

"是吗?"他有点怀疑自己的能力,深深地吸了一口烟,认认真真地咽进肚里,"我,能行吗?"

"当然。"

我说这话时很自信。在作出这个选择之前,我曾对多名下乡知青做过考察,优中选优就选中了冀建山。他有三大优点,别人不及。一是人老实,不爱说话;二是字写得好,不但能写隶书和楷书,还能写艺术字;三是会拉二胡,累了闷了就拉二胡消遣,揉音、颤音、指滑音都玩得纯熟溜转。当然也有缺点,那就是烟瘾大,吸烟能像喝酒一样把自己吸醉。吸烟吸醉的样子有点儿像打摆子得了疟疾，浑身软绵无力连眼睛都睁不开，人像瘫了一样坐不稳站不牢。不过传说他醉烟的样子我没有见过，只知道他家里每月给他寄两条烟，作为定量供应，抽完了就不能再买，个别时候他急了就会捡烟头吸。

男人有癖好才算有个性。

他的个性就是执着和认真。

无论做任何事情，他都很专注，不做到最好不肯罢手。这就是我喜欢他的真正原因。第一次遇见他，看他清澈的眼神，看他腼腆的笑容，看他说话的沉稳，看他走路时扎实的步态，我就知道找对人了，找到可以信任的朋友了。这种朋友，是那种可以把心掏出来给你看的知己。他给人的感觉，是那种不用设防的纯真，是那种不仅可以共甘苦而且可以共患难的坦诚。

"以后咱俩就是伙计了。"临分手的时候，我又递给他一支烟，一边点烟一边交代工作。当时我作为回乡知青，被工作组安排做宣传工作，协助做好下乡知青的管理工作。那年我们大队是全县农业学大寨的先进典型，又是知识青年管理的模范单位，县里派出工作组，公社抽调专职干部，专门到我们大队蹲点，帮助总结经验。工作组要我选个助手，于是我便找到了冀建山："领导安排，要求我们尽快办个通讯快报，我负责编写文章，你负责刻字印报，希望合作愉快！"

那年他不满十八岁，初中的老三届。

而我刚刚二十岁，高中的老三届。

因为我比他年长，所以他便叫我"杨哥"，这称呼后来传给他的弟弟和妹妹，而且一叫几十年不改口。

二

村子的东头，有一棵偌大的老榆树。榆树的旁边，是一片偌大的打麦场。场院的旁边，站着一排蓝砖红瓦的大排房。这房子原本是生产队的仓库，后来改造成大队部的办公房。中间最宽敞最通透的房子是会议室，两边的房子一间一间隔开，有的做办公房，有的做客房，最东头那间是广播室，门前紧邻那棵老榆树，正好可以悬挂那个哇哇叫的大喇叭。我们办快报的地方，就设在广播室的一角,两张三斗桌加一台油印机,就是办快报的全部家当。

这里的早晨是被《东方红》的歌声唤醒的。

接着人们便在《大海航行靠舵手》的乐曲声中开始一天的工作。

今天的年轻人也许不知道什么叫"天天读",更不明白什么叫"早请示晚汇报",但生活在20世纪六七十年代的人们,无论是城市乡村,无论是男女老少,都知道那是每天生活的必修课。读毛主席的书,听毛主席的话,照毛主席的指示办事,是那个年代全体中国人的行为准则和生活方式。知识青年尤其如此,甚至他们的举止言行、说话习惯、衣着打扮都有自己的特殊符号。比如他们的对话,必须先引用一句毛主席语录,之后才能说自己要说的话。比如他们大都喜欢穿仿制的绿军装,外扎仿制的军用腰带,甚至还要戴上仿制的五角星军帽。

冀建山有点儿特立独行。

他喜欢穿劳动布工装。

这与他的家庭出身有关。他的父亲是铁路工人,他的家就在铁路职工的家属院,地名就叫劳动路。在这里,他看惯了劳动布制作的衣服和帽子,所以他就喜欢一身工人打扮的模样。甚至他下乡插队的时候,母亲为他准备的换洗衣服,除了劳动布还是劳动布,那大半是他父亲穿过的旧工装,或是为他省下的新工装。他觉得下乡劳动穿一身劳动布工装很光荣。

果然,他穿一身劳动布工装来上班了。

我在广播室门口迎接了他,还有一个粪筐。

原来,下乡知青有个规定,出门开会或办事,必须带把铁锹背个粪筐,沿途遇到牛粪、羊粪、马粪、驴粪、猪粪、人粪,不管多脏多臭,都要拾到筐里背回住地,然后集中沤制农家肥,每次还要过秤计量,最终还要奖勤罚懒。建山从住地走到大队部,直线距离不足三里地,可他从河湾走就有五里地,多绕路就是为了多拾粪,所以头一天到大队部上班他就迟到了。

其实他来办报是不需要背粪筐的,但他坚持原来的习惯,足见为人实诚。

接下来那双刚才还在拾粪的粗糙的手,开始拿起了细小的刻笔,又轻轻地展开了薄如蝉翼的蜡纸,随后就听到垫在蜡纸下面的钢板发出刺啦刺啦的刻字的声音,那声音听起来就像玉米拔节的声音,时断时续,似有似无,细腻的音节既悦耳又动听。让人想不到的是,他不但能刻字,而且会设计版面,讲究上下层次、左右对称,有的稿子还加了花边方框,有的标题还加了实线虚线,特别重要的稿子还加了题花或尾花,其中不少地方都是即兴创作,看起来既大方又美观。

刻笔在他的手下龙飞凤舞。

第一张报纸的第一个版面诞生了。

这张取名为"新闻简报"的油印小报,是县里的驻村工作队、公社的驻村工作队与我们大队部联合主办的工作简报(此前叫"快报"),主要任务是传播新闻,宣传政策,指导学习和工作,鼓励劳模和表彰先进,表扬好人好事。说白了,就是驻村工作队和大队部发号施令、上传下达的一个宣传工具。小报的产生,是与我们大杨庄大队的名气和影响力相关的。当时的大杨庄大队,不但是桐河公社树立的全方位先进典型,更是唐河县树立的学大寨先进典型、学毛著先进典型,以及知识青年管理先进典型,"县革委"主要领导也就是后来的县委书记,亲自到这里蹲点驻队,与社员同吃、同住、同劳动,每月有三分之一的时间都住在大队部办公。因此,全公社各个大队、全县各个公社、邻县许多团体和企业,都会组织各种各样的参观团、学习班、辅导队,纷纷到这里实地考察,观摩学习,有时候我们一天能接待几个访问团,高潮时期每天少则接待几十人,多则上百人甚至几百人。这样你来我往,驻队干部和大队干部就忙得吃不消,有作不完的报告和讲不完的话。同样的故事讲上三遍五遍还算新鲜,可是讲过十遍二十遍之后,那就再也没有耐心讲下去了。于是有人就想出了一个好办法,印个小报,每人发一份,让参观者自己读去,读了就是学习经验,自己教育自己。当然,这只是油印小报的一个作用,更主要的作用是指导本村本队的工作,有了文字材料就避免了大量的口舌之累,不必事必躬亲样样都讲了。

由此可见这张油印小报的必要性。

它成了领导联系群众的重要渠道。

所以办好油印小报,就成了我和建山的政治任务。提高小报质量,无非从两个方面入手,一个是内容,一个是形式。初期试刊,形式非常重要,它就像人的一张脸,长得好看就惹人喜欢。在这方面,建山充分发挥了他的特长。他在学校办过板报,印过传单,除了文字可以变换不同字体,不同版式之外,最能打扮版面的是各种花线和插图。线条可以粗细搭配，画框可以黑白搭配，标题可以横竖搭配，当然板报还可以变换色彩，赤橙黄绿青蓝紫，粉笔有不同的颜色，就可以组合成多种多样的版面效果来。可是油印机就没有这个功能，在钢板上刻写蜡纸也会受到许多局限。不过熟能生巧，建山还是把许多办板报的经验用在刻印蜡纸上，而且在刻印技术上还有所发明，有所创新。比如套刻和套印，让以往油印机只能一遍印刷变为两遍印刷，就能使过去的单色变为双色，如果再细心一点刻制，偶尔还可以套印三次，变为三色版面。不过套色油印特别耗时费力，油墨的调制，油辊的轻重，过墨的速度和力度，都要掌握得恰到好处，才能印出好看的版面来。

建山刻字的时候像姑娘绣花，过墨印制的动作又像老太太织布。

新办的第一张小报出来的时候，他的脸上汗如雨下。他不敢笑，因为他怕油墨弄到脸上。我不敢看，因为他印出来的是一张双色小报，其中的报头和插图是套红的。他让我们的油印机一下子改写了历史，因为这台油印机过去只能印蓝，而它在冀建山的手下也可以印红了！

我俩互相祝贺。

祝贺的方式是互相点烟！

三

油印小报不定期出版，一般两天出一期，忙时一天出两期即上午版和下午版，闲时好几天才出一期。稿源大多数情况下都很充足，各村各队都有业余通讯员写稿，其中知青点的稿子最多。但也有发生稿荒的时候，那就需要我们自己采访和写稿。因为我那时不光办小报，还要协助县委通讯组、地委通讯组以及省、市下来采访的记者写底稿，有些应急的新闻稿件，常常由公社和县里领导出题、点题，由我独立采访和写稿，特急稿子用电报发稿。这就弄得我们两个人特别忙。建山除了刻印小报，有时候还需要帮助采访和写稿。送报就更麻烦，若遇到开会，可以把小报分发到各村各队的负责人手里，那样我们就省力一些，否则就需要走到各村各队送报，步行走几个村子，就会累得上气不接下气。办报的地点,也要随着大队部办公的地点不断变化,先在大杨庄,后搬到申老家,再后又搬到小杨庄,这样建山上班和下班的路程就不断变化,有时候一天来回能走十几里路。但他不怕走路,反而觉得走路多就能多拾粪,是个值得高兴的事。特别累的时候,他会躲到我们家里(有时在家刻印小报)休息一下,休息的方式就是玩乐器,或者他拉二胡我吹笛子,或者我拉二胡他吹口琴,都能搞个小合奏。乐器的来路,大多都是从各个知青点借的,有京胡、板胡、吉他、小提琴,甚至还有黑管,这些乐器都是知青们自备的玩物,只要会玩,差不多各种乐器都能借得来。有些知青的名字,我至今还能记得一清二楚。比如二队的王更生,会弹吉他;九队的张根海,会拉手风琴;十二队的小奇,会拉二胡;十四队的小安,不但会跳舞,而且会弹古筝。有时候我们会和他们一起玩,多数情况下是建山和我在家里玩。建山最拿手的是拉二胡,我最喜欢的是吹笛子,玩得高兴的时候我们能合奏很多歌曲,甚至还可以合奏南阳大调曲子的许多唱段。

忙里偷闲是当年知青的特殊活法。

苦中作乐是战胜寂寞的一种武器。

听到我们吹笛子拉二胡,我母亲就会不自觉地落泪,说不出是高兴还是伤心,闹不明白她是听懂了音乐还是觉得热闹,总之她会忍不住流泪。母亲说,她第一眼看见建山,就觉得他腼腆得像个大姑娘,说话慢慢地,走路慢慢地,就连吃饭喝粥也是不慌不忙的,文气。同时她又心疼他,说他小小年纪,就从几百里外的大城市来到乡下,又得自己洗衣,又得自己做饭,还得下地干活儿,多么不容易!哪个当娘的不心疼自己的孩子,可他的爹娘看得见吗?所以她就暗地里跟我说,她喜欢建山,心里早已把他当成自己的孩子,要我平时善待他,当弟弟一样护着他。基于这种心理,有时候遇到天阴下雨,母亲就有意留下建山在我家吃饭,而且尽可能做点儿好吃的饭菜,给他改善改善生活。母亲做饭是高手,但由于当时家里太穷,缺米少面,缺油少盐,巧妇难为无米之炊,也就做不出像样的饭菜,这让母亲觉得很是没有面子。她当时能拿出手的最好吃食有两种,都是特意为建山预备的,关键时刻才会派上用场。

一种是蒜汁捞面条,里面拌有鸡蛋饼切丝。

另一种是芝麻油煎饼,里面夹菜就是煎饼菜合。

建山每次吃到这样的饭，就知道这是母亲的手艺，他说这是母亲的味道，除了饭香，还有一种实心实意的暖心窝子的感觉。他说他在老家山东也吃煎饼，但那种用鏊子烙熟的面饼是不放油的，冷热皆可食，卷进大葱就是美味。但与这里的香油煎饼相比，就少了油光发亮的那种养眼的感觉，更少了那种热乎乎的暖心窝子的油香。捞面最有特色的是拌进菜里的鸡蛋丝，先用鸡蛋液摊成薄饼，再切成与面条等宽等长的鸡蛋丝，拌上蒜泥和薄荷姜汁，那种荤素搭配、干湿兼有、主食副食同源的口感，总能让人体会到里面的亲切和善意。

可惜这种饭食我们家是吃不起的。

只有家中来了贵客才有这种特殊招待。

说几个简单的数字，就知道当年普通百姓家的伙食情况。先说油，一个社员平均每年分到的香油也就是芝麻油，只有二两，一家五口以上也就只有一斤，全年够用吗？条件好一点儿的生产队，还可以分到棉油也就是棉花籽榨的油，一般一年一个人可分到四两，一家人一年也就是两斤。所以平时的社员家庭吃饭是不炒菜的，因为缺油。再说粮食，招待客人一般要用白面也就是小麦面，不然就显得寒酸。而当时普通社员家庭，一年每个人从生产队分到的小麦不过几十斤，一般家庭一年能分到二百斤以上的小麦就是不错的了。其余的吃食，大部分是粗粮，粗粮中的百分之七十都是红薯，所谓"红薯干，红薯馍，离了红薯不能活"，就是那个年代农家日子的真实写照。至于每年生产队分红的钱，一般年份每个工分只能分到两分钱，一个壮劳力每天挣十个工分也就是两毛钱，全年分到五十元现金就算高收入了。基于这种情况，普通人家最怕家里来客，来客招待一顿饭，等于消耗了全家人半个月的食油和细粮，经常来客那就招待不起了。我家的情况就更是糟糕，因为人口多劳动力少，所以从生产队分配的粮油就比别人少，分红的现金就更少，时不时家里就没盐吃，因为没钱买盐。其实普通人家吃盐，大多是拿鸡蛋换的，没有养鸡或者养鸡少的人家，吃盐就更是困难。因为那年月生产队是限制社员家里养鸡的，养鸡多了就被称为资本主义思想严重，再多了就会被"割资本主义尾巴"，不是主人被批斗就是鸡被没收。我家的鸡蛋都是"攒"的，平时舍不得吃，攒到一定数量才会拿到供销社换盐，当然也包括招待来客，以备不时之需。

建山知道这些情况吗？

母亲坚决不让我告诉他。

记得有一天下大雨，建山正在我家分装报纸，就无法出门了。偏巧那天家里既没盐吃又缺鸡蛋，母亲就为准备午饭发了愁。从我家到建山住的知青点有五里地，他若回去吃午饭，需要一来一往走十里地，不说淋雨，单说脚下深一脚浅一脚的泥巴路，走个来回也是够艰辛的。建山披上蓑衣要走，母亲就坚决拦住了他。结果，那天中午依然吃的芝麻油煎饼，而且还另炒了一盘鸡蛋。事后我才知道，为了准备这顿午饭，母亲派出了两路人马到邻居家借食材，小妹妹借来的是鸡蛋和香油，小弟弟借来的是白面和食盐。但他们借来的食材自己都不吃，午饭他们吃的依然是习惯吃的玉米糁煮红薯。

许多年后，建山提起了那顿午饭，噙着眼泪对我说："这事，只有母亲能够做到！"在他心里，早已把我的母亲当作自己的母亲了。

四

"晚上不用走了。"他说，递给我一支山东大鸡牌香烟，先给我点上，然后自己也点上，长长地吐出一口烟圈儿，"咱俩睡一个床，通腿，你头朝北，我头朝南，可以说说话。"

晚上他擀了面条，吃鸡蛋捞面，还特意准备了四个小菜和一瓶烧酒。

这是在他住的知青点，即大杨庄大队第二生产队的一所民居里。院子不大，北屋四间瓦房住人，西屋两间草房做厨房，东屋是敞开的柴棚。院的旁边有一棵高高的杨槐树，树的下面有一盘石磨和一个废弃的碾盘。这里住有四位知青，一个女生，三个男生，都是郑州的下乡知青。女生住在瓦房的西头，算单间的瓦屋；另外三间瓦房本来是连通的，为了方便就把它隔成三个单间，建山住的是最东头的那一间。屋子里一桌一床，没有椅子，书桌下面有一个干树墩，既可当凳子又可当茶几，也算简单方便。那天晚上另外三个人都不在，只剩下建山一个人在屋，所以我住在那里也算方便，就答应陪他过夜。

"咱们喝点儿酒吧！"他提议，"饭后酒，是朋友。"

我点头,知道山东人的习惯是先吃饭后喝酒。

他把四碟小菜摆在院角的碾盘上,正好碾盘的两边有两个立着的石磙,可以当板凳坐人。我俩一人坐一个石磙,每人面前放一个小黑瓦碗,当酒杯用,还各放一包香烟,他的那包烟是山东产的大鸡牌,我的那包烟是南阳产的白河桥牌,抽的时候可以换着品味,比较哪个烟有劲。他准备的酒是当地有名的赊店烧酒,高粱做的,度数高,开始喝觉得酒劲不大,喝着喝着就觉得嗓子眼发烧,后劲越来越大。

"听说你要走了?"他端起酒碗,朝我举了举。

我点头,也举起酒碗,朝他轻轻碰了一下。

月光下,我发现建山咽酒有一种痛苦的感觉,这与他平时喝酒的表现是不一样的。他酒量不大,但喜欢喝酒,喝半杯酒就会脸红,喝三杯酒就会兴奋,每次端酒杯都是笑眯眯的。他说这是山东人的习惯,不喝就是不喝,喝了就要认真喝,品出味道,包括酒的味道和人情的味道,才算真的会喝酒。因此他举起酒杯时总是笑的,那叫见酒亲。

"祝贺!"他再次举起酒碗,先喝了一口。

我知道他这是先喝为敬,所以也喝了一口。

接下来便是抽烟,他抽我的白河桥,我抽他的大鸡烟,各自吞云吐雾,喷着烟圈儿,似乎一时找不到说话的由头。我俩一起办油印小报,已经快有一年的时间,彼此亲如兄弟,无话不说。我们办的小报,已经出版九十多期,马上就到一百期了。我俩商量,到百期的时候,要好好庆贺一番,喝酒要喝个酩酊大醉,抽烟要抽个三天不息。过去我们也有小小的低调的庆祝活动,比如我们写的小报文章被县里的广播站播出了,被地区的报纸转发了,或是被省里的电台录用了,被省里的报纸发表了,都会当作喜事和好事,悄悄庆贺一番。那种庆贺,因为没钱,顶多是买包烟买瓶酒,自我鼓励一下而已。偶尔也有较大的喜事发生,比如我被派出去参加县里学习班,到地区参加培训班,到省里参加实习班,这些活动有的是上级宣传部门组织的,有的是上级新闻单位组织的,每次外出都有名堂,说明我们的工作有成绩,被上级重视了,事后都要庆贺一番。记得那年仅我自己采写的新闻稿子,就有十多件被省、地、县新闻单位采用或转发,还受到了表扬和奖励。可这次接到的通知不一样,说是让我到郑州,直接到省报编辑部上班,一下子由"本报通讯员"变为"本报记者"了。

这个消息让我始料不及。

猛一听不敢相信它是真的。

显然建山在大队部听到了这个消息,包括驻队干部找我谈话,公社领导找我谈话,县里领导找我谈话,这些消息他都知道了。还有一种说法,说是这次省报录用记者,是从全省通讯员中层层选拔,先是办了一百多人的学习班,从中选出三十多人参加培训班,再从中选出三分之一的人参加实习班,实习过程包括采访和写作,最后考察合格者被录用。建山初听这消息很兴奋,但高兴之余又有点不忍。他不忍我们就此分开,不忍我丢下小报不管,更有一种说不出的不忍是,我离开我的爹娘到他的爹娘身边了,他离开他的爹娘却留在我的爹娘身边了,这事有点颠倒颠。

"啥时候动身?"

"三天之内报到。"

"家里有事交代吗?"

"我走了,你要经常去家里看看。"

"放心。"他点头,递给我一支香烟,自己又接了一根香烟,接着说,"你到郑州,一定要先去我家一趟。"

"会的。"我抽了口烟,问他,"要带话吗?"

"看看老娘吧。"他说,"老娘给你准备些日常用品,脸盆、茶杯、暖水瓶之类,这些你都不用带了。"

"知道了。"我说,"'慈母手中线,游子身上衣。'这诗是谁写的?"

"孟郊吧,唐代大诗人写的。"他说,"下一句应该是:'临行密密缝,意恐迟迟归。'"

"对头。"我笑了,"最后一句是:'谁言寸草心,报得三春晖。'"

"咱俩喝个满碗酒吧。"说着话,他站起身,郑重其事地拿起酒瓶,认认真真地将两个酒碗加满了酒,突然变得严肃起来,好像有什么特别重要的意思要表达,但一时又找不到合适的措辞,就举着酒碗等我回话。

"这话还是让我先说吧。"我抬头看了看天上的月亮,端起酒碗举了又举,然后一字一顿地说,"月亮做证,今天我俩承诺:你在这里,帮我照顾爹娘;我在郑州,帮你照顾父母!一诺千金,终生不变!"

"一诺千金,终生不变!"他重复说,"我在这里,帮你照顾爹娘;你在郑州,帮我照顾父母!喝酒为誓,月亮做证!"

说罢,他将满碗的酒一饮而尽,然后把酒碗摔在石碾上,砸个粉碎。

我知道这是梁山好汉的盟誓动作,意味着说话如钉,落地砸坑,没有悔改的余地。所以我也把满碗酒喝起,照着同一个地方把碗摔碎。

这在那个"破四旧、立四新"的年代,我们两个月下盟誓的动作,绝对是非常之举。但我们就是那么做了,实实在在做了,可谓神不知,鬼不觉,只有天上的月亮在偷偷地发笑。

那天晚上我睡得很沉。

建山说了半夜的梦话。

五

我到郑州上班的第一个星期天,买了两兜东西。一兜西红柿,两分钱一斤,十斤花了两毛钱;一兜带鱼,七毛钱一斤,五斤三块五毛钱。买这两种东西,一是我没见过,稀罕;二是我没钱,买这东西便宜,买得起。拿这东西做礼物,实在有点儿丢人,但以我当时的经济条件,只能这么做。因为我刚上班,第一个月的工资还没发,身上留的钱不够当月的伙食费。

我骑着单位的一辆破自行车上路了。

目的地是建山家住的劳动路。

出发之前,我曾接到一个电话。那电话是单位传达室的老师傅跑到职工宿舍叫我接的,据说当时机关的公共生活区只有那一台公用电话,传达室值班的老师傅叫人接电话,一来一往需要五分钟,打来电话的那一方也就需要等待五分钟。有时候接电话的人来了,而那一头打电话的人却没有声音了,因为电话断线了。好在那天我接电话的时候,电话线还通,但是传过来的却是一个小孩子的声音,这让我怀疑是对方把电话打错了。而对方坚持说没有错,他要找的是他的"杨哥",那个"杨哥"正是我。纠正几次之后,我忽然明白打电话的是建山的弟弟,小名叫小民,那年他还不到八岁。

不到八岁的小民却是个郑州通。

郑州的大街小巷没有他不知道的地方。

他对我说,从我住的地方到他家有三条路可走,一条路过大石桥,一条路过火车站,另一条最近,但要沿着金水河边的小路拐几个弯,弄不好就迷路了。最后我选择走大路,路虽然远一点儿但不会走错。小民答应到大门外接我,他说他看到过我的照片,保准不会接错人。

小民给我的印象是绝顶聪明。

他说话的速度比他哥哥快三倍。

在劳动路大院碰面的时候,他是又蹦又跳来到我面前的,当时他的身高还没有自行车的车把高。但是他却会推自行车,而且能骑自行车。他骑车的动作是斜面行进的,左脚踏着车蹬,右脚插进车架的另一侧,靠右脚一上一下轧动脚蹬的力量,让自行车飞快地跑起来,而且躲闪自如,不会摔倒。看他骑自行车的动作,表现出来的是一脸的自信,一身的老练,似乎天下的事在他面前都能应对,一切都不在话下。在院子里玩了一阵自行车之后,他把我带到平房院第三排第二户门前停下,于是我便看到一位笑容可掬的老大娘,正站在门口迎接我。不用介绍,我一眼便看出这是建山的母亲,她的模样与我梦中见过的样子是一模一样的:个子不高,体态微胖,慈眉善目,满脸笑意,既有山东大妈宽厚慈祥的气质,又有城市大妈乐善好施的胸怀。我在心里说,好了,见到了,这是建山的母亲,也就是我的第二个亲娘了。

"冀大娘!"我叫了一声,准备按山东人的习惯,下跪行礼,却被拦住了。这时候我就觉得有一双厚实的暖乎乎的手抓住了我的双臂,把我拉进屋,又让到茶几前的沙发上坐下,接着便有热气腾腾的茶香扑到我面前。为了迎接我,冀大娘是做了精心准备的,茶几上不但摆了苹果、橘子等水果,还摆了花生、瓜子等干果,同时还摆了麻花、蛋糕等点心,当然还备了绿茶和红茶,任我挑选享用。交谈中,冀大娘说她比我母亲年岁大,所以按山东的风俗,我应该叫她"大娘",

相应的我就应该称呼建山的父亲为"大爷",再加上郑州的风俗都会在称呼的前面加上姓,所以我就叫建山的父亲为"冀大爷",其他兄弟姐妹按年龄分长幼,这样家族再大也不会乱了辈分。冀大爷是铁路工人,长年在湖南的大山里修铁路,每月按时寄信寄工资,很少有时间回家。因此家中的大小事务都由冀大娘照管,比如每月给建山寄多少衣物和零花钱,都由冀大娘操办。

那天中午我们吃的是纯肉馅饺子。

进门吃饺子意味着平安吉祥,阖家幸福。

吃饺子的时候我才知道小萍是做饭的高手,她可以把饺子包出许多花样,也可以把面条做出许多花样,就连蒸馒头也能蒸出长的、方的和圆的,而且能蒸出菜包、豆包和糖包,让你一种面吃出多种多样的口味来。小萍是建山的妹妹、小民的姐姐,因此她见面就叫我"杨哥"。第一次见我时她还在上小学,头上扎两个羊角辫,两只眼睛亮闪闪的透出一股机灵的气息。吃饺子的时候她摆出了四个小碟子,一个放酱油,一个放醋,一个放芝麻酱,一个放蒜泥,她拿饺子一个一个地蘸一遍,意在给我逐个做示范,教我如何吃饺子蘸酱。她那样做,完全把我当自家人对待,她认为我就是她的哥哥。

"杨哥,你随便。"她一边给我递饺子,一边说,"多吃点儿,每种馅的饺子都尝尝,看看我的手艺咋样。"

原来,她包的肉馅饺子,有的里面掺大葱,有的里面掺香菜,还有放木耳的、放粉条的,这些花样不同的饺子,对我这个乡下刚进城的土老帽儿来说,还真算长了见识。

这顿饭,让我看到了真正的城乡差别。

说实话,这是我一生中吃的第一顿纯肉馅饺子。

小萍最给我面子的一件事,是她不停地夸赞,说我拿的西红柿好吃,不但能炒熟了吃,还可以洗净了生吃。这让我感到很家常。

午饭后,小民说要带我逛郑州。

其实是我骑自行车带着他,他坐在前梁上指路。

也许老郑州的模样,就是小民坐在自行车上画出的范围。西起碧沙岗公园,东到紫荆山公园,北到建筑文化宫,南到郑州卷烟厂,再往外围大多是稻田和荷花塘，城的中心位置就是二七纪念塔，最繁华的街道就是德化街。我们骑着自行车转了半天时间，就把郑州的老城区转遍了，其中最有意义的一件事，是在省博物馆的门前广场上拍了两张照片。一张照片是站在毛主席的雕像前面，后面的背景是省博物馆的大门；另一张照片是博物馆路边高高的法桐树组成的林荫大道，远处背景是一片水汪汪的稻田，那稻田的位置便是后来盖的紫荆山百货大楼。

照片里小民笑得很甜。

他的身高只到我胳肢窝的地方。

六

"小杨，接电话！"传达室的李师傅，把双手合成喇叭朝楼上喊我，"西郊的，你家里的电话！"

这是我刚到郑州上班那几年，经常听到的喊话。当时我住在河南日报社的机关大院，下楼就可以到办公室上班，上楼就可以回宿舍睡觉，单身职工一般过的都是两点一线的生活。机关大院的布局很美，迎着大门是一座长长的青砖红瓦的三层办公大楼，楼的东西两头各有一座与主楼风格相似的两层陪楼，东楼住的是编辑部的单身职工，西楼住的是印刷厂的单身职工。后院是印刷车间和库房，排字车间的一边是公共食堂，另一边是锅炉房和篮球场，布局既简单又合理，车间与办公大楼之间还有遮风挡雨的廊房，好看又实用。机关大院不但环境优美，而且出奇的安静。因为院里的职工大多上夜班，为了不影响别人休息，上白班的职工也是走路轻轻地，说话轻轻地，就连洗衣打水也是尽量不让发出大的声响，表现出一种高度的机关文明和道德自觉。只有一种情况会打破这种宁静，那就是大门口传达室的电话，因为公用电话仅此一部，东西楼距离都比较远，值班的老师傅腿脚又不那么利索，所以他就只好打破规矩，大声喊叫接电话人的名字，这样才能来得及接听那些也许"十万火急"的电话。

接电话多了，人们以为我的家在西郊。

传达室的李师傅常常以为打电话的是我母亲。

为了表示歉意和谢意,我都点头承认那是我母亲,或者承认打电话的是我弟弟,要么就是我妹妹,总之让他感到那是我的家里人,这电话不接不行,让叫我接电话的人觉得叫得值得。遇到传达室值班的杨阿姨叫电话,每次我都会以杨家后代的名义,向前辈表示千恩万谢。

其实那电话大多是叫我去劳动路吃饭。

不是星期天就是节假日反正有空就过去。

有时建山在信里交代,说我一个人在郑州不方便,吃的穿的用的,都可以到家里去取,老娘可以帮助办理一切生活用品。我估计这信他不光是写给我一个人知道,同样的内容他一准告诉了冀大娘。劳动路方便的地方是打电话近,因为他们的住房就在居委会旁边,居委会里的公用电话可以随便用,那似乎是铁路系统家属的特殊福利。打电话这种跑腿的事,自然是小民抢着干的活儿,我接的电话大多是小民说个开头,冀大娘说的结尾,而且每次的内容差不多是一样的。后来冀大娘就给我定个规矩,概括起来叫"五加一"。"五"就是五个节日——春节、五一节、端午节、中秋节和国庆节,这五个节日只要不出差,都要到劳动路过节。那个"一",就是每个月的第一个星期天。冀大娘特别重视的是端午节和中秋节,中秋节代表团圆,端午节主要是包的粽子别具一格。别人家的粽子无非包的大枣、花生和核桃仁,再分个甜的和咸的就算有特色了,而冀大娘包的粽子还要有荤的和素的,荤的里面还要分出瘦肉和肥肉、鲜肉和腊肉、灌肠肉和火腿肉,模样五花八门,口味各有千秋。每年端午节,我不但能够尝遍各种各样的粽子,吃饱喝足之后还要大包小兜地带走许多,回到单位让同事们品尝,无不夸赞粽子好吃,还要夸赞我有个手艺灵巧的"亲娘"。

说来不怕笑话,当年我每月的粮票是不够吃的。

干部每月是二十九斤粮票,而铁路工人每月是四十多斤粮票。

冀大娘知道我的苦衷,又知道我爱打篮球,活动量大饭量也就大,那点儿粮票常常顾得了月初顾不了月尾,这就是她经常邀我到家吃饭的原因。后来我被派出当驻站记者,虽然每顿饭必交粮票,但每逢招待都是可以吃饱饭的。再后来我就结了婚,再再后来就有了孩子,有了家就可以自己开火做饭,粮票的危机自然就渡过了。

结婚的时候冀大娘代表的是我母亲的角色。

她帮我准备了被面、床单和水瓶、脸盆一应用具。

最难忘的是侍候孩子。当我的第一个孩子出生的时候,我正在一座大山里执行采访任务。适逢大雪封山,出不来,进不去,所有的交通工具都停止运转了。我唯一能做到的,是守到当地公社的一部电话机旁,与县里通电话,与地区通电话,与单位通电话,直到电话联系到我爱人生孩子的医院,悬着的心才算安稳下来。从电话里我得知,我爱人在医院里,有她们单位的工友护送,也有我们单位的同事陪护,最放心的是冀大娘和小萍妹妹也在,她们已经做好了护理初生婴儿的一切准备。

知道这一切之后,我在几百里以外的大山里落泪了。

别人以为我是初为人父的兴奋,其实我是感动。

几天之后,当我从山区返回郑州,走进家门亲吻刚出生的孩子的时候,冀大娘坐在我妻子的床边不停地擦泪,一边擦泪还一边不停地说:"母子平安,母子平安,一切都好!"小萍妹妹一边做饭一边递过来安慰的话:"杨哥,你都当爸爸了,应该请客才对!"

办公室的同事都把冀大娘当成了我的母亲。

小萍既洗尿布又做饭,左邻右舍都夸我有个好妹妹。

七

岁月是生活的磨刀石。

时间老人是从来不等人的侠客。

建山的人生中,有两件事是迟到的,一个是他的婚姻,一个是他的工作。如果不是因为下乡插队的羁绊,这两件事他都是轻而易举能够解决的。我有时候埋怨有些姑娘眼瞎,明明是端端正正的一个冀建山,明明是才华横溢的一个冀建山,为什么看到他的姑娘就没有一个动心的,迟迟没有人追他?他也不会开后门,他家也没有开后门的条件,所以别人陆陆续续回城安排工作了,而他却趴在那个有一盘石磨的小院里,像一头被蒙了双眼的驴子一样原地转圈,走不出那个并非他的归宿之地。为此冀大娘很着急,冀大爷也很着急。我们夫妻俩也试图帮他找个好对象,先后介绍两个条件不错的姑娘,可是人家一听说没有回城工作,就扭脸不见了。最后,冀大爷托朋友找关系,费了九牛二虎之力,才把建山弄进铁路工人队伍,安排到湖南一座大山里去修铁路。到那里上班的第二年,他结婚了,对象是一位十分腼腆的湘妹子。

那年春节,建山带着新婚妻子回到郑州。

我们全家带着礼物去劳动路给他俩贺喜。

想不到的一场大雪,还有想不到的一夜大风,一下子让郑州变成了冰天雪地,更准确一点儿说应该是冰地雪天。先说地上的冰,落地雪经过车轮碾轧,整个马路变得像溜冰场,人走在上面不用穿滑冰鞋,刚一抬脚就会刺溜一丈多远,不等收脚就会摔个四脚朝天,这种摔法郑州人叫仰八叉。摔轻的拍拍身上的冰碴子站起来,刚一抬脚又一个趔趄再次滑倒,说不准是竖着倒下还是横着倒下,反正重复摔倒,一次比一次摔得重,也就一次比一次摔得疼,再疼得厉害一点儿说不准就是骨折了。再说一下天上的雪,那雪有风的时候飘下来是雪花,没风的时候挂在树枝上就成了冰。郑州的马路边多植法桐树,这种高高大大五股分叉的舶来树种,树冠奇大无比,夏季绿叶遮阴如伞如盖,颇受市民喜爱,可是到了冬天就显出了它的毛病,枝头的毛球状种子会时不时落地砸人。遇到雪天,积雪成冰,冰挂压弯了树枝,头顶上就好似悬挂着无数个摇摇欲坠的雪疙瘩,让人防不胜防。那天我们出门的时候,准备骑的是两辆自行车,我带大孩子让她坐后车座,妻子带老二姑娘让她坐车把后的小座上。正常情况下,半个小时就可以骑到劳动路,不但不影响赶饭场,还可以帮助冀大娘择菜做饭。谁知那天出门就摔跤,走了两个小时还没走过路程的一半。

路上摔倒的人比比皆是,谁也不笑话谁。

骑自行车的变成了推车的,有的甚至扛起了自行车。

两个孩子都很懂事,走到半路都下车步行,滑倒了爬起来再走,两个人甚至在路边的花坛上打起了雪仗。在两个孩子的心目中,劳动路就是爷爷、奶奶的家,那是爸爸妈妈逢年过节必须过去看望的地方,也是她们必须记住的地方。从心理层面讲,她们从小的记忆里,似乎对乡下的爷爷奶奶是陌生的,劳动路的爷爷奶奶才是最熟悉的家人,也是她们想吃就吃、想喝就喝、想哭就哭、想闹就闹的地方。最忘不掉的,是每逢过年,劳动路的奶奶都会给她们发压岁钱,开始每人五毛,后来每人五块,钱虽不多,但那是她们的念想,知道劳动路有人疼爱她们。

这天的中午饭,差不多吃成了晚饭。

一如建山迟到的婚礼,同样值得庆贺。

初次见面,我的妻子送给建山夫妇的礼物是手织的毛衣,一男一女,一黑一红,尺寸大小穿上恰到好处。建山的妻子十分善解人意,她仔细端详着毛衣,似乎突然从中发现秘密,说是之前建山肯定给我们寄过照片,不然嫂子手织的毛衣,尺寸不会这么精巧。她是铁路医院的护士出身,因此擅于察言观色,心细如丝。

我送给他们的礼物是一本书,那是我的第一本诗集。

那本书的名字叫《延期举行的婚礼》。

八

冀大爷退休以后,办了一件让人不可思议的事情。他买了一台豆浆机,又买来一麻袋一麻袋的黄豆,老两口起早贪黑泡豆子,开始磨豆浆,还要骑着一辆三轮车大街小巷跑着卖豆浆。

他自称卖豆浆不是为了赚钱。

他说人老了两腿能走路比赚钱重要。

仔细想想他说的有道理,修铁路的技术工人,退休后变成了沿街叫卖的小贩,不为赚钱为了锻炼身体,自己喝豆浆还能养生,这做法表面看够新潮的。甚至第一年做豆浆我还帮他联系了优质黄豆的产地,第二年还帮他买过两次价格低廉的黄豆,这实际是在暗中支持他,给他鼓劲。他做出来的豆浆,货真价实,不但质量上乘,而且售价比同行都低,所以每天做的豆浆不够卖。本院的老户人家,更是排着队喝他做的豆浆。这样卖了两年豆浆之后,我发现两位老人身体越来越结实了,冀大娘的气色也比先前红润了许多。可是仔细想想,年届古稀的老人过久地负重奔波,体力过度透支是有潜在风险的。特别是冀大娘,她年幼时曾裹过脚,虽然双脚变形不太严重,可小脚趾压在脚板底下,走路多了就疼得厉害。我劝他们量力而行,卖豆浆的生意要适可而止,不可过分耗时耗力。

其实他们卖豆浆是另有一番苦衷的。

老两口爱面子不愿把闹心事往外说。

冀大爷遇到的闹心事,几乎是所有退休工人的心结,广而言之几乎是所有产业工人的心结。这个心结涉及分配政策,涉及个人购买力和消费能力。改革开放本来是好事,鼓励一部分人先富起来也有强烈的号召力,可不能顾此失彼,有的行业变好了变富了,有的行业变差了变穷了,这就有点儿不公平。比如说提高知识分子地位,给知识分子评职称,让他们拿职级工资,甚至拿年薪拿大奖。这样他们的月薪就由几十变几百,由几百变几千,甚至由几千变几万元,工资收入都是以几何倍数增长的。再说干部,特别是上市公司的高层管理干部,他们的月薪动不动就是几万几十万,有的年薪甚至以百万、千万来计算,还有那些演艺人员,拍个电视,拍部电影,露个脸,出场费都是成百万千万,有的甚至张口就要几个亿。而我们的工人呢,尤其是为新中国建设立下许多功劳的产业工人,过去他们算收入比较稳定相对购买力比较强的人群,如今工资收入是明升暗降,绝对数升了一小步,购买力却降了一大步,他们的日子会好过吗?就拿冀大爷来说,他退休前的月工资是我的月工资的两倍,而他退休后的退休金就基本原地踏步了,每年上调一点儿也是象征性地增加个尾数。可我的情况就大不一样了,职称从中级到副高,又从副高到正高,月薪就相应地从几十到几百,又从几百到几千,加上奖金的实际收入就比冀大爷的实际收入高了几倍。这样一反一正,收入差别就拉大了,实际购买力就更有天壤之别了。

冀大爷就属于变穷的那个人群中的一员,为此他心有不安,却无力改变,所以只好做小生意,多少赚个小钱补贴家用。那几年,家里的开支是逐年增加的,小萍长大了,先是结婚,后来是生孩子,需要花钱,再后小民结婚,很快也有了孩子,自然也需要花钱。尽管儿女各有各的家庭,各有各的工资收入,但作为父母,逢着儿女的婚姻大事,家里增口添丁,总要给予资助,就是不花大钱买房买车,但一般的人情应酬和婚嫁贺礼总是少不了的。这些花销虽然形不成太大经济压力,但仅凭老两口原有的工资积累,也是难以招架的。况且冀大娘原在街道工厂上班,退休后仅有生活补贴,花钱也不大如前自由。我看到了两位老人的难处,就想悄悄地帮帮他们。曾有几次,我悄悄地往冀大娘衣兜里塞钱,被她发现后就婉言拒绝,坚决推辞不要。她爱面子,又心疼我工作辛苦,所以总是劝我多买点儿好吃好喝的,把自己的身体养壮养结实才是头等大事。

他们的豆浆机没有停下来。

有几次还让小民专门给我送鲜豆浆。

我把这情况打电话告诉建山,他说爹妈卖豆浆不是缺钱,老爹是找心理平衡,老娘是找心理安慰,老人双手不闲既防老年痴呆,又防抑郁症,何乐而不为?此时的建山已经不在湖南山沟里修铁路,调到山东济南铁路局当工会干部了。工作环境的改变,让他看问题的态度变乐观了,据说他连续多年都被评选为工会先进工作者。

我暗自为他高兴。

但不幸的消息却正在路上。

九

1997年,冬月。

一个清冷的早晨,有霜。

出门上班的时候,头顶接连传来几声乌鸦的惨叫。我心里愣怔了一下,觉得有点晦气,就"呸"了一声,呼出一口恶气,扭头便上车走了。我住的家属院门外,沿路有一排高高的白杨树,上面搭有许多鸟巢,有喜鹊搭的,有乌鸦搭的,还有黄河滩飞来的白鹳搭的,几种鸟互相争抢地盘,常常相互打架,闹得不亦乐乎。有一次我站在阳台上,看到三只喜鹊轮番攻击一只乌鸦,那只乌鸦趴在窝里不敢动弹,虽然被打得狼狈不堪,仍旧死死地守住老巢寸步不离,原来它正在暖巢,孵化腋下的鸟蛋。平时人们把喳喳叫的喜鹊当成益鸟,而将乌啦乌啦叫的乌鸦当成灾星,看来是一种迷信,我看到的情况恰恰做了反证:叫得好听的不一定是好鸟,叫得难听的也不一定是坏鸟。

谁知走进办公室就听到了坏消息。

我暗自骂了一句:乌鸦就是乌鸦。

第一个坏消息是我们单位出版的畅销书被盗版,省扫黄打非办公室通知开会,要求单位一把手必须参加;第二个坏消息是图书编校质量不合格,有两本书出现政治性差错,局里通知开会,要求单位主要负责人必须到会。以上两个会议通知,一大早就摆在我的办公桌上,让人一看就头大。正在这个时候,办公桌上的外线电话响了,我压着话机犹豫了一下,不想接电话,可那电话不停地响,拿断了一次压下电话就又响了,这样反复了两三次,我只好耐着性子听电话。

开始我听到的是小民的声音,好像在哭。

后来就听到国英的声音,有点儿哽咽。

两个人断断续续表达同一个意思,叙述同一件事情,而且是我最不愿意听到的结果,那就是在济南工作的建山出事了,早上晨跑,突然心梗,来不及抢救,已经去世。最后又问我,能不能和他们一起去济南,再看一眼建山,为他送行。

这消息是所有坏消息中最坏的消息。

我捂着胸口趴在办公桌上泪如雨下。

从吃惊到震惊,从质疑到确信,从拒绝接受到被迫承受,这是一个人遇到极端坏事时普遍的心理反应过程。我冷静下来是因为国英说的那句话,叫"是祸躲不过",不接受也得接受。国英是小民的妻子,但她更像是我们的妹妹,她称呼我"哥",称呼我妻子"姐",从来不叫嫂子,说明这种亲近的关系是兄妹或姐妹之间的关系,当然比兄嫂关系更亲和一些,随便一些。她的特点是利索,说话利索,办事利索,就连洗衣做饭,也是干净利索,枪刀麻利快,从不拖泥带水。今天遇到这事,想必她已经哭过了,伤心过了,之后便想到如何应对,怎么处理这个天大的不幸,所以才想到与我商量,因为我是他们的"大哥"。

我作出的第一反应是此事暂不告诉老爹老娘。

第二是让我的妻子代表我到济南送别建山。

他们出发了,一路开车直奔济南。我也出发了,先后走进两个会场。我在第一个会场思考的问题是,好人为什么没有好报?比如建山,那么优秀的一个人,那么善良的一个人,早年怀才不遇,晚了几年参加工作,晚了几年结婚,好不容易把人生的航船驶向正轨,从工人晋升到技术员,从技术员晋升到工程师,优中选优又晋升为专业干部,突然间就从事业巅峰跌落到生命的谷底,四十九岁连命都搭进去了,阎王爷做这事公道吗?我在第二个会场思考的问题是,坏人为什么总能得逞?比如我们的畅销书被盗版,从编辑到排版,从封面到版式,从印制到发行,我们是千防万防,步步小心,既躲明枪,又防暗箭,结果还是被盗了,盗版书抢了我们正版书的市场,等于播种者没有收获,而"盗贼"却在狂欢。人说"坏人不长寿,好人活百年",实际生活中却是"好人多磨难,恶人乐逍遥",阎王爷是不是把这夺命符发颠倒了呢?

总之那天的会我听了个一塌糊涂。

整整一天就是心不在焉,魂不守舍。

通过电话,我不断了解和打听济南方面的情况,小民他们的车到哪里了,建山的追悼会准备得怎么样,特别关心他的妻子和女儿。当时我不能到济南为建山送行,也许成为终生的遗憾。这不是公而忘私,也不是因为请假不准,真实情况是手下杂事缠身,左右多有鼠牙雀角,为防无妄之灾,就避而不谈私事,乖乖走进会议室开会。其实如果把时间前移到三十年前,我作为管理知识青年的工作人员,与建山的交往完全在公事的范畴,何有私事之嫌?

当晚,我特意赶到劳动路,陪两位老人吃了晚饭,陪冀大爷抽烟,陪冀大娘喝茶。他们并不知道济南发生的事,还留我在劳动路过夜。躺在过庭的沙发上,想起以往每次建山回来探亲,我俩总要坐在这沙发两端抽烟品茶的情景,不禁黯然神伤。翻来覆去睡不着觉,于是半夜坐起,写出如下的文字,以作悼文:

世上好人不长寿,奈何?
伤身多因太劳累,命苦。
愿你到另一个世界,没有天堂,也没有地狱,只有安息。

十

　　故事讲到这里,似乎应该结束了。因为引发这个故事的主人公,已经不能在今后的故事情节里出现了。可是我与冀家维系了几十年的情意,却如丝如缕,绵延不断地继续着。冀大娘早已把我当作她的孩子,家中每逢重要的事,都要通知我,与我商量,好像只有听了我的意见,她才放心和安心。比如房屋拆迁,乔迁新居,孙女上学,外孙女出嫁,诸如此类的家务事,都要让我知道。我依旧按照多年的习惯,坚持每年那个"五加一"规矩,重要节日必去劳动路过节,每月第一个星期天要去看她,吃她做的饺子、蒸面或是品尝各种手工做的腌菜。小民和国英夫妇,既守父母住的老家,又要打理他们自己的新家,因为他们也要照顾自己的孩子。小萍一家都在铁路系统工作,她的丈夫保全是个十足的孝子,不但孝敬自己的生身父母,而且对岳父岳母更是百般殷勤。小萍的女儿蓓蓓已经结婚生子,小萍已经当了姥姥。若有闲暇,小萍一家、小民一家都会到我这里聚一聚,聚会的饭菜大多由国英做主厨,其他人都会主动做帮手,有时候每人做一道菜,既施展了厨艺,又增添了兄弟姐妹之间那股亲热劲儿,增加了几家人几代人之间那股友好、祥和的热乎劲儿。

　　大家觉得建山仍然生活在我们中间。

　　建山去世的消息瞒了两位老人五年。

　　时间久了两位老人就慢慢感觉到不祥的气息,他们多年不见建山,既无电话,也无来往,就明白其中必然有蹊跷了。两位老人的可敬之处,在于看穿不说穿,甚至有点揣着明白装糊涂,这样既避免了自己过度伤心,也不会给活跃在眼前的儿女们增添麻烦。因为我们五年来编造的善意谎言太多了,比如说建山工作太忙了,比如说建山出国工作了,比如说建山参加保密工程建设了,这些美丽的谎言哄得了两位老人一时,却哄不了他们长年累月的思念。最后直接把真相拆穿,是因为一件无法回避的家事引发的。建山的女儿小莉大学毕业了,在山东一时找不到合适的工作岗位,小民作为她的叔叔,就把她接到郑州,安排到一所学校当教师。这样,小莉不但解决了就业问题,也能就近陪伴年迈的爷爷和奶奶,照顾他们的晚年生活。

这本来是一件两全其美的好事。

但是建山去世的真相却再也无法隐瞒了。

冀大娘首先病倒了,先是骨折,而后卧床,再后就茶饭不思了。一家人轮番侍候,儿子儿媳,女儿女婿,孙女外孙女,个个体贴入微,精心护理,但依然不能把她从病床上扶起来。我和妻子每过些日子,都要到劳动路去看望冀大娘,哪怕端一杯水,做一碗饭,都是一番心意和敬意。冀大娘每次看到我,都要拉住我的手让我坐到床边,久久地看着我,有时一句话不说,两眼却噙满了泪水。她不说话,我能猜到她想说什么,她把我当成建山,也是她的儿子呀!

终于有一天她撑不住了。

昏迷中她在念叨我的名字。

再后来有一天,小民打过来电话,催我赶快过去。小民说,老娘快不行了,却不闭眼,总是歪着头望着门口的方向,那样子好像在等你过来。第一次电话是上午十点左右,我叫上妻子,开上汽车就上了金水路高架桥,谁知上桥不远就遇到了堵车,车子堵在新通桥附近,前进不得,后退不得,硬是卡在桥上四十分钟。这期间小民又拨通了两次手机,最后一次告诉我:老娘已没有了呼吸。

我们赶到的时候小萍正在给老娘穿老衣。

我摸一下老娘的胸口,心窝还是有余热的。

由于久卧病床,冀大娘的身体已经变形了,胳膊关节和腿脚关节总也伸不直。我呼叫兄妹几个赶快动手,趁老人身体没有变凉,赶紧帮助拉伸关节,让老人的身姿摆正顺直,我跪在冀大娘的床头,一边帮她把微睁的双眼闭合,一边把她歪到一侧的脖颈扶正。等到这一切应急的事情做好,盖上一床白色的床单,这时候满屋子的兄弟姐妹才哇哇地大哭起来。

我后悔迟到了几十分钟。

特别痛恨新通桥那次堵车。

也许我与冀大娘的母子缘分到此画上了句号,但是到殡仪馆的那一刻,小萍妹妹的一个动作,让我意识到这种缘分还在延续,而且成为永久的记忆。在追悼会的家属队列里,小萍把我推到领头的第一个位置,说:"你是大哥,要站在最前头。"在焚烧花圈,接送骨灰的队列里,小萍也说:"你要领头,我们兄妹都认你这个大哥。"

如果建山地下有知,他应该看到我正在兑现几十年前发生在那个有一盘石磨和两个石碌的知青院里的诺言:你帮我照顾父母,我帮你照顾爹娘。

冀大娘走了,世间少了一个善良的老人。

那是2005年深秋,一个多雨多雾的季节。

尾声

真正的友谊是以心换心的。

它不论贫富也不论贵贱。

2021年元旦,小民的女儿梦梦给我打来电话,约我到海南过冬。这姑娘生性像个假小子,说话办事干脆利落,凡是承诺的事一准办到。她说去海南她开车,保证让我吃好睡好,一路平安。她还说到海南让我住在海边,那房子是她自己买的,专门为她的爸妈和我们老两口(她叫大伯大妈)准备的养生房、疗养地,不去白不去,房子闲着也是个浪费。

我相信,梦梦说这话是认真的。

就像五十年前我和建山的诺言。

露水朋友
——认识胡子李

引子

那年那月吃饭是不要钱的,走到哪里都有人招待。

那年那月坐火车也是不要钱的,想去哪里就去哪里。

这段日子叫"革命大串连","文化大革命"中的一段特殊岁月,时间大约从1966年初冬开始,到1967年春末收尾,差不多有半年的时光。全国的红卫兵,成千上万的红卫兵,一队一列一群一帮的红卫兵,扛着红旗戴着红袖章雄赳赳气昂昂地出发,有的从东向西有的从西向东,有的从南往北有的从北往南,有的翻山越岭有的穿越大江大河,你来我往互相参观相互学习,你帮我"破四旧"我帮你"斗黑帮",一个个忙得不亦乐乎。

"大串连"闹得全国上下鸡飞狗跳。

大辩论吵得许多人口燥舌干。

其中最辛苦的应该是学生,有大学生、高中生、初中生,甚至还有没长胡子的小学生。他们中,有的人不光跑路辛苦,坐车辛苦,而且斗人斗得也辛苦,大辩论吵架也吵得辛苦。他们的辛苦也传递给许多路人,首当其冲的是沿途许多个红卫兵接待站的服务人员,要管他们吃饭,管他们睡觉,甚至还管他们旅游和参观。其次是汽车站、火车站的服务人员,还有红色革命老区的博物馆、纪念馆以及名山大川、旅游景点的工作人员,见了红卫兵都要热情接待,谁也不敢怠慢。

红卫兵的行动口号叫造反。

反到谁的头上谁就是倒霉蛋。

有时候还会窝里斗,这一帮跟那一派,那一派跟这一帮,因为一句话,因为一件事,你说黑我说白,你说对我说错,观点不同,看法相左,就可能吵架,吵来吵去闹摩擦,吵不赢了就打架,打出气候来就叫武斗,武斗之后就结仇,结了仇就是亲兄弟也会翻脸,那后面的事情就不好收拾了。

遇到窝里斗最好的办法就是躲开。

不过赶巧了也有躲不开的飞来之祸。

这里我要讲的故事,就是从躲不开的飞来之祸开始的……

一

那是1967年初春,一个细雨霏霏的黄昏。我作为红卫兵的一员,跟随全国"大串连"的洪流,在周游了北京、武汉、长沙、广州这些大城市,又参观了井冈山、韶山等革命圣地之后,就在乘坐返程的火车,从武汉路过枣阳县火车站转车的时候,却被火车站广场上一场轰轰烈烈的武斗惊呆了。参与武斗的是两派红卫兵,一派有几十人,一派有上百人。开始双方厮打得难解难分,后来人多的一方逐渐占了上风,人少的一方开始溃散奔逃。这时有一个手捧照相机的大胡子男人,被一群人追赶得无处躲藏。追他的人,有的以红旗的旗杆作武器,有的以敲鼓的鼓槌作武器,朝他的身上又是戳又是打,大胡子男人一边奔逃还一边回头按下照相机的快门,闪光灯还时不时发出一点一点的亮光。最后大胡子男人被围在广场的一角,许多棍棍棒棒挥舞而下,敲打到他的背上好似在击打一面响鼓。

他低头弯腰无力作任何抵抗,怀里却紧紧护着那个带着闪光灯的照相机。

见此情景我冲进人群,跑到那个被打得直不起腰的大胡子男人面前,解下身上的背包护着他的头,又向众人亮出我左臂上的红卫兵袖章,证明我是外地路过的红卫兵,劝说他们"要文斗不要武斗",并指出他们拿红旗的旗杆打人是不对的,那是亵渎红色革命的行为,规劝打人者收手。

一时间那帮打人者被镇住了。

被打的男人也被他的同伴救出了包围圈。

本来一场闹剧到此应该结束,我也该回到候车厅转车离开了。谁知人群中突然一声呼哨,有人大喊一声让我站住,说我救走了刚才那个"保皇派"的坏头头,那我就是他们的反对派,应该受到惩罚。说话不及,转身就有一群人把我团团围起来,有几杆旗已经戳到我的前胸和后背。就在我觉得无力脱身的时候,突然从候车厅冲出来一群膀大腰圆的壮汉,他们的左臂上也戴着红卫兵袖章,只是那袖章印的是黄字而不是黑字,从气势上显得更加威武雄壮,因此他们冲进人群就把那些指向我的旗杆一个个折断,然后有两个身强力壮的人一前一后拉着我就冲出了人群。接着他们带着我左冲右突,一会儿走大道一会儿走小路,转过几个弯就摆脱了追赶的人群,再后就拐进一个扎着铁丝网篱笆的院子,把我送进了一个亮着电灯的房间。这时候我看见房间里有两个人正坐在桌边喝茶,其中一个正是刚才照相的那位挨打者——大胡子男人。

原来是他搬的救兵去救了我。

我在心里说:此人还算仗义。

二

交谈中得知,被追打的中年男子叫李海,因为脸上长有浓密的络腮胡子,人们便叫他胡子李。他自称是文化馆的一名美工,擅长摄影,还会修理照相机,当然也会冲洗胶卷和印制照片。作为一名技术干部,他本来应该好好地工作,干好他的专业才对,可他偏偏被群众推举为单位红卫兵组织的头头,又与其他单位的红卫兵组织联合,成立联合造反兵团,一时间他就成了这联合造反兵团的司令。这联合造反兵团本来是斗争走资派,革别人的命的,后来却被以青年学生成立的"造反派"组织取而代之,人家成了革命"造反派",他们却成了红卫兵中的"保皇派",反而成了革命对象,被"造反派"欺负得抬不起头来,甚至被打得溃不成军。刚才他在火车站广场被追打,是因为他拍摄了"造反派"搞打、砸、抢的照片,人家要夺走他的照相机,销毁那些底片,他就拼命地护着相机不给,由此引发两派势不两立的红卫兵武斗,他的队伍寡不敌众,他便成了被捉拿的对象。

他感谢我在"乱军"之中救了他。

我说其实最后被救出的应该是我。

他指了指旁边那位戴金丝边眼镜的人,示意那才是救我走出困境的人。此人也姓李,应该是李海的本家兄弟,年龄稍长,所以李海称他为玉哥,大概名字叫玉。玉哥是老牌大学生,会记账,会打算盘,在火车站算是少有的秀才,也算能人之一。因为眼睛高度近视,所以人们都叫他眼镜李。他的岗位是车站货运场的保管员,除了管理货运场仓库,还负责仓库周边几十亩大的货运场维护工作,大到火车配件,小到铁钉螺丝,进进出出都在他的监管之下。玉哥所在的货运场也有自己的红卫兵组织,名字叫"火车头战斗队",大多由搬运工人组成,看样子玉哥是队长。这个火车头战斗队既不是"造反派",也不是"保皇派",自称是毛主席的红卫兵,专门维护火车站的治安,防偷防盗防打架是他们的拿手好戏。刚才他们的战斗队出动,是玉哥指挥的一次解救行动,当然是李海找他搬的救兵。

这次意外遭遇让我结识了两位朋友。

他们的出现差一点改变了我一生的命运。

三

当晚我就住在了货运场。作为客人,我被单独安排在一间房,有桌有椅还有床,门口还特意放个煤火炉,既可以烧茶喝水,又可以增温取暖,算是贵客待遇。房子在货运场的一角,主屋是坐北向南五间房,居中三间是办公房,两头各有一间耳房,一头主人居住,另一头算是客房。房子前边搭个很大的工棚,木柱,木梁,木板房顶,里边既可以放置货物,也可以随意搭床住人,搬运工人随便拉块木板铺在地上就可以睡觉。主屋的房顶是互相贯通的,中间的木板隔断并不隔音,东房说话西房可以听得一清二楚,一个人打鼾满屋子都能听见。

半夜里我听到胡子李和眼镜李在说话。

说的内容大多涉及我:去还是留。

临睡之前,我向他俩说明了我当下的情况。首先说明,我是"大串连"的红卫兵,是湖北省的邻居河南省枣阳县的邻居唐河县第一高中的在校生;其次说明,我们在外"串连"已经两个月,本来是一个小分队,其他人在武汉已乘车经信阳转车返校了,而我因为要到枣阳看望我的一家亲戚,所以一个人从武汉又乘车到了此地;再次便是在火车站碰到了他俩,眼下的事大家都知道了。但是还有一件大家都不知道的事,那就是在广场上那一番拉拉扯扯的厮打和争斗中,我身上斜挎的军用书包被别人拽走了,那里面有我的学生证件和红卫兵"串连"证件,还有为数不多却对我十分重要的现金和粮票,那既是我的路费也是去看望亲戚时购买礼物所必需的。此刻这些东西丢了,我便成了身无分文的流浪汉,连返回学校也无法乘车了。

胡子李说送我回家,他出钱买车票。

眼镜李说要我留下,打零工挣钱。

原来,货运场除了有许多搬运工,也会临时聘用一些零工,比如垒墙时搬砖和泥,扎篱笆时打桩织铁丝网,这些活儿都需要零工,吃的是大锅饭,拿的是计件工钱,干一天算一天的钱。眼镜李说,如果干得好,临时小工也可以转成长期工。长期工干得好,时间久了有了技术,说不准哪一天还可以转成正式工,那就可以拿月工资,每月发粮票,这是别人求之不得的机会。而胡子李却说,人家是正在上学的高中生,说不定将来能考上大学,能当国家干部,能当科学家,那才是前途无量呢,咱们不能耽误人家的前程,让一个文化人来咱这货运场干些搬砖和泥的粗活儿,实在有辱斯文。

他俩说到最后都睡着了。

而我听了之后却一夜无眠。

我太想打工挣钱了,理由有三:一是家里太穷,平时吃盐都没钱买,如果我能打工挣钱,不但能解决自己在校的伙食费,还能补贴家用;二是学校长期停课,同学们有的外出"串连",有的回家种地,这个空当适合我在外面打工;三是讨个方便,眼镜李是货运场的老人,又是火车站红卫兵的小头目,说话办事一通百通,招用零工他说了就算数,何不让他落个顺水人情?

第二天一早,我决定留下来干零工。

眼镜李顺手就递给我一把手钳和螺丝刀。

他让我干的活儿是编织篱笆墙上用的铁丝网,每张网两米长两米宽,技术要求是网眼均匀,打结平实,每人一天的工作量是织成一张网。完成工作量,按天工计酬,管吃管住,每天工钱是一块二毛钱。如果技术好手又快,也可以计件付酬,待遇是同样管吃管住,每张网的工钱可付一块五毛钱,织两张网就是三块钱。

胡子李心疼我手嫩,要求按天工计酬。

而我却挣钱心切,硬要计件付酬。

把我安排妥当,胡子李就离开货运场回城了。临别时他嘱咐我,干活儿悠着点儿,防止意外受伤。还说过些天等我挣足了路费,他会骑自行车来接我,把我接到城内他家里住,让我抱一抱他那半岁大的宝贝儿子,那家伙胖乎乎的抱着舒服极了。

他在说这话时一脸的微笑,好像武斗时没有被打一样。

四

午饭时我的菜碗里突然多出一个鸡蛋。

仔细看,饭盒里还比别人多出一张大饼。

零工们吃饭都是定时定量的,早饭一干一稀,午饭两干一稀,晚饭只有稀饭和咸菜。所谓干,就是高粱面做的锅贴大饼,模样像鞋底,一面松软,一面焦黄,吃起来耐嚼,也耐饥;所谓稀,就是带汤的大锅菜,以萝卜粉条为主,偶尔会有一些零星的肉丝或肉片。这饭的定量一般人能吃饱,饭量大的人就不够吃,但不够吃也得忍住。我的那份饭多出的鸡蛋和大饼,估计是眼镜李对我的特殊照顾,那是私下交代给炊事员办的事。

这让我有点儿不好意思。

凭啥我比师父还要多呢?

其实眼镜李也是很会算账的,经过观察,他发现我这个年轻的学生娃娃虽然嫩胳膊嫩腿,干起活儿来却舍得出力流汗。头几天干活儿虽然手生,但是经过师父的点拨和指导,很快便做得又快又好,几天之后干活儿的速度反而超过了师父。别人一天织一张网就叫喊腰酸腿疼,而我两天能织三张网,有时甚至一天能织两张网。干活儿多反而不叫苦,这让眼镜李对我这个新招的学徒工刮目相看。实际上编织铁丝网这样的活儿,对我来说是没有多大技术含量的。我出生在木工世家,从小就熟悉角尺墨线,看惯了家里的木匠耍斧弄锛,对于手钳螺丝刀一类的小工具,玩起来更是得心应手,拧个网眼如同小孩子玩游戏一般,眨眼之间就会熟能生巧。只不过我的手吃不消,平时都是握笔杆子的,突然拿着又粗又壮的手钳,把个绿豆一般粗细的铁丝一转一百八十度,拧来拧去就磨出了大大小小的血泡。

那血泡一挤就是一股水。

挤过的血泡再碰就疼得钻心。

但我依然表现得坚强,戴上手套把双手护得严严的,丝毫不露出痛苦的痕迹。这种带有挣扎性的顽强,不仅仅是为了每天能挣一块到两块钱工钱,更是为了给别人留下一个吃苦耐劳的好印象。因为在我的内心深处有个奢望,那就是如果有一天我不能上学了,或者毕业以后没有出路了,能够来这里当个铁路工人也是一条不错的出路,算起来要比回老家当个农民好得多吧。

这个想法在那个年代是说不出口的,但它却真实地存在我心中如春笋一般蠢蠢欲动。

这想法不久以后在胡子李那里得到证实:理想不能当饭吃,有饭吃才是硬道理。此为后话,这里不必展开去说。在货运场干了半个月以后,我差不多成了编织铁丝网的技术能手,而且实实在在每天能拿到两到三块钱,这是我在唐中的小竹林读书时做梦都没有想到的桃花源里的生活。

可惜这日子没有持续下去。

胡子李来了,他硬是用自行车把我带回了县城。

临别时眼镜李对我说,那每顿饭多出的鸡蛋和大饼,都是胡子李安排的:他给厨房交了钱,要求每顿饭给我加餐,保证吃饱吃好吃健康。

我点头说知道了,心想胡子李还真是有点儿意思。

五

院门外一棵枣树,树干笔直,像哨兵站岗。

院门里也有一棵枣树,树冠婆娑,像少女迎宾。

进了院门便是李海的家。院子是长条形的,北屋五间蓝瓦房,结构算是明三暗五,东西没有陪房,中间的堂屋稍大,既做堂屋又做厨房。院子很窄,北边是房,南边是院墙,形似一条过道,既做院子又做巷里人家的过街通道。枣阳县城的老宅子,大多因为临街的地皮金贵,几乎都是一座窄门楼,往里走便是深深的小巷子,纵深可以住上三五户人家。

李家的老宅是紧挨临街门楼的第一家。

这在枣阳县城的老户中也算是比较阔气的。

家中人口不多,除了娇妻和宝贝儿子,胡子李还有个弟弟,算是两代四口之家。我俩走进院门的时候,他的妻子和儿子都不在家,说是前些天妻子的娘家有事,就带着儿子回娘家去了。第一个见面的是他弟弟,名叫小刚,与我同岁,却已上班多年,就在街口一家修理铺上班,会修收音机、喇叭和广播匣子,还会手工敲打烧水壶、饭锅一类的厨房用品。总之,小刚是那种心灵手巧,干啥活儿一学都会的机灵人,而且嘴巴也甜,说话讨人喜欢。他见我的时候好似认识多年的熟人,既不叫哥,也不称弟,直接就叫我一个"杨"字,而且声音是向上挑的,带点儿化音,听起来既亲切又近乎。

胡子李让我与小刚住在一个屋。

晚上小刚就给我讲了许多李家的往事。

我最喜欢听的是他哥哥和嫂子的故事。他说他很小的时候父母就去世了,他实际是被哥哥养大的,因此哥哥就像他的父亲。他很崇拜哥哥,也很听哥哥的话。但是自从哥哥结了婚,娶了嫂子,他就不再听哥哥话了。他说嫂子的缺点就是长得太漂亮了,太漂亮的女人容易征服男人,哥哥就被嫂子征服了。所以哥哥听了漂亮嫂子的话,就不大愿意听他的话了,这让他有一种失落感。更让他不能忍受的是,嫂子的户口在乡下,进城还要吃他的粮票,这样的事情合理吗？同时小刚还有一种担心,担心自己将来结婚,很难找到比嫂子漂亮的女人了,这让他感到英雄气短。

小刚的话明显带有孩子气。

我听了,躲在被窝里偷偷地笑。

第二天嫂子回来了,我第一眼看见她就想起《红楼梦》中的袭人,身上既带有乡下劳动妇女那种质朴,举止言谈中又流露出贵族人家的典雅和修养。她笑得很甜,说话的声音也很甜,重点语句的节点处多用湖北乡间的俚语,让听者觉得既生动又真诚。小刚说的漂亮主要表现在她的身材上,不高不低,不胖不瘦,一点儿也不像刚刚生过孩子的富态之相。见面后她对我不断重复的一句话是感谢,说我在关键时刻救了她的丈夫,不但是她丈夫的恩人,也是她全家的恩人,更是她刚刚半岁大的孩子大喜的恩人。说着话,她把大喜举到我面前让我抱,我接过大喜觉得孩子屁股下面湿漉漉的,说明是刚刚撒了尿。不料嫂子却连声夸赞好,说是孩子见了生人撒泡尿,那是把抱他的人当舅舅了,说我应该算她的娘家人,沾点儿亲戚哩。

大喜在我怀里笑了,脸蛋上出现两个酒窝。

他的笑引逗得全家人都很高兴。

午饭时,胡子李拿出了保存多年的茅台酒,小刚也从床底下拿出自己腌制的咸鸭蛋,兄弟俩张罗着要喝酒,说是我的到来给他们李家带来喜气,要好好庆贺一番。漂亮嫂子更是亮出了积攒多年的好厨艺,一口气做了四个凉菜,又炒了四个热菜,还特别焖制了一锅她从娘家学会的三色饭。所谓三色饭,即白色的大米、黄色的小米、红色的高粱米一起用鸡汤焖熟,出锅时三色米开花,饭香四溢,既饱眼福,又饱口福,食后经久难忘。

那顿午饭我成了李家的座上宾。

从此记住了漂亮嫂子名叫赵馨。

六

革命不是请客吃饭,不是做文章,不是绘画绣花,不能那样雅致,那样从容不迫,文质彬彬,那样温良恭俭让。革命是暴动,是一个阶级推翻另一个阶级的暴烈的行动。

上面这段话是毛主席讲的。

写在《湖南农民运动考察报告》中。

这是为了答复当时党内党外对于农民革命斗争的责难而写的。毛主席充分估计了农民在中国民主革命中的伟大作用,明确指出了在农村建立革命政权和农民武装的必要性,科学分析了农民的各个阶层,着重宣传了放手发动群众、组织群众、依靠群众的革命思想。

毛主席的这段话写在民主革命时期,用于指导民主革命时期的农民运动。

但是"文化大革命"中却有人故意把它照搬到社会主义革命时期,用于煽动红卫兵武斗,造成同学与同学之间,同志与同志之间,兄弟与兄弟之间,甚至父子之间和夫妻之间,因为政治观点不同、派别不同而互相仇视、互相揭发、互相责骂甚至互相大打出手,一时间形成群众斗群众,自己人殴打自己人的风潮。

真理用错了地方就会产生出错误的效果。

悲剧首先在学生中上演,很快波及城市和乡村。在城市,街道上的游行队伍你来我往,此起彼伏。学校停课、工厂罢工、商店罢市、机关关门、医院罢诊的现象也层出不穷。就连偏僻的农村,一时间也是旗杆林立,红卫兵组织纷纷冒出头来。有些乡间的红卫兵组织,嘴里喊着毛主席语录,一路高唱革命歌曲,干的却是破坏乡风民俗,破坏民族团结的勾当。甚至有些家族势力也借机兴风作浪,形成族群之间的群殴事件。

赵馨的娘家就发生了族群之间的械斗。

她说邻村的红卫兵人多势众,她们村吃了亏。

村里人跑到县城找到赵馨,说要从城里搬兵到乡间去灭火,以此杀灭对方的威风。嫂子说她一个妇道人家管不了家乡的事,来人就把注意力转向了她的丈夫胡子李。人家说胡子李大小是县城联合造反兵团的司令,带一队人马到乡下敲锣打鼓走一趟,跺跺脚也能把邻村的红卫兵吓成个哑巴。

胡子李被迫答应帮忙,主要是为了讨好他的漂亮妻子。

为此他思考了一天一夜,第二天傍晚他叫我跟他一起出门见个朋友。他要见的朋友姓谢,此人因为走路双脚有点儿外八字,再加上身体肥胖肚子有点儿大,举步抬脚像鸭子一样一摇一晃,所以人们送他个绰号叫谢鸭子。胡子李与他家是世交,谢鸭子的母亲还是胡子李的干娘,因此两家人关系非常密切。此时的谢鸭子是县火电厂的维修工,整天开着个客货两用小汽车在县城的大街小巷转来转去,哪里的电路坏了,变压器坏了,都由他带人去修理。火电厂也有自己的红卫兵组织,取名叫"霹雳火战斗队",谢鸭子还是这个战斗队的一个分队长。胡子李来找他的目的,一是想借用他的汽车,二是想借他几个戴红袖章的电业工人一起到赵馨的娘家走一趟,来一个城市红卫兵下乡支农,而且不用真枪实弹"干活儿",摆个场面做个样子都行。

谢鸭子一听,拍一拍大腿满口答应。

条件是要胡子李帮他买十斤白糖。

那年月白糖是按计划供应,凭票购买,普通市民一年顶多发半斤糖票,他这一下子要十斤白糖,可是个不小的难题。事后经过打听我才知道,谢鸭子是家中独子,从小娇惯成性,吃饭从来不吃青菜,白生生的大米饭必须配着白花花的白糖才能咽下,吃干饭要撒糖,吃稀饭也要撒糖,不然那就一粒米也难咽下。他娘着急,家里的亲戚朋友也都为他的嗜糖成性着急,关系亲密的邻居也都会把省下的糖票送给他家。在谢鸭子看来,给他送糖吃的都是至亲好友,劝他少吃糖不吃糖这样才能减肥不得肥胖病的都是胡说八道。

从谢鸭子身上我看到了什么叫娇生惯养。

他大概不知道乡下人没盐吃是什么滋味。

不管怎么说,胡子李经过几天的张罗,弄到了两台汽车和一些人马,组成了一支下乡的红卫兵队伍,于是就在赵馨娘家人的带领下出发了。这次行动的原则,是虚张声势,避实就虚,只要让对方看到我们的旗子够多,头衔够大,牌子响亮,气势雄壮,把对方的嚣张气焰压下去就算达到了目的。为此,胡子李有意安排"火车头战斗队"的宣传车走在队伍前面,这辆宣传车其实是一辆破吉普车改装而成的,车前一左一右架设两个高音喇叭,车门两侧斜插四面猎猎红旗,车内的录音机反复播放不同的革命歌曲,时不时还间杂一段毛主席语录或放之四海而皆准的革命口号,一台车过去就会产生千军万马的效果。后面紧跟的是谢鸭子开的客货两用小汽车,除了又大又粗的喇叭和各个战斗队的旗帜尽量地显摆,车斗里还站了两排头戴钢盔、身穿电工服、腰扎武装带的工人阶级组成的红卫兵。车子每到关键的地方,比如路过村庄,穿越集市,都要尽量走慢一些,喇叭的声音开大一些,战斗队的旗帜摇摆得厉害一些,喊口号的声音更有力一些,唱歌的声音也要响亮一些,总之尽可能制造声势,扩大影响,以示我们的到来不同凡响。

到达目的地之后开了个现场会。

主席台上坐的不是司令就是战斗队长。

有点儿不好意思的是,我被当作外省外地的红卫兵代表,也在现场引见给全村的观众。村里人听说我是外省"串连"的红卫兵,而且在北京参加过毛主席检阅,一个个稀奇得像见了稀有动物,有的抢着与我握手,好像想从握手中沾点儿喜气,有的抢着看我的红卫兵袖章,觉得我戴的红袖章是草写的带金边的黄字,看着舒服,更像是见过毛主席的红卫兵。

惊喜之余我有点儿得意又有点儿后怕,害怕政治迷信有如此大的能量。

这趟乡下之行我什么都没做,也没说一句话,只是跟着胡子李坐在车上转悠了一天,却收到了意想不到的效果。据嫂子的娘家人事后反馈,我们的汽车、红旗、喇叭和外地的红卫兵,给他们增了光,壮了胆,挣足了面子,对方的反对派被镇住了,吓怕了,也服软了,从此不敢再欺负他们了,等于投降了。嫂子说,这次胜利的关键因素有两条。第一条是汽车,她们村里的人过去很少有人见过汽车,见了汽车就觉得来的人是大官,心里就先有三分敬畏。第二条是因为我,说我是接受过毛主席检阅的红卫兵,戴的还是外省的红卫兵袖章,这在乡下人的眼里就成了高不可攀的高贵人,好比鸭子见了天鹅,母鸡见了凤凰,哪个龟儿子敢不服气呢?!

从此嫂子就把我当成她们家的贵人。

而小刚却觉得我在白吃他们家的米饭。

七

半夜的时候有人敲门,声音很急。

胡子李刚一开门,就见谢鸭子夺门而入。

"走!快拿几件换洗衣服,跟我走!"谢鸭子一边大口大口地喘着粗气,一边火急火燎地催促着李海,"有人要来抓你,再不走就来不及了!"

"为啥抓我?"

"说你是'保皇派'的坏头头!"

"他们还讲不讲理?"

"跟'造反派'无理可讲!"

"那就让他们抓,抓了又怎么样?"

"抓了就往死里打,你受得了吗?!"

谢鸭子在说最后一句话时,顺手做了个拳打脚踢的动作,以示凶狠、暴烈和残酷,并告诫胡子李无力抵抗,目前只有躲避为上。原来,谢鸭子是刚从"造反派"的会场里出来,到会的都是县直各单位"造反派"组织的头头,会上议定要清剿"保皇派",特别是对"保皇派"的头头,见一个抓一个,主要头头抓起来要狠狠地"修理",直到投降为止。

听说这些情况以后,全家人顿时紧张起来,嫂子更是吓得浑身瑟瑟发抖。她知道自己的丈夫身板柔弱,别看胡子又黑又旺,其实就是一个白面书生,连带衣服的体重也不过百斤,哪能经得住这样的殴打?小刚也劝哥哥快走,说是好汉不吃眼前亏,躲过风头才是上策。胡子李一脸无奈地望着我,期望能从我这里获得支持,也许他把我的存在当作为他壮胆的一点儿希望。我理解胡子李此刻的处境,他既不想当逃兵,又无力抵抗,目前唯一能做的就是回避锋芒,以退为进,等待转机。所以我朝他点了点头,示意他先跟谢鸭子出走,余下的事以后再说。

胡子李选择的是出走。

他逃避了毒打却保留了名声。

第二天,果然就有一群全副武装的"造反派"打上门来,找来找去没有见到胡子李的踪影,只好收兵卷旗,败兴而归。小刚说这次他们没有抄家,没有打砸抢,还多亏屋里有个我在站着。因为来人看见我这个戴着外省红袖章的红卫兵,还以为我是胡子李的亲戚,于是心里多少有几分惹不起的意思,也就有了几分手下留情的后果。不过听说胡子李工作的单位却遭到翻天覆地的搜查,不但查抄了胡子李的办公室,还掀翻了他冲洗底片的暗房设备,撕毁的照片和打烂的镜框扔了一地,同时还在文化馆的墙上刷了标语,贴了大字报,临了还在门板上贴了通缉令,上面还印着胡子李的头像。

看来他们要把胡子李逼上绝路。

嫂子又急又怕吓得三天睡不着觉。

几天后她想出了一个办法,那就是让胡子李逃到外地,逃得越远越好,逃的地方越偏僻越好,逃的地方要让那些人永远找不到!她在说这个地方的时候两眼定定地望着我,把眼珠子瞪得很大,大得有点儿骇人。从她的眼神中,我已经猜到她要说的地方是哪里,于是我点了点头,暗示她为胡子李准备行装,以便随时出发。

她说的地方便是我的河南乡下老家。

那是一处不通汽车的穷乡僻壤。

八

早晨天不亮的时候,我带着胡子李从枣阳出发,钻进了那辆拉煤的汽车。

傍晚天快黑的时候,我们到达唐河,从那辆拉煤的汽车里钻了出来。

这辆拉煤的汽车,是枣阳火车站货运场的眼镜李事先联系好的过路车,司机本来答应让我们坐在副驾驶的座位上,后来担心路上遇到纠查队的盘查,就让胡子李钻进敞篷车厢的帆布下面,躺在煤堆上睡了一路。

上车的时候,胡子李是经过化装的,他的大胡子不见了,却配了一副硕大的黑边眼镜,头上又多了一顶鸭舌帽,乍一看就像换了一个人,一点儿也认不出本来的模样。他说这是谢鸭子给他出的主意,戴的墨镜和鸭舌帽也是谢鸭子平时用过的旧物,因此显得大了一号有点儿松松垮垮的,不过反而觉得随便和自然。

"造反派"布下了天罗地网要捉拿胡子李。

胡子李却在朋友的掩护下从网眼里钻了出来。

来到唐河县城,我先带胡子李到县城最大的澡堂去洗了个热水澡,洗去一身的灰尘也洗去了一脸的晦气,然后就带着他大摇大摆往学校走去。此时天色已晚,街边的路灯已经亮了,往日路灯下多有小商小贩摆摊设点做买卖,比如卖瓜子兰花豆的,卖花生和麻糖的,卖麻花油炸菜角的,卖肉包子热馄饨的,甚至还有卖烧鸡卤牛肉的,吃的喝的应有尽有,只要身上有钱,保你想吃啥就能买到啥。本来我在枣阳火车站挣了一点儿工钱,想乘机请胡子李逛一逛夜市吃顿饱饭,显摆一下唐河的地方小吃,谁知弄巧成拙,这天晚上出奇的冷清,整条大街不见一个做买卖的身影。就连平日最繁华的十字街口杨家楼,也是早早地关门闭店,不做晚间生意。

打听以后得知,这里刚刚发生过大游行。

游行的队伍还顺手砸了路边门店的老式牌匾。

这就引起了满城的恐慌,不光小商小贩不敢出门做生意了,就连老字号的饭店也只好闭门谢客。无奈之下,我只好带着胡子李走向附近一条背街,找到一家包子铺买了几个包子充饥。眼前的情景,让我意识到县城的政治气候发生了变化,那么我们学校怎么样了呢?从外出"串连",到枣阳历险,我已经在外面游荡了两三个月时间,这期间校园里发生了什么事情,红卫兵的组织又有了哪些变化,外出"串连"的同学是不是都返回学校了,这些情况我都一概不知,等于成了政治上的聋子和瞎子。

那段时间,正是"文化大革命"不断进入高潮,红卫兵组织如雨后春笋,新的组织不断诞生,旧的组织不断衰亡,夺权与反夺权的革命浪潮一浪高过一浪的阶段。大到国家的政治气候,小到学校的政治气候,恰如夏日的天气变幻,时而晴空万里,时而雷雨交加,说变就变,甚至一夜之间就是黑白两重天。

胡子李的遭遇就是一个缩影。

我要保护他必须先保证自己安全。

想到这里,我把胡子李安排到小巷的一间茶馆里,让他先坐在那里喝茶歇息,我自己抄小路悄悄回到了学校。正常情况下,晚饭后应该是各班上晚自习的时间,眼下白天都不上课了,谁还会上晚自习呢?有些同学无所事事,吃过晚饭就会到校园周边的林荫小道上散步,胆大的会到河边钓鱼,自由的会钻到山坡下的小竹林里谈恋爱。我回到校园的第一件事,就是要找到最要好的同学尹太华,上课的时候他是我前后桌的邻座,睡觉的时候他是我床挨床的室友,平时有事互相关照,无事一起玩耍,可谓情同手足,不是兄弟胜似兄弟。同班还有两位过心的同学,一位叫王文生,一位叫马天文,也许是因为同是农家子弟,衣食过于寒酸把我们联系在一起,也许是因为都喜欢打篮球,是传来传去的篮球把我们联系在一起,彼此你敬我一尺我敬你一丈,说话办事总能想到一起,玩到一起。在别人看来,我们这四条汉子就像穿着一条裤子,抱成团风吹不动雷打不散。"文革"中我们四个又选择加入同一个红卫兵组织,这个组织既不是"保皇派",也不是"造反派",而是不左不右以工人阶级为主力军的革命派,在河南的代表组织就叫河造总。这一派在我们学校人数不多,却总能左右逢源,既不受重视,也不受歧视,既没人仇恨,也没人待见,属于不惹事也不怕事那一类的红卫兵中的好好先生。

所以我才有底气保护胡子李。

眼下紧迫的是要找到尹太华。

闻着一股饭香,循着一股油炸葱花的气息,我在南楼集体宿舍旁边的两间茅屋里找到了尹太华。他正在做晚饭,一边烧火,一边炒菜,忙得满头大汗。见我进屋,顾不得洗手,也顾不得放下炒菜的锅铲,就伸出双手把我抱起来,就地旋转三百六十度,以示热烈欢迎。

我把胡子李的情况告诉了他。

他答应管吃管住管接待。

接着他向我述说了学校内部的一些变化。首先说到"大串连",全校几百名师生,有的组成团,有的结成队,不到一个月时间几乎全部外出"串连",剩下的除了校工,就是老弱病残人员。他是临出发前发现有眼疾,只好留校治病。这时候学校宿舍几乎十室九空,有人就乘机生火做饭,正好我们班集体宿舍旁边有两间空置的破草房,他就收拾一番搭起锅灶,开始只是生火煎药,后来就当作厨房做饭。以后有些同学陆续返校,一看学校不能正常上课,干脆就回到乡下老家躲清闲了。再后来返校的同学越来越多,有人就组织新的红卫兵队伍,起初人少,每个班也就三五个人参加,后来迅速壮大,很快就打出了"红旗公社"的旗帜,自称革命"造反派",一下子把老红卫兵队伍挤垮了。当天街上的大游行,就是新成立的红旗公社的一次亮相。我们班也有几个积极分子,抢先加入了红旗公社,其中有两位女同学,还成了红旗公社的骨干,据说在大辩论和大游行中都很露脸和抢眼。

听了太华的介绍,我心里很沉重。

不过我还是把胡子李接到了学校。

我与太华商定,就说胡子李是我的姨家表哥,路过唐河只是探亲,小住几日就会赶往南阳办事。于是第二天起床我向同学们介绍后,太华第一个跟着我叫胡子李"表哥",引逗得整个宿舍的同学都跟着叫表哥。

这是胡子李没有想到的结果。

为此他特意奖励我一盒香烟。

九

四月正是春笋破土的时节。

有的竹笋一夜可长一尺多高。

走在竹林的小路上,我向胡子李介绍我的母校,正是从竹笋开始的。我的母校官称叫唐河县第一高中,其实在百姓的口中就叫竹林寺。这里原本是修建于元代的一座寺庙,位于县城西北方向的岗丘上。关于寺庙有很多传说,比如寒泉不枯的故事,龟泉出绿毛龟的故事,玉仙庙的故事,泌桥飞雪的故事以及追虎鞭的来历,等等,有的是民间传说,有的是真实事物的演绎,都会把寺庙周边的风水、环境赋予神秘的色彩,以便渲染这座寺庙的灵气和秀美。其中最典型的传说叫"竹林晚翠",说是寺庙岗坡下的竹林,傍晚时分会把青翠的倒影折射到从旁边流经的唐河水中,水中的影子又会在夕阳的映衬下把竹林的景色反射到寺庙大殿的墙壁上,这时在大殿适当的位置放置一碗清水,碗中即可看到竹林反射到河里的倒影,美其名曰"竹林碗翠",文人们又叫"竹林晚翠"。这样拐弯抹角地渲染竹林的神秘色彩,其意最终是为了夸赞竹林寺是一个山清水秀、人杰地灵的地方。

美丽的传说为竹林寺增加了神秘感。

胡子李觉得走在竹林里好像在神游。

轻轻地抬脚,轻轻地迈步,生怕损伤刚刚破土的笋芽。"惜竹不除当路笋,伐薪教护带巢枝",这是著名教育家、北京大学校长蔡元培先生的名言,意在借竹喻人,倡导爱心教育。由此爱屋及乌,我在走进竹林的时候就有一种奇妙的感觉,觉得每一棵竹子都会说话,高大的竹子说着大人的话,细小的竹子说着小孩子的话,刚出土的竹笋说着婴儿的话。竹林本身也像一所学校,成熟的竹子就像毕业的学生,他们走出校门要为社会做贡献了。半大不小的竹子好似在校读书的学生,还在一边成长一边读书,读书就是修炼自己。鲜嫩的竹笋代表这所学校的未来,还在积蓄力量,培养精气神,准备拔地而起,一飞冲天。

我说我的母校已经在我之前送走了十届毕业生。

这意味着唐中为新中国培养了数以千计的人才。

可惜到我们这届学生卡住了,学校不上课了,学生不读书了,都在写大字报,刷大标语,搞示威游行。我们还能考大学吗?还能正常毕业吗?

说着话,我带着胡子李从竹林里面走出来,沿着河岸走过一段沙土路,然后爬上一面高坡,来到学校大门前的一片高地。

站在这里,可以看到三条通往岗下的弯弓一样的路,特色鲜明地界定了我们学校的地理、地貌和山川风水。

先说第一条路,南北走向,北端是学校教学区,南端是男生宿舍区。北端的标志性建筑是寺庙的大殿,大殿东西两侧各有一座两层陪楼,迎面大门为洞穿形门楼,俗称北楼。南端是男生宿舍区,四周群房为蓝砖红瓦的平房,迎路一面为两层小楼,与北楼遥遥相望。南楼与北楼之间是一条弯度极大的类似一张倒挂的弯弓一样的沙土路,中间最低的地方有一座跨河的小桥,呈拱形,桥下是一条自东向西流淌的排水河。站在小桥向南向北眺望,只能看见南北两座楼的房顶,足见路的弯度之大、坡度之长,由此给人一种托举的力量,仿佛这条路不是两座岗丘之间的连线,而是弯弓托举的两座山岗,或是弯弓托举的两座楼,由此可见路的气势之壮观。

第二条路是通往城区的林荫大道,弯度相对较缓,但路两边一棵挨一棵的翠柏站成队排成行,两边绿荫夹道,衬托得这条路特别长,仿佛一眼望不到尽头的飘带,维系着县城与学校的人气和血脉关系。这条道最壮观的场面,是学校的游行队伍出动。排头的八面大鼓先声夺人,打鼓者常常会跟随领队的节拍打出不同的鼓点,不同的节奏,或轻或重,或缓或急,有时还会一边击鼓,一边舞动跳跃,打击出不同的音色,舞动出多姿多彩的花样。其次是众多的彩旗,领队的校旗一马当先,后面各色各样的红旗和彩旗分列两旁,或成排成行,猎猎生风,赳赳雄壮。随后是一个班一个年级的方队,或三人一行,或五人一列,浩浩荡荡出发,数百人的队伍从排头到队尾,出校门一直排到大街上,可以把一二里长的林荫大道变成人流的通衢,黑压压一眼望不到尽头。其间多有统一的号子,清亮的哨音,或者随着整齐的步伐,响起嘹亮的歌声,震耳欲聋的口号声,那阵势那气魄,可谓气冲霄汉,威风八面,立刻让整条路变得生动起来,鲜活起来。

第三条路是从校门口往东,下去一道坡,走过一道沟,翻过一座岗,便见道路两侧的林子越来越密,纵深处渐渐有了果园的气息,苗圃的气息,最后到了曲径通幽处,便见疏密有致的篱笆围起的院子,于是就见人影晃动,鸡犬之声伴行。此处便是学校的林地、苗圃和果园,也是同学们劳动课必去的地方。

以上三条路各有特色各有妙处。

从道路可以看出学校的面貌和气象。

听着我的介绍,胡子李虽然没有走进校门,却已经感受到这个县城的第一学府地位不同凡响,校风不同凡响,当然也包括人脉和地理位置的不同凡响。随后,我又带他走进校园内的大殿,参观了寺庙仅存的铁铸大钟,据说这钟重达五百多斤,撞响以后可在十里以外的西大岗听见回声。当然,在参观了教学区一排一排的现代化教室、实验室和图书室之后,我也不忘向他介绍我们的后操场,向他说明操场的许多体育设施,都是同学们勤工俭学建造起来的。其中特别提到我们的早操课,是人与人、组与组、班与班之间背沙比赛。早晨起床从后操场出发,向北奔跑五华里来到五里河边的沙滩上取沙,然后背起沙袋奔跑回校,最后以取沙多少定胜负。学校正是用这个办法,铺垫了篮球场和足球场,建成了跳远的沙坑,跳高的沙池,那就叫不花钱的勤工俭学。

说起往事让人感到兴奋和自豪。

看到眼前的乱象又让人觉得无奈和恐慌。

就在我带着胡子李参观校园内外景观的时候,旁边树影下,房屋拐角处,时不时就会出现贼一样的身影和斜视的眼神,那是窥探,那是监视,也许就是一种暗算。

校园里不同派别的红卫兵组织,总是有意无意地把对方当作假想敌,找准机会就会突然出击,或文斗围攻你三天三夜不准睡觉,或武斗打你个措手不及落花流水。好在我们班的同学大多比较文明,有的感念多日同窗的友谊,有的珍惜昔日互帮互助的恩德,所以尽管政治观点不同派别不同,还不会轻易撕破脸皮要互相殴斗,也没有暗中使坏武斗伤人。不过偶尔也见有人突然穿上不戴领章的军装,甚至有的还在腰间斜插一把阴森森的手枪。

在校园里转悠是为了让胡子李安心。

几天后尹太华却悄悄提醒我多加小心。

十

赤巴脚在泥地里行走是不好受的。

我和胡子李却一口气在泥地里走了五十里。

这是从学校通往我家乡的一条牛车路,旱天尘土飞扬,雨天满地泥浆,下雨天穿鞋沾爪子腻牙走不动路,只有赤巴脚走路才利索。

胡子李没有吃过这样的苦。

他的脚又白又嫩像八月的莲藕。

但他又不能不走这样的路,因为从学校到我家,没有公路,不通汽车,只有这条牛车路可以风雨无阻通行。如果抄近路走小道,难免遇到沟沟坎坎,甚至需要蹚水过河,光着身子泅渡,那就更是难堪。这次雨中跋涉,踏泥而行,并没有急情胁迫,而是一次主动选择。胡子李在我的母校借宿半个月,吃得也好,睡得也好,玩得也好,这多亏我的几位好友关照,也仰仗同一个寝室的同学们相助,没有人怀疑他的来路,异口同声称赞他是一位文质彬彬的表哥。不过聪明人知道见好就收,等到露了马脚那就不好收场了。所以我与太华私下商量之后,决定乘雨天无人注意的时候,就带着表哥大大方方地离开校园,明说是送客乘车到南阳公干,暗中却踏泥而行回了乡下老家。

此事许多年后我一直心存感激,感激我的好友尹太华,他能在那个特殊的年代信守诚义,冒着极大危险,掩护了一个素不相识的胡子李,而且不问来路,只知道固守人的本性——善良。

同时我也感激我的同一个宿舍的同学们,难道几十个人几十双眼睛,就真的没有一个人看穿"表哥"的身份?或者是一个个心照不宣,给足了做人的面子?当然我更感激我们班的"另一派",他们虽然以派为家,却不忘同窗旧情,总算没有刁难我这个"书生意气十足的家伙"。所以几十年后,当我在海南的旅居地与唐中的几位老三届同学商议返校相聚,共度"离校五十年再重逢"的纪念活动时,就特别强调我们班的同学感情,叫作"五十年心存感激,欲说还休,未语泪先流"。

其实当年我在泥地行走时就已经猜到了事情的真相。

有些眼睛雪亮的同学是揣着明白装糊涂。

这也许是胡子李命中造化,关键时刻总有朋友出手相助,使他躲过一劫又一劫。但来到我们家并不等于他走了好运,一个超出他承受能力的现实正摆在他面前:那就是贫穷,穷得没有盐吃,穷得没有点灯的油钱。

刚进家门全家人都很喜欢。

母亲说我的朋友就是全家的贵客。

按照家中的规矩,招待贵客是要上桌吃饭的,上桌吃饭是要顿顿炒菜的,炒菜是要有荤有素的,没有肉菜也要炒个鸡蛋吧,不然怎么拿得出手?再说了,炒菜是兴双不兴单的,早饭两个菜,午饭四个菜,晚饭两个菜,这是农家待客的最低标准,如果单炒一个菜是端不上桌面的,那就等于主人慢待了客人,别人看见是会笑话的。以上这些,就是母亲的待客之道,宁可自家人不吃不喝,也要先把客人招待好了,这样主人才有面子,才会显得待客真诚。

我劝母亲不要把胡子李当客人。

家中有啥吃啥这才是真正的朋友。

可母亲偏偏不听,非要按她的规矩招待。头几天她顿顿炒菜,上桌的除了炒鸡蛋、咸鸭蛋,甚至还有炖得香喷喷的老母鸡。主食也是变着花样地上桌,有时蒸馍,有时烙馍,有时吃捞面,有时摊煎饼,总让人觉得饭好菜香,偶尔老父亲还要陪着胡子李喝杯小酒。

我知道这样的日子难以为继。

但是好客的老娘却硬撑面子不放。

其实我知道家里是非常穷的,生产队每年分给社员的粮食,七成是粗粮,二成是杂粮,只有一成是细粮。粗粮以红薯为主,杂粮是豆类,细粮主要是指小麦,因为我们那里是旱田,从来不种水稻,也就从来不吃大米。细算下来,我们全家每年分的小麦,好年景也不会超过三百斤,所以平时多用来招待来客,自家人是舍不得吃细粮的。再说食用油,每人一年平均分不到一斤芝麻油,更是舍不得用油炒菜,顶多拌凉菜滴几滴香油,那就算享受。花钱更是没有着落,全靠养鸡养鸭,攒蛋换个盐钱,养猪换的钱是要办大事才能用的,比如每年给我交书杂费,否则不肯轻易动用。那年月我们村是不通电的,每到夜晚全村漆黑一片,家中照明都是点煤油灯的。

胡子李夜里喜欢看书,点灯一亮就是半夜。

他不知道点灯的煤油是需要花钱买的。

大约过了十天以后,家里的白面吃光了,攒的鸡蛋和鸭蛋也跟不上用了,甚至炒菜的香油也断了,只好改用棉籽油炒菜,这让母亲感到了压力。她没有想到胡子李能在家里逗留这么长时间,一般客人住个三天五天,再多住个十天八天就算长客了,哪能闷着头住下就不走了呢?但她还是撑住,家里没有白面了,就去邻居家里借,没有香油了,也去借,还让我的姐姐和姐夫,把人家生孩子收的抹红的米面鸡蛋也往娘家拿,目的都是招待好胡子李。

胡子李没有感到压力。

他觉得住在我家平安无事。

所以他隔三岔五地都要让我帮他寄出去一封信,那信大多是寄给他夫人赵馨的,偶尔也会带给他弟弟小刚一封信。他写的信都很短,内容多是报个平安,问候最多的是他的儿子大喜,说是做梦常常梦到儿子,梦到儿子就想哭。有时候他写罢信总让我看一遍,甚至也让我写几句话塞进他的信里,他说这样你嫂子才会更放心。为了安慰他,也为了让他住在我家心里踏实,我每天都会带他到村子南边的河湾里散步。高兴的时候,我们会脱去鞋袜,下到河边摸鱼捉虾,碰巧会摸到螺蛳和河蚌,可以拿回家煮熟了拌菜吃。

这样的日子又过了半个月。

家里除了红薯就没有好吃的东西了。

此时麦子将黄,正是春末夏初的饥荒时节,陈粮已经吃光,新粮没有登场,乡村人家到了青黄不接的难熬时刻。我们家由于粮食提前透支,只能靠最后保命的红薯制品度日了。红薯干,红薯面,红薯汤,红薯馍,一天三顿饭,一红到底,没有别的食物可以充饥了。这日子对于每月领着工资,领着粮票,吃惯了大米白面的城里人来说,是不可思议的一场噩梦,胡子李受得了吗?

由此可见城乡差别。

由此可见工农差别。

尾声

桐河的水是自西向东流的。

过河没有桥,只有几个泥垛子。

我把胡子李送到河边,看着他从几个泥垛子上一蹦一跳地到达对岸,然后回过头来向我挥起了手,以示安全。他说他有个远房亲戚在南阳县茶庵镇,他要到那里看一看,等度过这个青黄不接的时节,他再回来见我。

这时小河边刮起了溜河风。

他说话的声音大都被风刮跑了。

断断续续地,我听懂了他说话的意思。他说他非常感谢老爹老娘,也非常感谢我的家人。除此之外,那句特别重要,也是我特别不愿听到的话是:临出门的时候,他在床头的枕头下,留下了二十块钱,还有二十斤粮票,那是他的一点儿心意!

我一听脑袋就要气炸了,心里说:早干吗呢?这个书呆子,这个傻瓜!

自此一别,再也没有见过胡子李。

五十多年了,心里却一直忘不掉他。

一群记者的大寨梦
——沙窝李的一九七七

引子

头天下了一场雨。

夜里又下了一场雪。

1977年的春天来得有点迟,刚过完春节就遇到了倒春寒,一场雨夹雪又把春天拉回到冬天。气候变了,但工作计划没有变。年前,在省委宣传部的组织和领导下,河南日报社组建了支援贫困地区学大寨工作队,从各个业务处室挑选十三位编辑和记者,到农村第一线去体验生活,协助驻地的干部和群众,切实搞好学大寨工作,争取改变落后面貌。

很荣幸,我被选中当了工作队员。

下乡地点是新郑县小乔公社沙窝李大队。

行前,报社领导给学大寨工作队开会,也算作动员报告。首先强调条件艰苦,做好吃苦的思想准备。说沙窝李就像它的名字一样,土地除了沙还是沙,无风白茫茫,有风沙飞扬,大风天无法张嘴呼吸,喝碗水碗底就能澄出一层沙。其次强调工作纪律,要求下乡驻村驻队,既当领导做指挥员,又要切实与群众同吃、同住、同劳动,与普通社员同甘共苦,做学大寨身先士卒的战斗员。会上也作了分工,沙窝李大队有四个自然村,十个生产队,每个队都要进驻我们的工作队员。工作队分为两个小组,每个小组分管两个自然村。我被分配到第二小组,住进郑堡村第三生产队。

记者的工作习惯是雷厉风行。

刚过罢春节我们就到了第一线。

站在郑堡村头,我看到大地白茫茫一片,房屋和树木都在飘飞的雪花之下,既看不到村中的道路,也见不到欢迎的人群,村子里除了杂乱的狗叫声,似乎整个村子还在冬眠,人们沉睡在雪夜里似乎并没有钻出被窝。

终于有几条狗蹦蹦跳跳地朝我奔来。

循着狗在雪地上的脚印我总算找到了进村的路。

一

这是一座用泥巴垒成的干打垒院子。

三间茅草房也是干打垒的泥巴墙。

几条狗摇着尾巴,将我领进一座用树枝编织的篱笆门。院门没有锁,门框的木桩是用铁丝拧成的挂钩,进出随手一拉铁丝就行了。听到狗叫,屋子里走出两个人,一前一后接过我身上的背包和手中的提包,把我迎进屋里的火堆旁,让我先坐在木墩上烤烤火。交谈中,我知道他们两个都是这个生产队的队长,年长的那位是老队长,名叫司土成,五十来岁;年轻的那位是新队长,名叫司二江,二十多岁。原来,这一老一少两位队长正处于工作交接期,所以就一起来向我汇报工作。他们说头天就在村头等了一天,没有接到我,想着夜里下了大雪,今天该不会来了,就在屋里生了一堆火,一边烤火一边等人,没想到还真的等来了。又说这个院子是村民司海成家里的空房,原本他弟弟在这里住,去年他弟弟参军走了,新修的院子就空了下来,屋子里除了堆些柴草,就是两张土坯垒的床,铺上秸秆也算干净,我们来了就将就着住吧。他们接到通知是要来两个人,没想到只来了我一个。我说我的同伴临时有事,过些日子还会再来,眼下安排我一个人就行。所谓安排,主要是指吃饭,到每家每户吃派饭,队里有四十多户人家,每家吃一天派饭,也要一个多月才能轮够一遍。

上级要求:同吃、同住、同劳动,叫"三同"。

我吃的派饭叫"三红":红薯汤、红薯面窝头、红辣椒水。

头三天的派饭,都是在我住处的邻居家。我住的房后有一条东西向的小路,可以拉架子车通过,算是村里的官道。我住路南边,路北边的邻居自东向西是几座一模一样的院子,都是三间北屋两间东屋,一色的土墙,一色的茅草屋顶。原来这几家都是亲弟兄或叔伯弟兄,祖辈给他们盖的房子也是一模一样的。当然他们每家给我吃的派饭也是一样的,早饭红薯汤,没馍,汤里煮红薯轱辘;午饭红薯汤,有馍,是红薯面窝头,也有菜,是捣碎的红辣椒水;晚饭没有馍,仅有红薯面汤煮红薯。

我怀疑他们几家是商量好的。

不然为啥做的派饭一模一样?

后来我问邻村邻队的同事,才知道他们吃的派饭也是每天"三红"。二队住的是一位老编辑,名叫赵士俊,本来胃就不太好,再加上已年过半百,接连吃了几天"三红"的派饭,就开始闹胃病,胃酸过多,饭后常吐酸水。一队住的也是一位老同志,名叫李廷弼,每天吃的派饭同样是"三红",好在身体强壮还能顶得住。最过不去的是住在竹竿园村的摄影记者魏德忠,本来是位名记者,过去到哪里采访都是好吃好喝好招待,如今天天吃"三红",说起来只有摇头叹息。再问第一组的沙窝李的情况,与第二组的遭遇大同小异,就连带队的队长张一弓(后任河南省作家协会主席)也是一样的"三红"待遇,当地人不管他是名记者还是名作家,只要当了学大寨工作队员,待遇都是一样的,这也叫"一碗水端平"。

这一方面说明当地群众很穷,拿不出好吃的招待。

暗访中得知,村里是故意让工作队尝点儿苦头。

更糟糕的还有两件事,让人哭笑不得。一件事是上茅房,也就是城里说的进厕所,成了工作队员的第一难事。首先是茅房少,有许多人家根本没有茅房,解决大小便问题大多是跑到村前屋后的小树林里。其次是茅房的土墙太低,露天的土墙高度不到人的大腿高,人蹲下去根本藏不住身体,有的人蹲下去只能顾尾不顾头,脑袋明显地露在墙上头。这对用惯了城市卫生间的人来说,成了羞于启齿的一件事情。更糟糕的是,茅厕不分男女,男人进去都会把腰带搭在茅房墙头上,以示里面有人,女的不要进;女的进去会把头巾搭在茅房墙头上,以防男人突然闯入。我们工作队有位女同事叫王果华(邓质钢总编辑的夫人),原本是一位漂亮、标致的上海女子,又是中国人民大学走出来的高才生,虽然性格泼辣,办事能力极强,可遇到沙窝李的三尺断墙厕所,却每每发愁,一脸的无奈。她的办法是如厕找人站岗,拉个人站在茅房门外几米远的地方,把住门防止别人闯进来。不过我们工作队多数同志年龄较大,她不好意思让比她资格老的同事为她站岗,只好拉上比她年轻的同事帮忙。这就苦了比她年轻的张家勇(后为《深圳商报》副总编辑)和我。有时候她叫张家勇为她站岗,凑巧了就拉住我为她站岗。她给站岗人约定的暗号是,见有人来了就咳嗽三声,但背对茅房不能回头,如果回头看了她就"打死你个鳖孙",说罢还要扬起巴掌吓唬一下,然后才放心大胆地走进那苦不堪言的茅房。其实我和家勇都在心中把果华当老师,只是她面相年轻,平时又爱开玩笑,所以没大没小地好像姐弟一样随和。第二件事情是生产队里开大会,大多没有房子,没有凳子,会场就设在露天的水井边,不远处就是拴牛和喂驴喂马的地方,附近还有沤肥的粪坑,夏天蚊蝇乱飞,地上到处是干牛粪和驴粪蛋蛋。我所在的第三生产队每次开会,老队长就让我站在井台上讲话,到会的男女老少就会围着井台一圈的空地席地而坐,有的人直接就坐在脚下的干牛粪上,讲究的脱一只鞋垫在屁股下面,不讲究的拿脚把地上的粪蛋蛋踢一边就坐下了。这景况让我看了很难受,特别是看到女人席地而坐,更是于心不忍。之后每次开会,我都要求每人从家里带凳子,但能拿凳子的人家很少,大多人家屋里也是没有凳子的。

贫穷可以剥夺一个人的尊严。

这是我在沙窝李学大寨上的第一课。

二

根治贫穷不光需要深翻土地。

治疗物质贫穷先要解决思想贫穷。

沙窝李大队自然条件差是出了名的,除了风沙灾害主要是缺乏水浇地。让风沙地变水浇地,让岗坡地变梯田,这些办法村干部连想也没敢想,更别说让他们带头干了。于是工作队逐个村子做动员工作,号召各个村各个生产队想办法打机井,这种井比村中的吃水井深很多,出水量也要大很多,一口机井可以灌溉几十亩庄稼地。不过打了机井要有水泵配套,有了水泵没有电带动,那就需要用柴油机带动,这样才能形成生产力。做这些事情不光需要花钱,还要能买到配套的柴油机。当年市场上柴油机奇缺,手扶拖拉机更难买,就是有钱也干着急买不到机器。村里想不出办法,只有求工作队帮忙。

于是买柴油机成了工作队碰到的第一个难题。

第二个难题就是买不到化肥,那时的化肥是按计划供应,有钱没化肥指标就只能干瞪眼。

农谚说,"庄稼一枝花,全靠粪当家","种地不上粪,等于瞎胡混",强调肥料的重要。按理说,种地施农家肥最好,可村里的土质几乎全是沙化的,农家肥又太少,撒到地里被风一刮,肥力就跑了。如果有了化肥当年见效,说不定还能多打些粮食。因此村里人渴望化肥,可往哪里弄到化肥指标呢?

我们的工作队发挥了记者的特长。

有些记者的活动能力可以通天。

很快,开封记者站传来消息,说可以买到手扶拖拉机;同时洛阳记者站也传来消息,说可以买到化肥,不过需要工作队自己派人找车到宜阳化肥厂去拉。

这两条消息让沙窝李的人很兴奋。

他们觉得报社工作队是能够办实事的。

我接到的任务是押车,就是带着已经租好的三辆大卡车,到宜阳化肥厂去拉化肥。空车出发,一路平安无事。谁知等装了化肥,重车返回的时候,却遇到了意想不到的麻烦。先是超载,三辆车都带拖挂,车尾太重,又多走山路,上坡时哼哼叽叽爬不动,下坡吱吱扭扭刹不住车,每过一架山都像打了一场大仗,可谓惊心动魄,险象环生。走到路程的一半,老天又突然下起了小雨,路面一湿,车轮更容易打滑,下坡的时候挂车就会甩来甩去,司机说那叫"调屁股",控制不好就会翻车,或者一头栽到路边的山沟里,那就会车毁人亡,造成不可挽回的后果。我坐在第一辆车的副驾驶位置,主要负责给司机让烟,有时需要把烟点着了塞到司机嘴里。这样做是为了讨好司机,目的是哄他好好开车好好干活儿。我坐这辆车的司机是车队的队长,开始谈笑风生,表现得一团和气,后来中途遇到下雨,车辆开始打滑,他显得有点儿狂躁,不停地埋怨装化肥太多超载严重。

曾有几次遇到会车,他一边不停地捺响喇叭,一边用力地操纵方向盘,如果对面的车不让路,或者让路的动作慢一点儿,他就会破口大骂,好像天要塌下来一样恐怖。最危险的一段山路是在登封,一个下坡足有五华里,他不停地点着刹车,却总也不能减速,急得他差一点儿让我跳车,好在很少出现会车,最后到达山沟沟底的缓冲路段,车子才总算有了刹车的感觉。

司机队长说那一段路几乎是滑行。

失控的车辆等于是在生死之间游走。

事后我有点儿害怕,司机队长却说我福大命大。原来在车辆失控的那一刻,我还在抽烟,而且递给他一支点燃的香烟,这让他失控的情绪像失控的车辆一样,忽然得到了一丝安慰和缓冲,变紧张为放松,变混乱为稳重,顺其自然地就把车辆带出了危机,带进了相对安全的缓冲状态。

他说这话也可能是编个理由夸我。

实际是他在为途中的叫骂向我道歉。

很幸运,我们平安地将三车化肥运到了沙窝李,每辆车超载一吨半。我所在的生产队领到化肥之后,新队长司二江兴冲冲地跑到我的住处,声称一定要请我喝酒。果然,当天晚上他把生产队的领导班子成员全部叫到我的住处,老队长司土成拎了两瓶烧酒,民兵连长司留顺买来了烧鸡和牛肉,老保管抱来了两棵大白菜,妇女队长(她的名字叫孬妞,其实人很好,模样长得也秀气,只是名字不好听,所以很少有人叫她的名字)亲自烧火炒菜,几个人围着一张土坯垒成的小饭桌,一边喝酒一边开会,其间不断重复的一句话叫"好好干,好好干",一直把我喝得酩酊大醉,他们才各自歪歪扭扭地走出了院子的柴门。

那一晚我睡得很踏实。

这是劳累之后收获的快乐。

三

从郑堡村到郑州火车站的距离是十八公里。

人力拉架子车一来一往需要奔走一天一夜。

新队长司二江向我建议,说全队可以组织二十辆架子车,挑选二十个年轻力壮的小伙子,组成一支运输队,到郑州葡萄酒厂去拉酒糟子,那是很好的肥料,比农家肥还养地,和化肥掺在一起,肥效就会更好。二江还说,他们村有人在葡萄酒厂当清洁工,每个月都会把酒糟子沤起来,积的肥可以随时去拉,拉一车只需交五毛钱。最后问我同意不同意去拉,并且挑逗似的向我发出邀请:"你,我的大记者,敢去拉粪车吗?"

我说这是天大的好事。

同时接受挑战陪他们一起拉车。

老队长司士成年岁大了,不能让他拉车进城,所以他就把自己的架子车收拾妥当,交给我使用,这样全队就组成了有二十一辆车的运肥车队。出发前,老保管和妇女队长还特意从生产队仓库取了白面,按惯例蒸了两锅又大又白的馒头。这种特制的馒头呈长方形,每个重量在一斤左右,美其名曰"杆子馍"。这是专给出公差干重活儿的男人吃的,说是"耐饥",吃一个馒头一天都不会饿。这样的馒头每人发两个,同时还配了两棵大葱,算是路上的干粮。民兵连长司留顺,在领自己的干粮时悄悄也给我带了一份,说是工作队的干部也是要吃饭的,只要给咱队里拉架子车运肥,那就是咱队的一个劳动力,应该吃咱队里的干粮,并且不能收粮票和饭钱。留顺是转业军人,在部队当过侦察兵,虽然说话有点儿结巴,但眼尖手快,办事机灵又麻利。他说我是文人,耍笔杆子可以,但脸皮子薄,在农村干活儿办事要跟他学学,只有皮糙肉厚才吃得开。所以一路上他和二江两个人把我拉的架子车夹在中间,好像保镖一样护住,生怕有什么闪失。

当天晚上我们赶到葡萄酒厂去装车。

装完车已经是深夜两点钟光景。

郑州的大街上空荡荡的,既没有白天车水马龙的繁华,也没有闹市人来人往的嘈杂。路灯下,只有我们二十一辆架子车组成差不多一里长的运肥车队,从南阳路,到黄河路,再拐弯到花园路,徐徐地前行,一步一个脚印地往前移动。偶尔会遇到一辆闪灯的汽车,也会有个别行人匆匆走过。估计城里人看到我们这群挥汗如雨的庄稼汉,拉着一辆又一辆散发着酸臭气息的架子车,浩浩荡荡地在省城的大街上招摇过市,一定会感到不可思议,甚至会有点儿莫名其妙。

走到花园路口,二江劝我回家看看。

留顺立即下令车队停在路边休息。

车队停的位置,正好在花园路与纬一路交叉口的路边,路西是当年最阔气的省级招待所河南饭店,路东是一片郁郁葱葱的大观杨林带,半夜里人们可以进到树林里撒尿。二江和留顺知道附近不到二百米就是河南日报社的机关大院,而我家就住在大院东楼的集体宿舍楼里。其实空车进城的时候,我们的运肥车队从这条路走过一趟,当时我脑子里闪过一个念头,把空车连在二江的车尾,让他和留顺带领车队去装肥,我抽空拐回家一趟,两个小时后等车队载重返回此处,我可以归队拉车,这样两不耽误。因为那年我的大女儿还不足三岁,妻子白天去上班,家中只有年近花甲的老母亲照顾,这一老一小的家境,也确实让我有一百个理由担心。不过我当时忍住了,还以为二江和留顺不知道我家的情况,所以就没有张口。此种景况,很容易让人想起古代大禹治水三过家门而不入的故事,我这也算两过家门而不入吧,虽然说不上公而忘私,却符合彼时"斗私批修"那个年代的思维逻辑。事过许多年后想起这桩事,禁不住骂自己是个"假正经"和"真傻瓜"。

那天晚上我一忍再忍没有回家。

毅然决然地拉着粪车走出了郑州城。

第二天,村里人知道了我进城拉粪的经历,有人夸赞,有人笑话。夸赞的人说,这个年轻的驻队干部能够放下架子在省城的大街上拉粪车,看来是个干实事的角色,真要领着我们学大寨了。笑话的人说,他回城连自己的老娘和孩子都不看一眼,说明这个人心太硬,跟着他干活儿没有好果子吃。

我暗自神伤,觉得这是个天大的冤枉。

二江和留顺却朝我伸出了大拇指。

四

人心都是肉长的。

干实事就会受到老百姓拥护。

我们报社学大寨工作队经过几个月的努力，逐渐摸清了沙窝李的自然环境、耕地条件和生存状况，有针对性地提出了兴修水利、浇地压沙、混合施肥、修建梯田等改善种植环境的措施，并协助各个生产队打机井、购买手扶拖拉机、购买化肥，这样实实在在地帮助村里出点子、干实事，很快扭转了前期工作的被动局面，得到老百姓的信任和支持。我所在的郑堡村第三生产队，除了按照大队和工作队的统一部署做好工作之外，还在村里大搞环境卫生活动，修理水井护栏，清理牛屋粪坑和驴马庵棚，要求每家每户清理猪圈、羊圈和鸡舍，修理夹道厕所，清除杂草垃圾，这样既搞了大扫除，又堆集沤制了不少农家肥，社员的居住环境和卫生习惯也为之改观。

老队长渐渐把我看成自家人。

他要我们自己开伙不再吃派饭。

事实上我们工作队进村一个月之后，已经通知所有工作队员自己开伙做饭，如果生产队供应米、面、柴火和蔬菜，按人均月定量支付粮票和菜金即可。说起当初进村吃的"三红"派饭，老队长拍着屁股哈哈大笑，说那叫"下马威"，测试一下你们工作队来这里能不能吃得了苦。不过社员家里也确实穷，想吃个白面馒头和捞面条，那是来了贵客才有的饭食。

开伙做饭我最擅长的是擀面条。

那是我在老家管知青食堂时学的手艺。

一次五斤面，或者一次十斤面，倒在又长又宽的案板上，从面堆中间开个沟，先少加水搅和成面絮，然后慢慢加水揉成面团。成形的面团不能太软，适当硬一些的面团才经得住擀面杖来回揉搓。擀面时要用两根擀杖，擀罢这头擀那头，擀的时候只能拉长不要拓宽，这样面皮便擀成传送带一样的长方形。接着两个擀面杖从两头擀面牵拉，擀到一定程度就成了两卷滚筒一样的面皮，最后双向反复对折，拿大刀切面，一次切的面条可供多人多次食用。擀大面剂的面条，诀窍有两个，一是和面时稍微加一些盐，这样可以增加面皮的柔韧性；二是适当增加面醭，小量多次添加，防止面皮粘连。

村里的女人们听说我会擀面条都很稀奇。

有时候她们结伙偷偷从窗外看我擀面条。

真正施展我的擀面技术,是在麦收时节的一天中午。那天是工作队员开碰头会,在沙窝李住的几个同事也一起到了郑堡,中午安排在我的住处吃饭,带队的张一弓同志点名要吃我擀的捞面条。他说他饭量大,别人吃一碗,他可以吃三碗。同时他还提出了配菜的标准,野苋菜、黄瓜丝、外加捣烂的蒜泥,当然如果有鸡蛋摊的鸡蛋皮切丝,那就是好上加好的捞面了。

　　我说没问题,面条保证足量供应。

　　我悄悄地又让老队长去社员家借了十个鸡蛋。

　　人到齐了,几个年龄大一些的老同志围在院子里一个石条两边坐着开会,我和张家勇下手和面、擀面,工作队唯一的女同胞王果华同志自告奋勇要炒鸡蛋皮。正在开会的当儿,老保管又从生产队的菜园里摘回来了一篮子黄瓜外加一捆苋菜,顺手还拿了一把刚拔的大蒜。这时候坐在院里开会的张一弓、李光照(后任河南省广电厅厅长)、魏德忠、赵士俊、刘士强、赵永平等几个老同志纷纷动手择菜、剥蒜和捣蒜泥,个个都说自己是做饭的高手。

　　那顿饭吃得人人直打饱嗝。

　　大作家张一弓吃了三碗却说没吃够。

<h2 style="text-align:center">五</h2>

　　沙窝李的夏天很难熬:热!

　　白天燥热,夜晚闷热甚至有点儿烤。

　　这主要是因为沙多。郑堡村的东边是沙岗,北边也是沙岗,西边虽然有条小河,但河宽水浅,两岸浩浩荡荡尽是沙滩。河滩的沙地向西漫延到沙窝李的村东头,东西绵延几里地。人走在沙堆里一脚一个沙窝,走上几百米就累得上气不接下气,坐下休息一会儿飞沙就会钻进鼻孔和嘴里,有风的时候沙子瞬间就会眯了双眼。从郑堡村西头到沙窝李村东头有一条大稍路,其中一半多路程都是厚厚的踩不透的流沙地。白茫茫的流沙地不长庄稼,偶尔可见几棵年过半百的老枣树,据说是老枣园被流沙侵蚀步步后退留下的小老树,有的树只见苍老的树干几乎看不到树冠和枝叶。这片厚厚的松软的沙滩,白天被太阳烘烤之后,就会储存超常的热量,因而影响周围几个村庄的气候,每到夜晚就会热得出奇。

头天夜里因为太热没有睡好觉。

次日一早便接到通知到小乔公社去开会。

会场就在公社大院,周边七八个大队的驻村工作队员,差不多有百十个人几乎同时赶到了会场。因为路远,再加上起得早,所以大多数人没吃早饭。为此小乔公社准备了早饭,每人两根炸油条,外加一小袋咸榨菜,玉米糁稀饭随便喝。吃饭没有桌子,领到早餐的人就自己找个土堆儿一蹲,或者圪蹴在房檐下,或者蹲在路沟边,一只手端着稀饭碗,一只手抓着油条,边吃边喝一片呼噜呼噜的嘈杂声。昔日都是省直机关的干部,行动举止大多文质彬彬,而今都是学大寨工作队的队员,个个一身灰尘土得掉渣,就连吃饭也力求像个农民的样子,这才叫"三同"效应。我领到早餐刚吃下第一口油条,突然就听到有人叫我,回头一看,发现是我同一个办公室的小王:他怎么来了?

看到小王我首先想到让他吃早饭。

因为在乡下工作队难得吃上一次油条。

小王喘着粗气,擦着热汗,把头摇得像拨浪鼓似的坚决不肯吃饭,并且让我也不要吃饭,赶快跟着他回郑州,同时他把来时骑的自行车推给我,让我骑车回城,他自己步行慢慢走回去。我问他啥事这么急,他说你不用问,回到家里就知道了。这时我们的领队李光照同志拎着两份早餐走过来,一边递早餐一边对我说:"快跟小王回去吧,路上注意安全!"

路上,小王说我的妻子已经临产。

天不亮他就骑车出城找我了。

听到这消息我先是一惊,但很快又平静下来了。我知道妻子的预产期,只不过提前了几天。怕的是难产,如果不及时送往医院,就会引起很大风险。小王说他出发的时候,编辑部领导已经安排两位女同志到我家去,陪护和照顾我的妻子了,说不准现在已经送往医院了。这是河南日报社的优良传统,凡是因公出差,不管是外出采访,或是执行其他任务,一旦家中遇到困难,单位都会出面帮助,让外出工作的同志免除后顾之忧,让家属放心和安心。此刻我和小王遇到的麻烦是,两个人一辆自行车,如何快速穿过沙窝李这段飞沙路,不要说骑行,就是推也很难前行。我问小王来时是如何穿越沙窝的,他说他开始是骑不动,接着是推不动,最后只好扛起自行车前行。为了走路利索,他把鞋子也脱掉了,光着双脚在沙窝里跋涉几里地,硬是把自行车扛过了沙滩。

小王是当过兵的硬汉。

他的仗义之举让我感动。

关于小王,我这里想说几句题外话。他是从部队转业之后上的大学,因此被称为"工农兵学员"。应当说,从实践中走出的大学生,是吃过苦受过累的大学生,更知道珍惜生活,忠于职守,勤奋工作。他的个性是,敢做敢当,敢说敢干,敢为人先。由于刻苦钻研业务,写作能力和编辑水平提高很快,几年后便晋升为总编室副主任。这为他提供了敢于创新的工作平台,那几年《河南日报》的报纸版面,从编排技巧到版式创新,从报头、报眼、栏目、标题甚至到一张图片、一框一线,几乎是日新月异,不断都有新点子新变化,这对于打破传统版面的沉闷气氛,改善报纸的对外形象,增强版面的美感和内在影响力,都有开拓和开创性的意义。当然,参与当年那拨版面改革创新的还有总编室其他同志,不过小王应当是"第一批吃螃蟹的人"中重要的角色。

我认为小王功不可没。

请后人记住他叫王中山。

后来不知什么原因他调出了河南日报社,又不知什么原因他不到六十岁就不吭不哈地去世了。对他的离开和去世,我多年来心存遗憾和歉疚,觉得他当年单人单骑奔跑几十里,又扛着自行车在沙窝里跋涉几里地找到我,这种义气和豪壮之举,并非一般同志情谊可以解释的。可惜他没有给我留下报答的机会,就悄没声息地走了。所以多年后我的孩子接替我的岗位到河南日报社工作的时候,我曾悄悄告诉她:要记住前辈的创业之举,继往开来,好好工作才是"人间正道"。

那天我骑着自行车赶回郑州的时候,我的妻子已经被办公室的同志送进了医院。两个小时后,妻子在医院顺产,生下个女娃取名叫炎炎,因为那个夏天实在是太热了。我从医院回到单位宿舍去给老娘报喜,走进机关大门正好碰到王中山。他步行将近五十华里,也是刚刚走进机关的大院。

他穿的背心和短裤全被汗水湿透。

那张挂满汗珠子的笑脸成了我永久的记忆。

六

临近秋收时节,我们真的去了山西大寨。

学大寨的记者想验证一下自己的成果。

因为不是采访,也不是记者身份,仅以学大寨工作队员的名义去参观去学习,所以也没有接待,没有车接车送,没有宾馆宴席,悄没声息地就随着来来往往的人流,走进了昔阳县城,走进了大寨的山间梯田,登上了大名鼎鼎的虎头山。

没有见到陈永贵。

也没有见到郭凤莲。

在大寨参观的实际感受是,小米特别好吃,南瓜特别好吃。我们在沙窝李曾经吃过"三红"的饭,在大寨却吃到了"三黄"的饭,小米粥是黄的,棒子面窝头是黄的,蒸熟的南瓜也是黄的。在大寨实地参观考察的过程中,我发现学大寨不能比葫芦画瓢,而应当因地制宜,比如大寨人是治山,修梯田是为了保墒固土;而沙窝李需要治沙,深翻土地多施农家肥是为了压沙和改良土壤。再比如大寨修渠引水上山,沙窝李就只能打机井浇地,这样才能用低成本换取高收益。

学大寨应该学的是大寨精神。

这精神就是敢向穷山恶水开战。

认识到因地制宜学大寨,这就算不虚此行,达到了实地参观考察大寨的目的。可惜我们到大寨没有采访任务,也没有写稿任务,因而不需要劳神费力地去追求新闻的真实性、准确性和生动性,更没有必要去考虑细节和情节,所以一路走来轻松愉快,没有任务压力和思想负担。不过旅途发生的两个小插曲,倒是当记者很难遇到的带点儿戏剧色彩的情节。

第一件事是"跑地震"。

第二件事是"爬火车"。

先说"跑地震",发生在山西的省城太原。本来我们到大寨参观考察,是以学大寨工作队的名义去的,这身份与其他参观团队一样不动声色,可不知是何原因,我们的行踪被山西日报社的同行知道了,就按兄弟新闻单位的惯例,非要宴请一次不可,并且把我们安排到山西日报社经常接待客人的招待所居住。盛情难却,我们只好接受这些礼节性的安排,晚上安排住宿的时候,喜剧情节开始上演了。我们一行六人,其中一位女同志,五位男同志,要了一个小单间,一个大套间。女同志好说,一个人住小单间即可。可那五个男士住大套间,需要外屋住三人,套间里屋住两人,共用一个卫生间。正常情况下也很简单,每人一张床就行了。可偏偏就不正常,因为其中有位老同志叫崔贤文,睡觉打呼噜是出了名的厉害,入睡就打鼾,声如雷鸣狮吼,不但同屋的人感到恐怖,甚至半个楼的人都能听到鼾声。于是问题来了,谁愿意跟老崔住一个屋,那就睡里间。没有人愿意,很快就抢占外间的三张床,余下的刘士强是位老编辑,动作稍微迟缓就没有占住外间的床位,只好进里间与老崔同住。老崔很自觉,声称自己先不睡,躺在床头看书,等别人睡着了他再入睡。谁知刚过不到十分钟,别人都还没有合上眼睛,老崔却先自沉睡,鼾声果然震耳欲聋。刘士强从里间走出来,在外屋的三张床前查看了一遍,抓耳挠腮想不到躲避的办法。忽然赵永平指了指卫生间,我和张家勇立马心领神会,几个人就合力将老崔的单人床抬进卫生间的浴缸旁边,关上了房门。做完了这一切大家都觉得安生不少,各自躺到床上,闭目养神等瞌睡。

谁知半夜的时候就突然发生了地震。

震级虽然不大却能把人从床上摇醒。

最先从床上跳起来的是张家勇,他一边奔逃一边大喊,出门还不忘敲了敲对面小单间的房门,提醒里面的王果华快跑下楼逃命。慌乱中没有人顾得上穿衣服,男士多穿一个裤衩,光着膀子就跑出了大楼;女士就更加慌张,有的顾不上穿上衣,戴个胸罩就跑到了楼下。我们这群人中跑得最快的是张家勇,他不是沿着楼梯跑的,而是从四楼的楼梯扶手上滑落的,就像小孩子坐滑梯一样,刺溜刺溜拐几个转弯就逃到了楼下。

不过地震很快就过去了。

事后报的震级好像是四点三。

人们站在院中的空地上,彼此面面相觑,不知所措。这时候有人忽然想到只穿裤头,上身没有穿衣服,我们的领队王果华女士忽然用双手捂住了前胸,因为她当时上身只穿了个胸罩。更好笑的是,当人们从慌乱中醒过神来,重新走上楼回屋睡觉的时候,却发现崔贤文同志依然鼾声如雷,睡得十分踏实。

这实在是不幸中的万幸。

如果发生了强烈的地震呢?

第二件事情发生在河北的省城石家庄,我们需要在那里转火车。因为车少人多,我们等了一个上午买不到有座位的车票,无奈就拿出了记者证,按规定记者乘车是不受满员限制的,没有座位就买站票,那也必须保证记者能买到票。谁知进站以后遇到了人山人海的客流,不知多少车次积攒的乘客,一股脑地奔向刚进站的一列客车,顷刻间把车门挤得水泄不通。不能正常上车,人们就开始爬窗户。挤来挤去把我们几个人挤散了,冷不丁王果华就抓住了我,推着我也去爬窗户。因为不在站台,地面距离车窗太高,我试了几次爬不上去。果华在底下急得跺脚,后来干脆双手举着我的屁股和双腿往车窗里推,几经努力我终于挤进了车厢。然后我又回头去拉果华,先接背包,后往上拉人。好在果华个子高,举起双手我刚刚能抓住,就使劲往上拽,拽到一半就没了力气,她悬在半空干着急上不来。最后感觉火车快要开动,我就顾不了男女有别,双手往她胳肢窝里一插,"嗨哟"一声就把她抱进了车厢。上车以后她在我的额头上连捣三下,操着还不太熟练的河南话骂道:"打死你个鳖孙!"

她觉得我占了她的便宜。

其实她知道那是没有办法的办法。

七

一棵新品种的苹果树苗五块钱。

买三百棵就需要投资一千五百块。

这在当年算是一笔巨款,如果投资是需要生产队干部集体讨论决定的,还需要经过全队社员大会通过,表决时半数以上赞成才算有效。主张栽苹果树的人是老队长司士成,他说十八里河村南头有块河滩地,过去种玉米一年收的粮食不够做牛饲料,后来栽上苹果树,三年后开始挂果,如今一亩果园卖的钱比种十亩玉米收成还要好,我们为啥不能学学人家,拿出十亩二十亩地种苹果,每年队里也能收点现钱,那就比干种粮食活便多了。他的意见得到多数人赞成,但是新队长司二江却坚决反对。二江的理由很简单,说是上级要求"以粮为纲",如果三队在粮田上栽种苹果树,挨板子的首先是他这个现任队长司二江。

老队长和新队长为此杠上了。

全队人都把目光盯住了我。

自从在大寨参观回村之后,我在大会小会上都说要"多种经营",粮食作物与经济作物要互相兼顾,全面发展集体经济。但是眼下能不能在粮田上栽种苹果树,这实在是个棘手的问题。其实我在大寨参观的时候,发现山坡上修梯田,投入成本是相当高的,而种的玉米或小谷等粮食作物,收益又是比较低的。倒是沟沟坎坎种的龙须草、沙棘和金银花,特别是沟底种的核桃树和苹果园,倒是投资不大收入颇为可观。

工作队主张因地制宜学大寨。

村干部为保粮田面积不敢越雷池一步。

最后还是老队长想出了办法,他说村南头有二十亩菜园,年年大葱、萝卜、白菜倒茬种,不如在菜地里套栽苹果树,头三年果树长不大,不影响种菜和收成,三年后果树长大了,苹果卖的钱绝对超过萝卜、白菜的收成。我一想这个办法好。既栽了苹果树,又没有占用粮田,还不耽误种菜,实在是一石三鸟的好主意,于是就点头支持老队长。

二江偷偷地笑了。

其实这是他的主意。

在郑堡村的小伙子中间,司二江绝对是一个聪明透顶的角色。他的聪明在于,凡事都能看破,看破却不说破,自己的主意让别人去说,表面把功劳让给了别人,自己却达到了借力办事的目的。我很喜欢二江这种为人处事风格,所以离开郑堡村多年以后,我每次路过那里都要拐弯到他家里看看,也顺便看看老队长和留顺,我们俨然成了无话不说的朋友。

三百棵苹果树终于落地生根。

这是我离开郑堡村前做的最后一件事。

河南日报社学大寨工作队原计划是一年轮换一批驻村工作人员,我们第一批工作人员驻村一年,已经在沙窝李为下一批工作人员打好了基础。谁知到了年底,当各村各队已经完成工作总结,也举行过表彰大会之后,就在等待换防的节骨眼上,上面的高层领导却突然发话:学大寨工作暂停!不要问为什么,也不要讨论对与错!

离开沙窝李的时候没有告别仪式。

三队的社员答应三年后让我回去吃苹果。

尾声

时间是把杀猪刀,它可以让人变老,也可以让人把许多事情忘掉。

世间的许多事没有对与错,彼时认为是好的正确的事情,若干年后就可能变成坏的错误的事情;彼时认为是先进的有价值的风尚,若干年后也可能变成落后的、颓废的垃圾。时代变迁,人事更迭,万物轮回,一切变化皆有可能,与时俱进才是聪明人,适者生存才是亘古不变的自然法则。

1980年初秋的一天中午,我下班后刚一走进家门,就闻到满屋的异香,我熟悉那是熟透的黄冠苹果的味道。留顺来了,他骑了我帮他买的那辆永久牌自行车,后座上带了一箱熟透的苹果。他说这是当年我栽的那棵苹果树结的果,老队长司土成摘的果,司二江装的箱,派他进城把苹果送到我家,并交代不能收钱。我收下了苹果,让留顺在家吃了午饭,半瓶老白干让他喝个四脚朝天,大睡到傍晚才出城回家。

又过了两年,我从外地采访顺路拐到了二江家,此时他已经不再当队长,反而拉起了板车,为附近建筑工地运砖拉瓦,有时拉盖房的预制水泥板,一次装三块,重达千斤以上。他说多拉快跑可以多挣钱,干这活儿可比当生产队长挣钱多老鼻子了。而他的妻子五妞却悄悄告诉我,二江拉板车累死过两头出梢的小毛驴,他自己也被重车砸伤过,他的肝和肺都因为拉车过重而压出了毛病,因此经常吐血。

1999年冬天,我在一个星期天去了郑堡村,本意想看一眼村头的苹果园,刚一进村就听说二江去世了,心里好一阵子难受。后来老队长司土成带我去了村南头的园子里,发现苹果树已经被砍光,地里种的大白菜一个个被霜雪打击得抬不起头来,好一副狼狈景象。此时老队长早已不是队长,果园被人"联产承包",因此伐树不需要给村里任何人打个招呼,开上铲车一天时间就把三百棵果树全部撂倒了。

2009年一个夏日的黄昏,我路过郑堡村停车休息,发现村子的民房已经被推倒,来往奔忙的汽车正在运送建筑垃圾,吼吼叫的大铲车正在刨地挖坑,准备打地基建造高楼大厦。遇到的村民都被转移到原来村东岗的槐树林里,每户人家一个庵棚,等待盖好新房再搬到楼上去住。村北的沙岗也被盖楼的工程队挖平,原来连绵起伏的沙岗如今变成郑州市高架的南四环大道。

2017年,我乘坐地铁从南四环经过,发现沙窝李四个自然村已经不复存在,变成了华南城、康桥、红河谷等一个个声名显赫的商贸城、大学城和商品楼小区,昔日匍匐在飞沙地的茅草房,竟然长出了十八层以上的高楼大厦。最有意思的是,郑州市地铁2号线一个出站口的名字,竟然取名叫沙窝李。

再后的日子我经过沙窝李和郑堡第三生产队的故地,不知为什么没有勇气抬头向车窗外面看,因为看了不知是应当高兴还是心酸,心底总能涌出一种"无可奈何花落去"的感觉。

沙窝李的1977年不见了。

一群记者学大寨的理想成了割舍不下的一场梦。

幸福的时光
——在花卉诗词的海洋里徜徉

引子

花六千块钱买了一台数码照相机。

又花四千块钱买了一台彩色打印机。

下这么大的本钱,是为了拍到最好的照片,而且能把照片清晰地打印出来,最终做成一套书。初步设想,这套书拟名"中国十大名花古典诗词选粹",每种花精选诗词一百首,再加注释和说明性文字,同时配上寓意相近的图片,做成图文并茂,既可鉴赏又可阅读,适合老人休闲和少儿启蒙的通俗读物。版本设计以轻便为主,每种花各一册,十种花做成十个单册,合在一起就是一套丛书,既可单册出售,也可成套购买。做这套书的目的,旨在传播中国的国粹和花卉文化,社会效益第一,并不打算赚钱。

拍照片很费力气。

选编这套书更费力气。

动手前,我曾查阅全国许多家出版单位的图书目录,没有发现此类图书问世。大约原因有三,一为古典诗词的限定,二为中国十大名花的限定,三为名家名篇的限定,如果再加上注释和汉语拼音,这等于在成千上万首古典诗词的大海中捞针,在几千种有名的花卉中沙里淘金,又相当于在图书分类和选材夹缝中细中求细,对准茫茫书海中那个被人遗漏的盲点,像钻牛角尖一样找到一个图书选题的切入点,编成一套拾遗补阙的稀有图书。

选编诗词的过程我只能单打独斗。

拍照片的得力助手便是我的妻子。

那是 2005 年,是我人生中的一段灰暗时光。

世上有些事情不能问为什么。

想一想哪个庙堂里没有屈死鬼。

干部提前离任等于工人提前下岗,过去的所有业绩不管是功劳还是苦劳都变成了历史,后面的路怎么走日子怎么过才是需要认真考虑的。为了从往事的对与错、是与非的纠缠中解脱出来,我选择了自救和原谅,办法就是重新让自己忙碌起来,心无旁骛,专心干自己喜欢干的事。这叫"躲进小楼成一统,管它春夏与秋冬",自己跟自己玩,过一过唐代大诗人李白那种"天子呼来不上船,自称臣是酒中仙"的日子。

于是我便走进了花卉诗词的海洋。

同时拉着妻子一起拿起了照相机。

一、十里荷花香满路

灼灼盛夏,十里荷花。

我们拍丛书照片是从荷花开始的。

郑州东郊十五里处,有个地方叫莆田,古称莆田泽。据有关史料记载,此地在春秋战国时期曾经是一片浩浩荡荡的湖泊,其水面东西长三四十里,南北宽二十余里,东达开封,北临黄河,水源丰沛。隋唐以降至宋,湖中有河流穿过,行船来往穿梭。到了明清时期,由于黄河风沙侵蚀,湖中逐渐隆起连绵起伏的沙丘,将湖泊变为沼泽。之后沙丘递增为沙岗,低洼处变为水塘和湿地,到近代就不见湖泊,只有河道和沟渠交织的沙荒地。当地农家因地制宜,在高处开垦农田种粮,在低洼处开挖水塘种藕植荷,于是沿贾鲁河、七里河乃至东风渠两岸,年年夏季便生长出一片一片的莲塘。这些莲塘,小则三五亩自成一体,大则几百亩连成一片,东家和西家莲塘互连互通便形成一眼望不到尽头的绿色王国。雨过蛙声阵阵,风来荷花飘香,秋末冬初便有肥硕白嫩的莲藕从泥塘里走出来,人担车拉送往城市的农贸市场。

见到大片的荷花,我们异常兴奋。

初次拍照的妻子不停地捺下快门。

当时我用的是富士数码相机,一张储存卡可以拍摄二百到五百张照片。而妻子用的奥林巴斯相机,是我当记者时用过的旧相机,一个胶卷只能拍摄三十六张照片。由于过度兴奋,她钻进荷塘后,见花就想拍,沿着田埂一下子钻进荷塘深处,不一会儿就把一个胶卷拍完了。临近中午的时候,我们聚到荷塘附近的河堤上吃午餐,她说当天带的胶卷已经拍完了。见她浑身的衣服已经汗透,我劝她悠着点儿不用慌,她说见到好花心里就痒痒,不拍照就对不起那站在水塘里的荷花仙子。说话的时候她不停地甩着脸上的汗珠子,笑起来的模样仿佛一下子从年过半百的老妇变成了大姑娘。

午餐吃的是烧饼夹牛肉和四川榨菜,喝着自带的白开水,她觉得很幸福。

那天拍到的最理想的一张照片,是在白沙镇北边的荷塘深处。由于上午拍的照片太多,妻子带的胶卷已经用完,所以午餐后我便带着她在荷塘集中的区域闲逛,以观赏为主,遇到合适的机会我就用数码相机拍摄。开始在荷塘边的小路上步行,而后又开动我的凯越小轿车,沿荷塘周边的乡间公路慢慢行驶。这样从莆田出发,先向北驶过祭城,又从祭城向东跑到刘集,再从刘集向南驶向白沙,小车等于在中牟县西部的四个乡镇转了个大大的四边形,其间的莲塘可谓星罗棋布,数十里荷花一路飘香。车到白沙北边的一片荷塘,妻子突然让我停车,因为她看见莲叶下有一群水鸟在追逐游戏。原来,水鸟的天性是怕人不怕车,人从旁边经过它们会起飞,而车从旁边经过它们却视而不见,照样在荷叶丛中玩耍。停车后我仔细观察,那是一群绿颈野鸭,带头一只野鸭个头比较大,后边跟着的几只个头比较小,好像是一只母鸭带着几只小鸭娃娃在觅食。为了不惊动它们,我轻轻地摇下车窗,将照相机镜头悄悄伸出窗外,找好角度迅速拍摄了几张野鸭在莲下戏水的照片。不过这些照片虽然很生动,却没有荷花相伴,角度不算太理想。于是又轻轻滑动汽车,前行几米找到塘边有荷花的地方停下,这样以荷为主野鸭做背景拍了几张,我觉得很成功,妻子也高兴得张大了嘴巴。之后我又忽发奇想,希望拍到野鸭飞出或飞入荷塘的照片,那样照片的动感将会表现出来。于是我把车继续向前开,绕到荷塘边沿的水面处停车,先找到几朵似开未开的荷花做背景,举着相机等待;又让妻子绕到野鸭背后的田埂上,走到适当的位置突然大声咳嗽,野鸭受到惊吓就会突然起飞,这样我就可以乘机抓拍到合适的照片。结果很成功,既拍到了野鸭贴水起飞的照片,又拍到了荷花与野鸭同框的照片。这照片的意境,自然让人想起明朝诗人刘基的《莲塘曲》:

> 落日下莲塘,
> 轻舟赴晚凉。
> 偶然花片落,
> 飞出两鸳鸯。

又让人想起元朝诗人黄庚的《采莲女》:

> 越女兰舟泛绿漪,
> 采莲花露湿红衣。
> 万荷影里歌声过,
> 惊起鸳鸯贴水飞。

有了这次经历和经验,之后我们拍摄荷花的照片,便由盲目拍摄变为有目的拍摄,由大面积拍摄变为有选择的拍摄,甚至多用特写镜头,不但拍到花朵和花蕊,还可拍到蜻蜓,拍到蜜蜂和荷叶下的小鱼。

> 泉眼无声惜细流,
> 树阴照水爱晴柔。
> 小荷才露尖尖角,
> 早有蜻蜓立上头。

这是宋代诗人杨万里的著名荷花诗《小池》,被编入课本,成为小学生必背的诗篇之一。为了拍到意境相吻合的照片,我们曾在黄河迎宾馆后院的荷花塘里守了三天,拍了三十多幅蜻蜓立在荷苞上的照片,最后录入书稿中仅用了一幅。

> 秋荷一滴露,
> 清夜坠玄天。
> 将来玉盘上,
> 不定始知圆。

这是唐代诗人韦应物的名篇《咏露珠》,采用白描的手法,将荷叶上的露珠写得活灵活现、栩栩如生。为了体现此诗的灵性,我们守在森林公园的荷塘边,拍过清晨的荷叶露珠,也拍过雨中荷叶滚动的水珠,其间的辛苦和耐心可以想见。

> 小娃撑小艇,
> 偷采白莲回。
> 不解藏踪迹,
> 浮萍一道开。

这是唐代诗人白居易的《池上》,是古典诗词中最有情趣的荷花诗。短短四句诗,把小孩子的顽皮和天真表现得活灵活现。此情此景,我们在黄河风景名胜区的荷花塘里也拍到了比葫芦画瓢的照片:划着游船的小孩偷采莲花,我们藏在芦苇丛中偷拍照片,各取所需,心照不宣。

最难拍的是红莲,一是种的红莲少,二是红莲开花少,而且花朵也比较小。几经周折,我们在黄河岸边的丰乐葵园拍到了红莲,最有意思的是站在索道上居高临下拍摄,其中最壮观的画面,镜头框住的红莲花朵就有上百朵。照片的背景也很妙,清晨初露,朝霞满天,荷叶上有轻轻的薄雾,花朵上有滚圆的露珠,远方还有邙山的背影和黄河大桥飞架南北的剪影,构图堪称完美。这幅照片后来洗印的时候,被制作照片的小姑娘截留一张样片,挂到她们打印部的墙壁上,成为招揽生意的广告样本。

意外收获是我们还拍到了碗莲和王莲,这是在郑州西郊一个花卉公司的种植基地偶然发现的。碗莲的花形很美,花心类似于月季,只不过花朵奇大,花瓣的层次更多。让人想不到的是,碗莲还有红、黄、绿、紫多种颜色,更有红白相间的杂色碗莲花朵,让人叹为观止。第一次拍到碗莲照片,我们应该算偷拍,因为没有征得主人的同意,我们看见稀奇的花朵,举起相机就咔嚓咔嚓拍个不停。也许这个花卉基地不以种莲为主业,其他众多的苗木和花卉把独特的碗莲池塘给掩盖了,所以并没有人阻拦我们拍照。莲池是台阶状的,类似于大寨的梯田,一层高过一层,每层的碗莲花形相似,颜色却各不相同。第二次再去拍照,走到大门口就有人拦住了我们的车,好在我身上保留有在岗时的记者证,主人就热情地接待了我们,不但准许拍碗莲,还特意带我们到影壁后边的花池里,拍到了硕大无比的王莲。据说那圆圆的像簸箩一样的莲叶,可以坐上一个三岁的娃娃也不会下沉。

拍罢碗莲,我忽然想起宋代婉约派词人晏殊的《菩萨蛮》,可以概括我们拍摄荷花照片的感受——

芳莲九蕊开新艳。轻红淡白匀双脸。一朵近华堂。学人宫样妆。
看时斟美酒。共祝千年寿。销得曲中夸。世间无此花。

荷花的美丽在于出淤泥而不染。
可惜的是我们始终没有找到双头莲。

二、不是花中偏爱菊

秋丛绕舍似陶家,
遍绕篱边日渐斜。
不是花中偏爱菊,
此花开尽更无花。

唐代诗人元稹的这首《菊花》诗，活灵活现地道出了世人爱菊赏菊的真谛。诗的首联和颔联连用两个"绕"字，以田园诗人陶渊明的"采菊东篱下，悠然见南山"的意境作暗喻，引申出观赏菊花依依不舍的心态，那是因为菊花开过之后就进入寒冬，当年就没有别的花可以观赏了。惜花，正是这首诗的主旨。

就我而言还真是偏爱菊花。

为拍菊花还真是下了一番功夫。

众所周知，菊花是河南开封的市花，开封人种菊、养菊历史悠久，近些年几乎每年都要举办菊花展。到了重阳节前夕，开封周边的菊花种植园就开始忙碌起来，各色各样的菊花盆景，大车运小车推地往菊花展会场里搬运。由于参展的花农人数众多，菊花品种众多，菊花展的主会场不光展台林立，还要在市区组织多处分会场，甚至每一条街道每一条居民小巷都要摆满大大小小的菊花盆景，几乎家家门前都种菊，户户门前都卖花，整个开封市差不多成了菊花的海洋。

这正是我想要的实景拍照。

菊花展开幕当天，我们提前赶到了现场。

这年的菊花展主会场在龙亭公园，我们从公园东北角的小门进入，先在龙亭后面的长廊里快速转了一圈，然后就直奔龙亭前面的主展区，沿着玉带桥两侧的湖边，一个展台一个展台地观赏、选景、选材，看到中意的目标便随手拍照，名贵菊花品种便重点拍照。开拍的时候正好旭日东升，霞光满地，水面上还微微有雾气蒸腾，菊花枝头大都布满露滴。如此理想的拍照机会，还多亏我随身带的记者证，这才让我们以特殊身份和特殊待遇，抢在万人之前进入了菊花展现场。

我拍到了"绿云"和"帅旗"。

妻子拍到了"墨菊"和"醉杨妃"。

这些菊花中的名贵品种，我们在拍照之前根本没有听说过，更别说见过和研究过。当然，拍照之前我们也曾查阅关于菊花的资料，也阅读过数以百计的菊花诗词，知道菊花品种繁多，花色各异，形态多姿多彩，有的品种还可以就餐入药。有资料显示,菊属就有 30 余种,中国原产 17 种,主要有野菊、甘菊、小红菊、菊花脑等。仅秋菊中的大菊就分为 5 个瓣类、30 个花型和 13 个亚型。又说菊花依花瓣形态可分为单瓣类、桂瓣类、管瓣类等;依花型可分为宽瓣型、荷花型、莲座型、球型、松针型、垂丝型等;依栽培形式可分为独本菊、多头菊、悬崖菊、大立菊、高按菊等。花瓣的外观形态,又分为园抱、退抱、反抱、乱抱、露心抱、飞午抱等栽培类型。资料还显示,菊花为花中四君子(梅、兰、竹、菊)之一,世界四大切花(菊、月季、康乃馨、唐菖蒲)之一。

如此复杂的专业知识只有科研人员说得清。

种菊的花农恐怕最关心种的花好看不好看。

我们在拍照的过程中,被一幅又一幅菊花的美景感动,来不及思考它是某个属、某个种、某个型以及如何栽培和生长成这个样子。不过看得多了,拍的照片多了,再加上花农不断地介绍,技术人员不停地讲解,慢慢也知道品评菊花的成色。先是知道菊花的颜色有讲究,分单色和复色,以黄为正色。单色即一花一色,分黄、白、紫、红、粉、绿、泥金、雪青等八大色系;复色即一花多色,千变万化。再后又知道菊花的造型,不同的品种不同的色彩可以生长成不同的形状,达到不同的视觉效果和感官刺激。菊花的品种很多,有的以形态取名,有的以色彩取名,还有的以香气命名。开封菊花展历届评选出的花王就有几十个,比如细若发丝的"千丈珠帘",丰满奔放的"金碧辉煌",幽静清丽的"绿牡丹",飘逸含情的"鸳鸯带",娇小玲珑的"白松针",柔美光洁的"墨麒麟",花瓣着刺的"麻姑献瑞",瓣端开裂的"金贯托挂",梨香扑鼻的"梨香菊",等等,都是颇具盛名的佳品。

照相机的快门发出一声一声的脆响,这些菊花名品依次被装进了镜头。

等观菊花展的人群拥进公园展区的时候,我们的拍照已经接近了尾声。这时候妻子又夺过我的数码相机,独自走动着寻找目标,补拍一些菊花的特写镜头,以备做书编排版面的时候,拿这些花朵特写照片做题花或尾花使用。

午饭时我们到开封第一楼吃了灌汤包子。

五十块钱饭钱算是对五百张照片的犒赏。

午饭后我们又到开封的大街小巷溜达一圈,发现有些菊花的小景很有诗意。走到相国寺附近的一条小巷里,发现每家每户的临街小门两侧都有石砌的花坛,每个花坛里都种有菊花,高高低低,五颜六色,一眼望去就像走进了菊花的长廊,让人立刻想起如下的诗篇:

> 九日重阳节,
> 开门有菊花。
> 不知来送酒,
> 若个是陶家。

这是唐代诗人王勃的《九日》,有花有酒,既饱眼福又饱口福,悠然自得。再看下面这首:

> 九日不出门,
> 十日见黄菊。
> 灼灼尚繁英,
> 美人无消息。

这是唐代诗人贾岛的《对菊》,诗意中含几分幽默,多几分乐趣。再看宋代诗人王十朋的《菊》,那就有了一丝文人的诙谐和顽皮:

> 佳节逢吹帽,
> 黄金染菊丛。
> 渊明何处饮,
> 三径冷香中。

以上三首诗同写重阳节的菊花,心境不同,切入角度不同,但诗意却是相通的,都是赞美菊花的香艳和美丽。还有一首诗叫《篱菊》,是清代诗人边寿民的名作,把菊花直接夸成了美人。诗文是这样的:

> 一尺美人腰,
> 凭栏多窈窕。
> 君看高士花,
> 篱上悬秋晓。

品评这些菊花诗,让人忘记了疲劳;翻看所拍的菊花照片,让人感受到辛劳之后的快乐。那天从开封菊花展返回郑州后,我们又根据各个展台提供的名片,顺藤摸瓜,按图索骥,分别摸到几个乡间的菊花种植栽培基地,到花农的大田里去寻找原生态的菊花,补拍了许多大田里的菊花照片。我们曾去过开封南郊的一个农场,还去过开封黄河大堤下的一处苗圃,去得最多的要数郑州东北方向一个叫郑老庄的花圃,大田里的菊花品种多达上百种。郑老庄这家花圃的主人姓郑,是原来村里的党支部书记,退休后包了村里几十亩地种菊花,专门雇了开封的花工,一年四季住到花圃里管理菊花,从栽培到出售,把苗圃打理得井井有条。

郑老板说他的园子里有药用菊花。

有的菊英送到宾馆的餐桌就是高档菜。

菊花不但可以观赏,还可以入药,鲜嫩的菊英还可以佐餐,甚至有的菊花还可以制作成化妆品,这些功能在古典诗词里均可以查阅。比如元朝诗人段成己写的《菊花霜》一诗,就有拿菊英做成香粉化妆的神来之笔。原文是这样的:

> 六宫试手学梅妆,
> 曾见飞英点额傍。
> 香粉嚼馀浓不散,
> 睡花误染缕金裳。

经过多次交往,在拍摄菊花照片的过程中,渐渐与郑老板交上了朋友。在他的花圃里,我们拍到了"二乔""点绛唇""玄墨""羞女""仙灵芝""天鹅舞"

"泥金香""绿水秋波""龙吐珠""礼花""冷艳""金皇后"等许多名贵菊花的实景照片,有时候郑老板还帮助我们托举反光板,以求把他种的菊花拍出更清晰的照片。作为回报,我们把拍好的照片特意多洗印一套送给他,以便他到陈砦花卉市场卖花时,作为招揽生意的活广告。最后一次拍完菊花照片,已经过了冬至节气,临别时我把做好的一张书页,连文带图打成彩色样张,送给郑老板作为纪念。这首词是宋代婉约派词人李清照的名篇,全文如下:

醉花阴

薄雾浓云愁永昼,瑞脑消金兽。佳节又重阳,玉枕纱厨,半夜凉初透。

东篱把酒黄昏后,有暗香盈袖。莫道不消魂?帘卷西风,人比黄花瘦。

郑老板看了,觉得菊花照片拍得不错,先是啧啧连声一阵夸奖,一阵欢笑,不过看罢照片旁边的文字,却嘿嘿两声,一脸懵懂的样子,却依然眯眯地笑。

我说那是李清照的词,挺有名的。

他"噢"了一声,却依然一脸懵懂的样子,不知词为何物。

三、独立人间第一香

落尽残红始吐芳,
佳名唤作百花王。
竟夸天下无双艳,
独立人间第一香。

这是唐代诗人皮日休的著名诗篇《牡丹》,称牡丹为百花之王,夸它的花姿天下第一,香艳无双。我们拍摄十大名花的实景照片,当然要关注百花之王的牡丹花,而且牡丹花又是河南洛阳的市花,"洛阳牡丹甲天下",洛阳更是不能不去的赏花之地。

洛阳每年都有牡丹花会。

牡丹成了古都洛阳的名片。

有史料记载,洛阳牡丹栽培始于隋,鼎盛于唐,宋时甲于天下。此花雍容华贵,国色天香,富丽堂皇,寓意吉祥富贵,繁荣昌盛,是兴旺发达、美好幸福的象征。洛阳牡丹的特点是,花朵硕大,品种繁多,花色奇绝。仅从花色来看,就有红、白、粉、黄、紫、蓝、绿、黑及复色九个色系,十多种花型,细分多达一千多个品种。每到花开时节,整个洛阳城仿佛一片花海,人如潮涌。到了宋代以后,种花赏花的习俗在民间更为盛行。欧阳修在《洛阳牡丹记》中描述:"洛阳之俗大抵好花。春初,城中无贵贱皆插花,虽负担者亦然。花开时,士庶竞为游敖,往往于古寺、废宅有池台处为市井,张幄帘,笙歌之声相闻。……至落乃罢。"由此可见洛阳牡丹文化之盛况。

洛阳地脉花最宜,牡丹尤为天下奇。

地脉,是指洛阳的地气、王气。洛阳这个地方很怪,牡丹长得好好的,但到了外地,就慢慢退化了,至少是花朵没有在洛阳大了。而外地的牡丹本来一般化,移到了洛阳,一下子就变支棱了。由此民间就又有了一种说法,叫作"种植好牡丹,必取洛阳土"。洛阳的山川形胜,托起了三朝古都、六朝陪都,坐上了一百零五位皇帝,个个君临天下。这说明洛阳的地脉和气候好,不光成就了皇帝的霸业,而且也适宜牡丹的生长和繁育。

准备好资料我们就去赶会。

天刚蒙蒙亮就从郑州赶到了洛阳。

洛阳的王城公园,是每年牡丹花会的主会场。我们依据事前准备好的拍照路线图,进园后先找牡丹的名贵品种拍照,比如魏紫、姚黄、豆绿、墨魁、二乔、娇容三变等,这是走进展厅首选的拍照目标。其次要找观赏效果比较好的品种拍照,比如绣球、九蕊珠、无瑕玉等造型别致的目标。再次要选择花色抢眼的品种拍照,特别是稀有的花色,比如黑牡丹、绿牡丹、紫牡丹,更要细心寻找,精心拍照。遇到较好的构图,比如红白牡丹相间、高低花朵交错、成线成排花朵,这些画面都要采用变焦镜头,推远拍成广角画面,拉近拍出特写画面,或拍成竖片,或拍成横片,目的明确,目标清晰,图片鲜活生动。必要的时候,还要使用滤光镜,还要使用反光板,有时为了选好拍照角度,还要跪着拍照,趴到地上拍照,躺到沟里拍照,或者爬高上梯,全都不在话下。

捺下快门就像打出去的子弹,每张照片都要击中预设的目标。

比如拍摄紫牡丹,就会想到清代诗人汪士慎的《紫牡丹》一诗,其构图选景、画面剪裁、用光明暗,自然会让人联想到花径、绿苔,甚至蜜蜂等选材细节。诗文如下:

> 一径香风扫绿苔,
> 魏家粉本正全开。
> 人间巾帼谁堪拟,
> 安得真妃赐紫来。

再比如拍摄黑牡丹,自然会想到明代诗人唐寅题《墨牡丹》,取景就有了底数。诗文是这样的:

> 春风吹恨上红楼,
> 日自黄昏水自流。
> 谷雨清明都过了,
> 牡丹相对共低头。

好不容易碰到"二乔"牡丹,也就是一枝双花或一花双色牡丹,那就会立马想起唐代诗人徐凝的名作《牡丹》:

> 何人不爱牡丹花,
> 占断城中好物华。
> 疑是洛川神女作,
> 千娇万态破朝霞。

走到公园大门旁,看到卖花的花农和买花的俊俏姑娘正在为一株牡丹盆景讨价还价，立马就想起唐代诗人白居易的叙事诗《买花》。诗文较长，抄录如下：

> 帝城春欲暮，
> 喧喧车马度。
> 共道牡丹时，
> 相随买花去。
> 贵贱无常价，
> 酬值看花数。
> 灼灼百朵红，
> 戋戋五束素。
> 上张幄幕庇，
> 旁织笆篱护。
> 水洒复泥封，
> 移来色如故。
> 家家习为俗，
> 人人迷不悟。
> 有一田舍翁，
> 偶来买花处。
> 低头独长叹，
> 此叹无人谕。
> 一丛深色花，
> 十户中人赋。

此诗的思想意义虽然大于赏花本身的价值，却不乏对牡丹花的赞美。而我们当时看到的买花场面，却是花农自夸花好，一是花朵大，二是花色鲜，三是开花层次多，说话间脸上充满了自信和荣耀。而买花的姑娘呢，围着牡丹盆景转来转去，一边啧啧称奇，赞美种花的老农技艺精湛，把盆景装点得像花王，一边又想砍低价格，用较低的成本买到颜值较高的好花。如此讨价还价，买卖双方追求的都是公平交易,最终花农卖了个好价钱,买花的姑娘也得到了称心如意的花。在双方交易成功的一瞬间,我手中的相机"咔嚓""咔嚓""咔嚓"连响了三声,不但拍到了美丽的花朵,同时也拍到了他们甜蜜的笑脸。

当天的拍照到此圆满收场。

妻子相机的胶卷也已经用光。

为了犒劳自己,我从车上取出防潮睡袋,铺在两株高大的牡丹花丛之间,又取出野餐饭盒,摆上切好的牛肉、烧鸡以及花生豆和黄瓜段,又顺手摸出小瓶的高度二锅头烧酒,夫妻俩相对而坐,一边喝酒吃肉,一边还伸出手指比画着老虎杠子,有模有样地喊起了酒令。之后躺在牡丹花下,美美地睡个午觉,再后就收起相机和三脚架,发动汽车打道回府。

牡丹花的照片拍得很顺手。

后来带到北京,有人要出高价购买。

我说不卖,出书可以,单买照片不行。因为这些照片是为出书服务的,不能喧宾夺主。妻子说我傻,说我横着竹竿过城门,转不过弯的死脑筋,那照片卖了不是可以再拍吗?

四、太阳不够借月亮

其实制作照片是个系统工程。

编排版面更是劳心费力的琐碎活儿。

先说照片。制作图书最好选用实景照片,这样题材鲜活,内容生动,视觉效果强烈,显得更有真实性。要想拍到好的实景照片,必须追着花的开花周期去拍照,错过花期就很难拍到合适的照片,有些花期一等就是一年。拍照片的过程,需要灵活运用很多摄影技巧,比如取景、构图、剪裁、用光、变换焦距、调节光圈、变化拍照角度等,每一个细小的技巧,都会影响照片的质量。还要根据气候变化调节拍摄时机,比如阴天晴天,白天黑夜,有风无风,霞光雨露等条件变化,让拍照适应环境,而不是让环境适应拍照。从野外拍照回来,对照片的处理一环接一环,必须及时处理干净,让照片达到随时可以调用的程度,这才算完成了拍照任务。其间,先从照相机的储存卡里把数码照片倒腾到电脑里存盘,在电脑中打开之后,初步筛选底版,把质量不太好的直接删除,剩余的再作优劣区分。确定优质底片之后,再将各种照片分类,分别建立文件夹保存。然后对选出的备用照片逐一加工,用一个叫"胞司"的图片加工软件,对数码底片进行尺寸调节、色彩调节、明暗对比度调节,调到合适的程度再确认、存盘,放入相应的文件夹。某种照片积累到一定的数量,还要把这个文件夹刻成光盘,格式化之后再存盘,达到永久保存的目的。

加工一张图片要经过多道工序。

电脑技术的神奇让人目瞪口呆。

会使用电脑技术的人觉得很方便,它可以节约人力和时间,大大提高工作效率。同时电脑可以做到许多人力所不及的事情,比如把照片放大,把花朵调亮,把图片背景变暗,让大图中套个小图,把图片切成圆形或椭圆形,把图片拉长或拉宽,似乎都能得心应手。而不懂电脑技术的人,反而觉得隔行如隔山,不但不听使唤,反而处处捣蛋,有时甚至敲错一个键,就会把你排了半天的文字黑屏,就会让你拍了几天的照片瞬间丢失,让你哭天抹泪,挖地三尺也找不回来。更可恶的是,电脑似乎专门欺负老年人,它说的不是人话(电脑用语),大多故意不说汉语(多用英文缩写),让老年人说了一辈子的话变了味道,不但不会说了,而且也听不懂了,汉语大多都变成了洋文,俗语大多都变成了新词。总之老年人学了一辈子用了一辈子的知识,碰到电脑就变成了白丁和哑巴,就连写字如燕的手指头也变得僵硬了。

我们操作电脑的最大障碍是不懂英语。

可是电脑偏偏用英文字母编排程序。

这就为我们加工制作照片带来了极大的难度。白天在野外拍了一天照片,到了晚上再坐在电脑前将照片一张一张地倒腾出来,从粗选到细选,优胜劣汰,一张照片倒腾三遍,拍五百张照片就等于过手一千五百次。加工过程再删繁就简,百里挑一,排版时十张用一张就是万幸。好在我们找到了一个好帮手,那就是我的外甥女小凤。这姑娘在一家画报的影印部工作,整天加工和制作照片,玩起电脑来得心应手,敲打键盘时十个手指就像弹钢琴一样灵活。她为我们的家用电脑安装了专门加工照片的软件,还配备了储存各类照片的光盘,开始是她自己操作,然后又手把手地教我们老两口操作。有时候她白天上班,晚上就跑到我们这里加班,一干就是半夜。粗算起来,十大名花的外景照片,每种花按五百张毛片计算,集中起来差不多就有五千张照片需要加工,经小凤之手加工的照片在半数以上,总量最少在三千张。

小凤成了我们的指导老师。

妻子把这个外甥女当亲女儿一样看待。

加工照片还有很多细活儿,比如把大幅照片剪切成题花,加工成尾花,制作成压题照片,以及粘贴背景照片,这都是排版书页过程必备的技术和工序。这些活儿看似细小和零碎,却需要极高的鉴别眼光和精益求精的耐心。好在我在报社当编辑期间做过夜班编辑的组版工作,对稿件选择、文图搭配、组版画版、标题制作等都很熟悉,甚至对一框一线、大小插图、题花尾花的运用,也都熟能生巧。这些编辑技巧方面的基本功,对我们选择照片和设计丛书版面,也是一种底气。

选择题花需要眼尖。

加工尾花需要心细。

在小凤手把手的指导下,妻子加工照片的技术进步很快。她的长处,是能从一大片构图相近、色彩相近、主题相近的图片中,立马挑选出最抢眼的那一张,而且加工之后十有八九都能用上。这就叫眼尖,说白了就是一种鉴赏和分辨能力。这与她对色彩的敏感度有关,也与她善于观察细节有关。平时她到商店里买衣服,看似漫不经心,却能从琳琅满目的商品中立马找到适合自己的那一件。若要挑选毛衣,她拿手摸一摸,就能大约知道毛线和棉线的比例,也能感觉到毛线和毛绒的差别。把日常生活的经验用到鉴别照片的构图和成色上,不能说百分之百成功,但十有八九能够有效。因此,丛书的题花和尾花,半数以上是她拍的,三分之二是她制作成功的。

接下来还要排版。

排版最难的是插入照片。

说句不太谦虚的话,用电脑写书,我可能是河南本土作家中较早的实践者之一,而且用五笔打字,曾创造过每天写作一万字以上的纪录。但也曾干过最丢人的事情,就是打了五万多字的稿子,因为不会存盘,因为不会排版,因为无意中敲错一个键就把稿子弄丢了,这等于十天半个月白干活儿。后来我就找了一个老师,这个老师比我年轻二十岁,他一边跟我叫叔一边教我操作电脑。可是我总也学不会,有时学会了却很快又忘了,原因是我讨厌英语字母。我上学的时候学的是俄语,对俄语的颤音非常感兴趣,所以俄语成绩特别好,学了六年俄语的经历成了永久的记忆。这就在我的脑海中产生了一种混乱,一个汉语拼音字母,一个俄语字母,再加上一个英语字母,它们的模样和大小写有的是相同的有的是相似的,而发的音却截然不同,组成的词语所表达的意思也相差十万八千里。这就让我对英语字母产生了反感,觉得它对汉语拼音和俄语是一种捣乱和干扰,因此天然的就有一种逆反心理。可偏偏电脑的编程语言大都是英语的缩写,我看见那字母就恶心,也就谈不上有兴趣去记忆它。这也许是我的个人偏见,我的毛病,但这毛病总也挥之不去,结局便是鸡蛋碰石头,电脑乃至整个电子产品普遍使用英语编程是硬邦邦的石头,我的厌恶和抵触情绪不过是石头下面的一粒沙或一个鸡蛋,失败和失望都是必然的。有时候我异想天开在心里呼喊:为什么不使用我们的母语、我们的汉语来为电子产品说话,而偏偏要用英语呢?我甚至断言,将来哪个中国人能让电子产品用汉语标示和表达,那么他一定是可以载入中华民族文明史的英雄。

以上这番牢骚话不能改变现状。

事过二十多年,电脑照样使用英语指令。

丛书的排版遇到了障碍,这时候我就想起了比我小二十岁的电脑指导老师。他叫少强,十年前我写的书稿丢失,就是他帮我从电脑里找回来的。这小伙子为人腼腆,不擅言辞,却尽干实事。他不但能熟练操作电脑的各种程序,而且能拆卸电脑,维修电脑,打字和排版在他的手下就像玩魔术一样,可以变幻多种字体和各种各样的版面式样。他不但做事认真,做人也很正派厚道,凡是答应去做的事,言必信,行必果,事后都有交代。这叫做人的诚信,与他打交道可以一百个放心,对人对己皆如此。因此当这套丛书排版遇到了困难时,我自然就想到了少强,有他帮忙我们就更有底气了。

但是没有想到组版的工作量那么大。

完成我要求的一个码子比一般图书的十个码子都难。

编排的基本流程是这样的,第一步是选择可以入围的古典诗词作品,这要从上万首古典诗词中挑选适当的花卉诗词,再将入围的上千首花卉诗词分别写出"注释"和"说明",排版时要将每首诗词用阿拉伯数字标明注释和说明的位置,诗文的原作和注释及说明的文字还要用不同的字体区分开来,用统一排版格式将每首诗词定位或定格到书页码子上,这算完成了文字部分的处理;第二步是图片处理,每首诗词要求有三幅以上的图片装饰,一为题花,二为尾花,三为文字的配图,题花要压在诗词的标题上,大小宽窄与标题一致,互为一体才算合格;第三步要做的是书眉和页码标线,书眉在书页上方标明某种花某种诗或词的名字,同时配以相应的压题照片,页码标线在书页下面,除了标明页码数字还要同时配好压线照片。完成以上三个步骤,这页书码才算组版完成。这期间还有审稿和校对,有错的地方还要逐一在版面上改动和更正。如此经过三审和三校,累计的工作量有多大,可以算得出来吗?

做书的难处只有天知和地知。

少强的帮忙从来是不讲条件的。

这里还需要说明的是,我们的丛书准备的是三套版本。一为上下册简明版本,上册为诗之部一百首,下册为词之部一百首,突出少而精的特点,成本较低;二为分册成套版本,十种花卉诗词各编一个单册,每册各选诗词一百首,十种花就是十个单册,十册合起来就是一套书,可以单册阅读,也可以整套购买,突出十大花卉诗词名家名篇的特点,印制成本适中;三为带汉语拼音的版本,就是在第二套版本的编排基础上再添加上汉语拼音标注,目的在于方便幼儿阅读,也照顾到只会汉语拼音而不识汉字的外国读者阅读,这样做虽然成本高了点儿,但传播花卉诗词文化的功能更为实用一些。

这样的劳动量仅靠白天是忙不过来的。

因此,太阳不够我们就巧借月亮帮忙。

五、二十四番花信风

春雨惊春清谷天，
夏满芒夏暑相连，
秋处露秋寒霜降，
冬雪雪冬小大寒。

这是人人耳熟能详的《二十四节气歌》，影响着农家的衣食住行和文化观念。在中华大地上，连幼儿园的小孩子都能背诵和演唱。与二十四节气一样有意义的，还有二十四番花信风。自小寒至谷雨共八个气节，一百二十日，每五日为一候，计二十四候，每候应一种花信。每候都有某种花卉绽蕾开放，人们把花开时吹来的风叫作花信风，意思是带来开花音信的风候。更有意思的是，有人还把一年中应时开放的花编成歌谣，叫《十二姐妹花》在民间传唱。歌词是这样的：

正月梅花凌寒开，
二月杏花满枝来。
三月桃花映绿水，
四月蔷薇满篱台。
五月榴花红似火，
六月荷花洒池台。
七月凤仙展奇葩，
八月桂花遍地开。
九月菊花竞怒放，
十月芙蓉携春来。
十一月水仙凌波开，
十二月蜡梅报春来。

在这首《十二姐妹花》的歌谣中,有半数的歌颂对象都在我们选编的十大名花之列。并且民间还有能人,将各种名花对应的诗词名人,或者历朝历代的诗词名家擅长写作的名花名诗对应起来,又编排出"十二月花神",细想也有广泛传播的理由。诗词的花神依次如下:一月兰花屈原,二月梅花林逋,三月桃花皮日休,四月牡丹欧阳修,五月芍药苏东坡,六月石榴江淹,七月荷花周镰溪,八月紫薇杨万里,九月桂花洪适,十月芙蓉范成大,十一月菊花陶潜,十二月水仙高似孙。如此名花名人名作的排列,说明广大读者还是挺有眼光的,其中多种名花和多位诗词名家都在我们的丛书选编之列。

我们的实景拍照没有停歇。

照相机循着花信风忙碌。

在中国十大名花中,桂花的照片是最难拍的,一是花朵太小,二是桂花树难成规模,单棵单株多,成片成行的林子少,这就很难拍到场面宏大的照片,特写的题花照片也较难制作。好在桂花的品种个性鲜明,不同花色自然就产生不同的视觉效果。桂花大体可分为金桂、银桂、红桂和月月桂,其中最常见的是金桂,最稀有的是红桂,拍照效果最好的当数红桂。我们第一次发现红桂是在郑州市区东北角的森林公园,那里有一个公园派出所,院子不大,院东边有一个篮球场和一个羽毛球场,场地四周栽的都是红桂树,花开时节,香风阵阵,如遇风吹,香气能弥漫半个公园。

> 人闲桂花落,
> 夜静春山空。
> 月出惊山鸟,
> 时鸣春涧中。

这是唐代诗人王维的著名桂花诗《鸟鸣涧》,写的夜景,突出山涧的静逸和桂花的安详,鸟的惊叫声回荡空谷,更衬托出桂花的雅静。我们拍摄红桂的时间选择在清晨,旭日东升,朝霞越过附近岗丘起伏的林带,林中有斑鸠和鸣,柔和的阳光将桂花树的倒影折射到沙岗下的湖面上,这个背景非常适合逆光拍照。密密麻麻的红色花朵像米粒一样缀满枝条,一枝压一枝的桂花像彩带,似火鞭,层层高攀到树梢,在朝霞的透视下,每一朵花都好像张着小嘴在微笑,一棵树就好像一顶花枝招展的花轿。局部拍摄一丛花朵,旋转镜头聚焦放大,那花朵便一个一个笑哈哈鲜活起来。

每一棵红桂拍了十个镜头。

十棵红桂就有一百张照片。

但这还不是最好的桂花照片,也不算最好的拍摄环境。真正得意的拍摄地在郑州北郊的黄河迎宾馆,拍摄最棒的桂花照片是在黄河迎宾馆的八号楼后花园。那是毛主席当年下榻的宾馆,那是毛主席曾经散过步的后花园,那花园的金桂一棵一棵都长成了仙树,那开满桂花的树冠远远望去就好似一座座花房,走到近前,每一棵树都好似一座花山。树下的香气招来一群一群的蜜蜂,这一切都成了拍照的绝佳素材。拍照的时候我一直在思考,如此美景和好花,哪一首诗词的意境更切题一些呢?忽然就想到宋代婉约派词人李清照,她写的桂花别有新意。词作如下:

鹧鸪天·桂花

暗淡轻黄体性柔,情疏迹远只香留。何须浅碧深红色,自是花中第一流。　　梅定妒,菊应羞,画阑开处冠中秋。骚人可煞无情思,何事当年不见收。

黄河迎宾馆的前身是中共河南省委第三招待所,简称为"三所"。这里的楼堂馆所,大多是20世纪60年代的苏式建筑。这是当年召开全国农业工作会议,为了接待毛主席和中央有关领导同志,特意建成的一所大型迎宾馆。里面的建筑和布局,表面看朴素简洁,总体格局却端庄大气,其间有几座独栋独院的小楼,每座小楼各有特色,楼与楼之间花径相连,水榭花亭布局得恰到好处。其中的八号楼为毛主席下榻的地方,楼的四角设计的是椭圆形透明玻璃窗,里面安排的有明岗和暗哨,据说站在里面可以眼观六路,耳听八方,视线所及,三百六十度不留死角。房前屋后各有一座花园,其间遍植奇花异卉,有许多花的品种北方人叫不出名字。房舍的东边是一座与房顶等高的花山,一色的石阶小路,路边多有奇石花雕,山坡上广植花卉,尤以桂花最为壮观。我们当时拍摄的桂花照片,多在山坡的阳面,抬眼望去,金灿灿的花朵压弯了枝条,每棵树都好像由无数条花枝搭起的层层花楼,蜜蜂在花间飞舞,整面坡就是一片花海。此情此景,用李清照赞美桂花为"自是花中第一流"的诗句来表达最为恰切。

之后我们又在黄河迎宾馆发现了牡丹园。

在六号楼附近的水系边又发现了梅林。

据说六号楼是当年周恩来总理居住的地方,门前的花径两边种的是海棠,那是根据他的喜好特别栽培的,再往外走便是绕院的小溪,溪上有座小石桥与海棠花径相连。小溪的两岸栽培许多梅花,从东到西绕岸将近二百米,号称梅林,也有叫梅溪的。最有名的梅花品种在小石桥的两端,每头各植一株红梅和白梅,四株梅树站在石桥的四角,好似威武的卫兵在站岗。其实梅花是一种洁净的花卉,虽然在雪中开花,表面看有些冷艳,而花开的模样却似贵妇的笑靥。

墙角数枝梅,

凌寒独自开。

遥知不是雪,

为有暗香来。

这是宋代诗人王安石写的《梅花》,短短四句诗,却写尽了梅花的天性,说透了梅花的品格,后人再写成千上万首的梅花诗,都无法将他超越。不过,与王安石同时代却年长于他的隐逸诗人林逋,却先于王安石留下了梅花诗的绝唱,这首诗名叫《山园小梅》,诗文如下:

众芳摇落独暄妍,

占尽风情向小园。

疏影横斜水清浅,

> 暗香浮动月黄昏。
>
> 霜禽欲下先偷眼,
>
> 粉蝶如知合断魂。
>
> 幸有微吟可相狎,
>
> 不须檀板共金樽。

此诗的妙处在于"疏影横斜",点睛之笔在于"暗香浮动",细致的观察写出了梅花的精神,"暗香"二字又道出了梅花的品质,可谓生动传神,妙笔生花。作者隐居西湖孤山,终生不仕不娶,唯喜梅养鹤,自谓"以梅为妻,以鹤为子",人称"梅妻鹤子",可见写诗用情之精诚。南宋诗人王十朋称赞林逋的《山园小梅》,惊叹"压尽千古无诗才"。此诗之后,"暗香"也便成了梅花的专称和别名。

黄河迎宾馆的梅林成了我们拍照的基地。

为拍一幅"雪下梅花"宁可守候三天。

再后,我们又在黄河迎宾馆找到了月季园,还在西北角一座小楼门前拍到了盛开的山茶花。据说有山茶花的这幢是当年邓小平住过的地方,他是四川人,家乡的山岗丘陵上盛产山茶花,于是在营造小楼环境时,有人就特意在门前栽了几株山茶树,意在勾起主人的思乡之情吧。在黄河迎宾馆的西南角,我们还找到了一个面积不小于二十亩的花圃或者叫花房。这里有专门的花工种花,一年四季鲜花不断。露天的地方叫花圃,搭棚的地方叫花房。宾馆的房间很多,几乎每个房间都要摆放鲜花,而且各种花卉不停地轮换,因此用花的量很大。这里的花工师傅非常善解人意,知道我们拍花的意图之后,主动做我们的向导,时而帮助洒水,时而帮助遮光,尽可能让我们拍到合适的照片。在这里,我们拍到了兰花,那是地地道道的国兰,其中有名贵的芝兰和蕙兰,还有正在抽穗开花的剑兰。

> 手培兰蕙两三栽,
>
> 日暖风微次第开。
>
> 坐久不知香在室,

  推窗时有蝶飞来。

  这是明代诗家文徵明的《题画兰》，大家写小诗，小诗出名句，一句"坐久不知香在室"把兰花的天赋和秉性完全写活了，后人只要写到兰花，就会自然而然想到这句兰花诗。

  同时我们还拍到了水仙花的照片。

  其中最大的一盆水仙有上百朵花。

  在花房的大棚里，我们最后见到的是杜鹃花。花工师傅说，杜鹃花是客房用量最大的一种花，这种花寓意友爱、吉祥，而且花色鲜艳，被誉为花中西施，深受客人喜爱。杜鹃花别名映山红，也叫格桑花。相传，古有杜鹃鸟，日夜哀鸣而啼血，染红遍山的花朵，因而得名。花色以红为主，有正红、淡红、杏红、深红、粉红之别，也有雪青和白色，花朵繁茂而艳丽。

  蜀国曾闻子规鸟，
  宣城还见杜鹃花。
  一叫一回肠一断，
  三春三月忆三巴。

  这是唐代浪漫主义诗人李白的《宣城见杜鹃花》，诗文用典巧妙，比兴恰到好处，既夸赞了杜鹃花，又表达了诗人的思乡之情。

  拍完了杜鹃花，我们从黄河迎宾馆的花房里走出来，历时半年的拍照工作（将十大名花按花序和花信拍一遍），到此算是告一段落。当然，此后照片的整理和加工，编排和组版，还有大量的后续工作要完成。与此同时，我还委托我在河南日报社工作的朋友、《河南画报》的美工摄影师龚一兵，帮助我拍摄精细的银桂照片和白梅照片，那也需要一一合成、复制、加工，一并刻录成光盘，带往北京，请书稿的设计者统一筹划用途。

  半年的拍照可谓呕心沥血。

  劳累使我忘掉了烦恼，忙碌让我找到了快乐。

六、一年长占四季春

仲春时节,北京很美。

植物园里,乱花迷眼。

带着补拍照片的动机和目的,我们让在北京工作的大女儿磊磊,专门请了三天假,让她带领我们到有名的公园去看花。磊磊在北京一家新闻单位工作,平时外出采访,总爱习惯性地带着照相机,不但经常拍新闻照片,也爱拍各种名花的照片。这次为丛书配发照片,她已经在中山公园拍了牡丹,在北海公园拍了梅花,这会儿带我们走进北京植物园,目标是拍到较好的月季照片。

这里的月季花朵大如碗。

这里的月季花朵会上墙。

走进植物园的第一感觉是,这个地方足够大,这里的花卉足够多。单说月季花,这里不叫月季园,而叫月季山;品种分类不叫花圃,而叫花廊;盆景不是一盆一盆的,而是一架一架的,足见月季花品种之繁多,规模之宏大,品相之高雅。沿途走过去,花色也是多彩多姿的,说是红色,一片红艳艳的,说是黄色,一片金灿灿的,白的站成排,紫的站成行,杂色的月季花区,更是令人眼花缭乱,看不完的惊喜,拍不尽的镜头。这里的月季花,有的已经长成了树,上下开几层花,花多者可达百朵。还有一种爬墙月季,花朵不但爬满了篱笆,还可爬到二楼的阳台,有的沿着窗沿的四边开花。此番景象,不禁让人想起宋代词人赵师侠的佳作。全文如下:

朝中措·月季

开随律琯度芳辰。鲜艳见天真。不比浮花浪蕊,天教月月常新。

蔷薇颜色,玫瑰态度,宝相精神。休数岁时月季,仙家栏槛长春。

我们在月季山上转悠,三个人各拿一台相机,一会儿你"咔嚓"一声,一会儿他"咔嚓"一声,每拍到满意的照片,都会凑到一起品评一番。有时遇到好的镜头,三个人会同时举起相机,照片不但有花,还会有人,女儿的镜头里照的是妈,妈的镜头里照的是爸,爸的镜头里照的是女儿。这样互相拍照,你中有我,我中有你,拍花的气氛就多了几分欢乐,多了几分亲情。

植物园里还有个园中园。

曹雪芹故居也是园中的一道风景。

在这里,我们无意考究曹雪芹笔下的《红楼梦》是不是曾叫《石头记》,也无意去参观山半腰那个圆圆的巨大无比的石头是不是通灵宝玉的化身,因为我们的心思是在寻找十大名花。走进院子闻到阵阵幽香,那是廊檐下的兰花盆景散发的气息。室内异常雅静,也能闻到淡淡的水仙花的气息。真正可以观赏的是院子四周的篱笆墙,那上面的爬墙月季正值繁花期,五颜六色的花朵争先恐后地爬到篱笆的顶端,远望一排排花枝招展,近瞧一簇簇花朵鲜艳。此番景象无法找到合适的词语形容,觉得明代诗人张新的那首《月季花》用在这里比较贴切。诗文如下:

一番花信一番新,
半属东风半属尘。
惟有此花开不厌,
一年长占四季春。

拍完了月季花新春第一茬花的照片,我们又沿着一条淙淙小溪溯水而上,沿途将近两华里便是疏影横斜的梅林。此时越冬的白梅已经过了花期,新开的美人梅和榆叶梅却开花正旺。红色的榆叶梅最为抢眼,每一条花枝长达一米以上,上面密密麻麻尽是花朵,乍一看就像用花朵编织的火鞭,一条条火鞭便组成一团团花丛,一团一团的花丛便组成了梅林的花海。走到梅林深处,妻子突然惋惜地长叹一声,原来她带的胶卷已经拍完了。女儿也同时停止拍照,原来她的数码相机的储存卡已满,只有删一张腾个地方,才能拍下一张照片。

无奈之下,我们只好到山半腰的寺庙里休息。

中午在寺庙的慈善餐厅吃了一顿斋饭。

女儿见我们感觉很好,心情也好,下午便带我们多走了一段山路,又拐弯参观了一个热带植物花卉展览,下山时还观赏了号称百亩的牡丹园。在牡丹园的最大收获,是拍到了一株五朵的绿牡丹,那是我在多个牡丹园寻觅不见的珍贵画面。

女儿说,看花就是看个好心情。

妻子也说,拍照片自己高兴就行。

我知道她们是在安慰我,生怕我为做这套丛书下了这么大功夫,翻阅几千首诗词,阅读上百万字的资料,书写上千条生僻冷字和俗语典故的注释,又拍摄数千张照片,风里来雨里去忙碌了几百个日日夜夜,万一到最后出书遇到了麻烦,那该怎么应对呢?

尾声

终于见面了:编辑和作者。

面对一杯清茶,双方互相握手。

没有过多的寒暄,谈话直奔主题。这是北京的一家出版社,在职期间,我和这家出版社的社长多次打交道,在图书订货会上,在社长年会上,在学习班上,我们总能碰面,言谈甚欢,甚至有两次开会同住在一个房间,可谓无话不谈,也算是老朋友。编选这套丛书,我事前也给他打过电话,商量过编辑意图,也算事前有约。谁知这次到北京送稿,这位社长也就是我的老朋友仅仅出面招待我吃了一顿饭,就把书稿出版的事指派给了一位姓刘的编辑,再也不见露面了。我理解他这么做是为了避嫌,免得别人说他开后门,也属当领导的正常操作。所以没有多想,就把带来的书稿光盘、照片光盘以及三个版本的备用光盘,统统拿出来交给了接手这项工作的刘编辑,以后我就尊称她为刘女士。

她看了书稿说很好。

她看了照片说忒好。

我看了她说好的表情也说很好。刘女士虽然不算年轻,长得也谈不上漂亮,但学识渊博,见识广,言谈举止都给人以值得尊重的感觉。交谈中得知,他们社里实行的是编辑项目责任制,每个图书选题都要承包给项目负责人,兼顾社会效益和经济效益,最终的效益指标都要落实到责任编辑的名下,也就是说赔钱和赚钱都要承担责任。刘女士既是项目负责人,也是责任编辑,同时还是美编,兼顾这套书的美术设计工作,等于她一个人承包一个编辑工作室。

她的社长把这套书的责任压给了她。

我自然也对她十分信任和敬重。

不过临别时刘女士向我提出两个要求,在说这两个要求的时候,她的表现有点羞答答的。第一个要求,她说她特别喜欢我拍的菊花照片,有些稀有的菊花品种她从来没有见过,她第一眼看见就舍不得放手了,问我能不能允许她在别的地方使用这些照片。原来刘女士有个朋友是日本人,也是搞美术工作的,所以想把这些菊花照片带回日本。第二个要求,问我能不能让她吃个定心丸,承担一部分基础印数的印制成本,或者换句话说,就是购买一定数量的图书,最好现款支付。她知道我也是干出版的,说完了最后一句话有点儿不好意思,又用低低的声音解释说:"你知道的,这类书,印制成本挺高的,彩印,八色,要用铜版纸,制版费也很贵的。"

我先是点了点头,她高兴地笑了。

而后又摇了摇头,她立刻张大了嘴巴。

刘女士是个聪明人,为了给我留足面子,送我出门的时候再三安慰我,说书是好书,照片也是好照片,不出太可惜,出了怕赔钱;并表示再向她的社长汇报,商量个两全其美的办法,争取早日见书;要我等她的电话,等她报告好消息。

之后我再也没有接到她的电话。

当然也没有听到她报告好消息。

妻子劝我说,你这个人不会算账,要让我给你算账,你应该高兴才对。你编的书,人家说好,你拍的照片,人家也说好,这说明你干的是正事,一个"好"字就值了。再说了,你编稿子,花钱没有?写稿子,花钱没有?都没有。你赔的只是时间,花点儿时间做学问,不比你纠结往事,胡思乱想强吗?还有拍照片,花了几个钱?除了相机和胶卷是自己买的,其他都是白白享受的!你看了多少花呀,哪朵花让你掏钱了?不错,你跑来跑去忙活,是累了一点儿,可身体却越跑越结实了,哪个划算?叫我说,你拍照片赚大发了,忘了伤心事,干了正经事,忘了烦心事,干了愉快的事,花个小钱你买了个健康,忙了一年你多活十年,那叫美到家了!

想想妻子说的也是这个理。

我拍照片的过程,其实是一种自救。

三年以后,我的书稿仍然没有音讯。

十年以后,我的书稿还是没有音讯。

其实,至此书稿能否出版,对我来说已经无足轻重。不过编选这套书的过程,特别是拍摄十大名花照片的过程,应当算我这一辈子少有的一段休闲和快乐的日子,应当算我人生中最幸福的时光。

靠山居笔记
——写在清华·忆江南

> 舍南舍北皆春水,
> 但见群鸥日日来。
> 花径不曾缘客扫,
> 蓬门今始为君开。
> 盘飧市远无兼味,
> 樽酒家贫只旧醅。
> 肯与邻翁相对饮,
> 隔篱呼取尽余杯。

这是一千二百多年前,唐代大诗人杜甫写在成都浣花溪草堂的一首诗《客至》。早年阅读时,觉得诗的意境清幽,辞章素雅,诗句风趣而幽默,一派野趣的田园风光。及至年龄增大,重读此诗便有了新的感觉。透过华美的诗句,隐隐感到一丝孤独、寂寞和凄凉。其实,这首诗是杜甫在久经离乱,安居草堂后写的即兴诗。表面看,迎客敬酒,欢喜倍至,实则是偏居城外,身处茫茫大野,与群鸟为伴,内心极度冷清和孤寂。但我还是喜欢这首诗的意境,特别向往隐身山林、与鸟共语、聆听蛙鸣的田园生活。

不料,在我退休后不久,这个理想中的隐居之地,还真的被我找到了。走出郑州城,驱车向西北方向,先过贾鲁河,再过索须河(也即隋炀帝乘龙船的大运河),沿着江山路奔跑大约三十公里,迎面便看到了连绵起伏的邙山,山的那边便是祖国的母亲河黄河。就在邙山脚下,离黄河不远的一处山洼地带,突然就出现了我理想中的桃花源——一片隐藏在山水林莽之间的白墙蓝瓦的建筑群。首先看到的是一汪湖水,湖的中央有一条小河自西向东穿过,穿湖而过的小河就像少女胸前的银色项链,立刻让这片山地鲜活起来。再看两岸的丘陵和山岗,丘陵不大,山也不高,地势多为梯田式的有上有下,沿途是一层层的林带。仔细观察,绿树掩映之下,便见一排一排的新式洋房,蓝瓦白墙,错落有致,其间小桥流水,绿荫夹道,好一处现代化的山居之地。问询之后,方知此处是当地一位土生土长的老板用自己进城打工挣来的钱,回到家乡开发建设起来的崭新楼盘。由于这位老板熟悉当地的山川走势,林地风水,所以打造的楼盘巧借山姿,妙用水景,依山建房,依水为媒,依林造势,使得整个楼盘仿佛一幅巨大的山水画,富有山的英姿和水的灵性。于是这楼盘也就有了一个文绉绉的名字——清华·忆江南。

江南好,风景旧曾谙。日出江花红胜火,春来江水绿如蓝。能不忆江南?

这首词,是唐代另一位大诗人白居易的《忆江南》,描写江南如画的风景。我想此楼盘取名为"忆江南",恐怕表达的也是老板的一种心愿和心境,他想在沟壑纵横的邙山之间,在十年九旱的荒山野岭之中,创造一方江南山水,为百姓留下一片福地。

说来也算机缘巧合,老板有意打造山水宜居之地,我又想过那种乡间田园生活,所以一眼就看中了这里的房子。再一打听价格,这里的房价不过是城里房价的三分之一,就毫不犹豫地买下了一套三室二厅的洋房,并且一楼还白送了一个方方正正的小院,后山还送给一块可用十年的自耕地。

梦中的桃花源变成了现实过日子的地方,高兴之余我便给这房子取名为"靠山居",并以"靠山居"为题写了一首打油诗,聊以自慰。诗文全是大白话,抄录如下:

卧室一张床,
客厅一壶茶。
餐桌两瓶酒,

藏书三五架。

门前有小院,
瓜藤满地爬。
果树七八棵,
春夏都有花。

后山多野趣,
沟深林子大。
有鸟会唱歌,
红柿遍山崖。

山前一湖水,
游船美如画。
岸边有莲荷,
荷下多鱼虾。

大野忆江南,
此处是我家。
借来有闲日,
伴我过花甲。

——写于 2010 年 10 月

人说诗言志,歌咏言,写诗作赋一般多写雄心壮志,抒发个人情怀,而我写这首打油诗,纯粹是对自然环境的描摹,似乎是没有思想的闲扯。不过,写罢之后,端详再三,觉得十分得意,认为这首打油诗真实地反映了我当时的心境,有一种小鸟挣脱囚笼,放飞山林的愉悦感。接下来的生活体验,更加证明了我的这种感觉是有道理的。

难得一方小院

在忆江南居住，第一得意的是门前有一方小院。院墙用花砖砌就，最上边是一层厚厚的石板，可以摆放许多花盆。院门偏开，门框和院墙一样高，门是用铁艺焊成的单扇门，进出可以落锁。从院门到房门有一条弧形的石板路，小路的左边是花坛，右边是菜地。院中有两个葡萄架，每根柱子的旁边，都种有一棵胳膊粗的葡萄树。院子的东南角有一棵龙枣树，西南角有一棵杏树。花坛里除了种有牡丹和芍药，还有两棵只开花不结果的观赏石榴，院墙边另有两棵既开花又结果的河阴石榴。

闲暇时光，我喜欢泡上一壶茶，坐到书桌前，透过眼前的纱窗，俯瞰窗下的小院。首先映入眼帘的是菜地：一畦嫩绿的韭菜，一沟水灵灵的小葱，还有刚出土的菠菜，刚结果的水黄瓜……各种新鲜的蔬菜，轮番在你面前展示一遍。都是自己种的呀，这是一种什么感觉？美，心里很美！

还有花，篱笆外最先开的是迎春，那花是黄灿灿的；接下来是榆叶梅，那花是红艳艳的；再后是杏花，粉嘟嘟的；之后是梨花，白得如雪；紧接着是爬墙月季，几百朵花一齐开放，院子四周成了花海；等到石榴花开，那便是蝶飞蜂舞，花树变成了一树一树的彩霞。这又是一种什么感觉？美，心里很美！

还有果。院角的那棵麦黄杏，每年都是捷足先登，一溜一溜的金黄蛋蛋压弯了树枝，最先熟的杏子常常被鸟先吃了一半，等人吃的时候杏子已经不酸了，只有面甜面甜的感觉。再后就有葡萄下果了，紫色的水晶一样的葡萄一嘟噜一串子地从葡萄架子的横梁间垂下来，满架子的葡萄串子光看都能把人看醉了，一架子葡萄做成酒可达百斤以上。最喜欢人的还是一树柿子，果虽不大，吃着极甜，吃着摘着到最后变成了烘柿，红红的软软的柿子像蜜罐一样甜，树梢的烘柿大多被喜鹊抢先吃了去。到了国庆节前后，院子里的大枣和石榴几乎同时成熟，一棵枣树能打下两筐大红枣，石榴树最大的一棵能摘下一百多斤果，硕大的石榴个个都像娃娃的脸，红扑扑的肥嘟嘟的，拿到手里压手。这又是一种什么感觉？美,心里很美!

还忘了一树槐花、三棵香椿。每年春天,一年又一年的春天,只要槐花将开,蜜蜂赶来,院门口便会飘过一丝丝一阵阵的槐花香气,那香气有点凉凉的甜甜的沁人心脾的感觉,文人叫它暗香浮动,老百姓叫它香得腻人。这气息就是槐花将开未开,花瓣半开半合的状态,也正是采槐花吃蒸菜的最佳时节。槐花这东西,采早了太嫩,蒸菜没有骨感,吃着没味儿;采晚了太老,蒸菜太柴,味道不正;只有半开未开的槐花,蒸出来的蒸菜才会色香味俱佳。这时候槐花的香气最有号召力,东院的邻居老娄老王,西院的邻居小陈小刘,楼上的邻居小裴小康,还有西楼的小华,南楼的老孙,只要听到一声招呼,便会一齐赶到槐树下,七手八脚上演一场采槐花大戏。我家作为槐树的主人,除了招呼各位芳邻抽烟喝茶,还会将采下的槐花分装成若干个小筐小篮,保证每家分到一份,顺便再将三棵香椿树上的香椿芽小心翼翼地采下,再小心翼翼地塞进各家分到的槐花篮子里。此时也就是当天的中午或晚上,左邻右舍的餐桌上,大都会摆上新蒸的槐花蒸菜,或者飘浮着鸡蛋炒香椿的气息。这又是一种什么感觉？美,心里很美!

这种美的感觉是住在城里没有的。

这多亏有了门前的一方土院子。

有了这方小院子,可以自己种菜,自己养花,自己栽果树,当然也可以自己酿葡萄酒,自己腌制咸菜,甚至自己生火熬一锅香喷喷的小米粥。小院让平常的日子生动起来,让平淡的生活充满了人间烟火的气息。

邙山沟里可耕田

家住忆江南,第二得意的是后山有一块自耕地。这块地不大,开始每家每户只给一分地;后来邻居家不种,我家接过来代种变成了两分地,再后又开荒整理出一块地,两块地合起来差不多有半亩。好在我们老两口都是农村长大的人,见了土地就觉得亲,喜欢种菜,喜欢种庄稼,一早一晚到地里溜达一圈,就觉得心里美滋滋的。

种地收获的不光是瓜果蔬菜和庄稼。

我觉得最大的收获是山沟里的野趣。

先说几个地名,就可以想见这条山沟的奇特之处了。这条沟就在我们住的小区后面,大约一华里的山坡下,取名叫史家沟。两边山不高,沟却又陡又深,沟宽大约百米,呈东北西南走向。往东北方向走,经过的村子叫张定邦,村头的断崖有二十层楼高,可见地形险要。再往前走,沟随山转,顺着沟拐弯抹角可以直达黄河。往西南方向走,这条沟可以交汇到枯河,溯流而上可以直达广武镇,镇子的北边便是鸿沟,也即中国象棋的棋盘上标示的楚河、汉界所在地,那是刘邦和项羽征战厮杀的古战场。更有趣的是,在我家自耕地东边隔一座山的那边有个村子竟然叫岭军峪,这村名听起来总有点刀枪剑戟的感觉。再加上附近还有传说中的汉王城和霸王城,仅这些地名就可以想见此地山川崎岖、地貌复杂的特征了。

春季,我们是听着斑鸠的叫声播种的。

秋季,我们是赶着野鸡的脚印收获庄稼的。

头三年,我们在山沟里种地,全靠铁锨、钉耙、锄头和镰刀这些先辈们常用的劳动工具,种菜浇水还要靠自行车或托运行李的小拉车一桶一桶地从家里往地里驮水。有时候在地里锄草,猛然间前面就会跑起来一只野兔,割麦子或摘棉花时,还时不时能在庄稼垄里轰起来几只野鸡。想象一下在沟里翻地的时候,山边林子里时不时有小鸟对唱,头顶时不时有成群的野鸡嘎嘎叫着飞过,那是一种什么感觉?

野趣,是一种笑过之后的快乐。

收获,是一种流汗之后的享受。

种菜和种庄稼,是有许多讲究的。地怎么翻土,田埂怎么整理,什么节令种什么菜,什么季节种什么庄稼,还有怎么施肥,怎么浇水,这里面有许多名堂,也讲技术和科学。开始的时候,左邻右舍的邻居们下地忙活,大多是为了锻炼身体。挥锨挖土,出点儿汗就算劳动锻炼,浇水拔草,屈膝弯腰就算体育运动,目的都是寻个开心,寻个快乐。这期间各家各户的女主人就显得特别勤快,特别欢喜。为啥?因为她们在山沟里可以放开嗓门喊话,可以嘻嘻哈哈地放声大笑,甚至隔着小山包喊话,隔着树林子嬉笑应答。女人干活儿,衣服被汗水溻湿了,那叫痛快;裤子被汗水浸透了,那叫潇洒!谁也不笑话谁,反而互相夸赞出汗多了好,可以排毒养颜,不喝减肥茶也能减肥,不抹护肤霜反而皮肤光滑结实了。天长日久,女人们便自动推举出劳动模范,三区的申大姐,18号楼的刘大姐,19号楼的小何,22号楼的小华,一个比一个勤快,一个比一个干活儿好,成了大家公认的"劳模"。我的老伴也不甘落后,不但成为女人群里的"大姐大",而且被默认为技术能手。曾有一段时间,她天不亮就拎个锄头下地,日出三竿才回家吃早饭。傍晚呢,锄草能锄到太阳落,不见星星不见月亮就不回家吃晚饭。有时候我看她太累,就劝她悠着点儿,别把身体累垮了,她反而自卖自夸,说种地把失眠症治好了,把肠胃病也治好了,在山沟里干活儿比神仙还舒服呢!当家家户户的女人们比赛锄草浇水种庄稼的时候,那是一种什么感觉呢?

女人的快乐才是一家人的快乐。

最好的日子就是山沟里的笑声。

再说一下种地的收获吧,那可是一年比一年多。头三年没有集中供水浇地,种的品种比较单一,产量也不算太高。头一年,夏季收五十多斤小麦,秋季收二百多斤红薯,辣椒、豆角和大葱就不计数了。第四年以后,自耕地变成水浇地了,就多种了玉米、芝麻、绿豆和棉花,有些年份还多收了一茬花生、红薯、胡萝卜和洋姜,收成是逐年增多了。丰收的时候,我们会把城里的亲戚、同学和朋友,一家一家地请到山里来,帮助挖红薯、拔萝卜,临走时每家每户都会大袋小袋地装走一些鲜货,这样又串门,又逛山,又干农活儿,还能带走一些刚出土的鲜活产品,家家高兴,人人欢喜。作为主人,我们又是一种什么感觉呢?

收获是一种成就感。

付出是一种幸福感。

种庄稼的过程,我有三次始料不及。第一次是种芝麻,开始没有把握能种成功,后来当我开着一辆京牌轿车,沿着四十五度角的狭窄山坡路,哼哼叽叽把芝麻捆子拉回门前小院的时候,我觉得比我写完一篇文章还有成就感。晒干之后,我和老伴用簸箕把芝麻粒吹干扬净,拿到广武镇一家油坊去榨油,一次竟然榨了两桶香喷喷的芝麻油!那是一种什么感觉呢?劳有所获,自食其力的欣慰感。第二次是收获棉花。谁能相信我们在山沟里能种成棉花呢,实践证明我们成功了。第一茬棉花盛开的时候,蹲到地垄往上看,漫天皆白,花朵多得像下雪一样。接下来收二茬花,还有三茬花,最后到快下雪的时候,我还要带上老伴去收拾没有张开嘴的干瓣花,摘花简直上了瘾。晒干以后,我们把一包一包的棉花拉到附近村子的轧花店去,一次竟打了五床新棉胎,最大的一床棉胎重达十斤,够厚实吧。此时又是一种什么感觉呢?欣喜之余,更多的是一种新鲜感。第三次是立冬时节收获洋姜。本来洋姜是在地头地边随便补种的,原本没打算有什么收获,可是当刨开第一株洋姜,顺手提出一串一盘的洋姜果实的时候,那鲜嫩的白花花的沉甸甸的似乎取不尽的果实把我和老伴惊呆了:一棵挖出的果实少说要有三斤重!那么十棵呢?一百棵呢?三百棵呢?拿的麻袋装不下,车的后备箱装不完,无奈就在地头挖了两个窖,像储藏红薯一样把它埋好盖好,既不能冻了,又不能不透气把它闷了。干完这些活儿,累得我们老两口躺在地上直喘气。我在心里说,这感觉,比我坐在办公室里写文章有趣多了,幸福多了。此时此刻,我不由自主地就想起了田园诗人陶渊明的《归园田居》。抄录如下:

> 种豆南山下,
> 草盛豆苗稀。
> 晨兴理荒秽,
> 带月荷锄归。
> 道狭草木长,
> 夕露沾我衣。
> 衣沾不足惜,
> 但使愿无违。

这首诗,表达的是陶渊明辞官归田后的心境,其"不为五斗米折腰"的操守令人尊敬,其安贫乐道、与平民为伍的情怀也为世人所敬仰。对我而言,此诗所展现的劳动场景,也正是我在山沟里种地的真实感受。其中的"带月荷锄归"和"夕露沾我衣",绘声绘色,令人动容。在我看来,在忆江南居住的十年,是我最无忧无虑的十年,因而也是最快乐的十年,最幸福的十年。因此,我感激,我感叹：

若无闲事挂心头，便是人间好时节。

葡萄美酒是这样诞生的

在忆江南居住，第三得意的是学会了许多手艺。有些手艺，是小时候已经学会的，比如编筐握篓，穿排子织席子，包括女人绣花织毛衣，裁剪衣服缝补被褥。因为我们老两口在农村长大，这些日常生活的小手艺都是操持过的。不过，长大后进城工作，一丢几十年没再摆弄过这些活计，有的小手艺倒是忘了。如今来到忆江南居住，过的是半个城市文明半个农村文明的日子，不得不重操旧业，把几十年前的小手艺拿出来耍一耍。

我首先亮出的是玩斧弄锛的木工手艺。

老伴就情不自禁地踏响了缝纫机。

装修房子的时候，剩下了许多大大小小的木块木条，木工把它们堆到墙角要当垃圾处理掉。我一看这都是从山上运下来的原木，扔掉实在太可惜，于是就买来锯子、斧子、刨子和凿子，自己打造屋里的小件家具，让这些废料一件一件变成有用之材。做家具的时候，东楼的邻居小赵和西院的邻居老余，一左一右坐在我的旁边抽烟，一边抽烟一边看着我干活儿，他们不相信我这个书生会干木工活儿，等着看笑话呢。谁知第一天，我做成了两把椅子，而且不用一颗铁钉，全靠木隼铆接而成，严丝合缝，非常结实。两天以后，我又做成了一件杂物柜，依然不用一颗铁钉，全靠凿子掏隼眼合成。接下来，我在院子的露台边又做成了两张排椅，还做成了一张玻璃面的小茶桌。这样老余和小赵都服气了，最后还非得让我给他们每人做一张小板凳，这才竖起大拇指，点头称谢。

其实这些木工活儿我十八岁以前都会干。

只是那时是为了挣饭吃，现在是为了玩品位。

老伴最得意的手艺，是做药枕，一种是艾叶枕，一种是菊花枕。每年的端午节前夕，她都会准备两把镰刀，让我开车去黄河滩，割回来一捆一捆带露水的野艾。回来后把艾叶收拾干净，晒干切碎，再做成或长或方或圆的枕芯，配上合适的枕套,做成各色各样的枕头,有的自己用,有的就送亲戚朋友。到了秋天,后山的野菊花开了,漫山遍野,一片金黄,沟沟坎坎,到处都是野菊花的香气。这是老伴最高兴的时节,也是她最忙活的时节,一会儿跑东山,一会儿跑西山,今天采阳坡,明天采阴坡,采来的菊花成筐成篮,晾晒的时候,整个院子弥漫着菊花的气息。她做枕套,花样也越来越多,有的枕套能配几种花色的布料,不但实用,而且美观大方,城里的同学或朋友来家里串门,专挑那奇形怪状的枕头或垫子拿,有的垫腰,有的垫颈椎,有的专做开车用的后背垫。做这些手工布艺,使得闲置了几十年的蜜蜂牌缝纫机重新启用,这让老伴非常开心,笑起来有点儿返老还童的感觉。

同时她还学会了晒干菜和腌咸菜。

最得意的是学会了自己酿造葡萄酒。

晒干菜没有太多的技术含量,只是因为鲜菜太多吃不及,才把它晒成干菜。春天的时候,大多储存的是野菜,比如荠荠菜、蒲公英、枸棒棒、柳芽、阴陈、枸杞叶、马齿苋等,这些野菜积攒得太多了,就把它蒸熟、晒干,以备淡季食用。到了夏天和秋天,晒的干菜多为长豆角、茶豆板、辣椒、萝卜缨之类的大路菜,有的生的就可以晒干,有的蒸熟了再晒干。这些干菜到冬天吃包子做馅,味道绝佳。对这些吃不及的菜,有的还可以做成咸菜,比如做成咸黄瓜、酸豆角、糖醋蒜、腌韭花等,这些咸菜可以长年存放,长年食用。还有山里的野花和野果,按时令采摘泡制,还可以做成不同的茶饮,比如枸杞茶、菊花茶、酸枣茶等。

过日子就是熟能生巧。

在忆江南也是处处留心皆学问。

再说做葡萄酒的事。我家院中有两个葡萄架,从朋友那里移过来四棵新疆羊奶子葡萄,每个架子旁边栽两棵。朋友介绍说,这葡萄品种好,可以爬架子,长很长的枝条,只要地力好,每个分枝可以结一串一串的葡萄。我开始有点儿不大相信,因为邻居家栽的当地巨峰葡萄,每年剪枝只留一人高,说枝条过长只会长秧子不会挂果,难道这羊奶子葡萄就真的特别?谁知栽上第一年,这四棵葡萄树就一下子长疯了,开花的时候,鲜嫩的枝条很快爬满了整个葡萄架。分析原因,一是朋友移来的葡萄树已有三年以上的树龄,到了挂果期;二是我在树根的旁边施了太多的农家肥,其中有羊粪、牛粪,还有鸡粪,肥力有点儿过大了。不料歪打正着,这羊奶子葡萄就喜欢大水大肥伺候,到挂果的时候,几乎葡萄架子的木条下全是垂下来的葡萄串子,一嘟噜葡萄少说也有一斤多重。这样算下来,两架子葡萄可以收获二三百斤的鲜果。高兴之余,马上又有点儿犯愁了:吃不及,鲜果又不能存放,咋办?难道让这鲜灵灵的葡萄烂掉?西楼的邻居老孙有经验,他说了个办法既简单又解决问题:做酒!

原来当地许多农家都会做酒。

他们做酒的办法一看就会。

如法炮制,我们找到古荥镇旁边一个葡萄园的王师傅,看他的酒缸,看他的原料,看他的制作过程,回来一一比葫芦画瓢,很快就做成了两桶半成品酒体,等待发酵后再提纯成可饮用的葡萄酒。其间的技术要点有三:一要干净,容器干净,原料干净;二要掌握好材料配比,葡萄和糖的比例为七比三,不能多也不能少;三要密封妥当,留的出气孔既不能过大又不能封死。做到了这三点,酒体就不会坏,酒的味道也比较纯正。因为这种自酿酒不加任何添加剂,全是纯净的葡萄汁液酿成,喝起来既安全又有营养。果然,两个月后我们将发酵后的酒体提纯,自己先喝,然后送邻居品尝,又送城里的朋友品尝,饮者无不拍手称道。

从此我们每年做两桶自酿酒。

家里来客也要喝我们的自酿酒。

为了显摆一下自酿酒的妙处,有一年秋收过后,我们两口子专门把住在郑州的十几位高中时期的老师和同学,一起邀请到忆江南的家中来做客。那天,请他们喝的是我们自制的野菊花茶,吃的干果是我们自己种的花生和葵花籽,还品尝了我们自己种的红薯,自己种的南瓜,炒菜用的是我们自己种的芝麻油,连坐的凳子和垫子也是我们自己手工制作的。吃饭时喝的酒,当然是我们自酿的葡萄酒,有人喝不够,临别时还悄悄带走了一瓶两瓶。同时我们老两口还炫耀了忆江南的温泉,饭后特意带着大家进温泉体验一番,十几个年近古稀的老同学坐在温泉池里有说有笑,玩得不亦乐乎。彼时的心境,让人不由自主地想起了孟浩然的著名诗篇《过故人庄》:

故人具鸡黍，

邀我至田家。

绿树村边合，

青山郭外斜。

开轩面场圃，

把酒话桑麻。

待到重阳日，

还来就菊花。

这诗中的意境，或许可以表达我们在忆江南的真实感受。在这里，我们不光找到了清静的环境，安静的心态，而且找到了农家的快乐，劳动的快乐，收获的快乐，生活的快乐。

这里的邻居可赠茶

家住忆江南，还有一件特别值得称道的事，就是邻居特别好。这里的邻居，见了人特别亲热，见了面大都是先笑后说话，说起话来那个亲热的劲头，就好像交往几十年的熟人或朋友一样，让人心里热乎乎的。如果你从谁家门前经过，冷不丁就会听到有人给你打招呼：

"进屋坐一会儿！"

"进院喝杯茶吧！"

"歇一会儿吧，过来说说话！"

当然，别人如果从你家门前经过，你同样会招呼别人，让烟，请茶，让座，甚至送一把小葱，送一把青菜。就是在路途相逢，在河边散步，见了面也会点头微笑，彼此问候一声，以示友好或善意。这些礼节，不一定限于熟人之间，许多人第一次见面，也是一样的热情，一样的人情味十足。

我开始认为是因为住的人少，人见人稀罕。

后来我发现是这里的习惯，习惯成自然。

这种习惯的养成,我认为是从二期的业主开始的。因为一期是别墅,多为独门独户,业主之间来往机会不多。而二期是洋房,虽然一楼的住户也是独门独院,但每个门洞都留有大门和迎壁,楼上的住户进出,都要从一楼住户的院墙边经过,这样每个门洞的七八户人家,就有了共同的通道,房子的格局就给业主之间造就了更多的交往机会。不过这只是外因,内因还是在人,关键在人的心态。见人亲,首先是自己心态好,这样才会亲近别人,反过来别人也会亲近你。人是感情动物,你敬我一尺,我就会敬你一丈,善意总是加倍返还的。久而久之,邻居之间互敬互爱,互帮互助就成了习惯。再发展亲近一点儿,邻居之间可以互相看门,互相招呼对方的来客。谁家有了急事难事,会有一群邻居帮忙。比如我的对门邻居小陈家,有一年他那八十多岁的老娘迷路走失,慌得左邻右舍、东楼西楼的邻居都去找人,光开出去找人的汽车就有七八辆,直到半夜过后才把人找到。邻居俗得好,再进一步就是互通有无。平日里,你给我送几棒玉米,我给你送一篮花生,东邻给西邻送了刚摘的杏,西邻就会送给东邻新摘的枣,楼上给楼下带一兜馒头,楼下就会送给楼上一把刚挖的青菜。记得有一天中午,我一个人在家正发愁没饭吃,楼上的小裴就送来了一碗热腾腾的蒸卤面,对门的小陈就送来了刚炸好的油条和鱼肉丸子,感动得我半天说不出话。邻居混得再熟一些,那就是我到你家串门聊天,到吃饭的时候就干脆说不走了,就在你家吃饭!比如西楼的邻居老余,有几次到我家说事,进门就对我老伴说:"嫂子,多做一个人的饭,中午我在你家吃了!"直截了当,串门吃饭也是邻里间友好和睦的象征。

民间都说人情大如天。

忆江南的人情味都在谈笑间。

细算起来,我在郑州城已经生活了五十多年,先后搬过三次家,住过单位的家属院,也住过商业化管理的商品房小区,唯独在忆江南居住这十年,让我找回了儿时生活的记忆,那是乡间生活的原生态记忆,那是邻家邻舍充满人间烟火的记忆,那是"乡田同井,出入相友,守望相助"的充满人情味的记忆。比较起来,有多少人住在城市的高楼大厦里,整天抬头不见低头见,邻居之间彼此相见不相识,有谁主动跟谁说过话?知道楼上邻居姓啥名谁吗?知道楼下邻居家里几口人吗？知道对门邻居在哪个单位上班吗？

冷漠，拉开了人与人之间的距离。

自闭，这不是城市文明的过错。

忆江南的可爱之处，在于它没有患上城市病。它通过修路、架桥、建宾馆、办温泉，正在一步一步地提升乡村文明；它通过建设图书室、书画室、摄影室、棋牌室以及举办歌咏、走秀、舞蹈等各种特色文化活动，正在把社区引导向城市文明。

这里的道路是会说话的。当你沿着青石铺就的台阶路一上一下行走的时候，你会发现台阶路的旁边或附近，必然有一条平铺的道路相伴而行，那是为残疾人特设的可以推动轮椅的道路，这道路写在地上的语言叫"人性化"。

这里的小桥是会发出笑声的。有石头垒砌的古香古色的拱形小桥，有木制的带有木雕栏杆的天街一样的小桥，还有粗大的钢筋拉起的上面铺有悬空木板的吊索桥，这桥走上去晃晃悠悠的会发出嘎嘎的响声，当然也会引逗孩子哈哈大笑。这些伴着河水相向而行或者逆水而上的不同造型的小桥，都是为了让人们走上去舒心或者叫养眼，同时旁边或附近也总留有平坦的道路或一马平川的桥，目的是让行动不便的老人走路放心和安心，这些桥传递给人们的暗语叫"积德"。

自古最大的善事叫积阴德。

一个是铺路，一个是架桥。

甘做温泉人

家住忆江南，还有一件宽慰人心的事情，就是一年四季可以泡温泉。这温泉就在家门口，出门下去小山坡，沿着河边小路步行几百米，过去小桥就是温泉。有人给这温泉取个名字，叫作"江南春"，寓意里面的环境四季如春。走进去，第一感觉是温泉规模够大，三步一小池，五步一大池，温泉区就分室内室外四个部分，大小汤池五十多个，可以同时容纳几百人泡澡。另外，还有石板浴、桑拿房、游泳馆、健身馆和水上乐园，门类够多，配套齐全。第二感觉是温泉的植物够亮眼,汤池边的乔木、灌木和低矮的绿叶花卉大多是来自南方的热带、亚热带植物,棵棵四季常青,个个精神抖擞,有些植物的名字,稀奇得在植物园也难见到。第三感觉是温泉够时尚,男士修脚,女士美容,这都算平常服务,最特别的要算砂疗、鱼疗和药疗,仅中药汤池就有十多种,还有茶叶池、牛奶池、红酒池、芦荟池、黄瓜池、硫黄池、柠檬池、花瓣池,足够人们挑三拣四,最终都能选到如意的池子下水。以上这些如果放在市区,应当不足为奇,可它活灵活现地出现在忆江南社区的业主面前,这就不得不让人刮目相看了。

这温泉是需要为业主服务的。

当然它也需要经营,对外开放。

世上有名的温泉很多,西安的华清池,全国有名;商城的汤泉池,全省有名。我在东北的长白山泡过温泉,在西北的天山泡过温泉,也在泉城济南泡过温泉,还在海南的七仙岭泡过温泉,那些个温泉各具特色,有的设备豪华,有的格调高雅,可是在那里泡温泉,总有一种异地做客的感觉,只有回到忆江南泡温泉,才觉得自由自在,有一种回到家的感觉。

有关温泉的诗词歌赋很多,有的诗句写得很美,词也写得漂亮,比如李白的"云想衣裳花想容,春风拂槛露华浓",白居易的"春寒赐浴华清池,温泉水滑洗凝脂",都是写温泉的名句。但我最欣赏的还是明代旅行家徐霞客的那首《咏温泉》,抄录如下:

一了相思愿,

千唤水多情。

腾腾临浴日,

蒸蒸热浪生。

浑身爽如酥,

祛病妙如神。

不慕天池鸟,

甘做温泉人。

徐霞客笔下的温泉,特别提到了可以治病,这正是温泉的妙处所在。我喜欢忆江南的温泉,大半也是冲着保健防病的目的去的。走过花甲,年逾古稀,人就渐渐进入暮年。冬天怕冷,夏天怕热,过冷过热都容易伤身出毛病。当初我到忆江南居住,衣食住行都不担心,最担心的就是生病。因为这里远离城区,一旦生病就会招惹很多麻烦。所以我和老伴平时就特别注意自身保健,尤其注意预防感冒。我的体验是,冬天最怕体温低,没有正常体温就会觉得浑身不自在,不是这里疼,就是那里痒,即使加衣保暖,体育锻炼,大都治标不治本,最有效的办法就是泡温泉。一次从内到外,从外到内的热身,可以保证两到三天全身舒畅,活力如常,这是冬天泡温泉的最大好处。而到了夏天,又怕出汗过多。老人失汗如失血,大汗之后就会觉得全身无力。这时候我们走进温泉,大半时间是在游泳馆里游泳,既降了体温,又活动了筋骨,累了困了,还可以躺在池子旁边的躺椅上睡上一觉,说不定还能会一会周公做个好梦呢。

也许有人说泡温泉有点儿奢侈。

其实这里大半是业主的福利。

细账不用算,单说一个大概数据,就可以知道业主泡温泉的费用情况。凡是忆江南的业主,都有资格购买温泉的年卡,各家基数两张,年卡采用购房积分加一定比例的现金购买,平均一张年卡实付现金大约相当于小区外普通客人购买十二张的单次票。持有年卡的业主,除了节假日不能使用温泉卡,其他时间天天都有一次泡温泉的机会。也就是说,持卡业主只要乐意,除了节假日,天天都可以泡一次温泉。正常情况下,一般业主平均每月按十次计算,那么全年平均下来,持卡业主每泡一次温泉,现金支付在二十元左右。进入温泉的享受范围,除了在室内室外几十个汤池中任意选择水温不同的池子洗浴外,还可以享用石板浴、桑拿浴以及游泳、冲浪等水上娱乐活动,同时也可以到健身馆、羽毛球馆、乒乓球馆自由活动,有兴趣的还可以打麻将、打游戏、玩电脑,或者到图书馆看本书,到影视厅看场电影,休息时还可以喝杯咖啡或热茶,吃点儿时鲜水果或小点心,这些都是免费的。当然若想到餐厅吃顿大餐,那就必须另外付账了。

由此可见这张年卡的含金量。

年卡里除了现金也含有人情的成分。

说这话无意为经营的老板打广告,商人在商言商,做生意十之八九都是为了赚钱,这是世人皆知的道理,关键在于守住道德底线,赚钱取之有道,那就无可厚非。在我看来,温泉的健身功能、娱乐功能、休闲功能,以及由此给业主带来的愉悦感、幸福感、获得感,已经远远超过温泉门票的价值了。

我愿意聆听温泉里播放的贝多芬的《欢乐颂》,更愿意静听广东音乐《步步高》。

尾声

粗算起来,我们在忆江南居住已经有十个年头了。如今,忆江南的楼盘越来越大,房子越盖越多,人气也越来越旺,渐渐有了郑州卫星城的感觉。这里的山,似乎越来越有层次感了;这里的水,似乎由直线流动变为曲线流动了;这里的林,似乎花的品种比树的品种还多;这里的路,似乎增添了红、黄、绿、蓝多种色彩了;这里的环境和设施,似乎也越来越人性化了。用我老伴的话说,想想当年邙山沟,十座山头九座荒,吃水种粮多么不容易;再看今天忆江南,邙山沟里起楼盘,十年建成了一座城!就凭这十里长街万盏灯火,就是为一方百姓造福了,更是对郑州中心城市建设的巨大贡献。

老伴说这话时伸出了大拇指。

我庆幸我们选择了宜居之地。

如今的忆江南,不但已经成为我们的安身养老之地,同时也成了我们的安心养生之地。想想在职工作几十年的忙碌,想想多少年不知道休息的"工作狂"状态,想想白天上班夜里写作的辛苦,再想想一生遭遇的坎坷和磨难,忽然明白了一个道理:该休息了,该放下了,该解脱了。如今躲在这山沟里,远离红尘,与世无争,无牵无挂,逍遥自在,应该是人生最美妙的境界了。

写到这里,我想引用明朝开国元勋刘伯温的《辞职自遣》诗,作为晚年生活的座右铭,也作为这篇札记的结束语。抄录如下:

买个黄牛学种田,

结间茅屋傍林泉。
因思老去无多日,
且向山中过几年。
为吏为官皆是梦,
能诗能酒总神仙。
世间万事都增价,
老了文章不值钱。

十年闲居,亦耕亦读。是为记。

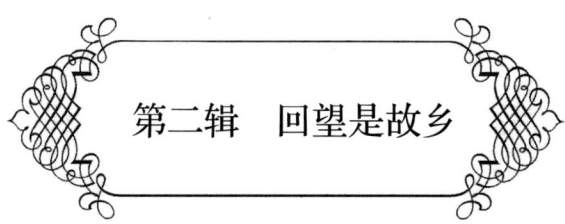

第二辑　回望是故乡

桐河岸边是我家

儿时的记忆里，我的家乡很美。春日的梅园，夏日的荷塘，秋日的大红柿子，冬日浩浩荡荡的芦花，还有村头的老井、村后的菜园，以及村中小道里飘香的油坊、醉人的酒坊、流彩的粉坊和让人流着口水的醋坊，这景象犹如一张张美丽的油画，又好似一曲曲流动的乐章，装点着生我养我的村庄，承载着父老乡亲的喜怒哀乐。

我家的位置，在南阳盆地的东边，在唐河流域的西北方向，那里有一条叫桐河的弯弯曲曲的小河。这小河自北向南流淌，突然就拐了个弯自西向东，就在小河拐弯的三角地带，傍河站着三个村庄，自西向东分别叫大杨庄、小杨庄和赵庄。这三个村庄都是我的家，大杨庄是我的先祖发迹之地，小杨庄是我家老宅的所在地，最东边的赵庄则是我的出生地。这三个村庄被一条小河串联着，顺着小河向上走十里地，可以到达桐河街，那是公社所在地，也是我小学毕业的地方，我的小姑家就住在桐河街东头的石牌坊旁边；顺着小河向下走十里地，可以走到我的姥爷家，村名叫十八里党，村民十有八九姓党。通往姥爷家的路上要过两次河，标志是两座跨河石桥，一座凌空飞架，叫空桥；一座拦河而卧，叫实桥，也叫燎板桥，桥体全是由燎礓石板垒砌而成。

这个地理区域是沿着桐河的曲线形成的，河的上游可以追溯到方城县境，发源地在嵩县白云山的太白顶一带；下游可以直达唐河县城，在县城西北角大约五里地的桐河嘴与唐河交汇，我上高中的三年时间，差不多每次进出城都在桐河嘴乘船过河，每坐一次摆渡船需要交两分钱。应当说，在我十八岁以前，基本生活在桐河两岸五十里的范围内，喝着桐河的水，吃着桐河的鱼虾，当然也包括用桐河水浇灌的粮食和瓜果，一步步长高，一点点长大。所以我总是对人说，桐河是我的家乡河，桐河是我的母亲河。

我的一生中遇到过无数的河流,不管是雄浑的黄河,奔腾的长江,还是绵长的塞纳河,优雅的伏尔加河,它们都无法与我的母亲河相提并论,这个道理如同甘泉不可比母亲的乳汁,那是人之初的永久记忆。

老井和皂角树

我的出生地在赵庄。母亲说,我是听着解放战争的枪炮声降生的。生我的那天,村子周边正在打仗,除了噼里啪啦的枪声,还有轰轰隆隆的炮声,母亲是躲在屋后的陈刺林里生下了我。事后才知道,那是解放军的部队与国民党的部队在打仗。不久南阳解放了,时间是1948年,比中华人民共和国成立的时间早了一年。也就是说,我来到人世间,睁开眼看到的是新中国的模样,当然最先看到的是我的家乡的模样。

赵庄村很大,全村一百多户人家,三四百口人。村里人三分之一姓赵,住在村东头;三分之一姓李,住在村西头;其余三分之一为杂姓,以惠姓杨姓郭姓为主,住在村子中间靠北的地带,南边便是村中的大水坑。整个村子呈长方形,东西长,南北窄。村子中间有三条南北向的大路,将村子分为三节,又有一条东西向的大路,将村子分为两半,再加上村子四周的牛车路合围,整个村子便形似一个国家的"国"字。其中那"国"字的一点,正是村中那口百年不枯的老井的位置,井的突出标志,是旁边生长着一棵年岁过百的皂角树。

老井位于村子中间偏南的地方,占据老菜园东北角四分之一的位置。老菜园其实是一块台田,高于周边的道路一丈有余,面积大约有十亩,一年四季供应全村人吃菜。老井除了供全村人吃水,平日里还要浇园子浇菜。井台是用石板垒砌而成的,人们到井口取水,需要沿着两边的台阶攀缘而上,一东一西,有上有下。井台呈四方形,四角各有一尊石雕的龙头,龙口嚼着龙珠似乎正在吐水的样子,模样颇为生动。中间井口呈圆形,上面架着一架辘轳,枣木的摇把红红的,磨得溜光。取水是有技巧的,先把水桶系在辘轳下边的井绳上,然后往下捻一下水桶,等桶下坠的时候双手要轻轻抱着辘轳的轴轮,这样才能把握着水桶下坠的速度,稳稳地将水桶落到井底的水面,等水桶猛的一沉,说明水已灌满,便可用力绞动辘轳的摇把,一气呵成把水桶绞到井口,再横着往怀里一拉,水桶便稳稳地停在井台上。使用辘轳的技巧关键在两点,一是水桶下行不可失控,二是水桶上行不能停歇,否则就可能发生伤人的事故。我小时候跟着大人们上到井台打水,每次都要学一遍绞辘轳的动作,所以八岁的时候就会自己打水了。

老井最撩人的地方,不光是井水甘甜,而且常年不会枯竭。据老人们讲,井底有高、中、低三个泉眼,分层供水,所以大旱之年也不会干枯。也有人说,老井的水取之不尽,用之不竭,与井边那棵皂角树有关。这棵皂角树也有百年树龄,粗壮的树干要由七八个男人合围才能抱住。高大的树冠支撑开来,可以遮阴半亩的乘凉地,一层层的树杈可以爬上去几十个光屁股小娃娃捉迷藏。每年结的皂角可以用牛车拉,供应全村人洗衣洗被也用不完。由此可见这棵皂角树之大之硕之威武壮观,甚至有人说站在三里外的南河滩上,还能看见这棵皂角树的树梢。如此,老井和皂角树,互相帮衬,相得益彰。皂角树得益于井水,所谓树大根深,枝繁叶茂,就是这个道理。而老井又得益于皂角树的庇护,遮风挡雨,滋养水分,净化后的水质就特别甘甜。

大约在1958年以后,村里的老井被改造,把辘轳拆掉了,换上了机械转动的绞水车,整天有一头毛驴在井沿转来转去,拉动水去浇菜。之后又在村子的东头和西头各打了一眼水井,村里人的吃水问题就变成三分天下了。但我记忆最深刻的,还是那口老井。

百岁的皂角树,留下了我捉迷藏的身影。

老井的故事,成了我儿时的一篇童话。

大坑和柿树园

赵庄村的先人们,是给子孙办了很多好事的。不知是有意规划设计,还是无意间天然形成,村子里的道路、沟渠、坑塘、果园和房屋,都是围绕村民的生活需要布局的,纵横交织,错落有致,点是点,线是线,整个村庄就像一个有点有线的棋盘,有板有眼。

印象最深的,要数村里的几个大坑。所谓大坑,就是自然储水的池塘,雨天收集和储存雨水,旱天可以提水浇园,洗衣洗菜,供应牛羊牲畜用水。这种坑不修堤岸,自然下沉到地下,浅则不到一米,深则三四米探不到底。坑的面积有大有小,小的一亩半亩,大的可达一二十亩之阔。坑沿多生杂草,也有在浅水区种植莲藕的,但深水区水面干净,有风吹过,碧波荡漾。我们村共有四个大坑,村子靠南部有三个,自东向西分别叫大坑、二坑和西坑,村子东北角有个不大不小的坑,习惯就叫它北坑。其中最大的坑是东大坑,面积差不多有二十亩,坑水最深处拿竹篙探不到底,估计三米还要多。这四个坑平时都是独立的,分别供东、西、南、北的居民用水。但细心一点儿就会发现,这四个坑又是互相连接的,坑与坑之间都有一条暗藏的水道,或沟或渠,有的路段以低凹路面当水道,旱天可以走车马,雨天就变成了流水通道。总之,这四个大坑的水是可以贯通的,干旱季节,可以互相接济用水,遇到大雨洪涝,东西两个坑又可以通过坑口向外排水,确保每家每户房屋安全。如此看来,村里四个大坑和明沟暗渠,就形成了一个完整的水利循环系统,旱涝皆有应对之策,可见先辈们的良苦用心。可惜儿时的我并没有在意大坑的构造,只是觉得大坑好玩,可以洗澡,可以游泳,可以逮鱼,可以抓虾,夏可采莲,冬可挖藕,跑罢东坑跑西坑,玩罢南坑玩北坑,优哉游哉,不亦乐乎。

  与大坑相伴的,还有硕大无比的柿树园。说它硕大,首先是指村里的柿树多,四个大坑,每个坑边都有一个柿树园,小的柿园有几十棵,大的柿园就有上百棵,这样断断续续连接起来,村子四周就成了一个硕大无比的柿树园。其次是说柿树大,一般柿树树龄都在三五十年,最大的树龄可达百年。老柿树的特点是根系特别发达。一般来说,柿树的树冠有多大,根系铺展的面积就有多大,而且老根大多拱出地面,多条树根像鸡爪一样向四处伸展,隆起的大树根上可以坐人,也可以放个小娃娃在树根上睡觉。东大坑旁边的柿树园里有一棵柿树王,树腰七八个小孩手拉手也抱不住,树冠展开有半亩多地那样大,下面的树根横七竖八地拱出地面,大的树根像女人腰一样粗,每一条树根都可以坐上去三五个人。有时候村里开大会,会场就选在东大坑旁边的柿树园,这样开会的人不用搬凳子,每个人找个树根往上一坐,舒服又自在。乘着大人们在树下开会之机,小孩子就一个个爬上了树,从这个树杈攀爬到那个树杈,你来我往,热闹非凡,好像树顶上也在开大会。到了柿子成熟季节,柿园里就更加热闹了。大人们会分成小组,三五个人合伙,有的拿竿,有的拿网,有的上树,有的举筐,最后采摘的柿子不计斤两,论筐分成。小孩子就更不讲究,身手麻利的猴跳似的抢先爬到树上,专找那又大又红、又软又甜的柿子吃,有的甚至不用手摘,直接伸嘴去吸那甜甜的汁液,美其名曰"吃糖稀"。

可爱的柿园,让我学会了爬树。

在大坑里戏水,让我学会了游泳。

稀奇的石牌坊

我的老家地处平原,位于南阳盆地的中心地带,村子周边五十里以内,一马平川,见土不见山,土地里只能找到燎礓却找不到石头。但是奇怪的是,我在村东边的土岗上,却看见了用大块大块的石头砌成的石牌坊,而且这种石牌坊不是一座两座,仅从我们村到姥爷家的路上,就能接二连三地看到七八座石牌坊。再后随着年龄的增长,我到桐河街上高小,发现桥头、寨门和几乎每个街口都会有座石牌坊。以后上高中到了唐河县城,第一眼就看见了杨家楼街口那座又高又大的石牌坊。

石牌坊标志着某种记忆。

把记忆雕刻在石头上是为了不会忘记。

据有关史料记载,石牌坊是中国传统建筑中非常重要的一种建筑类型,用石材修建多为表彰功勋、科第、德政以及忠孝节义所立的建筑物。因此有的叫功德牌坊,有的叫忠孝牌坊。也有一些宫观寺庙以牌坊作为山门的,还有的是用来标明地名的。一般来说,石牌坊大体可分为三个类型:一为标志性牌坊,多数安装在宫殿、寺庙及陵墓等建筑物前面,作为这个建筑群的标志;二为纪念性牌坊,多为歌颂某人某事而建,一般作为建筑群的院门;三为装饰性牌坊或牌楼,一般为了装饰铺面,紧贴在铺面建筑的大门上作为装饰。到了明清时期,石牌坊又划分了很严的等级,分别为御制牌坊、恩荣牌坊、圣旨牌坊、赐赠牌坊四级,建牌坊还要经过朝廷审批。石牌坊的形式、规格也不尽相同,粗略划分可有两柱单门、四柱三门、六柱五门；再细的又可划分为单门三楼、单门五楼,据说最大的石牌楼为六柱五间十一楼,在北京昌平的十三陵。另有史料记载,牌坊起源于汉高祖时期,牌楼最早见于周朝。牌坊没有"楼"的构造,没有斗拱和屋顶；而牌楼显得气派一些,不但有屋顶,而且可以有多层屋顶,以求烘托气氛。在民间,牌坊也是祠堂的附属建筑物,昭示先人的高尚美德和丰功伟绩,兼有祭祖的功能。在建筑艺术方面,无论是功德牌坊、警示牌坊、节孝牌坊还是百寿牌坊,一般在修建、雕刻、篆写文笔等方面都比较讲究,大多都雕刻有栩栩如生的人物、花鸟、动植物等图案,多用浮雕和透雕,造型讲究,雕工精美。所选图案,题材多样,寓意深刻,比如"渔樵耕读""哪吒闹海""槐荫送子""二十四孝图"等,形象生动,一目了然。可以说,石牌坊集建筑学、美学以及绘画、书法、楹联等艺术为一体,处处体现着中华文化的气息。

我认识石牌坊是从村东岗的石狮子开始的。

骑到石狮子的背上,我才知道天下竟有这么大的石头。

说不准那年有多大,也许四五岁,也许六七岁,我被母亲牵着手,从赵庄走到十八里党,第一次步行走完八里地,目的是到外婆家"走亲戚"。母亲带着我时而走小路,时而走大路,每过一道沟,每过一个岔路口,都要给我指出标记,让我记着路,以后要让我自己学会走这条路。大约走了一半距离,也就是两个村之间的一道高坡,赵庄人都叫它东岗的地方,猛抬头我就看见了一座高高大大的门一样的东西,立在前方的大路中央,那感觉是又威风又气派。母亲说这叫石牌坊,四柱三门,中间门宽两边门窄,顶高三丈有余,可以过三匹马拉的大车。走到近前,我发现这石牌坊全是巨大的石头垒砌而成,四根霸王柱粗壮无比,每根柱粗要三人合围才能抱住。四柱高低不一,中间两柱高,旁边两柱稍低。每根柱子前后各护有磐石做基座,迎面雕有石狮,背面雕有盘鼓。主柱前后两面刻有花纹,花、鸟、人、兽各具神韵。上边梁枋刻有匾额,正中有金色题字。其中最威风的要算那对石狮,一是大,二是高,三是威武,看去张牙舞爪,如嘶如吼。我开始有点儿怕,后来看它脊背光滑,有人攀爬的痕迹,便也摸摸索索地爬上去,最后竟骑在狮背上,做扬鞭策马的动作,把石狮子当马来骑。

母亲告诉我,东岗的石牌坊一共有三座,岗脊这座牌坊最高最大,往东往北还各有一座，都是跨路而建的。原来，昔日东岗的大路是唐河县城到桐河街的官道，繁华时来往运货的马车成群成帮，长年累月川流不息。这条路向东南走，要过两个水旱码头，一个是十八里党的空桥和实桥，一个是刘斌桥街，都是水上行船和陆地车马交接货物的地方，最终直达唐河县城；向西北走到桐河街，也是一个水旱码头，再后过茶庵街，走陆路就可以直达南阳了。我们到外婆家去，走过东岗的石牌坊，下一个路标就是空桥和实桥，那里也有三座石牌坊。不过，最大的石头不在石牌坊上，走到实桥也即燎板桥，就可以看到架桥的石板和石条有多大了。

空桥和燎板桥

一桥飞架东西，叫空桥。

一桥横卧南北，叫燎板桥。

从我家到外婆家，也即从赵庄到十八里党村，需要两次穿越桐河，因此必须走过这两座桥。说到这两座桥，就不得不先说一说"倒流水"。在常人印象里，河水一般是自西向东流，自北向南流的。可在燎板桥这个地方，自西向东流淌的桐河水却突然拐了个弯，在燎板桥西边的桥头自南向北流去，河水大约倒流一公里，又拐弯向东走了一程再拐弯向南，河水在这里转了一个"V"形大圈子，最终河水又归到燎板桥东边的老河道，重新自西向东流去。就这么绕了一个大圈子形成的倒流水河道，据说可以让下游几千亩耕地免受洪涝灾害，不过需要在倒流水的河道上多架一座空桥。于是，此处在相距不到一公里的河道上，便形成了一座实桥和一座空桥的双桥相望奇观。有人说修桥人傻，让河水倒流白白多修了一座桥；也有人说修桥人心善，引河水分流是为了保护下游的村庄和耕地，多修一座空桥也值得。其实，燎板桥（即实桥）就像一条拦河坝，让洪水漫过桥体下泄，既不影响车马通行，又可以泄洪，起到了一举两得的作用，再加上空桥正常通过的倒流水，既可行船，又可调节下游的河水流量，可谓一石三鸟，多方受益。

由此可见修桥人的良苦用心。

行善之人是从来不计代价的。

再说这两座桥,全部用淡黄色的麻枯石垒砌而成,其中的每一块用料,或大或小,或方或圆,有模有样,有规有矩。其实这种麻枯石就是花岗岩,当地人俗称燎礓石,乍一看材质表面粗糙,内里却十分坚硬,既防滑耐磨,又承重耐轧,显得厚重敦实,因此实桥又被当地百姓称为燎板桥,暗含结实耐用之意。从造型和工艺上来看,两座桥各有特色,相辅相成。空桥的模样是精巧,巧在多石雕。巨大的桥墩雕成驼背龟的模样,粗壮的桥柱大多雕有盘龙,桥面的迎水一侧是一群栩栩如生的龙头,背水一侧的桥栏杆多有飞龙装饰,整座桥看上去像是石雕的画廊。燎板桥的模样是傻大憨粗,硕大的桥身跨河而卧,桥体大半没入水中,给人一种敦厚壮实的感觉。桥面采用又宽又长又厚的燎礓石板材铺就,巨大的石板横成排,竖成行,每个接缝都由石切的榫卯结构牵连,稳当且牢固。要说每块石板的庞大,我当年曾以跳跃的跨步丈量,长要跨三步,宽要跨一步半,折合长度计量单位,有五六米长,两米来宽,石板的厚度最少在三十公分以上。因为桥面上有车辙,当年的牛车马车多用铁制的车轮,长期碾轧就在石板桥面上形成了一来一往对向行驶的四道沟,也就是四道车辙,深度五到八公分。如此推算下来,石板的厚度应该在三十公分以上。那么每块石板的重量呢?一百块石板的重量呢?整座桥所用石材的重量呢?我想不明白,当年在没有汽车,没有吊车,没有现代建筑设备的情况下,修建燎板桥的先人们是如何把这么多庞大的石材,一块一块地从山上运下来,又一块一块安放到桥体所需要的位置,而且让空桥百年站立不倒,让燎板桥承载千车万乘不塌,这是怎样的一种神力,又是怎样的无量功德呀!

因此桥头便为修桥人建立了石牌坊。

我想这样的牌坊应该叫功德牌坊!

忘不掉的,是乡愁

人的一生要走过很多桥,但无论你在外面见过多高多大的桥,走过多长多险的桥,最终忘不掉的"桥"的概念,还是家乡的桥。我曾走过郑州的黄河大桥,武汉的长江大桥,也参观过古老的赵州桥、卢沟桥,还穿越过丹麦的大带桥,美国旧金山的跨海金门大桥,这些桥虽然名气很大,或雄伟壮观,或气度非凡,但在我心中真正认识的桥,还是老家桐河岸边的空桥和燎板桥。

人的一生要走过很多路,比如几乎每个城市都有的人民路、建设路、文化路、解放路、迎宾路等,这些路大多车水马龙,繁华无限,或绿荫夹道,或高楼林立,把路的概念升华到人的想象之外。但对我而言,真正认识的路,还是从家乡的牛车路和田间小路开始的,比如仓房道、大梢路、狗肋巴、蛤蟆坑、老鹰界、油坊胡同等,这些耳熟能详的路名,才是一辈子都忘不掉的记忆。

人的一生要看很多风景,比如桂林的山水,黄山的松柏,泰山的奇石,黄果树的瀑布,西湖的水榭花亭,天池的鱼群雁阵,还有威尼斯的水城,巴黎的铁塔,莫斯科的皇宫,这些名山大川,风景名胜,路过走过就会让人大饱眼福,流连忘返。可事后静下心来想一想,还是忘不掉老家的桑树湾、柳树湾、钢柴林、黑龙潭、白庙闶、刮金板,这些儿时玩耍的地方,有羊群走过,有鱼鹰的号子,有划着小船撒网的身影,还有野鸡的叫声,野鸭飞起扑打水面的类似钢琴滑过琴键的一串串音符的声音,这些儿时看惯的风景,才是铭刻心头的人之初的风景。

且不说中国五十多个民族各有各的语言,单说汉民族的汉语,就有北方人绞尽脑汁也听不懂的闽南话、客家话、上海话以及两湖两广的地方话,还有南方人无论如何闹不明白的西北老秦人的俚语以及太行山系的短语和儿化音,甚至有些地地道道的老北京地方话,外地人听了也好似聋人听雷,如坠五里云雾之中。单说河南话,豫东和豫西,豫北和豫南,同一个字就能发出不同的音,同一个词就能表达不同的意思,彼此听起来多有妙处,但学起来却不是那么容易。再说外语,世界流行的英语、法语、俄语、德语和葡萄牙语,学会一种就算能人,会说三种以上就算奇人了。说来说去,对我而言,最熟悉、最顺耳、最亲切的语言,还是家乡的土话,把牛叫作"偶",把姑娘叫作"妮",把吃晚饭叫作"喝汤",把走夜路叫作"摸黑",听到这些乡音,心里就会热乎乎的。

忘不掉的老井、皂角树和石牌坊。

也许桐河岸边的那缕炊烟,就是我的乡愁。

爱笑的奶奶

奶奶爱笑,无论生人熟人,见了面总是一脸堆笑。奶奶笑的时候喜欢张着嘴,因为掉了几颗牙,那嘴巴就不关风,所以笑起来总是吼吼地响。这样她的笑就会引起旁人的笑,越笑越响,越响越笑。笑着笑着就笑成了一窝风,因此凡是有奶奶的地方,准会笑声不断。

人们都说奶奶是个笑布袋。

我为有这样的奶奶感到骄傲。

在我的记忆中,奶奶最美的笑是在秋天。高粱熟了,芝麻熟了,棉花开了,一地的庄稼开始收获。这时候奶奶喜欢站在场院的入口,笑呵呵地看着一车一车的庄稼进院,卸车、摊场、翻晒,直至上垛、脱粒、归仓,整个过程她都是笑着度过的。

说的这些岁月,是1953年到1955年前后,新中国成立不久,农村土地改革完成,农业合作化前夕,这是我们家乃至我们的家族最兴旺、最幸福的一段时光。中华人民共和国成立前我们家很穷,既无房又无地全靠给地主家打工种地过日子。好在家里人丁兴旺,祖辈和父辈大都会些手艺,木匠、石匠、泥瓦匠都有,代代相传的是粉匠,就是做粉条、做豆腐,我家办的"杨家粉坊"十里八乡都有名气。刚解放的那几年,我家分了六间瓦房、三间草房,还有二十多亩地和车辆牛具,就是原来给地主种地时所住的房屋以及土地、牛马驴骡一应家什,全部分给我家。最喜欢人的是门前的院子,从东到西百十步,从南到北百十步,四四方方那个大呀,相当于学校的一个足球场。原来这是地主家的后花园,花园前边是地主家的堂屋,花园后边是雇工们住的群房。如今这群房分给了我们家,连同后花园也作为院子归我们家了。这样我家的院子便出奇地大,不但有鸡圈、猪圈,还有牛屋、磨坊,不但有菜园,还有打麦场。到了下粉季节,院中排放的大粉缸就有二十多口,晾晒粉条的绳子扯了一排又一排,形成了浩浩荡荡的大晒场。这个时节,奶奶自然是最兴奋的,她看着匠人们把粉条扯得长长的,像丝线一样盘来盘去,最后一杆一杆地挂到晒绳上,高兴得不停地夸赞:"比女人的手还巧!"

遇到高兴的事奶奶爱笑,遇到不高兴的事,奶奶也能笑着应付过去。记得是大炼钢铁那一年,村子里把各家各户的铁犁铁耙铁锅铁铲都收走了,家里也不准做饭了,一律到村里的大食堂吃饭。奶奶开始有点儿不适应,她牙不好,掉了几颗留了几颗,吃饭时嚼不了硬东西,咬到硬东西就会掉下巴颏儿。所谓掉下巴颏儿,就是嘴巴的下半部分脱臼,张不开嘴合不拢嘴,半闭半合地悬挂着不会动,吃不成东西喝不成水,让人着急不说,还疼得难受。每逢这时奶奶便躺到床上等待救援,能救她的只有桐河街上的老中医叶先生。叶先生会对下巴颏儿,不用针不用药,全靠一双手拿捏和把持,三下五去二就能把脱臼的下巴复位。在奶奶看来,叶先生就是她的救星,方圆几十里再也找不到第二个会对下巴颏儿的人了。但也有不巧的时候,因为叶先生太忙,也可能请不到家来。这就需要套上牛车,放上两床棉被,一床枕着,一床盖着,把奶奶送到十里外叶先生的诊所里去治疗。沿途的牛车路多燎礓,牛车的铁车轮轧到燎礓上一蹦一跳的,这就会把奶奶颠得加倍疼痛。实在疼得厉害,奶奶就会拿个毛巾从太阳穴两侧把头紧紧地勒上,毛巾汗透也不叫唤一声。如此折腾多次,奶奶就想了个法子,自己造锅自己做饭,不去大食堂吃那硌掉下巴颏儿的硬菜硬饭。她在屋山墙外堆土,在土堆里挖坑,然后和泥垒灶,烟囱伸到屋后的树林里,冒烟也没人能看见。没有铁锅,她就用瓦罐当锅,除了不能炒菜,所有能煮的东西都可以当饭。奶奶吃饭不挑不拣,只要煮熟煮软煮烂即美食。其实奶奶吃得最多的是煮红薯,有时也会烤红薯。将红薯烤得软、面、甜,奶奶称这种红薯叫"糖罐"。奶奶偶尔会悄悄地把我带到她的"秘密厨房",让我吃个肚子圆。有天夜里奶奶让我藏到被窝里吃红薯,吃了一个又一个,越吃越香,越香越吃,吃到最后撑得肚子像面小鼓,拿手一敲梆梆响。第二天早上起来我想哭,奶奶捧着我的小肚子说:"沾光了吧,别人想吃还没哩!"说罢张嘴笑个不停。

那段日子我还在上小学,晚上常常陪奶奶睡觉,冬天给奶奶暖脚,夏天给奶奶扇扇子。算起来奶奶有十几个孙子孙女,可她特别喜欢我,遇到好吃的东西总是悄悄地叫我去她屋,别人是难得看见的。这不光因为我是长门长孙,最主要原因是奶奶喜欢我读书识字,她说我家祖孙三代就出了我这一个读书人,她要把我敬上天。其实全村人都很敬重我奶奶,原因是奶奶面善,心眼好。那些年吃食堂饭,各家各户是不准私自开火做饭的,如若被发现,是要被拉到全村大会上批斗的。可奶奶悄悄垒灶开火,表面看是没被人发现,其实大人小孩心知肚明,都知道奶奶暗藏了锅灶,奇怪的是全村人都装不知道。这个中奥妙,除了村中半数人口是杨家子孙,不肯告密之外,更重要的一个原因是奶奶爱笑,她的笑是面对全村人的。

　　为了回报奶奶的笑,我会把我最爱吃的油条、麻花、油炸丸子和菜角省下来,从学校拿回家给奶奶吃。这些事发生在1959年前后,也即"大跃进"后期,大食堂将要解散的那段时间。不知怎么回事,突然间各村的小学就被集中起来,几个学校合到一处,归拢到一个叫砚河的村子集中办学、集中吃饭、集中睡觉、集中劳动,统称"四集体"学校。以后我对这个学校没有太多的记忆,真真切切记得的只有三件事:一是夜里做噩梦,害怕,睡不着觉;二是白天犯困,上课打瞌睡;三是周末改善生活,每人定量发油炸丸子、油炸菜角,或者是油炸麻花和油条。这三件事不需要太多的解释,小孩子第一次离家(其实距离只有七里地),一圈一个星期(其实只有六天)不准回家,当然会想家。可那时我想家想得直想哭,想得心窝窝直痒痒,觉得受了天大的委屈,每每憋得想逃学,终于熬到星期六下午,就把午餐发的最好吃的东西一点一点省下来,悄悄藏到书包里,回到家分家人吃。留给奶奶的那一份是最神秘也是最后拿出来的,那要等到全家人吃过晚饭,奶奶带我回屋睡觉的那一刻才会拿出来。奶奶看到礼物,总会先努努嘴表示生气,接着会把我搂到怀里照脸上亲一口,然后再定定地看着我笑,笑得心花怒放,笑得老泪横流。当要吃这些东西的时候,总是咂咂嘴尝尝,舍不得一口吞下。我知道,当我在学校分这些油炸类食品的时候,村里的大食堂已经非常缺粮,快要揭不开锅了,奶奶甚至整天整天都见不到油腥了。可奶奶从来不说饿,这会儿见到我的礼物依然舍不得吃,只顾面对着我定定地笑。

　　奶奶留给我的最后一笑,是在她走进棺材之前。那是一个血一样的黄昏,奶奶在村中央的大食堂干完帮厨的活儿,提着篮子准备回家的路上,突然在一个红薯窖的窖口晕倒了。她当时左手拿一个小板凳,右手拎一个小竹篮,篮子里装满了胡萝卜叶,叶子下面还藏了三个大大的胡萝卜。她原本打算晚上回家把这胡萝卜煮熟了,煮软了,悄悄藏到被窝里吃掉的,那是她等了一天才能吃到的东西。可惜走到半道突然觉得天旋地转,头上的树叶子是红的,西边的天是红的,就连脚下的地也是红的。接着她便吐血,开始是小口小口地吐血,接着是大口大口地吐血,直吐得肝肠寸断,瘫软在地,就再也没有起来。人们围拢过来,个个手忙脚乱,企图救她,结果谁也没有办法,只好眼睁睁地看着她张嘴,闭嘴,再张嘴,再闭嘴,那样子好像要说什么,却什么也没有说出来就闭上了眼睛。最后留下的是一张微笑的面孔,好像在感谢对她施救的人。不过后来我母亲向我解释说,你奶奶那一笑是留给你的,因为那天是周末,她算定你要从学校回家,晚上她要拿那胡萝卜与你交换礼物,只可惜她最后说不出话了,就留下了一张笑脸。

听了母亲的叙述,我大哭,哭得死去活来,三天三夜不曾睡觉。送葬的时候,我已经不会哭了,既没有眼泪,也不会出声,只会瞪着个眼,看着人们忙前忙后,忙里忙外。我奶奶有三个儿子,也就是说我的父辈有三兄弟,他们三人都有资格有义务扛幡,完成这个送葬大礼。可是鬼使神差,当奶奶去世的时候,这三兄弟全部在外,没有一个在家,而且他们三个所在的地点一个比一个离家远,没有一个能快速赶回家。无奈,按照祖宗的规矩,我这个长门长孙,只好代父行孝,为奶奶扛幡领棺,把奶奶送进老坟。实在对不起奶奶的是,原来准备好的柏木棺材,在大炼钢铁的洪流中被收走烧钢铁炉了,如今只好找来一个大衣柜,上边再加一块门板做棺材,匆匆将奶奶安葬。乡下人讲究盖棺论定,奶奶出殡的那天,周围三个村的族人和本村的所有人家都派人参加了葬礼,送葬的人群占满了整个村道。这说明奶奶是受人尊敬的,当我为奶奶盖上面纱的那一刻,我发现奶奶依然是面带微笑的。

奶奶走了,她的生命时钟定格在 1959 年 11 月 11 日的那个黄昏,享年 72 岁。她走得很突然,也很坦然。在她闭上眼睛的前一个时辰,她还在干活儿,还在劳作,还在为晚餐忙碌着。那个年代,一个人能健健康康地活过 72 岁,而且没病没灾,没有躺到病床上一天,自己没有受罪,也没有给儿女家人添加负担,实在是一种积大德的幸事。因此村里人都说奶奶是喜丧,是老天对一个笑面老人的恩赐。

说到最后,我要特别交代一句:我奶奶姓郭,娘家是东村大郭庄人,来到老杨家随夫姓叫杨郭氏。因为奶奶的血缘关系,我这一辈子都敬重郭姓人氏,认为郭姓家族与我有血脉渊源。

从奶奶的言传身教中,我知道了一个做人的道理:微笑既是一种表情,更是一种力量。

委屈并不求全
——写给父亲

读过不少描写父亲的文章，作者大多都会饱含真情，竭力夸奖父亲，伟岸，高大，勤俭持家，吃苦耐劳，恩深似海，父爱如山，是孩子心中的偶像，是为家庭遮风挡雨的一片天，如此等等，写得情真意切，读来令人感动。而我，也想这样写一写我的父亲，可思来想去，总也找不到这样写的理由，也找不到这样写的素材。说实在话，在我内心深处，不但没有夸赞父亲的冲动，甚至还隐隐有点儿瞧不起他。

说这话可能有点儿对长辈大不敬。

不过请原谅我还是想写一点儿真真切切的感受。

客观地说，我的父亲应该是乡间农人中的聪明人。他懂农事，会种地，无论是旧社会给地主老财种地，还是新社会为生产队集体种地，都是一等一的"大把式"，他的能干是所有与他一起种过地的人都承认的，就连村里最挑剔的生产队长也叫他"庄稼通"。不过在乡间，仅会种庄稼并不算真聪明。我的父亲还是一个有名的匠人，一曰泥瓦匠，二曰木匠，三曰粉匠。前两项顾名思义，不用多说，单说这粉匠，那可是要点儿真本事的。他不光会磨粉，什么红薯粉、绿豆粉、黄豆粉、豌豆粉，而且能做粉条，做豆皮，做豆腐，做腐竹。他曾给地主家开粉坊，拉磨用的骡马成群，他带的伙计成群。粉坊院子里摆的大粉缸，每口缸可装十担水，二十四口大缸一字排开，房前屋后都是晒粉条的杆子和架子，晒干的粉条可以成马车往外拉。那个年代，父亲年轻（三十多岁），又有这样的好手艺，所以很受主人家夸赞，他自己也觉得日子过得很风光。虽然他知道他住的房子是地主家的，粉坊的财产是地主家的，喂的骡马也是地主家的，就连吃的饭穿的衣也是地主家给的，他只是一个打工者，是被地主家雇佣来干活儿的，但他并不觉得丢人，靠手艺干活儿吃饭，挣个工钱，糊口养家，那是天经地义的事情，光明正大。况且主人家夸他的手艺好,那是一般人得不到的光荣,所以他很知足,心里总是暗存一种对主人家的感激。这就越发让他珍视自己的粉匠手艺,做的粉条越来越好,磨的豆腐越来越有名堂,惹得附近村子的许多人家,逢年过节都要拉着红薯、豆子到他所在的粉坊加工粉条,制作豆腐。久而久之,父亲这个粉匠的名声越传越远,熟悉的人不再叫他的名字,外村的客户也不再打听他的名字,一律都叫他"粉匠",似乎忘了他本姓杨,名叫天运,意思是天生的好运气。

可惜他所期盼的好运气并没有真正到来。

新中国诞生的枪炮声让他的命运改变了轨道。

似乎一夜之间,地主被打倒了,地主的土地被没收了,房子被没收了,他施展手艺的粉坊也跟着就倒闭了。这时候的父亲就不知所措了,他不知道自己的手艺还能不能混饭吃了。村里开始斗地主,分田分地分房子,按富人和穷人划分成分。做梦也没有想到的,父亲就分到了房子,分到了土地,而且粉坊原有的牛马驴骡连同车耙扫帚牛笼嘴等一应俱全的农具,也一律归杨家了。村里来的土地改革工作队把开粉坊的杨家划为贫农成分,又因为无房无地无固定资产,因为长年靠给地主种地和开粉坊打工为生,应该是贫农中最为困苦的雇农,所以父亲作为杨家长子,被吸收为村土地改革工作委员会(简称村农会)的委员,视为翻身闹革命的骨干。一时间,父亲成了村里的红人,原来的地主和有钱人,见了他都要点头哈腰。这时候的父亲,本该扬眉吐气才对,本该趾高气扬才符合身份,可他怎么也高兴不起来,反而整天愁眉苦脸的。

上级来的工作队要求他斗地主,要他带头发言。

他说他不敢,他说他嘴笨,到底不肯说话。

这次拒绝,有意无意地成了父亲命运转折的一个把柄。平时只会埋头干活儿,只知道凭手艺挣钱吃饭的父亲,根本不知道人活着除了种庄稼,除了当"粉匠",还有多种活法,多种生活出路。他不知道什么叫政治,什么叫革命,更不懂"革命不是请客吃饭","是一个阶级推翻另一个阶级的暴烈的行动",当然也不懂什么叫"阶级斗争",什么叫"枪杆子里面出政权",什么叫"阶级压迫"和"你死我活",所以在村里斗地主的时候,他以自己的沉默改变了自己的命运,葬送了可以预见到的光明前程。上级来的工作队嫌他工作态度不积极,胆小懦弱,革命意志不坚定,就不再让他当村农会委员了。试想一下,如果他当时勇敢一点儿,积极一点儿,甚或威武或暴力一点儿,那会是一种什么结局呢? 说不准他可能当上正式的农会干部,再后如果混得机灵,说不准他可以拿工资而不再种地和下粉条、磨豆腐。可惜他错过了这样的机会,这点诀窍连他的弟弟——我的最小的叔叔都能看透,而他却视而不见,甚至装傻充愣。我的小叔在斗地主的时候,不但敢于破口大骂,而且敢于拿着破鞋打地主分子的脸,扇地主婆的嘴巴,其状每每威风凛凛,气冲霄汉。两者相比,父亲怯弱,小叔雄壮,好像不是一个爹娘生养的。而且小叔埋怨父亲,一个人不中用(不识时务),让全家人跟着吃亏,白让他当了"大把式"。老兄弟俩的分歧,持续了许多年,父亲常以小叔的野蛮和粗暴为耻,直到多年后的"文化大革命"运动,每次批斗五类分子,小叔不是骂人就是打人,气得父亲不再同他说话,农村把这种僵持称为"不搭腔",这也许是作为哥哥对弟弟的最无奈也是最严厉的训诫和惩罚。

许多年后,我也曾悄悄问过父亲,难道他真的同情地主,包庇地主吗? 他说不是,地主有地主的坏处,可不是都坏。要分人,有的地主虽然敛财,但没干坏事,凭啥整人家? 此处说的地主,其实应该说成是地主分子,就是指地主成分家的某个人。父亲这里所指的对象,应该是他的老东家——他当年所在粉坊的真正主人。这家人姓李,是附近村庄最有名的大地主。父亲说,李家地多,财多,可人家不欺负穷人,不干恶事,咋就坏了? 动不动斗人家,还打人家,不把人家当人看,这事我做不来。说到李家地主与我们家的关系,父亲压低了声音对我说,当年我们家是逃荒要饭来到李家门口的,先给人家当长工种地,再后就给人家开粉坊磨豆腐,咱是下力气靠手艺吃饭,人家管吃管住还给工钱,咋就对不起咱了?

"做人,要讲良心!"说这话的时候,父亲把眼睛瞪得很大,"做事,要说实话!"

这两句话,也许就是父亲给我立的家训。

尽管他自己因此吃了不少亏,却依然要我这样做。

由于他坚守的这两条道德底线,在土地改革以后的漫长岁月里,他心里想的,与眼前看到的、现实发生的许多事情都会产生矛盾。比如"大跃进"时期,队长说一亩地能打一万斤粮食,他不信,还要和队长吵架。大炼钢铁,把各家各户的铁锅铁铲收到一起烧成铁疙瘩,他说那是糊弄人,还是和队长吵架。还有挖水库,修水渠,旱地改水田,他看见毁庄稼就生闷气,觉得上面的干部是瞎指挥。总之,他看见吹牛皮的事情就烦,看见说瞎话的人就生气,总爱与生产队的干部争吵,与大队的干部犟嘴,吵来吵去,犟来犟去,最后他总是失败者。时间久了,人们说他是个老犟筋,老倔头,爱挑干部的毛病,结局是他与历届村干部都搞不好关系,遇事也总是吃亏。好在他的贫雇农成分是硬邦邦的,他就是不听话,村干部也拿他没办法。相反,有时候村干部还会悄悄找他讨教一些种地的技术,比如村里哪块地可以种瓜,哪块地适宜种菜,哪块地该换茬种玉米,哪块地该改芝麻种棉花,他都会实打实地给村干部出主意。讨教的场景多发生在夜晚,队长或者村长(现称村主任)会把父亲拉到一个背人地方,比如牛屋的墙角,或者红薯窖的高坡下,两个人靠墙蹲着,抽着旱烟,你抽一锅我抽一锅,烟袋锅的红火一明一灭,从点着烟开始说话,一直到悄悄话说完才会熄灭。谈话有长有短,短则一顿饭工夫,长则可达半夜。每遇这种场景,过后父亲都会磕着烟锅大声咳嗽几声,显得十分得意。

他的技术成了他做人的护身符。

父亲坚信,只要有手艺有技术就可以走遍天下。

接下来发生的两件事情,证明他的人生信条是靠不住的。一个人的命运,不是简单地靠技术吃饭;一个人的荣辱,也不是单凭一个贫农身份就说了算的。

第一件事情发生在1958年年底或1959年年初,当时正是"大跃进"运动轰轰烈烈的阶段。新成立的人民公社,忽然要办一个集体农场,成立拖拉机队、编织队和副业队,开展多种经营,为集体挣钱。其中的副业队有一个重要项目,就是办粉坊,下粉条磨豆腐,让农民种的红薯增值,种的黄豆和黑豆也能增值。农场的场长是当地人,一提起办粉坊就想到了我父亲,那可是出了名的粉匠。立马下通知,点名要我父亲到农场办粉坊。父亲接到通知的时候,正在生产队干杂活儿,整天不是挖沟修渠,就是深翻土地,还常常与生产队长闹别扭。这时他一听说到公社农场办粉坊,立马背个铺盖就跑到五里外的农场报到了。毕竟是轻车熟路,父亲到农场不久,就把粉坊办起来了,并且很快就出了产品,当月就有了收入见了钱。

场长异常高兴,一边表扬父亲能干,一边又给粉坊增添拉磨的骡马和人手,还派去了一个会算账的专职会计。单说这位会计,是邻村一户人家刚娶进门的新媳妇,不但模样长得排场,而且身体带有异香,人走过去老远还能闻到花一样的香气。粉坊因为来了个年轻漂亮的女会计,惹得农场其他小队的人也会拐弯抹角地来到粉坊看一看,目的大多不是看粉匠如何下粉条,而是端详一下那女会计的粉白脸蛋。

一时间粉坊就成了农场惹人眼的地方。

人们除了关心女会计还关心粉坊赚不赚钱。

表面看,粉坊的生产蒸蒸日上,经营一天比一天红火。女会计公布的账面上,月报和季报都很好看,粉坊赚的钱是越来越多的,劳动积累也越来越大,比如添置车辆马具,增添水磨碾盘,包括仓库储存的豆子,场院堆积的柴草,地窖储藏的红薯,等等,都是越来越多的。

农场的人都说粉坊赚了大钱。

可偏偏父亲说粉坊实际是亏本的。

"大跃进"时期的人群,凡事都喜欢看多看大,对上报喜不报忧,对下说好不说丑,十人九人都是随大流,跟着时代潮流走。如果把话说反了,别人说大你说小,别人说多你说少,那你就是个傻子,就是个愣头青,弄不好就会被孤立,就会被批判,就会被斗争。批斗人的时候,不说叫批斗,说成是"帮助"。所谓帮助,就是十个八个人围成一个圈儿,把被"帮助"的那个人围到中间,这边的人推一把,那边的人踩一脚,甚至这边的人打一拳,那边的人扇一个嘴巴,被"帮助"的人在中间像个不倒翁,前后左右挨揍让你站不稳,又让你不敢摔倒或者躺下,如若摔倒或躺下不起来,那就一圈人上去又踢又踩,直到让你浑身血迹斑斑哭爹叫娘,甚至断了声音没了气息,这场帮助才算圆满结束。

因此父亲说粉坊亏本是犯了众怒的。

场长要求父亲拿出证据,否则就要斗他。

这时候父亲拿出了一个装黄豆粒的陶瓷罐子,又拿出一个装黑豆粒的小布袋子,说这就是证据。黄豆粒数代表进库产品的数量,黑豆粒数代表出库产品的数量,经过盘仓,黄豆和黑豆粒数一样多,这账才算对头。可会计的账上,代表进库的黄豆数多,代表出库的黑豆数少,那就形成了漏账。漏账不是产品被盗了,就是货款被人贪污了,这样本该赚的钱就埋没了。这些细节外行人是看不出来的,只知道粉坊整体赚钱就是好事,不关心大河流水下面还有个小裂缝,这个裂缝在暗暗将集体的财富流走。在会计学上,这种做法叫账实不符,是企业经营作弊的惯用伎俩。父亲不懂会计学,他之所以能够觉察出来粉坊的账实不符,是因为他过去给地主办粉坊养成了计码子的习惯,比方进货往瓦罐里丢黄豆,出货往布袋里丢黑豆,这样产品的进出都是有数的,最终算账就分毫不差。

但是女会计一口咬定她的账没有错。

她不承认黄豆减黑豆的计算办法。

事情到此并没有结束,她不但不承认贪污公款,反而说是父亲诬陷了她,并且纠集农场里一帮子对她的美色有点儿迷恋的年轻人,来到粉坊院里闹事。一天夜里,他们对父亲实施了"帮助",十几个年轻力壮的小伙子,把父亲围在中间,有的拳打,有的脚踢,女会计还拿出带有绣花针的新鞋底,照准父亲的头上脸上又是扇又是打,直打得满身是血,方才罢手。

无理可讲,父亲知道大难临头。

场长暗中传信:三十六计,走为上策。

乘着月黑风高,父亲溜出了农场的篱笆院墙,头也不回地向南跑去。凭直觉,他知道有人在暗算他,而且暗算他的人是一个团伙,这个团伙正是倒卖粉坊产品的奸人,他们假公济私,私分钱财,女会计不过是其中一个经手人。现在他们要往死里整他,是因为他揭露了女会计做假账,挡了他们的生财之道。眼下他要逃出这个是非之地,就必须跑出大队的地界,公社的地界,甚至需要跑出县界、省界,那样才会躲过他们的魔掌。惊恐中,父亲没有顾上收拾床上的铺盖,也没有顾上拐回家(农场离家只有五里地)看一眼妻子和五个尚未成年的儿女,就这样带着一身伤痛,只身一人逃跑了。经过一天一夜的奔波,他跑了一百二十多华里,来到河南省与湖北省交界处一个叫水龙潭的小镇附近,敲开了他的姐姐也就是我的二姑家的房门。

从此他开始了流亡生涯,给当地农场种菜、放羊。

他觉得很不光彩,三年隐姓埋名,销声匿迹。

老家的人以为他失踪了,农场的人传说他死了,有的人又说某年某月某日在某地某山某河见过他,说他披头散发,胡子很长,样子像个乞丐。这些话母亲听了都不信,她相信自己的丈夫是个有骨气的男人,不会干坏事,也不会向坏人低头,更不会自寻短见。她顶着各种谣言带来的屈辱,有讥讽,有挖苦,顽强地以一个女人和母亲特有的韧性,拉扯着五个未成年的儿女过日子,不亢不卑,持家有度。父亲出走那年我还不满十周岁,最小的弟弟只有四岁,可以想见母亲带着我们过日子的艰辛。之后就进入"三年困难时期",村里的大食堂又时不时地断炊断粮,饥饿的村民吃树叶刮树皮,熬不过来的人就饿死了,母亲却苦苦地挣扎着,把我们兄弟姐妹五人带出饥荒年代,这期间还一直供我上学,足见母亲是多么的不易。

许多年后,每当想起那段日子,我都不能原谅父亲。他在我们兄弟姐妹最需要父亲保护,最需要父爱的年龄,最需要父亲抚养的人生阶段抛弃了我们,躲开了养育儿女的天职,独自逃避到一个连神仙都找不到的小茅庵里,去种菜、去放羊,去过一种与世无争的日子。

尽管父亲也有难处,也有他自己的委屈。

他的委屈在于别人加害于他而他却无力抗争。

事实证明,以粉坊女会计为代表的一伙人,就是藏在农场的一伙贪污分子。就在父亲出逃农场半年之后,那个女会计因为与人通奸,被她丈夫在粉坊仓库捉奸在床,一顿苦打之后,女会计才供出了她与奸夫合伙倒卖粉坊产品,监守自盗,坐地分赃的实情,女会计也因爱财而成了别人的情妇。这中间,参与分赃的有粉坊担水的小伙计,赶马车的饲养员,最后还顺藤摸瓜找到了农场场长头上。事情败露之后,主犯畏罪自杀,女会计也因此与丈夫离婚,躲回娘家再也不露面。劝我父亲逃跑的场长,本来欲盖弥彰,最终却搬起石头砸了自己的脚,被撤销职务回村种地去了。

粉坊的闹剧到此已经真相大白。

公社农场应该给父亲平反才对。

遗憾的是,公社农场很快就垮了,散摊了,没人了,农场的招牌也不在了,粉坊的房子不久后就塌了,一切都烟消云散,无影无踪了。没有人给父亲平反,也没有人通知父亲,当然也没有人通知我们的家人。

三年后父亲从他躲避的地方回到了家。

没有人说他是英雄反而认为他窝囊。

他把一肚子委屈憋在肚里,无处诉说,也无处申诉。他找谁说理呢?又到哪里说理呢?作为一个目不识丁的农民,他没有能力维护自己的权利,他不知道国家有法律,他不知道政府有纪律,又有谁来关心你一个普通"粉匠"的名誉和荣辱呢?

就这样,他把委屈咽进肚里,当饭吃了。

他想争一口气,于是就发生了他向命运抗争的第二件傻事。

他要开荒,开垦一片很大的荒地,种麦子,种豌豆,多打粮食,补贴家用,以便让全家人能够吃上饱饭。他出逃三年,让家里人在困难时期忍饥挨饿了三年,他觉得自己亏欠家里人太多,他要想办法补起来。可惜他的运气总是不好,1962年村里开始分自留地,每家按人头分地,每人三分,过期不补。他倒霉的地方在于,村里上个月分罢自留地,他下个月回来了,所以就没有他的自留地。刚过罢饥荒年,人们视土地为宝贝,少三分自留地实在让人心疼。这时父亲便开动了脑筋,凭借他的"大把式"眼力,寻找可以开荒种地的地盘。那时节准许老百姓开荒,村头路边,沟沟坎坎,凡是能种点儿红薯种点儿菜的地方,都被村里的勤快人占领了。无奈之下,父亲只好舍近求远,跑到距村几里远的南河湾,找到了一块可以开垦的荒地。这块荒地,位于三个村子的地界接壤处,东边是赵庄,西边是小杨庄,南边是解洼村,原本是一片"三不管"的荒草滩。之所以三个村子都不管,除了地偏路远外,最主要的原因是,这块荒地没法种庄稼,因为它一边临河,只要涨水就会漫滩,遇着漫滩就会颗粒不收。再有,这块荒滩的地形成台阶状,北高南低,层层下落,到了河边就形成一个半圆状的塌陷,半圆裹着的河岸是陡峭的深潭,因其地形凶险人们给这个深潭取名叫"老坏厅",传说里面藏有恶龙,只要恶龙兴风作浪就会发大水。

人们都说这河湾不能种庄稼。

可父亲偏说摸准了时节会有好收成。

整地是从秋季开始的,全靠铁锨挖和钉耙刨。父亲开荒,大多是利用一早一晚的时间,上午和下午的正常时间还要到生产队集体出工。赶上阴天下雨,生产队不出工的日子,父亲便会带上母亲一起去开荒挖地。想象一下天蒙蒙亮的河边,再想象一下夕阳西下的荒滩黄昏,一对年近半百的夫妻挥汗如雨,举着钉耙刨地的身影,那该是何等艰辛,何等酸楚的一番景象。有几个星期天,我趁着从学校回家的时间,也曾跑到"老坏厅"那块地里,帮助父亲打理田埂,收拾草根,施肥播种。我在干活儿时有两个"吃惊",这两个"吃惊"让我逐渐改变着对父亲的印象。第一个吃惊是父亲选择地块之险,靠河的地坎立陡,几乎是垂直的悬崖,下面便是深不可测的"老坏厅",万一一脚踏空掉下去,那便是一场灾难。而父亲却说,靠河沿的地是涨水冲刷过的淤泥堆积起来的,上软下硬,一般不会塌,而且土肥,不上粪就能长出好庄稼。第二个吃惊是父亲整地之巧,上下三层,三个半圆,地块两边各留一条小路,下可取水,上可送肥,整块地像修了一座三层楼,沟是沟坎是坎,井井有条。最奇妙的是,父亲还在最高处的陡坡上,掏了一个进深两米多的窑洞,既可进洞避雨,又可收纳工具。由此可见,父亲把荒地当成了大寨田来修,不但胆大,而且心细,不能不算聪明。不过这临河的荒地,到底能不能收庄稼,可要看父亲的运气了。

第一年夏季收了一百多斤麦子,大运。

秋季又收了三四百斤红薯,好运。

要知道,当年在生产队靠工分分粮,一家人到了夏天,还不一定能分到一百斤小麦,因为那时小麦的亩产也就一百多斤,薄的地块亩产只有几十斤。秋季呢,粗粮分得稍微多于夏季,但一家能分几百斤红薯,那也是好年景才有的好收成。而父亲,靠开荒种地,额外就多收了一份粮食,这让全家人的粮囤踏实了许多。其实,那年夏天河里也涨了大水,巧在父亲抢在涨水前把麦子收了,收麦后的第三天就涨水了。他算准了日历节气,早种早收,就可以躲过洪水。更巧的是,夏季洪水过后,他又抢种了晚红薯,由于淤过的地又肥又墒,因此红薯也长得特别好,有的一棵能结两三斤鲜薯。

父亲觉得苍天有眼,让他的辛劳有了回报。

在我看来,是他的经验和技术起了关键作用。

有了头年的收成,次年父亲就更加精心操持那块荒地。头茬他种了豌豆,比麦子提前一个月收获,早早躲过了洪水。二茬他种了萝卜,收获时节可以用架子车一车一车地拉。算起来,新开荒地的收成不但超过了全家自留地的收成,而且超过了生产队两季的分成,这对饿怕了的全家人是个极大的安慰。幸运的是,父亲开垦的这块荒地,种了两年竟然没有被村里察觉,人们只见父亲收粮,却不知粮从何来。这多亏那片芦苇荡和钢柴林的遮挡,再加上老坏厅的天然屏障,一般人很难发现这块洼地。前面说过这片"三不管"的荒地,不但远离村庄,而且地势凹陷,一边紧临深潭,另外三面就被苇子地、钢柴林和黄陌草环抱,平时除了偶尔有放羊娃经过,很少有人来到这里。这样神不知鬼不觉地,父亲在这块荒地种了三年庄稼,谁知到第四年头上,这块地却不敢种了。村里传话说,上级政策有变,自留地一律上交充公,开荒地全部没收,这叫"割资本主义尾巴",谁再开荒种地就处罚谁,不听话者还要拉到大会上批斗。

父亲心疼那块荒地,觉得那是自己一锨一锨挖出来的土地,凭啥说不让种就不能种了?

他心里不服,觉得自己的汗水不能白流,于是就偷偷地去种那块荒地。每次出门,就像做贼似的,扛个铁锨,挑着一个粪箩头,装作下地拾粪的样子,三转两不转就溜到了那块荒地,干完活儿再背个粪箩头回村,但箩头里却总是空的。这样偷偷种地的日子,他又差不多坚持了两年,每年也多少会收获一些粮食。好在村里的老队长知道老粉匠的为人,每逢过年过节生产队里下粉条或磨豆腐,老队长总会央求老粉匠出手帮忙,所以父亲偷偷开荒种地的事就被睁只眼闭只眼地蒙混过去了。

谁知到了"文化大革命"开始那年,村里的红卫兵大搞"斗私批修",大搞"揭批查",不但把早已定性的地、富、反、坏、右分子拉出来斗争了一遍,还从贫下中农的革命队伍内部挑出"革命异己分子",拉到群众大会上批斗。

有一天父亲也成了批斗对象。

斗争他的原因不仅是开荒种地。

那天挨斗的除了有一群地、富、反、坏、右分子,还有村里土改时期的三个老贫农代表。父亲感到屈辱的是,他成了陪斗,陪着地主、富农分子一起挨斗。当年的农会委员,土改时期的革命力量,今天竟成了革命对象,像地主、富农分子一样低头认罪。

这次挨斗让他感到奇耻大辱。

也让他知道贫农成分并不是护身符。

如果说"大跃进"时期他在公社农场遭到的是一次暗算,那么这次"文革"中挨斗就是对他明火执仗的欺压和迫害。他想不明白,自己不欺负别人,为啥反被别人欺负?他更想不明白,自己靠双手土里刨食,靠手艺挣钱吃饭,本是人间正道,如今到底错在了哪里?

他期待着有人给他一个答复。

他盼望有一天能够时来运转。

从此他变得沉默寡言,他见人就躲,不想与人说话,好像一下子变成了哑巴。生产队开会的时候,他不去听会不行,去了就一个人躲在某个角落里,抱着一杆旱烟袋不停地抽烟。在他眼里,这世道变了,变得人人都在说瞎话,把黑的说成白的,把白的说成黑的,把大的说成小的,把小的说成大的,把好的说成坏的,把坏的说成好的,总之谁都不说实话,好像谁说实话谁就倒霉,谁说实话谁就挨斗。他不想说瞎话,又不敢说实话,因此就只好闭嘴,装个哑巴反而安全一些。

父亲真正的时来运转,是在儿女们逐渐长大成人,特别是我到省城参加工作,在省城当了干部之后。这时候"文革"的风头已经逐渐失去初期的疯狂,乡间的秩序也逐渐恢复到日出而作,日落而息的正常状态。前两年在村里闹腾的红卫兵,渐渐地没了人气,靠斗人打人起家而当上村干部的,也陆续受到处罚而被赶下台。村里的老实人又重新站了起来,会种庄稼有技术专长的人又开始受到人们的尊重。我家的境况也越来越好,父亲的泥瓦匠手艺、粉匠手艺又重新派上了用场。家里变化最大的,是人气越来越旺。来我家串门的人越来越多,不光左邻右舍的邻居,还有生产队的干部,大队的干部,公社的干部,时不时也会拐到家里看一看,坐一坐,嘘寒问暖,表达不尽的关怀。偶尔县里的干部,市里的干部下乡蹲点驻队,也会有人冷不丁地跑到我们家慰问一下,有人自称跟我是朋友,问候一下是礼节。

这种人气变化是父亲始料不及的。

它标志着一家人在村里的地位和尊严。

许多年后的一天,我从省城回到老家探亲,悄悄与父亲讨论一个问题,那就是他"文革"中挨斗要不要平反。因为那一年,从中央到地方,从省城到县城,许多大领导,大干部,他们在"文革"中经受的冤假错案,都给平反了。"右派"分子也都摘了帽,大都回城工作了。但是许多平民百姓的冤假错案,特别是普通农民的冤假错案,谁来给平反呢?该不该给平反呢?

父亲听了我的话,抽着旱烟想了又想,最后苦笑了一下,又摇了摇头。

他说,历朝历代,哪个庙里都有屈死鬼。

他又说,天不藏奸,公道自在人心。

是的,公道自在人心!父亲说这话是对的,其实人心就是一杆秤,是对是错,是善是恶,人们心里都是有数的。

他的话最后得到验证,是在1993年那个冬天。就在小雪节气那一天,父亲在我的大妹妹家吃完最后一碗面条,坐在椅子上睡着了。他这一睡再也没有醒来,他去世了,周岁七十九,虚岁八十大寿。

人们说,这是喜丧。只有积德之人,生前不受病痛之灾,死后又不拖累后人,才得如此善终。

办丧事的时候,想不到的场面不断出现。当地时兴吊丧,一般人家,多为亲戚邻居吊丧,多则三五十人,少则二三十人,请一班唢呐响器,吹吹打打就把丧事办了。可我父亲的丧事,不光亲戚朋友、左邻右舍出动,而且全村家家户户,每家都派代表参加。本村的,李姓赵姓郭姓惠姓,都是族长领队前来吊丧;外村的,杨姓家族更是一家不落,子子孙孙都要前来吊孝;还有大队的干部等,只要听说都会以朋友的身份过来行个送别礼。

最为特别的,是过去曾经批斗过父亲,甚至在批斗会上殴打过父亲的人,也要前来吊丧,甚至要求抬棺扶棺,以示对父亲的敬重。出殡的那天,送葬的队伍从东村到西村拉扯有几里地,沿途还有两三个村子的人出来观看。人们都说:

"这粉匠老头,是个好人!"

委屈了一辈子的父亲,已经听不到后人的评价。

但众人的口碑,也许就是他的墓志铭。

母亲的剪影

——写在母亲辞世三十五周年

> 筛箩箩,打面面,问问小妮吃啥饭?杀小鸡,烙油旋,嘿喽嘿喽喝两碗。
>
> ——唐河童谣

一、纺车声里听民谣

依稀记得,我很小的时候,喜欢窝在妈妈的怀里,听她哼儿歌。这大半在晚上,因为家里穷,没钱买灯油,妈妈常常摸黑纺棉花。她右手摇着纺车,左手抽着棉线,怀里揽着我,一边纺线一边哄我入睡。最熟悉的儿歌是这样的:

小白鸡,皮儿薄,杀俺不如杀个鹅;鹅说,俺的脖子长,杀俺不如杀个羊;羊说,四条筋腿向前走,杀俺不如杀个狗;狗说,看门看得嗓子哑,杀俺不如杀个马;马说,背上马鞍有人骑,杀俺不如杀个驴;驴说,一天磨了三斗谷,杀俺不如杀个猪;猪说,一天吃你三升糠,一刀下去见阎王!

听着童谣,我很快就会入睡。如果睡不着,妈妈就会停下纺车,拿手指头在我的脖子上抹一下,然后伏下身子在我的脸上亲一口,逗得我嘎嘎笑一阵子,然后继续纺线,再哼下一首歌。妈妈哼的儿歌,大多是当地流传的童谣,题材多样,趣味性极强,适宜哄孩子逗乐。比如下面这几句,既简单又好唱:

小老鼠,上灯台,偷油吃,下不来。叫小妮,抱猫来,滴溜滴溜板(摔)下来。

童谣的歌词大都押韵,也有中间换韵的,顺口就行。哼的调子因人而异,可长可短,以顺畅自然为准。也有即兴编排的歌词,寄托对孩子的某种希望,带有寓教于乐的意思。比如下面这首:

麻子鹊,尾巴长,娶个老婆忘了娘。把娘推到雪窝里,把老婆搂到被窝里。

如果孩子还是睡不着,或者故意捣乱,就唱些反调的童谣:

响晴天,打炸雷,我给你说个反打捶。出东门往西走,上去碰上个人咬狗。拿起狗去砸砖,布袋驮驴窜了圈。

就是这样,妈妈一边纺线,一边哼着儿歌,直到把我哄睡,放到床上,她才静心地再去干活儿。

这便是我对妈妈的最初印象。

妈妈的慈祥是在纺车的声音里炼成的。

二、绣红花的小书包

慈母手中线,
游子身上衣。
临行密密缝,
意恐迟迟归。
谁言寸草心,
报得三春晖。

上小学的时候,我读到唐代著名诗人孟郊的这首《游子吟》,就会想起妈妈为我缝的书包。这书包是土布做的,是妈妈自己纺的线,自己织的布,自己染的石榴皮的颜色,一针一线缝制而成的。这书包的特殊之处是表面绣了一朵大红花,花的旁边还绣了一颗黄色的五角星。那花应该是牡丹花,花瓣针线细密,花蕊虽小但颜色鲜艳,用手摸上去有一种鼓鼓的膨胀的感觉。我想这大红花是有寓意的,自古牡丹甲天下,被称为花中之王,不知妈妈在绣这朵花的时候是否知道这个意思,但是那颗星星的意思应该是明确的,那就是亮眼,当个出色的好学生。

我很珍惜这个书包。

从初小到高小用了六年舍不得换掉。

在乡间,20世纪60年代以前的妇女都会纺花织布,剪裁缝衣,纳底子做鞋,这是家庭主妇的基本功。真正手巧者,还要会干细活儿,比如描样绣花,比如为婴儿做虎头鞋子锦缎帽子,这才算针线活儿的行家里手。至于下厨做饭,蒸个馒头擀个面条,那也算一家主妇的基本功,真正的高手要的是面食的花样,炒菜的味道,好不好只有家里来的客人说了算。

妈妈是会干细活儿的那种人。

从她绣花的功夫上可以看到巧。

三、藏在小竹篮里的心意

我上高小的时候整天感到饿。

只有周三那天才能吃上一顿饱饭。

学校的后面是桐河街的寨墙,土夯的,很结实,也很高,过去是为了防土匪,后来却成了人来人往的障碍。每到周三下午放学,我都会爬上高高的寨墙,等待妹妹的到来。这是约定好的,周三下午放学以后,妹妹会从八里外的家,准时赶到学校后寨墙上给我送吃的。当时是"三年困难时期",全国上下都闹饥荒,不少地方都有饿死人的现象。我们村还算不幸中的万幸,食堂没有断炊,每天每人粮食定量四两八钱,住校的学生可以领到粮食交给学校,换成饭票以后,凭票就餐。但是我的饭票总也不够吃,一周的饭票前三天就能吃光,后边两天就要等家里送吃的。家里吃的从何而来？那是兄弟姐妹和母亲从自己那四两八钱的口粮里省下来的，或者是几个红薯，或者是几个糠菜窝窝头。有时候妈妈会变着法子，把粗粮换成细粮，把野菜变成萝卜或南瓜，给我包一顿软乎乎的菜包子，让妹妹扛着篮子送过来。

我渴望看到妹妹扛着竹篮的身影。

竹篮里藏着猜不透的妈妈的心意。

这里我要特别说一下我的妹妹，小名叫小六，叔伯姐妹中排行老六的意思，大名叫秀兰，给我送饭食的那年月还不足十岁，个子又瘦又小。要说我饿，她比我更饿，因为她也把口粮省下来给我凑吃的。她每次给我送吃的，篮子里装的吃食都是有数的，一般管我两到三天的伙食。妈妈会交代她：送你哥的口粮，你不要吃，回来吃家里的。她很听话，说不吃就一定不吃，哪怕再饿再馋也自己忍住，哪怕我再让她吃她也不吃。每次送吃食母亲都会考察她，比如送十个包子，母亲事后都会问我收到几个，我说十个，母亲就会眯眯笑着点点头，证明妹妹诚实。有时候我觉得妹妹扛着篮子跑那么远的路，就非让她吃个包子不可，她推来推去也是不肯吃的。尽管她很馋也很想吃，却总能忍住不吃。此情此景直到几十年之后，我每次给我的妻子说起妹妹当年的举动，都会感到眼窝子热乎乎的。所以妻子每次接待妹妹吃饭，都会特意给她做些有特殊意义的饭食，比如包子、饺子和烧鸡，管足管饱管够，临别还要把多余的给她带上。

妹妹的表现应该是一种诚信。

在妈妈心里应该是一种家教。

四、夜晚推磨是什么感觉

过了"三年困难时期"就是"四清"。

国家搞"四清"运动的时候我正在上初中。

我们村搞"四清"的后果是村干部都不敢贪污了，也不敢多吃多占了，更不敢私分财产挪用公款了。换句话说就是村干部们变得胆小了，表面看是变规矩了变好了，实际上有些村干部反而变懒了，变消极了，有些事该干也不干，该管也不管了。比如村里的磨坊塌了,没人修没人管;比如生产队的骡马病了,没人治病也没人管,等于集体的事情瘫痪了。最后弄得社员们无法磨面,各家各户都要在露天底下推石磨,自己推磨还要排队叫号,轮到夜晚时段就要半夜起来推磨,否则就把你家隔过去,那你家就活该没面吃。

夜里推磨的活儿不好干。

除了太累就是太瞌睡。

我家的规矩是男人主外女人主内,外面的活计男人出面干,家内的活计女人出面干,磨面做饭算是内务,妈妈就主动承担了推磨的苦活儿。那时候大姐已经出嫁,二姐大多时候出工在外,能常帮妈妈推磨的只有六妹秀兰。平日磨面都是用骡马拉,不知那石磨的分量有多重,其实换作人推磨,小孩子根本推不动,需要两个人合作抱着磨杠前拉后推才能转动;如果大人推磨,推上一个时辰也会累得头晕眼花。况且磨面的工序还比较繁杂,无论是麦子或豆子,最少都要磨三遍,头遍面少,二遍三遍才会多出面。还要一边磨一边筛,筛面的动作还要用力均匀,筛得快了面粗,筛得慢了容易糊住箩眼不出面,需要粗活儿巧干,细活儿精干,这样才能磨好面出好面。因此人工推磨,不但花力气,还要有技术。妈妈推磨为了多出面,总是最后多磨一遍,这就分外劳累。偶尔我从学校回家赶上推磨,妈妈就不让我推,说是男娃不该走瞎道,因为驴马拉磨是蒙住眼的,走的磨道叫瞎道,人走瞎道容易短志气。其实妈妈是怕我累,找个借口让我睡觉而已。她自己总是从头到尾把这些重活儿扛下来,每次磨面回来就像打了一仗,累得闪腰岔气,连说话的力气也没有了。

但是妈妈从来没有怨言。

由此我知道了什么叫吃苦耐劳。

五、带彩线的花布是怎样织成的

妈妈会织花布。

三色线四色线的都会织。

这需要不停地转换织布梭子,时而用装有红线的梭子,时而用装有绿线的梭子,有几种色线就有几个梭子。老式的织布机是枣木做的,机身已经磨出了光亮,但妈妈坐上织机,织起布来依然轻快如燕。只见织布梭子左右穿梭,下面双脚一上一下踩着踏板,上面双手一左一右把住梭子,让经线和纬线在咔嚓咔嚓的声响中有节奏地交织,有计划地变换,梭子过后便是崭新的布面,或是条状的花纹,或是"井"字形的花纹,看上去非常漂亮。

花布是用来做被面和床单的。

除了家里用还可以拿到街上去卖。

做成一匹布大约需要半个月的时间,从择棉花开始,先是纺线,然后是缠线、浆线、逛线,再经过染线,上织机前还要先拉经线,再往机轴盘线,然后才可以织成布料。我最喜欢看的一道工序,是在院子里拉扯经线。先是在地上打一排木橛或竹签,然后将准备好的线筒一字排开装到竹签上,再把一根一根的线头集中到织机的转轴上,接下来用力拉动转轴,每一根线拉动一个线筒,随即便发出一阵又一阵哗啦啦的响声,那声音听起来就像小河的流水,美妙而且动听。若干年后我在郑州的几个大型纺织厂里采访,每次走进前纺车间的机器旁,就立马想起妈妈纺线和织布的身影。看到戴白帽和穿白衣的纺织工人,也分外觉得亲切,那是劳动人民的形象啊。

不过妈妈当年织的是土布。

每匹布卖的钱刚好够我半年的书杂费。

六、妈妈有个忘年交

妈妈有许多朋友,外村的不说,单说本村的要好朋友就有好几个,西院的七婶,前院的妗奶,东阁的郭家大姑,磨坊院的李家大婶,都是她经常来往的朋友。这些朋友有的是米面交情,多在一起交流蒸馍的手艺,擀面的手艺,织布的花样,新做的鞋样,你来我往就成了无话不说的朋友。有的朋友就比较特别,比如剪裁和绣花,那是针线活儿的高手才有的手艺,等闲之辈很难与这样的高手交上朋友。

妈妈却有一位绣花的朋友。

因为年龄悬殊所以叫忘年交。

她的这位特殊朋友,就是住在仓房道里的李家大奶。这位大奶本来是地主家的大太太,土地改革时她家的男人被打倒了,土地被分了,房子也被分了,最后连家也没了,她只好带着独生儿子住进了仓房道的一间耳房里,母子俩单独过日子。更糟糕的是,大奶在年过花甲的时候,不知为什么她的儿子又自杀了,这样她就成了孤寡老太太,整天独守空房过日子,吃的用的全靠原来的二太太家接济,遭遇有点儿可怜巴巴的。村里有不少人同情她,但因为她是地主婆,一般都不敢接近她。

可妈妈却不以为然。

她说大奶的娘家也是穷人。

原来在解放前,我家给地主家种地的时候,妈妈曾私下与大奶有过交往,知道大奶的娘家也很穷,只是因为大奶的模样长得漂亮,又特别擅长绣花软细,才被地主家看中娶为太太的。其实大奶前半辈子并没有享过福,嫁到地主家也没有作过恶,只是命运不济,赶上土改就把她划成地主婆了。妈妈与大太太交好,是私下里跟着大太太学绣花开始的,人家带徒弟,不但不收钱,赶巧的时候还管饭吃呢,所以妈妈就特别感谢人家。不过话说回来,自从大奶被划成地主婆,村里群众都有了阶级斗争观念,妈妈在表面上也不敢接近,只是暗中有点儿同情。遇到难事急事,隔三岔五也会悄悄地去帮助大奶,比如顺路送个针线,晚间过去送个花生、大枣,偶尔关照一下而已。

妈妈从此不再叫她大太太。

心里却承认那是她的绣花师父。

论年龄,大奶比妈妈大了将近二十岁,但说起针线活儿来,她们俩却像母女俩一般亲热。我不知道妈妈对大奶的那份情感,叫不叫心善,只知道妈妈心中是装着大奶的冷暖的。不过让我想不明白的是,妈妈去世那年,大奶却活得好好的。

七、"送米面"也叫"送食盒"

娶媳妇嫁闺女是农村的头等大喜事。

农家添丁尤其是头胎更是喜上加喜的事情。

大约是1967年秋收时节,二姐有了第一个宝贝儿子,取名喜重。婆家是二十里外的范庄村大户人家,一个党姓家族就有七八户分支上百口人,仅同辈的兄弟姐妹就有几十口人,可谓人丁兴旺,在农村算是一等一的旺族。大户人家再添男丁,自然是喜上加喜,声称要大办喜宴,为喜重"过满月""过百天"。婆家人张罗办酒席,娘家人就要张罗着"送米面",而且要排场,要阔气,那样才显得喜事隆重,婆家人脸上有光,娘家人也有面子。所谓"送米面",就是娘家人给刚生孩子的出嫁闺女送些好吃的保养身子,给刚来人世的外孙子或外孙女送些金银首饰和衣服鞋袜做见面礼,富贵人家还要用红纸或红布包些喜钱,一并塞进糖果盒子里。这些吃的、穿的和用的东西大小不一,归拢到一起就用一层一层的箱子或盒子叠摞起来,少则摆上三层五层,多则摆上十层八层,美其名曰"食盒"。到办喜事那天有人抬着,轻则两人一前一后地抬着走,重则成双成对地双人并排走,一干人披红挂彩,更排场的还要带着响器班子,浩浩荡荡去走亲戚。乡间人称这种场面叫"送米面"或"送食盒",场面越大越好,食盒越高越排场。

妈妈接到消息先是高兴得手舞足蹈,很快她又愁眉不展彻夜睡不着觉。

她发愁的是那个食盒,一是需要找到装东西用的器具食盒,二是找到了食盒拿什么东西往里装。装东西用的食盒,就像乡间待客用的锅碗盘子桌子凳子一样,是由专业租赁人家经营的生意,借用的人家只要出个租赁费就可以使用。而食盒这种送米面的器具,本来就稀少,再加上"文化大革命""破四旧"的冲击,把这种器具视为旧风俗旧礼仪的用品,大多都给破坏了,十里八村都很难找到。后来经过多方打听,获悉桐河西岸的小陈庄还有食盒保留,妈妈就指派我和妹妹去那里寻找和租借。费了很多口舌,我们找到了食盒,又经过我同学的周旋,没有出租赁费就把食盒借到了手(事后给食盒的主人送了一包红糖作为答谢),而且借了个最大的食盒抬回了家。抬食盒的路上,我的个子高,妹妹的个子低,走起来食盒顺着扁担往低处滑溜,走不到二百米就会蹭地。无奈我只好把食盒一层一层地拆开,拿绳子把两层捆到一起,每次抬两层往前走,前行几百米再回头去抬剩下的那几层,这样来回折腾了一整天,总算把食盒抬进了家门。

剩下的事情是准备食盒里的东西。

最难的是要凑够一百个红皮鸡蛋。

红皮鸡蛋是有寓意的,祝福新生的婴儿长命百岁。当年家里很穷,平时有个鸡蛋都是换盐吃的,妈妈攒来攒去,发现鸡蛋罐里还不足三十个鸡蛋。于是只好去邻居家借,东家借三个,西家借五个,借来借去还是凑不够数。正在作难的时候,二姐悄悄从婆家派人送来了一担子东西,不但带来了鸡蛋,而且还带来了挂面、红糖、大枣、花生以及多种点心果子,就连婴儿用的鞋袜、肚兜和小红帽之类的刺绣制品也准备得一应俱全。原来二姐知道娘家穷,也知道妈妈准备不齐食盒用的东西,更知道妈妈爱面子没有东西也要东找西借去凑齐,为了不让妈妈作难,二姐早就把这些东西准备好了。二姐之所以能够这样做,除了公公婆婆通情达理之外,还多亏有个既机灵又会办事的丈夫,也就是我的二姐夫,平时我们称呼他为党哥。当年党哥在外省一家食品厂工作,工资虽然不高,却是技术高手,技术好就能多带徒弟,因而就能多加班多拿加班费。他除了每月往家寄钱,还时常寄些吃的、穿的、用的等生活用品,在城里花钱不多,在农村却很实惠和实用。当年二姐往娘家送的物品,其中有大半都是党哥亲手做的糖果和点心。之后二姐带着孩子进城参加工作,一家人靠手艺挣钱过日子,虽不富足却也算殷实幸福之家。此为后话,不过当年二姐"暗渡陈仓"从婆家往娘家送的那一担礼品,却解了妈妈的燃眉之急,体现的是一个聪明姑娘的孝心。

妈妈夸二姐善解人意。

食盒里装满了妈妈的心意。

八、推着自行车去镶牙

妈妈不敢坐自行车。

她坐自行车要搂着我的腰。

那天带着妈妈到郑州的黄河医院去镶牙,我是用自行车推着妈妈去的。此时我已到郑州工作多年,也已经有了孩子,妈妈来郑州是帮助看护孩子的。每次吃饭,我和妻子都发现妈妈很少吃菜,特别是遇到比较硬的青菜甚至肉菜,她更是不肯吃。究其原因,才知道妈妈牙口不好,上牙掉了一半,下牙坏了三分之二,吃饭的时候全靠上下牙床慢慢磨,所以吃软不吃硬,这对她的健康有很大影响。商量之后决定去镶牙,牙医建议镶满口牙,这样才能根除牙病,不过需要花费一笔大钱,总共收费二百六十元。初听这个数字,妈妈吓了一跳,她说这比我半年的工资还要多,不干,坚决不干,就是没牙也不能花那么多钱。其实四十年前的这笔镶牙费,仅仅相当于四十年后同等镶牙费的百分之一,甚至四十年后镶一颗牙就要上万元,当年的收费何贵之有?难能可贵的是,就在妈妈为这笔镶牙费犯愁的当儿,我的妻子也就是她的儿媳妇,已经悄悄地把这笔治疗费准备妥当,装进一个信封里,又不吭不响地塞进了我的口袋里。见此情景,妈妈只好同意去镶牙。

坐在自行车后座上,妈妈感到既紧张又新鲜。

路边的行人看到我们推着自行车不骑很好笑。

半路曾有几次,我试图骑上车子带着妈妈跑,但车子一跑妈妈就吓得嗷嗷叫,于是我就只好紧急刹车,下来继续推着车子慢慢走。事后妈妈悄悄告诉我,她想让我慢慢走,是想看看路边的风景,看看路边的那些参天大树,看看路边的花花草草,最想看的是路边的人,年轻的小伙,漂亮的姑娘,特别想看看路边行走的老太太,尤其是跟她同龄的甚至也掉了牙的老太太。她说她看到那些老太太的眼神不一样,那些老太太似乎都眼气她,眼气她能坐上儿子推的自行车,羡慕她有福气,羡慕她命好,所以她就感到高兴得不得了,幸福得不得了,光彩得不得了。

镶完牙,妈妈说她躲在被窝里哭了一场。

她把那副假牙像心肝宝贝一样每天刷得干干净净。

这让我感到很愧疚,觉得平常的日子对妈妈的关心太少了,这才惹得我帮她做了一点小事,她就觉得是天大的福气。相比起来,妈妈生我养我的恩情好似一座山,我对她的回报只能算是那山上的一棵树;妈妈对我从小到大的关爱之情好似一片海,我对她的报答只不过是海中的一滴水。

镶牙成了妈妈的永久记忆。

多年后她把那副瓷牙带进了棺材里。

九、坐了一次小包车

妈妈还坐了一次吉普车,农村人叫小包车。那是县里领导坐的车,当年一个县也不过有两三辆,只有县长和县委书记才有资格坐,一般老百姓看一眼都觉得很稀奇。

妈妈坐上吉普车时并不觉得高贵。

因为她当时处于半睡半醒的昏迷状态。

大约是1984年秋末,老家突然给我打来电话,说是妈妈头天下午还在地里摘棉花,第二天早上就不能下床了,一条腿不会动,一条胳膊也抬不起来了。又说,妈妈说话嘴里打呜啦,双眼一会儿睁一会儿闭,好像病得很严重,要我立马回去,想办法给妈妈治病。接到电话我即刻跑到单位的医务室,咨询了值班大夫,在场的三个大夫一听我叙述的症状,异口同声说我妈得的病叫脑梗,应该快速送医院抢救,否则落下后遗症就不好办了。

当天夜里,我坐了几百里火车往家赶,第二天就用吉普车把妈妈送进了县医院。

这算我破例利用了记者的特权,因为工作关系,过去多次接触县委县政府的领导,所以关键时刻就请县里熟人派车帮忙,算是公车私用吧,总算争取了一点儿抢救时间。当年从我的老家到县城,五十里土路不通公交,村里有许多老人根本没有坐过汽车,所以出门办事都是赶着牛车马车来回跑。遇到需要急救的病人,一般都是组织几个年轻人换班抬,累得王朝马汉还嫌走得慢,结果不少病情都耽误了。这次妈妈病倒,家里人也想早点儿把她送到医院,不过赶着牛车不光走得慢,沿途高高低低的疙瘩燎疆路也能把她蹾坏了。因此我带着吉普车回家的时候,不光家里人高兴,全村的人都觉得我妈的病有希望治好了。

妈妈是被大姐和小妹架着胳膊抬上吉普车的。

到了县医院,是我把妈妈从吉普车上抱下来送进病房的。

经过一番抢救性治疗,妈妈慢慢变得清醒起来,她发现病床边站了不少人,除了医生和护士,她先认出了她的大闺女,又认出了小闺女,然后就认出了我。她张了张嘴,想说话,但没有发出声音,眼泪却不自觉地滚出了眼窝。我让县里帮忙的朋友们离开了医院,回头坐在病床边,拉着妈妈的手,安慰她静养,不必说话。然后我把眼光集中在病床上方挂着的吊瓶上,专注地看着那救命的药液一滴一滴地往下落,流进妈妈的血管里,心中暗暗祈祷,把每一滴药液都看作救命的希望。

最终我所希望的结果并没有出现。

医生说,脑梗的后遗症就是偏瘫。

这需要长期的康复,长期的护理,当然病人也需要忍受长期的病痛折磨,长期的心理煎熬。好在我的兄弟姐妹都算孝顺,几家人轮流侍候母亲,在家的床前尽孝,在外的出钱买药,目标是让母亲尽力康复,安度晚年。处理好这一切我必须返回单位上班,因为我在家逗留的时间,已经超出了请假时间的一半。况且我当时已经是单位的中层干部,担负一个编辑室的部主任工作,不能因私误公,只好选择尽忠不能尽孝。离开妈妈病床的时候,我在老宅外面转了三圈,走出去一次又拐回去看望妈妈一眼,到底没有忍心对妈妈说出我要走的话。最后一次进屋我看到妈妈在流泪,这说明她已经猜到我要离家。临出门的那一刻,我忽然想到清代诗人黄仲则那首著名的诗篇《别老母》:

> 搴帷拜母河梁去,
> 白发愁看泪眼枯。
> 惨惨柴门风雪夜,
> 此时有子不如无。

这首诗所写的情景,是儿子辞别老母时,离不得舍不得,却不得不离,不得不舍的景况。这,正是我当时心理活动的真实写照。

十、告别那个倒春寒

初春的夜,清冷清冷。

油灯亮着,彻夜长明。

我坐在妈妈身边,为她守灵。这是 1987 年初春的一个夜晚,妈妈走完了她一生的路,在一个倒春寒的日子里闭上了眼睛。她刚刚熬过最后一个冬天,却没有迈过春天的门槛。我从郑州赶回家的时候,妈妈的身上还有余温。家里人说,最后三天,妈妈水米未进,嘴巴却不停地一张一合,那样子像是想说话,却发不出一点儿声音。猜测她是在呼唤远在几百里外的两个孩子,一个是我,一个是远在异乡工作的二姐。这是一个母亲最后的念想,孩子是她身上掉下的肉,回归天堂之前她需要一个告别,哪怕是孩子轻轻地喊一声"妈"。

我没有满足妈妈的这个愿望。

这成了我一生追悔莫及的遗憾。

按照家乡的风俗,子女要为新丧的母亲守灵,少则三天,多则七天,长明灯昼夜不熄,守灵的儿女们长跪不起。白天,不断有人前来吊丧,有亲戚,有朋友,有本家本族的亲人,还有本村和附近村庄的邻里乡亲。每当有人到来,便有鞭炮声响起,来人磕头行礼,作为孝子就需要一一跪谢还礼。到了夜晚,兄弟姐妹们还要轮班为母亲守灵,不断地添着香火,烧着纸钱,以此让儿女们长跪谢恩,席地思过,陪护亲人走过人生的最后一段路程。

大悲之后已经没有眼泪。

痛定思痛我忽然想到写诗。

守灵的第二个夜晚,我伏在妈妈身边的香案一角,凑着长明灯的光亮,铺开平时采访用的笔记本,掏出写惯了许多好人故事和新闻奇事的钢笔,第一次也是最后一次为自己的母亲写了一首叙事诗,权作悼词,以示纪念。这首诗后来

发表在《河南日报》副刊上,以后又收入在中国民间文艺出版社出版的诗集中,可作一座文字碑,永远保存在我的心中。诗文如下:

风雨的呼唤
——唱给母亲的挽歌

1

飓风

　卷着夜雨

　　袭来,摧折了

　　　门前的梧桐

暴雨

　溅起团团

　　泡漩,淹没了

　　　院中的老井

奈何

　风雨夜里

　　一场突发的

　　　暴病,夺去了

　　　　母亲的生命

苍天呼号

　大地悲鸣

——哭不出的

是呜咽

　　凝固的泪滴

　　　是哀痛

长跪在

　母亲的灵柩前

　苦不堪言

　　　　痛楚无声
悲哉
　　任凭那
　　　　屋檐的流水
　　　　一串滴答
　　　　　　又一串滴答
从三更直到五更……

2
蓦然
　　我听到
　　　　嘤嘤的
　　　　　　纺车声
梧桐树下
　　妈妈在纺线
　　　　伴着一盏
　　　　　　昏暗的油灯
灯油干了
　　月奶奶
　　　　探头在树梢
　　　　　　挂起一盏灯笼
它要偷看
　　妈妈怀中
　　　　一个光屁股娃娃
那就是我
　　吮着母亲的奶汁
　　　　聆听纺车的歌谣
　　　　　　编织童年的美梦

——轧轧的布机
　　　飞速的织梭
　　　　春的绿野
　　　　　金黄的秋景
以及布兜兜里
　　藏着妈妈馈赠的
　　　遥遥无期的憧憬
那时候
　　我并不知道
　　　这就是母爱
　　　　人间最圣洁的感情

3
恍惚间
　　我看见
　　　秋阳挂在西天
辘轳架下
　　母亲在绞水
　　　涓涓细流
　　　　浇红了辣椒
　　　　　浇绿了黄瓜
温热的汗滴
　　打湿了我的书页
　　　打湿了我的面颊
那时候
　　我正在妈妈身旁
　　　咿咿呀呀
　　　　读书学画

妈妈的

　一滴汗

　　就是我心中的

　　　一个方块字

妈妈的

　一个吻

　　就是我构思的

　　　一幅速写画

可惜呀

　我那时并不懂

　　这就叫哺育

　　　人间最无私的奉献

4

日月交替

　形成一圈圈

　　时代的年轮

门前的

　梧桐树

　　抽芽，吐叶

　　　滋养着

　　　　一棵棵幼桐

幼桐长高了

　我也长大了

　　兄妹七八个

　　　纷纷踏上了

　　　　人生的征程

老桐干瘪了

母亲也衰老了
　她毫无惋惜
　　吐尽春绿
　　　哪怕自身一空
只有那
　院中的老井
忘不掉
　昔日那
　　春的饥荒
　　　夏的繁忙
　　　　秋的劳累
　　　　　冬的寒冷
还记得
　奶的馨香
　　乳的甘甜
　　　太阳的笑靥
　　　　月亮的眼睛
滴水之恩
　当涌泉相报呀
更何况
　圣洁的母爱
　　山样的执着
　　　海样的深情

5
斗转星移
　时间匆匆
　　岁月无情

默默地
　　母亲去了
　　　　一颗慈母的心
　　　　　　停止了跳动
留下的
　　是一串问号
　　　　梧桐的思考
　　　　　　老井的回声
儿女们
　　给一个答案
　　　　泪滴决不能
　　　　　　代替你的真诚
母亲与儿女之间
　　好似一架天平
　　　　母爱加大了砝码
　　　　　　儿女的一方就会失重
而失重
　　才是忏悔
　　　　为慈善摇响的晨钟

6

痛定思痛
　　这时候
　　　　我才突然觉醒
人世间
　　有许多事
　　　　安排得太不公平
遗憾

母亲的命
　　　前三十年是苦
　　　　后三十年是穷
苦日子好似
　门前的梧桐
　　几多落叶
　　　几多凋零
穷岁月好似
　院中的老井
　　几多阴天
　　　几多光明
要知道
　火红的日子
　　才刚刚开头
这日子
　对母亲来说
　　还实在显得
　　　太年轻
　　　　太年轻

7
可是晚了
　逝去的不能追回
　　留下的只有思念
我不知道
　当母亲
　　闭上眼的时候
　　　可曾有过遗憾

我不知道
　当母亲
　　辞别老屋的时候
　　　可曾有过眷恋
纺车
　请你告诉我
　　妈妈纺的线
　　　情思有多长
老井
　请你回答我
　　妈妈绞的水
　　　甘泉有多甜
梧桐
　请你对我说
　　哪一片绿叶
　　　没有母亲的血汗
母亲
　对于儿女
　　只有寄托
　　　不计恩怨
诀别
　对妈妈来说
　　留下的是美好的回忆
　　　带走的是一腔爱怜
悲乎
　白云低头
　　风儿呜咽
　　　雨滴涟涟

8

鸣放
　六十七响
　　冲天的火铳
点燃
　六十七盏
　　熊熊的松灯
悬挂
　六十七条
　　猎猎的白绫
灵车
　载着牛路
　　母亲的一生
　　　累弯了腰
　　　　驶入坟茔
紧跟着
　倾盆的大雨
　　吼叫的狂风
一场暴雨
　洗不掉
　　心中的哀痛
一阵狂风
　刮不走
　　慈母的深情
一抔黄土
　掩不住
　　无私的魂灵

世人啊
　　　你怎敢忘
　　　　母爱的真诚
　　风雨
　　　在呼唤
　　　　泪的苦涩
　　　　　血的纯净
　　以及那
　　　劳碌的纺车
　　　　献身的梧桐
　　　　　忘我的老井……

尾声

此后三十多年来，每当翻阅此诗，我都会想起妈妈生前的模样，她那不慌不忙的步态，她那慈眉善目的微笑，她那纺花织布的身影，她那待人接物的从容，以及她那善良的天性，厚道的为人，勤俭持家和吃苦耐劳的品行，都会像一幕一幕的电影镜头，在我的眼前反复出现。

有时候我会觉得妈妈没有离开我。

她的品行一直活跃在后人的血脉中。

最后不得不说的是，妈妈姓党，名凤荣，生于1920年秋，卒于1987年春。娘家位于八里外的十八里党村，十六岁嫁到杨家。一生贤淑，育有三子五女，可谓劳苦功高。卒后进入杨家老坟，被族人视为孝顺楷模。

饥饿的感觉
——悼念我的外公和外婆

已经三天没有见到粮食了,喝的都是野菜汤。弟弟和妹妹饿得两眼发绿,有气无力地坐在门槛上,等待母亲从村食堂带吃的回来。这是1961年初春,我从桐河高小上学回村,看到家里的情形。

饥饿的表情挂在每个人的脸上。

阴郁的情绪笼罩在每个村的上空。

我从学校回到家,路上需要经过五个村庄,沿途所见所闻,让我感受到饥饿带给人世间的恐怖。村村断粮,家家断炊,老的呼儿唤女,小的呼爹叫娘,每个人都在呼唤粮食,可这救命的粮食却杳无音信。据学校食堂通知的情况,周边几十个村庄已经有三分之二的食堂断粮,剩下的三分之一,每人每天的口粮不足四两,有的甚至一天不到一两八钱。这导致许多学生辍学,带不来粮食就无法上课。我所在的村子情况还算最好的,大人一天供应四两粮,小孩一天供应一两八钱粮,村食堂好赖还没断炊,每天还可以供应一顿或两顿饭吃,尽管吃的是糠菜团子和野菜汤,但总算不会饿死人。

傍晚的时候,母亲从食堂回来了,手里拎着一个大饭桶,桶里却只有半桶照见人影的野菜汤。放下饭桶,母亲又从怀里摸出一个布包包,里面藏着三个热气腾腾的烤红薯。弟弟和妹妹看见烤红薯,一个个急得吧嗒着嘴,希望母亲能够分给自己吃一块。可是母亲只给他俩一人递了一碗野菜汤,不提分吃红薯的事。好在弟弟和妹妹都很乖,也很听母亲的话,凡是母亲不让吃的他俩就坚决不肯吃,也坚决不闹人。这是我们家的规矩,该谁吃的谁吃,不该谁吃的就坚决不能吃,这规矩只有母亲说了算。眼下这三个烤红薯,是母亲在村食堂攒了三天才省下来的口粮。原来母亲在食堂帮工做饭,每顿饭也是按定量吃的。母亲说,她三天不吃粮,就为了换回这三个红薯,目的是用这三个红薯救命。她要救的是自己的父亲和母亲,也就是我的姥爷和姥姥,我们老家叫外爷和外婆。几天前,母亲就听说,外爷家的村子断粮断炊,许多人因饥饿躺倒,已经开始饿死人了。她急着回娘家看看,可是村食堂的司务长不准她的假,原因是村食堂有规定,炊事员不准带食物外出,若带食物外出一律按偷盗论处,那就要从食堂清除,不能再当炊事员。母亲舍不下炊事员的身份,她当炊事员虽然不能沾大光,但平时吃顿饱饭还是可能的,这要比别人优越许多。当时流传的顺口溜是这样的:"一天吃八钱,饿不死炊事员;一天吃四两,饿不死司务长。"说的就是大食堂的真实情况,所以母亲当炊事员的活儿是不能丢的。

无奈,她把送红薯的事拖到我从学校回来。事后我才明白,从我家到十八里党村的外爷家有十多里地(当时我家住小杨庄),当年妹妹只有八岁,弟弟只有四岁,他俩是没有能力办这事的。第二天一早,母亲收拾好一个小竹篮,里面放了干菜,干菜下面藏了红薯,就把我叫到跟前,含着眼泪对我说:"娃,妈就指望你了,一定把这篮子交到你外婆手里!路上不能拐弯,也不能玩,快去快回!"说完又从怀里摸出一个黑乎乎的菜饼,连同篮子一同塞到我手里:"这是你的干粮,不能吃红薯!"

我看着母亲严肃的样子,不禁慌张起来。看来外婆家的情况比我想象的要严重得多,不然母亲不会那么紧张。我向母亲做出保证,让她放心,一定会把红薯交到外婆手里。在母亲看来,那三个红薯是可以救命的,外婆会一点一点地分给家里人吃,这样熬过一天是一天,多熬一天就多保一天的命。

一路上,我有点儿草木皆兵,不走大路走小路,见人就躲,生怕被人发现篮子里的东西。那年月,人们一个个饿得发疯,半路打劫的事也时有发生,特别是见到能吃的东西,是熟人也会抢吃的。

好在我对去外婆家的路很熟,很小的时候,母亲就经常带我去外婆家。我知道从我家到外婆家,要经过赵庄村东岗的两座石牌坊,再经过一座空桥,一座石桥俗称燎板桥,然后再过两座石牌坊,到十八里党村口再绕过一个大坑,就到外婆家了。外婆家的院子是长方形的,主屋四间草房,坐东向西,北屋三间草房算是陪房,两座房子中间有个磨坊,院子西边自北向南栽了一排花椒树,既是篱笆也做院墙。院门正南方有一个不大不小的莲花池,平时既养鱼也种藕,莲花开的时候满院子都是清香气息。我记得第一次去外婆家,我在荷塘里采了莲花,外爷看见后很是不高兴,说我不懂规矩,吓得我躲在外婆怀里哭。外婆拿来花生和糖果哄着我,说那莲花是野生的,采罢了明年还会再长出来。中午的时候外婆起身到厨房做饭,这时候我才发现外婆的一条腿长一条腿短,走起路来一瘸一拐的。她的左胳肢窝总要挂着一根拐杖,每走一步都要使出好大的力气才能拖动那条残疾的右腿。母亲说,外婆的腿是长疮落下的残疾,反复发作的疮疾使她的左腿膝关节变形,这样原本直直的身板就斜弯成了一张弓。不过,这并不影响外婆操持家务,她纺花织布样样能干,进厨房也是一把好手艺。那天中午外婆给我做的是绿豆面煎饼,喷香的芝麻油炝热锅,把豆面糊糊薄薄地一摊,翻过来再炝一次芝麻油,拿锅铲将焦黄的饼子折三折,出锅的饼子油光发亮,看着就让人垂涎欲滴。

回想着第一次到外婆家吃煎饼的往事,不知不觉我绕过了赵庄,又绕过了东岗的一高一低两座石牌坊,眼前不远处便看到了那座有众多石雕的空桥。空桥不算大,却十分精致。桥两端各有两座石狮子把守,桥中间横卧着九条石龙,龙头向南,龙尾向北,每条龙做游水状,口里还噙着圆圆的龙珠。据说这空桥是附近一位义商捐款修建的,连同南面那座桥面过水的滚水桥,当地人俗称燎板桥,都是这位义商捐款建成的。据说他捐了三年卖的茶叶钱,又从百里以外的大山里采来石料,费了三年工夫才建成了这两座桥。一桥飞架东西,一桥横跨南北,两座桥将桐河回水湾的拐角处连接起来,既解决了茶商车马通道问题,也解决了四面八方许多个村庄的交通问题,大大方便了两岸民众的交流。由此,从唐河到桐河不但可以行船,还沿着桐河的走向修建了可以并排过马车的通衢大道。遥想当年红火的样子,怎么今天突然变得饥荒遍野,家家断炊呢?

我当时就觉得是上面政策出了问题。

问题的根子在于干部吹牛皮说假话。

其实人人都知道,"浮夸风"害的是人命,可是谁也不敢说实话。上面干部说瞎话,害得下面百姓跟着说瞎话,就连我们这些小学生也得跟着说瞎话。

但我的外公却对我说了实话,他说人们都疯了,明明地里的庄稼绝收,却说亩产万斤粮,不饿死才怪呢,这叫天罚!我说外公你不能说这样的话,再说人们就会斗争你。他说人都快饿死了,还怕斗争干啥,临死总得让我说句实话吧。

上面这次对话,发生在一周以前。那天外公到桐河街上去赶集,目的是买一盘牛肉吃。说来奇怪,当时饥荒遍野,不知为何桐河街的饭店却能卖牛肉。当然卖的都是高价,过去五毛钱一盘的牛肉,此时变成了五元钱一盘,价钱上涨十倍。要知道当年的五元钱有多主贵,它差不多相当于一个壮劳力一年挣工分的全部收入。外公已经挨饿多日,他听说桐河街上有饭店卖牛肉,便挂个拐棍步行二十五华里赶到那家国营饭店,又在饭店门前排队等候了一天一夜,终于在次日下午买到了一盘牛肉。他顾不得品尝牛肉的滋味,便将一盘牛肉狼吞虎咽地吞下肚去。可怜的外公吃过牛肉之后,很快便觉得肚内绞痛,他知道走不完回家的路了,便转道来到学校找我,一见面话也不说,倒头就睡到了我的地铺上。当天夜里,外公开始发烧,接着便是拉肚子,一次接一次地拉稀,最后拉得没了力气,就直接拉到地铺上,弄得整个寝室的同学都不高兴。无奈,我去住在街东头的小姑家求救,让她想办法找辆牛车,把我外公送回家。谢天谢地,小姑让我一辈子感激不尽,她让她的大儿子也就是我的大表哥叶长松,套辆牛车,来往奔波五十华里,把我外公送回了家。

其实他回到家时村里食堂就断炊了。

外公躺到床上从此再也没有站起来。

在我的心目中,外公是我母亲家族中最值得敬佩的人。看他的长相,标准的美男子模样,不光身材标致,而且面相端庄,穿上长袍马褂,一派绅士风度。最重要的是他有见识,北上京津,南下苏杭,想当年南来北往的茶叶生意,让他知道天外有天,山外有山,人间繁华比他所在的十八里党村可要大得多了。做生意他虽然不是东家,可他是行家,因此举手投足都会受到周围人的尊重。也正是因为他比村里的同龄人多了许多见识,所以他才对我说了上面那番实话,遗憾的是这一切已经晚了。

我走进十八里党村,发现家家闭户。

村里大道小巷,都用石灰撒了白线。

原因是村里发生了传染病,这病先发烧后拉肚子,极易感染,得病一倒一大片,救治不及立马就会死人。舅舅来到村头迎接我,告诉我村中已经戒严,外边的人不准进,村里的人不准出。他劝我不要进村,也不能去见外公外婆。他说他会把篮里的东西交给外婆,让我回家转告妈妈,让妈妈放心。

舅舅说这话的时候,一直在擦眼泪。

舅舅是孝子,他的名字叫党元如。

那天我没有进村,把篮子交给舅舅,就匆匆忙忙地返回了。一周以后我再次从学校回到家里,发现妈妈穿上了白鞋,戴上了白纱。

妈妈说,七天,两个老人一早一晚都走了。

外公和外婆,他们不是病死的是饿死的!

英雄有泪

——记命运多舛的四叔

很小的时候,我看到一张照片:一个人骑着高头大马,左手拿个盒子炮,右手举着一把大刀,后背斜挎一杆三八步枪,两眼圆睁,双唇紧闭,一副威风凛凛的样子。

这个人,就是我的四叔。

他有一个很幸运的名字:天福。

但实际生活中的四叔,并不是很幸福。他在我的父辈中,弟兄排行老四,上有兄,下有弟,是个不上不下、不轻不重的角色。那年月,乡间总是抓壮丁,哪家男丁多,就会轮着出个壮丁。四叔这个角色,自然就被抓了壮丁。所谓壮丁,就是到国民党的军队去当兵。四叔被抓丁的那年,据说只有16岁,人站起来还没有锄把高,就这他也得去扛枪。刚当壮丁那几年,因为人小个子矮,他就被连长拉去当勤务兵,多半干些端茶倒水,打扫卫生之类的杂活儿。这个活儿让他由此养成个优点,就是爱干净,穿的吃的用的,一律整洁、利索。再后他个子高了,长官就让他当了警卫员,很快就练出了一手好枪法。哪知后来就碰上打仗,一上战场就是大仗,几万几十万的兵像蚂蚁一样窜来窜去跑着打,这样跑来跑去就跑迷了,最后四叔所在的部队被打败了,四叔也成了俘虏。后来他才知道,他参加的那场大仗叫辽沈战役,战胜的一方是共产党的部队,战败的一方是国民党的部队。这次战役,他在战场上没开一枪,就稀里糊涂地成了解放军的俘虏。再后他就成了一名解放军战士,被编入由东北南下的解放军部队,当的是骑兵,拿马刀上战场。很快他就赶上了淮海大战,人多,枪多,炮多,作为骑兵,他们的队伍就成冲锋陷阵的角色。在人海里面左冲右突地奔跑了几天几夜,之后他就迷迷糊糊地被送进了医院。他受伤了,腿肚上中了一枪,鼻子和嘴巴中了一枪。可怕的是嘴巴上那一枪是穿透伤,如果子弹往后飞就打到了脑袋,侥幸的是那子弹是横飞穿过鼻子就走了,这样他才保住了性命。不过落下了终身残疾:说话囔鼻,发音像哼哼一样。从医院出来他说不干了,坚决要求复员,回老家种地。离开部队时给他发个红本本,说是复员军人残疾证。他不识字,只记得那本本上有朱德总司令的照片,他的部队最高首长叫林彪。

可怜的四叔,文盲的四叔,当年复员后只顾回家种地,却不知道拿着这个红本本去地方政府登记,以后又将这个红本本丢失,结果让他这个为新中国解放战争挨过枪子的老兵,不但没有受到奖励和优抚,反而在后半生受到许多不明不白的责难。有人说他当过壮丁,说他给国民党当过兵,那就不算好人,不能按好人优待,却只字不提他还给共产党当过兵,是参加过淮海大战的解放军战士,是受过伤不求报答的有功人员。四叔心里憋屈,却无力争辩。他不识字,他是文盲,他不知道政策,他也不懂法律,他无话可说。

有一种悲哀叫无知。

有一种伤害叫暗算。

四叔因无知而付出了代价,他这一辈子没有受到一个伤残军人应有的优待和抚慰。而那些暗算四叔的人却各怀鬼胎,或嫉妒,或争名,或逐利,步步得逞,总能压四叔一头。

不过四叔在我心中,既是老杨家的光荣,也是老杨家的英雄。他骑马抡刀的那张照片,是他当骑兵时留下的。他曾无数次给我讲过三天三夜不睡觉的故事,骑着战马冲杀三天三夜,他没有被别人杀死,反而能够活着走出战场,这个过程就是一段传奇,他理应成为这传奇中的英雄。我也见过他那个红本本,上面确实印有朱德总司令的头像,里边确实印有林彪的签名。从上小学一年级到四年级,我曾多次在奶奶做针线活儿的线布箩里看到这红本本,硬壳封皮,线装内文,里面只有两页纸,叔叔的照片下写有"杨天福"的名字。由于这红本本印制精致、漂亮,我还多次拿到学校,让同学们开眼、观赏,以便炫耀我家叔叔的威武和强壮。以后奶奶知道了这件事,就劝我不要再拿这红本本,说那是四叔的宝贝,不可外传。再以后,大概从1956年到1976年,斗转星移,世事沧桑,人物巨变,奶奶已经去世,二十年无人问津的红本本便没有了下落。谁知这时候四叔便突然提起这红本本的事,说那是他的残疾军人证,到公社登记可以领抚恤金,没有这证人家不认账。他多次与有关部门交涉,人家只认证件不认人,弄得他光火骂人,指着自己的两处枪伤问人家算不算证据,结果还是无济于事。这时候我已经在省城工作,到县里托人找关系,现身说法证明那本本确实存在,又让四叔找当年的战友,分别出具证言证明,几经周折才勉强在公社备了案,但仅按退伍军人待遇,不享受残疾军人抚恤。这样,四叔的晚年才找回一点儿做人的尊严,人们开始把叫他几十年的"老兵"称谓变成了"优抚军人"。

以上这些都是后话,四叔从军的经历只是他人生的一部分,虽然影响他的荣辱兴衰,却不能完全代表他生活的喜怒哀乐。四叔的军人气质,耿直、刚烈、坚韧、顽强,才真正影响了他终生的命运和生活质量。在我的记忆中,他的同龄人也就是我的父辈中,大都经历了土地改革、分田分地、合作化、"大跃进"、公社化、"三年困难时期"和"文化大革命"等几个阶段的磨砺,其间有大喜大悲,也有大起大落,好事和坏事都让他们赶上了。而四叔,却在时代的坎坷中不停地跳跃,越过了一道又一道坎,总能在劫难中逢凶化吉。他的经历中,有几件事让我终生难忘。

第一件事,发生在"三年困难时期"。灾难起始于1959年,在村食堂吃了一年大锅饭的村民们以为仓库里有的是粮食,大锅里也会总有饭吃,用不着自己操心和发愁生计问题。可是,经过夏季的大涝,麦子泡汤,发芽了;又经过秋季的大旱,秋庄稼绝收了,到了冬天村食堂便揭不开锅了,饥饿的村民四处奔跑着逃荒要饭,可十里八乡都闹饥荒,往哪里逃生呢?我从"四集体"的学校回到家,本想混到两顿饱饭,哪知家里比学校还穷,吃的饭叫"早上碗里看太阳,晚上碗里看月亮",从村食堂领回来的饭,稀得照见人影,还多是干菜汤和野菜汤。无奈之下,母亲对我说:"去找你四叔吧,看看他那里咋样。"

坐着一辆拉煤的牛车,我上路去找四叔了。母亲凭记忆告诉我一个地址:平顶山,煤矿,几矿?八矿还是十矿?

天哪,这个地址可真够大了!单单从老家到平顶山,就有三百多里路。那平顶山呢,从西边的矿到东边的矿,有几十里地,沿途大矿小矿好多个,每个矿上又有好多人,咋能找到一个叫"杨天福"的人呢?

完全靠着一个胆大,再加上三分运气,我竟然坐着村里的拉煤牛车,咣咣当当跩了七天七夜到了平顶山,又在煤矿老乡的指点下,步行二十多里地跑了三个矿问了无数人,最后终于在一家大型矿的修车铺里找到了四叔。他是那里的修理工,来来往往拉煤的架子车、汽马车、矿渣车有了毛病,都会送到这里来维修。四叔看见了我,不知是高兴还是慌恐,瞪大双眼张大了嘴巴,两只沾满了油渍的黑乎乎的手在空中挥舞着,好像是要旁边打锤的声音停下,然后就听他大声喊道:

"娃啦,你咋来啦?"

我哭着奔过去,也不管他身上有没有煤灰,手上有没有油渍,只管一头扎进他的怀里,呜呜呜地哭个不停,好像受了天大的委屈。

四叔说,一个十二岁的娃娃,跑了三百多里路,又在十来万人的矿工队伍里找到他的叔,这是多么不容易的事呀!当天晚上,他买了花生豆,又买了卤猪肉,让我陪他喝了我一生中的第一杯酒,抽了我一生中抽的第一支烟。他说他高兴,啥事都破例!

我很感激,但更多的是羡慕。四叔是技术工人,每月能拿到高工资。供应的粮食也不一样,一般工人每月是三十六斤,干部只有二十九斤,而他按矿工对待,每月四十五斤,如果再加上夜班和加班补贴,一月最多可领到六十斤。这在那个年代,四叔能享受这样的待遇,实在是有"天福"之人哪!

回到家,我向家里人述说了四叔的工作和生活情况,全家人乃至全村人都夸四叔有福,不但能挣钱,还能吃饱饭。而我在心里暗暗说,四叔的运气在于他躲过了那个困难时期,别人挨饿他却能吃到白面馒头。

再一次见证四叔的运气,发生在"文化大革命"时期。当时我在县第一高中上学,正上课的时候忽然就有人贴大字报,正吃饭的时候忽然就有人开批斗会,正睡觉的时候忽然就有人敲锣打鼓去游行,学校很快就被搞乱了。这就是"文化大革命",乱子正是从学校停课闹革命开始的。很快,从城市到农村,从工人到农民,各个行业各个角落,凡是有人群的地方都卷入了这场轰轰烈烈的洪流。学校不得安宁,老家也不得安宁,这时候我就想到了四叔,在他那里能否找到安宁呢?

四叔这时已经不在平顶山当他的产业工人,跑到湖北西部一个山沟里当了农民。他辞去公职不干的原因我不太清楚,之后他结婚生孩子又离婚的原因也不太清楚,只听家里大人们嘀咕,说是四叔脾气古怪,想干的事说干就干,不想干的事说不干就不干，啥事都爱由着自己的性子来，不听劝也不听管，那叫自由自在走天下。

我决定去那山沟里看看他。

这一看我就对四叔更加刮目相看。

去的时候是夏天，麦子割罢之后田里刚刚插上了秧苗，这样山沟里就显得生机勃勃。四叔住的村子是在一个山洼里，后面是山，前面是河。河水不深，却很宽，河道中间形成一个偌大的小岛，面积大约有十亩滩地。四叔在滩地中间搭了一座房子，严格来说这房子只能叫瓜庵，因为房子周边种的全是瓜，有甜瓜也有西瓜，当然还有红红的辣椒和长长的豆角。最喜欢人的是瓜地里还养了一群鸡，大大小小有三十多只，它们分散在瓜地里啄食虫子，追得田里的蚂蚱乱飞。

我走进瓜田的时候四叔并不在家，村里人说他去十里外的集市上卖瓜去了。家里留守的是他的女儿也就是我的叔伯妹妹，名叫焕子。那年焕子大约八岁，可个头却长得很高，站在面前漂漂亮亮的，像个半大的俊姑娘。遗憾的是我这个妹妹缺乏母亲的教育和影响，整天和村里的男孩子玩耍，就连下河洗澡也脱得光光的，和男孩子们一起戏水打闹。我们见面的时候，她刚从河里出来，光着屁股跑到我面前，一边叫着哥哥，一边拉着我往屋里跑，那神态一点儿也没有女孩子的羞怯，更不知道害臊。我让她赶快穿上衣服，并把别的男孩子轰走，这才进屋跟她说话。

晚上四叔回来了，杀了鸡，灌了酒，拉着我坐在瓜棚下，一边吃饭一边说话。他知道外边很乱，他也知道老家不算太平，可他现在所在的村子很安详。他给村子里种瓜，卖了钱按比例分成，村里集体得大头，他按技术分成得小头，一年的收入也能吃饱穿暖。有时候卖瓜分了现钱，他就灌上一壶老酒，躲在自己的瓜庵里炒个鸡蛋，一口气喝个仰天大醉，这不比神仙还舒服吗？

四叔在说这话的时候，显得很知足。他已经没有了当年骑马打仗的锐气，也没有了在煤矿当工人时的豪气，眼下他过的是乱中求静的日子，期望把心安放在瓜园里，让甜瓜更甜，让西瓜长大，还希望女儿能去上学，将来找个好婆家。

他的想法很实际。他不知道什么叫理想中的"桃花源"，而我却认为他已经生活在"桃花源"里了，四叔越活越明白了。

这件事之后，我与四叔就很少见面了。但他的消息，还能通过老家人的来往不断传到我的耳朵里。其中最重要的一个消息，是四叔在打发女儿出嫁之后，又从湖北搬回到老家居住。人们都说他这是叶落归根，而他自己却说他要回家守老坟。果然，他放弃了村中的老宅，跑到村外的大路边，也就是杨家老坟的旁边，又盖起了两间草房，他把这房子视为自己的终身留守之地，一边为祖宗守墓，一边为乡亲们办善事。他在门前开设了修理铺，不管是自行车、摩托车、架子车，只要送到他这里，一律免费修理。

最后一次见到四叔，是在他病危前的两个月。家里人捎来话，说四叔患的是绝症，要我见面安慰安慰他。原来，四叔有件心事，是不愿开口对别人说的。他知道自己要死了，他不怕死，就怕死得不体面。前面说过，四叔到晚年的时候已经被确认为"优抚军人"，村里也把他当"五保户"对待。这些待遇本来是件好事，可他临病危却担心，村里会不会悄悄把他埋葬，不让进老坟，也不办葬礼。更有说不出口的意思，他没有儿子，能不能找人为他扛幡，他在几十个侄子和孙子中选来选去，那个理想的人选就是我。

四叔希望体面地走进坟墓。

我答应了四叔的所有要求。

两个月后，也即1993年冬至的前一天，四叔走到了他生命的尽头，躺进了生前亲眼看着木匠为他做好的棺材里，享年七十三岁。出殡时，只见八条壮汉稳稳地将棺材抬起，踏着三拜九叩的步伐，缓缓走进杨家老坟，又稳稳地将棺材放进墓穴。这时有人叫我，要我上前捧起第一抔土，为四叔添坟。之后我便看见，在我的身后跟着长长的人群，有杨家的子孙，有村里的乡亲，还有从十里八乡赶来的那些曾经让四叔修过自行车、汽马车、摩托车、架子车乃至拖拉机、收割机的男男女女，老老少少。人们纷纷地往四叔的坟头上添土，有人嘴里还不停地念叨着只有自己才能听得懂的话，那多半是某年某月某日四叔为他家帮了什么忙，做了什么善事。

我想四叔能够听得懂这些话。

做了好事总会被人记得的。

学习"偷盗"

——忆五叔

五叔有病,每每犯病,都有要被憋死的感觉。他这病奇怪,发病的时候闷气、憋胀,走起路来发喘,轻则呼哧呼哧地喘,重则嘿喽嘿喽地喘,远远听去就像拉风箱。后来我才知道这病叫肺气肿,可当时人们都说这叫嘿喽病,因此人们给五叔送个绰号叫"嘿喽"。

听到人们叫他"嘿喽",五叔并不生气,有时候反而表现得很高兴。这是有原因的,那是五叔知道自己有"短处"被人抓住,但是人人又不说破,大家给他留足了面子,叫他个"嘿喽"只当开玩笑,他也就一笑了之。五叔的"短处"就是偷,偷玉米、偷红薯、偷白菜、偷萝卜,凡是能吃能喝的他都偷,甚至还能偷到水里去,既偷鱼也偷莲藕。其实五叔偷庄稼的那个年代(1959—1961年),村里人十有八九都会偷,只是别人偷了没被发现,或者被发现了没被逮住,那就不算偷,或者只当没有偷。而五叔则不同,他的偷是无法掩盖的,原因就是他那"嘿喽"病,走到哪里都是呼哧呼哧地先声夺人,那"嘿喽"的声音等于告诉别人:我在偷庄稼!特别是夜晚,偷庄稼多数都在黑夜,别人是乘着夜色隐藏自己,他却用他的"嘿喽"暴露自己,让别人以为深更半夜在野地里撞见了鬼。

五叔为此也很烦恼,他想罢手,不去偷,但是不偷不行,不偷家里就会饿死人。他算过账,村里发给社员的口粮,平均每人每天只有四两半,像他这样的大肚汉,差不多一个人就能把全家五六口人的口粮吃光了,别人只能挨饿。他家里的老娘也就是我的大奶,已经年逾八十岁,抱病卧床三年不能下床,需要每顿喂饭来维持生命;他还有三个孩子,最小的刚会下地走路,哪一个都是张着嘴等饭吃,没有吃的行吗?

没有办法,他只好选择偷。

而且不以为耻,反以为荣。

五叔偷庄稼的历史,大概从1959年延续到1962年,前后差不多有四五年的时间。这个时期,我们家也从赵庄搬到小杨庄的老宅,与五叔家是搭着山墙的邻居。小杨庄的杨家,与我同一个爷爷的人家有三户,其中四叔和小叔算是亲叔;与我同一个老爷的人家有六户,其中五叔和六叔算是叔伯叔。这里说的五叔,是我大爷的二儿子,算是我的叔伯叔。由于共守一个祖坟,所以没出五服(辈)的都算一个家族的亲人,只是分家过日子罢了。如此说来,五叔与我们家还是比较亲近的,所以平时搁邻居过日子,彼此还多有关照。那些年我父亲不在家,五叔还常常以长辈的口气指点我,怎么持家,怎么过日子,当然首先要考虑怎么活下去。因为我家那些年比他家更穷,更可怜,甚至经常断炊断粮。

有一天他对我说:"跟着我,去偷。"

我说:"我不会,也不敢。"

"咋?嫌丢人,爱面子?"

我点了点头,又摇了摇头。

"嘻,面子?面子能当饭吃吗?"

想到挨饿的滋味,我又摇了摇头。

"那就跟我学!不会偷,饿死你!"

五叔见我吞吞吐吐,知道收不了我这徒弟,便不再多说,只是对着我吹胡子瞪眼,急得满脸通红。仔细想想,五叔说得也有道理。那年头,全村上百户人家,哪家都得有个会偷的,不然谁都吃不饱。可我家不行,缺这个会偷的角色。母亲有个规矩,说是正经人家,女娃可以去偷,男娃就不能去偷。为啥?名声不好。女娃坏了名声,长大以后就嫁人了,不碍家族脸面。可男娃呢,当了贼就一辈子抬不起头,那这家人就被瞧不起,将来要娶媳妇都难!有了母亲这个约束,我和弟弟就不能去偷,两个姐姐可以去偷。当然妹妹也可以去偷,可惜年龄太小,没有能力去偷。后来两个姐姐先后出嫁,我家就缺了这偷庄稼的角色,日子过得就不如别的人家。所以五叔就替我家着急,看着我们不会偷就有点儿恨铁不成钢。有一次五叔在村北菜园里为村食堂收菜,看见我弟弟在篱笆外玩耍,就拿草绳捆了几棵莙荙菜,塞到我弟弟怀里,让他抱着菜沿着路沟往家跑。我弟弟那年只有六岁,也算第一次偷生产队的东西,所以接过菜就跑,吓得浑身哆嗦。开始沿着一条沟跑,别人看不见,后来就钻进村头的树林,这时不知是谁吆喝了一声"有人偷菜",弟弟便吓得趴到地下,再也不敢起来。他躲在林子里很久,直到吃饭的时候才被母亲接回了家。此事之后,弟弟夜里常做噩梦,有时大哭一声就醒了,有时不声不响站起来就跑,跑的时候闭着眼睛,样子好像还在睡觉。医生说他这叫"夜惊",完全是惊吓造成的。也有人叫这"夜游症",如果跑到水坑里就有可能被淹死。母亲为此很担心,埋怨五叔不该叫娃娃学偷菜。五叔不以为然,认为偷东西也是一回生两回熟,偷的次数多了自然就胆大了。他相信那个年代的生存法则:撑死胆大的,饿死胆小的!

因此,五叔我行我素,照偷不误。他不但认为偷得有理,而且能做到"盗亦有道"。他的偷盗有两个原则,一是只偷公家的,不偷私人的;二是只偷吃的喝的,不偷金钱财物。他偷的目的是只图吃饱,不图发财。而且他偷的手段也很高明,偷庄稼时隔着偷,偷大的留小的,偷好的留瞎的,不搞破坏性毁灭,偷过之后基本不留痕迹,庄稼还能照样生长。有人说,五叔做贼也算仗义,不欺弱小,不贪富贵,因此他的行为被许多人原谅,有的村干部也睁只眼闭只眼,甚至看见了装作没见。有时候他的"嘿喽"甚至成了好事,明明知道有人偷东西,但是听到呼哧呼哧的"嘿喽"声就知道是五叔,人家干脆绕道躲过去。

五叔偷盗成了精。

我很想见识一下他的本事。

记得那是夏天,夜里闷热难耐。几家人都从屋里出来,在院中的空地铺上席子,一个挨一个睡到树下乘凉。睡的时候,男的睡一边,女的睡一边,中间就隔着两棵大树,彼此听见说话,却不来往。我挨着五叔躺下,与别人有点儿距离。五叔的毛病,不但白天"嘿喽",夜里还打鼾,所以其他人都把席子拉得离他远远的,只有我离他最近。

"热吧?"五叔问我,"想不想洗澡?"

我说:"离河那么远,咋洗?"

"下边不是有大坑嘛!"

"坑里长满藕,能洗吗?"

五叔"哼"了一声,不再说话。他开始抽烟,接着是咳嗽,咳嗽之后,又是抽烟,把那烟袋锅烧得红红的,直到人们一个个睡着了,那红红的烟袋锅才算熄灭。这时候我也假装睡着,就见五叔从席子上坐起,穿上裤子,摇摇晃晃地走出院子,沿着通往村中央的大路往前走,那路的尽头,正是五叔说的可以洗澡的大坑。那坑很大,南北长有三百米,东西宽有二百米,中间隔一条有水闸的小路,分成东西两个坑,西边的坑大一点儿叫大坑,东边的坑小一点儿叫二坑。坑的沿岸住着许多人家,都在这坑里洗衣洗菜,也从这坑里担水喂猪喂牛。为了保持坑里的水干净,村里还在坑里养了鱼种了藕,以便让死水变活水。公社化以后,这坑就有了分工,大坑种藕,二坑养鱼,中间的水闸设网拦鱼,防止把大坑的水弄脏了。平日村里人都知道保护水源,一般不在坑里洗澡,可今晚五叔却偏偏跳到这坑里了。

我追到坑边,却不见五叔的踪影。仔细往坑里看,不远处有莲叶晃动,再仔细看,晃动的莲叶下面露出五叔的脑袋。不一会儿,那脑袋又钻进水里,再过一会儿又钻出水面。如此反复多次,五叔身后的水面,就漂浮出一些白白胖胖的东西,再仔细辨认,原来那是一节一节的莲藕。我又惊又喜,生怕惊动了五叔,就蹲到坑边的树棵子里,看他怎样能把埋在淤泥里的莲藕拔出水面。

平时人们挖藕,是要把水抽干,再用铁锹把几尺深的淤泥扒开,这才能把莲藕拿出来。此刻的五叔,赤手空拳,站在一人多深的水里,竟能得心应手。只见他抓准一棵莲叶,再顺着莲叶下面的莲茎往下探索,然后用脚将莲茎根部的淤泥扒开,探到莲藕后横向踩过淤泥,最后拿脚尖插到藕节的下面,用力一勾就把整节整节的莲藕带出水面了。他钻进水里的时候,就是最后用力拔出莲藕的时候,每次从水下钻出,他都会累得嘿喽嘿喽地大口喘气。

大约过了一个时辰,五叔做完了他要做的事情,便从水里走上岸来。他开始整理战利品,先把一节一节的莲藕归拢到一起,又去捡拾一条一条被掐死的鱼(他摸鱼的动作我没看见)。然后他把裤子的两条裤筒各挽一个结,将莲藕和鱼分别装进两条裤筒里,形成一个开衩的背包模样,最后嘿的一声扛上肩,两条裤筒一前一后搭在肩头,就呼哧呼哧地回家去了。

那天晚上五叔并没有发现我在跟踪他。

这以后我也从来不提五叔在大坑洗澡的事。

不过我在心里暗暗佩服五叔,佩服他会偷,佩服他敢偷,佩服他偷得有技术。有时候饿极了,我也想跟着五叔学技术,当然也包括学胆量。可惜我总是有贼心没贼胆,再加上母亲的严格管教,到底也没有学会偷。

可惜五叔也有失手的时候。许多天后我从学校回家,正赶上村里开批斗会,斗争的对象正是五叔。这次是他半夜摸到野地偷红薯,由于偷得太多,竟把扁担压断了。没办法,他把两篓红薯藏到棉花地里。第二天被摘棉花的妇女队长发现了,一眼认出那装红薯的篓子是五叔家的,这样五叔就只好低头,乖乖认罪了。

原来这妇女队长是我本家的大嫂。

她是五叔亲哥哥家的儿媳妇。

许多年后,五叔死了。我见到这位本家大嫂,她说她很后悔。但是五叔已经死了!

郭家四伯

对郭家四伯的记忆,始于一串香喷喷的水煎包子。

那年我大约三岁。据母亲讲,当时我刚断奶,闹人,哭个没完,家里人谁都哄不住。这时候东邻的郭家四伯来了,对我说,只要不哭不闹,就带我去桐河街赶集,给我买水煎包子吃,香喷喷的,吃了一辈子都忘不掉。我一听,不哭了,也不闹了,就跟着郭家四伯,要去赶集。家里人同意了,四伯就把我扛上肩头,一口气走了十华里,到桐河街十字街口的包子铺,给我买了热气腾腾的水煎包子。那水煎包子的模样,两面煎得黄黄的,圆圈带有冒着气泡的焦疙荚儿,里面的牛肉馅软乎乎的,散发着大葱和八角粉的清香。吃到嘴里更是满口溢香,觉得天下再没有比它好吃的东西了。四伯先是让我吃足吃够,末了又让店家用竹签穿了一大串,再用麻绳拴住竹签的两头,让我挎到脖子里带回家。

从此,我知道天下有一种美食叫水煎包子。

这以后,吃到水煎包子我就会想起郭家四伯。

当年的郭家,是村里的独门独户。四伯有两个弟弟,分别叫喜发和喜林,四伯排行老大,大名喜奎。弟兄三个的名字都带"喜"字,祖宗是希望一家人欢欢喜喜过日子的。郭家的日子也确实过得不错,弟兄三个都很勤劳,又知道节俭,三兄弟供养一个老母,四口之家也算殷实人家,吃穿不愁,房屋也是独门独院,别具特色。郭家小院最气派的,算是那间过街门楼,左边一棵大枣树,右边一棵大枣树,两棵枣树像是要把门楼两边的门框拔高一样,一棵比一棵长得旺。到了挂枣季节,一串一串的大红枣缀满枝头,从院墙到房顶,从门前到屋后,滴滴溜溜满院子红艳艳的,看上去更是蔚为壮观。这时的郭家小院,成了村中一景,人们都喜欢到郭家串门,有意无意地讨个枣吃。到了冬天,更是休闲男人的聚集地,吃个干枣,抽袋旱烟,最主要的是在这里可以听"书",讲《三国演义》,说

《水浒传》,还有说鬼的《聊斋志异》,武打的《七侠五义》,甚至也可以听到《红楼梦》。村里念过书的后生,常受郭氏三兄弟之邀,找来奇书古籍,夜里掌灯,一人念书,众人听书,每每熬到深更半夜,甚或通宵达旦。因此,郭家小院,一年四季人来人往,川流不息,颇有人气。然而,这表面繁华的背后,郭家兄弟却自有说不出来的苦衷:弟兄三个,没有一个娶上老婆,等于家里休了三条光棍汉。

四伯为此发愁。他知道自己年龄大了,便积极找人为两个弟弟说媒提亲,鼓励他们相亲。不知为什么,郭家兄弟总难好事成双,每次张罗都是以失败告终,直到最小的弟弟年过三十,他家仍然是三条"光棍"。村里人都为郭家兄弟惋惜,但谁也没办法给他家找上媳妇。

人间有些事情是不讲道理的。

郭家兄弟走进了婚姻的怪圈。

其实,郭氏三兄弟,个个都是乡间的能人。老大也就是四伯,是远近闻名的领班泥瓦匠,起房盖屋,砌墙修院,样样精通。周围十里八乡,只要有人建大宅,都会带着聘礼,邀请四伯去当领班,其中屋脊安放的飞禽走兽,都是要求领班亲手雕琢和打磨的。经他手建造的新房,一砖一瓦都有讲究,一墨一线都有学问,因此人们称他为"匠师",就是匠人的师父。郭家老二也就是二叔,是养牛的能手,特别擅长养种牛。他所调养的种牛,又高又壮,威风八面,仅脖子下面佩挂的牛铃铛就足足有两斤重,而且是纯黄铜打造的。郭家老三也就是小叔,更是织网的好手,不但会织各种渔网,还会织逮鹌鹑用的沾网,逮兔子用的拦网。农闲时节,小叔织的网能在院子里拐三圈,走在里面让人眼花缭乱。

也许是自家没有孩子的原因吧,郭家三兄弟特别喜欢孩子。我每次去他家,不管遇到谁,都会赏给我一些好吃的东西,不管是大枣、花生,还是玉米花、炒黄豆,总会把我的小布兜兜装得满满的。特别是四伯,见了我总是亲了又亲,抱了又抱。到了冬天,他还喜欢让我睡在他的脚头,夜里给他暖脚。那时我还尿床,他并不嫌弃。曾有几次,我把他的草靴当夜壶,一夜将靴筒尿得满满的,他不但不生气,还给我编了一双草靴犒劳我。所谓草靴,就是用带花的芦苇穗编织的棉鞋,鞋底是木制的板板,一周钻孔穿线,然后把芦苇穗一圈一圈地编织成鞋帮,高的还可以编成高腰靴子。记得解放初期那些年,乡间缺少布匹和工业品,人们大多以原始的生产方式和生活方式过日子,都会就地取材,编织生活用品。其中的草靴,便是人们过冬御寒用品。这种草靴,不但保暖,还可以防潮防滑,只有心灵手巧的人才会做。四伯手巧,自然是编织草靴的高手。

有时候,四伯也会来我们家长坐。当然,彼此串门是经常的事,但是长坐就不一样,一坐就是半天或半夜。这多半发生在冬天,四伯闲了,也在自己家坐烦了,就会背个长长的烟袋,来到我们家抽烟。他抽烟的时候,喜欢和我父亲交换,你抽我的,我抽你的,看看谁的烟叶品相好,品品谁的烟叶香。男人们互相品烟,女人们就凑着灯光纺线,纳鞋底,择棉花。一盏油灯下,会围着一圈人说话。等到奶奶、母亲和我的大姐、二姐等一干人坐齐了,四伯就开始讲故事。他讲故事的时候,喜欢把我抱在怀里,一边拍着我的屁股,一边若有所思地想着故事中的人和事。他讲的故事很多,有《三国演义》,有《水浒传》,还有《西游记》中的妖魔鬼怪,当然也有《红楼梦》里的才子佳人。许多年后我才知道,四伯讲的这些故事,大多来自明清小说和话本,有的就是中国十大悲剧和十大喜剧里面的情节。原来,四伯是个故事的二传手,他在自家书场里听书,又跑到我家将那些故事重新讲一遍。这样,书里的故事层出不穷,四伯的故事也就会没完没了。而且,四伯讲故事,也会学着书本里的节奏设扣子,留悬念,让人听了上段还想听下段,今天听罢明天还想接着听。如此反复,四伯便成了我家的常客,隔几天不来,全家人都会想念他。最有趣的是,四伯还会自己编故事,他会将《西游记》里的白骨精和《聊斋志异》里的女鬼连在一起,还会把《三国演义》里的张飞和《水浒传》里的李逵串在一起,自编自导个《五妖妮》的故事,让白骨精嫁给张飞,让女鬼缠上李逵。四伯编的这些故事虽然荒诞,却能让我的奶奶和母亲听得如痴如醉。平心而论,我从小积累的许多文学细胞,大概就是从四伯抱着我讲的故事里获得的。

在文学方面,四伯是我最早的启蒙老师。

他让我知道,生活除了水煎包之外,还有许多有趣的故事。

尽管四伯是个文盲,他却比别人知道许多知识,这大半与他喜欢听书有关。比如他会种瓜,还会种菜,他会逮鱼,还会逮鹌鹑抓野兔。随着我的年龄增长,我从四伯那里学到了越来越多的技能和知识。有的知识影响了我的一生,有的技术让我终身受益。我在十岁就能编筐织席,我在十二岁就会撒网捕鱼,我在十六岁就设计建造了我家的厨房,这些生存技能,大多都与四伯的言传身教有关。在我儿时的记忆里,四伯对我的影响要大于我的父亲,因为父亲对我多于管教,而四伯对我多于启发。

大约是刚上小学的那一年,学校上体育课,老师组织同学们玩一种叫"逮牤牛"的游戏。这种游戏,组织两队人马,分别在操场两头对抗,每队十人,选一个最强壮的当"牤牛",以对方捕捉到"牤牛"为赢。这不仅需要体力,能奔跑,会躲闪,还要有智慧,学会避实就虚,攻其不备,才能以弱胜强,以少胜多。我是一个队的队长,每次都是强攻,结果场场失败。四伯知道了这件事,不慌不忙地对我说,把你那一队的同学叫上,星期天跟我到野地里打一次猎,你们就能赢了。

四伯说的打猎,其实就是逮兔子。记得那是秋末冬初,地里的庄稼差不多已经收光,只剩下落叶的棉棵子还站在地里。四伯让我们背上网,带上小狗,就来到了村北的棉花地里。这块棉田很大,南北呈长方形,地北头有个土丘,地势稍高;地南头有条水沟,地势稍低。四伯说野兔跑起来由低向高,所以要把网扎在北头的土丘方向,但又不能让网露出来,而要让网隐藏在地头的棉棵子里面,而且要让网呈扇形拉开,中间靠前,两边靠后,这样就给野兔留下了逃跑的通道。把网扎好后,所有人就从花地两边撤退,悄悄来到花地南头,然后一字排开,每隔几步就要安排一个人,两条狗分列到两头,一头由四伯带狗,另一头由我带狗。布阵以后,四伯要求大家安静,人不能说话,狗不能叫唤,静听棉花地里的动静。四伯说,如果有野兔,当然也包括鹌鹑和野鸡,那它们就会在花棵中间蹓来蹓去,找到它们认为安全的地方就会趴下躲藏。听到动静,它们会猛然起跑,以最快的速度奔逃。这时候如果有人从一个方向驱赶,它们就会往相反的方向逃命,跑得越快,撞到网上就会套得越牢。按照四伯的布局,大家都闭着嘴,憋着笑,屏着呼吸,静等攻击的命令。突然间,四伯拉的那条狗大叫一声冲进地里,原来是它看到了第一只兔子。乘着狗叫,四伯便命令大家起身追击,所有人一起呐喊,所有人一起拍手跺脚,有的人还来回奔跑着,拿棍拍打着花棵,投掷大块的坷垃和礓石,目的是把动静搞大,让野兔无处藏身,只能乖乖地向扎网的地方奔逃。我带的那条狗非常强壮,它率先冲到网前,张口咬住了第一只兔子。最后清点战利品，竟然还逮了一只花脖子鹌鹑。以后四伯把这只鹌鹑喂熟养大，多次参加斗鹌鹑比赛，打败了全村所有的鹌鹑。

对我来说，由这次狩猎得到启发，以后回学校再玩"逮忙牛"之类的游戏，几乎是每战必胜了。由此，四伯在我心中的形象就立刻高大了许多。

但是随着年龄的增长，以后我外出上学，就与四伯见面越来越少了。儿时对四伯的印象，他的亲切，他的慈祥，他的智慧，他的幽默，也随着日月的更替和时代的变迁，渐渐变得模糊起来。直到1967年我从学校返回老家，才重新恢复了与四伯的交往。那时，学校停课闹革命，我失去了考大学的机会，便返回老家种地。此时的四伯，已经没有了十年前的活力，他经历过互助组、合作化、人民公社、"大跃进"等各个人生阶段的磨砺，又经过大食堂、"三年困难时期"、大"四清"和大鸣、大放、大字报的生活洗礼，不但人渐渐变老了，心也变得越来越硬了。这时候我家与四伯家虽然还住在同一个村，却不是同一个生产队，干活儿、记工分、分粮、吃饭，各有各的套路，各有各的活法。四伯还是靠他的手艺吃饭，夏天给他的生产队种瓜，春秋天在菜园里种菜。人虽老了，手艺却依然呱呱叫。他种的瓜，甜瓜依旧很甜，西瓜依然很大。他种的菜，不但产量高，而且质量上乘，鲜嫩的黄瓜红红的辣椒乃至萝卜白菜样样都会茁壮成长。可是所有这些鲜活的东西，在他看来都是死的，因为它们不是他的，他不当家。它们是生产队的，也即集体的，大家的，人人有份人人又不当家。他种这些瓜果蔬菜，在自家园子里是会说话的，那是人情，那是心意，使唤起来让人快乐；可长到生产队的园子里就成了死物，六亲不认，铁面无私，守着让人心里难受。

这期间，我曾经到过他守的瓜园，他怔怔地望着我，干搓着双手，却不敢让我吃瓜，更不敢给我摘瓜，因为那瓜姓公不姓郭，他有权种却无权管，说白了就是不当家。我也曾到菜园去看他，他的旁边有黄瓜有辣椒，也有萝卜和白菜，他照样不敢让我吃也不敢让我拿，原因那菜是公家的。其实我到园子里看他，并不是想吃点儿什么拿点儿什么，只是想找回儿时对四伯的那些感觉，包括对水煎包的怀念，穿上草靴的温暖，以及狩猎时的那份快乐。

四伯变了，他经历了由"私"到"公"的转化，似乎身份也经历了由"主"到"仆"的变化。他无法支配物品，也就无法支配自己，因此他的心就有些不安了。

事后我才知道,四伯这些年是经过一些刺激的。他曾经送瓜让路人吃,结果被扣了工分;他曾经送菜给割草的娃娃,结果就挨了批斗。他本来心很软,见了谁家有难就想帮,见了谁家挨饿就想救,可是他忘了自己不当家,忘了自己没有能力救人家,结果自己就遭了殃。这样经过几次"公"与"私"的折腾,四伯的心就变硬了,硬得有些六亲不认了。

怀揣着某种遗憾,两年后我离开家乡到外地工作,离别时并没有找四伯告别。但是没过太久,我就听说郭家小叔去世,再后又听说二叔去世。两个弟弟先走,这对四伯的打击太大。他是个心肠善良的人,也是个胆小怕事的人;他是个驾驭生活的能人,却又是甘受命运摆布的人,临老的时候,还能经受得住两个弟弟先他去世的打击吗?

1973年岁末,四伯没有挺过年关,去找他的两个弟弟了。这样,四伯成了郭家老坟的守望者,在他的身后,再也没有儿孙走进他家的老坟了。我听说四伯去世的消息,除了伤心便是哀叹。那年回家的路上,我走到桐河街的十字街口,特意拐进路角的包子铺里,买了长长的三串水煎包子,带回去给四伯上坟。我要给郭氏家族的三条光棍汉行一次长跪大礼,让好人安息,让灵魂永生。

我相信四伯知道我会来到他的坟前。

我也相信四伯能够闻到水煎包的余香。

姑姑的智慧

1960年春天,我当时在我的家乡桐河街高级小学上一年级。很不幸,那时候十里八乡都缺粮,人们生活异常艰难。我们班的同学,来自周边几个大队二十多个自然村,能背着粮食上学的不足三分之一,半数以上只能带点儿干菜来上学。学校没办法,就号召勤工俭学,组织同学们到地里挖野菜,以补伙食不足。开始挖的是能吃的野菜,比如面条菜、荠荠菜、毛妮菜,这些野菜还好吃,后来挖不到好吃的菜,就挖蒿子、刺刺芽、麦郎棵这些有毒的野菜来吃,再后就只能捡到干菜,没有干菜了就挖草根,最后连树皮也进了食堂。有的同学已经多天不见粮食,饿得走不动路了。我们村子还算幸运,没有完全断粮,但是只能定量供粮。开始一人一天四两,再后一人一天三两,最后一人一天一两八钱,断断续续几个月,人没饿死但家家户户吃不饱,个个饿得骨瘦如柴。到1960年春末,青黄不接时节,一个村一个公社一个县的情况更加困难。

果然,学校宣布临时停课,号召同学们各自回家想办法找粮,背不来粮食就不要回到学校上课。当然,交了粮食的同学也可以自愿留校,以自学为主不必集中上课。这消息对我来说是个严重警告,因为我交到学校食堂的粮食不足应交的三分之一,所以三分之二的时候是应该挨饿的(后来学校食堂改供应制为饭票制,多交多吃,少交少吃)。可是我知道家里已经没有粮食,为供应我上学,母亲和我的兄弟姐妹已经把他们分得的口粮多半都交到学校了,再从他们口中夺粮怕是要饿死人了。

无奈,我想到了小姑。我有两个姑姑,二姑远嫁,家居新野县南,临近湖北地界。小姑家就在桐河街,距我们学校只有几百米远。因为我是杨家的长门长孙,所以两个姑姑都喜欢我,按家乡的俗语叫亲,比亲她们自己的孩子还亲。

我找到小姑,说了学校的情况。她摸着我的头说:"娃,你敢跑远路吗?"

"敢!"我说,"只要能弄来粮,跑多远都行!"

我知道小姑家已经断粮好多天了,也没指望小姑能给我拿出粮食。没想到小姑还有别的办法,跑远路就能弄到粮食。那一刻,我对小姑肃然起敬。

为了远征,小姑做了必要的准备,忙乎了整整一夜。第二天天不亮,她把我叫起来,背着家里其他人,就悄悄出发了。出门的时候,她塞给我一把玉米豆,说:"慢慢吃,吃着走着,就这么多。"

这,大概就是我们行路的干粮。

小姑要带我去的地方,是紧挨湖北地界的二姑家,距离大概一百三十里。当年跑远路,都是步行,连牛车马车都难得坐。所走的路就更糟,能走牛车的路算大路,只能挑担走的路叫小路,斜插庄稼地里的路叫稍路,走稍路就是抄近道,但弯弯曲曲的容易走迷。小姑说我们要走快,争取一天赶到二姑家。刚才说的一百三十里路程,走小路就会近十里,走大路就会远十里,要想赶快就只能走小路。我们之所以这么急着赶路,是因为害怕路途遭人打劫。据说劫路者欺弱小,主要是劫粮,为了夺一个馒头就敢杀人。小姑和我,一个女人带个孩子,很容易成为打劫的目标。况且小姑长得漂亮,身材修长,皮肤细白,随便笑一下就会惹人注意。所以小姑特别小心,嘱咐我专心走路,沿途少和人说话,不要招惹是非。我很听话,乖乖跟着小姑的脚步,她走快我就走快,她走慢我就走慢,寸步不离。这样走了前二十里,太平无事,只是身上浸汗,肚子也有些干瘪了。小姑安慰我,一边夸我腿脚好,一边从腰间摸出一把黄豆,对我说:

"这是二十粒黄豆,你拿住了。咱走了二十里,一里一个黄豆,二十里地二十个黄豆,算是奖励,也算一顿饭。"

我接过黄豆,心里一阵惊喜。很多天没有吃到原粮了,当年的黄豆就像蛋饼一样金贵,小姑是从哪里弄到的呢? 小姑不说,只说这东西不多,要一粒一粒地算着吃,只要能吃到目的地我们就不会饿死了。

接下来我们又走了一程,麻烦出现了。我的脚开始起泡,先左脚,后右脚,有的泡在大脚趾,有的泡在小脚趾,有的大泡还连一串小泡。这些水泡明晃晃地亮,不破的时候发胀,一破就是撩心的疼。小姑的脚也是疼,她的脚疼不是因为泡,而是因为年幼时裹过脚,那脚虽然没有完全裹小裹坏,却将大脚趾旁边的四个脚趾裹变了形,四个脚趾一律地往脚板底下弯曲,走路时就会垫脚磨脚,这样走长路就成了灾难。不得已,我们放慢了行进速度,经过村子时,借着讨水喝的机会,也会坐下来歇息一会儿。但小姑是个机灵人,她决不会让我歇息时间太长,担心一松劲就再也走不动了。所以她依然用奖励的办法督促我赶路:走一里路一粒黄豆,多走路多得黄豆。

事后我在想,小姑的办法,应该算农家妇女的天大智慧。她的黄豆不多,但要让每一粒黄豆都发挥十倍的作用,就只有把黄豆当奖品。而且事后我还知道,她对黄豆的加工和保管,也是动了心思的。当时是公社化,吃食堂饭的后期,社员个人家里是无锅做饭的。她要把黄豆弄熟才能当饭,人吃了才不会拉肚子,她没锅就用柴火把它烧熟。为了防止黄豆被人发现,她将自己的裤腰上缝了几个布袋装豆子,这样把布袋分散开来装进自己的腰间乃至裤裆里,那是一个女人保存贵重物品最安全的地方。小姑,为了救我,用心良苦!

遗憾的是,当天我们并没有赶到二姑家。记得走到一个叫郭滩的地方,天就完全黑下来了。村子里异常安静,甚至没有狗叫的声音。小姑试探着叫开一家的院门,恳求借宿一晚,不要吃不要喝,只求进院歇息就行。那家人还算慈悲,让我们在他家耳房过夜,还让我们喝了他家的热菜汤。那家的耳房原本是磨坊,如今已经没人磨面所以荒废了,除了一盘石磨便是一堆一堆的柴草。屋子里没灯,小姑将柴草铺垫一下,便坐在柴草上靠着山墙睡下了。我依在小姑的肩膀上,很快便睡着了。那一夜没有做梦,睡得特别踏实特别香甜:因为实在是太累了。

第二天离开那间磨坊的时候,小姑告诉我一个爆炸性消息:那间房里刚刚死过人,我们躺的柴草堆里还放着一口棺材!

天哪,这是什么遭遇?我当时除了害怕,不敢再想别的任何事情。不过,这件事也再次刺激了我的求生欲望:只有站起来往前走,才有明天,才有希望。

到达二姑家是在次日傍晚,进门的时候二姑正在做饭,锅灶里燃着火,案板上放着二姑刚刚擀好的面条。我知道有希望了,面条就是生的希望。很快,晚饭做好了,二姑捞了一碗面递给我,特意告诉我慢点儿吃,千万别噎着了。我答应着接过面,竭力控制着自己吃面的速度,谁知肚子不听使唤,没等二姑盛好第二碗面,我的第一碗面就完完全全吞下肚了。接下来的事情就更是不堪,我吃多了,把一锅面条吃了大半,肚子撑得像一面大鼓,用手一敲梆梆响。二姑吓坏了,空腹进食过多,食物遇水发胀,胀气会引起肠胃爆炸。特别典型的案例是,有的人很久没有吃到粮食,饿得皮包骨头,只有个露着青筋的大肚子。忽然有一天见到了粮食,不管是玉米还是麦子反正是原粮,来不及磨面就煮煮吃起来。结果等到吃饱就出事了,原粮在肚子里膨胀,拉不出来吐不出来,结局就是活活撑死。想到这些,二姑吓坏了,一把将我揽在怀里,一边给我揉肚子,一边祷告说:"小祖宗,你可不能吓我,我可不能叫你撑死,撑死了我咋给你爹妈交代哩。"

谢天谢地,我没事,反而躺在二姑怀里很快睡着了。睡梦中我似乎听到了二姑和小姑在说话,她们在说关于我父亲的事,两个人的话断断续续的,但还是让我听出了一些名堂。说的是,我父亲在二姑家附近的一个农场,冬季在那里磨豆腐下粉条,夏季给农场里种菜和放羊,靠手艺吃饭,不挣钱也饿不了肚子,因为农场是国家供应粮食,所以农场的食堂办得最好。不过又说,父亲在农场里不安心,总想找机会回老家去,因为挂念家里的四五个孩子。可是又回不了老家,因为他是从老家跑出来的。又说他在老家闹了点儿事,原本也在集体农场磨豆腐做粉条,后来与农场会计闹翻了,他告人家贪污磨坊的公款,谁知没告赢人家反而被人家纠集一帮人把他给批斗一通,最后他见势头不对就跑了。他现在不敢回老家,就是担心人家报复他。两位姑姑在说这些话的时候,以为我真的睡着了,其实我是似睡非睡,把她们的话都听到了。至此,我才解开了心中的一个谜团:父亲为什么抛弃妻子和幼小的子女不管不问,而独自躲到一个天不知地不知的地方独享清闲?要知道,当年我们兄妹五个,最大的只有十五岁,最小的还不到四岁,在那么个年代多么需要父亲照顾和养护啊,可他却一拍屁股溜了!还有我的母亲,她不但需要自己忍辱负重,还要兼任父亲的责任来养活没有成人的五个孩子,这需要多么坚忍的耐力和信念啊。

两天之后我见到了父亲,他站在农场羊圈的栅栏门外,身后是一百多只白花花的羊群,这些羊在他的鞭子指挥下,正在排着队走出圈门。他要出去放羊,冷不丁看到我,就"哦"了一声蹲到地下不起来了。我是被两个姑姑带着去见他的,她们想给他一个惊喜,不料却把他激着了:他想不到我会找到他!

没有太多的话可说,父亲只是觉得惭愧,困难时期不能照顾到妻子和儿女,他觉得对不起我们。当天,他让我和一个叫黑娃的表兄去放羊,他自己留在农场,悄悄为我和小姑准备返程的口粮。其实他在农场吃的是大锅饭,自己是没有多余粮食的。最后我们走的时候,父亲给小姑准备了一个大包袱,里面装的是干红薯叶和干萝卜叶。给我准备的是一副担子,两头各有一捆干菜,捆得结结实实,挑起来能把扁担压弯。

"走吧。"父亲说,"快点儿回家,这些干菜也能救命!"

这是我没有想到的结果,既没有给钱也没有给粮,只是弄了两捆干菜,这也算父亲作的贡献吗?我心里很委屈,觉得父亲对不起我,也对不起全家,特别对不起我母亲。小姑看出了我的心思,劝我说:"知足吧,这年月干菜也是救命的宝贝疙瘩。就看你小子有本事走来,还有没有本事把这两捆干菜担回家!"

我知道,小姑用的是"激将法",她要我打起精神,担起担子,也担起养家的责任。

为了防止路途发生意外,父亲要求我们一天赶回家。启程的那天早上,父亲特地让我换了一双鞋,那是农场发的胶底解放鞋,他用自己的大号换了黑娃表兄的小号鞋,让我穿上正合适。并特别提醒我:"路上不要脱鞋,穿回家把鞋交给你妈!"

就这样,小姑背着一大包干菜在前边走,我担着两捆干菜在后边跟,我们姑侄俩像来时一样,一路吃着黄豆数着里程,当天奔跑一百二十多里路,完成了我人生中的第一次"长征"。

我记得清楚,那是 1960 年麦子将黄的时节。

那一年,我只有十二岁,个子还没有扁担高。

回家后我发现错怪了父亲,佐证有三。首先,父亲在干菜捆里各放了一只宰杀过的羊羔,让全家人在饥饿年代吃到了羊肉;其次,他在给我的解放鞋鞋垫下藏了钱和粮票,够我交足当年亏欠学校的粮食;最后,他让小姑和我带着干菜上路,把我俩装扮成逃荒人的模样,是防止路途被劫,以求路途安全。

这里特别值得一提的,是那宰杀好的羊羔。事后表兄黑娃对我说,农场的羊群几乎每天都有母羊下崽,有自然死亡的,也有故意捏死的。有的母羊一胎多崽,为了保护强的就要捏死弱的,就像庄稼需要剔苗一样。当时为了补贴家用,牧羊人有意捏死羊羔,拿回家改善伙食也是常有的事。父亲怕事,不敢轻易损害公家的财产,因此平时把羊群管理得特别好。这次破例让黑娃捏死羊羔,对父亲来说应当是万般无奈之举:他一个穷困潦倒的牧羊人,还有什么办法拯救他的家人呢?

经过饥饿折磨的人,对食物的认识是清醒的:那是一种敬畏!

事后听说北京城里的毛主席,家里吃粮也是有定量的,就连他平时最爱吃的红烧肉也舍不得吃了。因此从那以后的半个多世纪,我都特别珍惜食物,为之奋斗,为之歌唱。

黑　妞

思来想去,我必须写一写我家养的那头母猪。它有恩于我们全家人,特别有恩于我。可以说,我从初中到高中差不多长达七年的书杂费,几乎都是由这头母猪提供的。

它的名字叫黑妞。

这是我母亲对它的爱称。

时间大约是1962年春天,我母亲扛着一篮鸡蛋到桐河街上去赶集,目的是卖了鸡蛋,去买盐,这样可以保证全家人能够吃上咸饭。谁知那天的鸡蛋没有卖出去,母亲就用那些鸡蛋换回了一头小猪崽。这猪崽皮毛纯黑,又是母猪,母亲就给它取名叫"黑妞"。我开始不太喜欢黑妞,由于它,害得全家人一个多月没盐吃。不过母亲特别喜欢黑妞,每顿饭后都要留下吃食单独喂它。这样不到半年,黑妞就逐渐长大了,很快又怀了猪崽,到次年一窝就产下了八头小猪,浩浩荡荡在院里跑来跑去,热闹非凡。待到小猪满月之后,陆陆续续拿到街上去卖,一头小猪可以换回全家人两个月的油盐钱,两头小猪卖的钱可以给姐姐和妹妹买来新衣裳,三头小猪卖的钱就比父亲全年挣的工分钱还要多。那么八头小猪卖的钱呢,当然可以包揽我全年的书杂费。

所以母亲特别关照它。

拿它当家里的一口人对待。

不过随着黑妞的个头越长越大,饭量也逐渐增加,再加上它还要奶那些小猪崽,食量就越来越大,慢慢就觉得养不起它了。平时喂养黑妞,基本靠家里的涮锅水和剩饭剩菜之类,那年月粮食金贵,生产队分的粮食不够吃,人还吃不饱呢,哪有多余的食物喂猪呢?没办法,母亲就动员全家人给黑妞找吃食,每人下地干活儿,都要顺手采些野草野菜带回来,冬天就挖些坏红薯或者菜根、草根,混着涮锅水一起喂黑妞。但可怜的黑妞总也吃不饱,饿极了就满院子跑着拱地皮,啃树皮。有时候它会翻过院墙,跑到野地里找食吃,这样就难免啃食地里的庄稼,糟蹋生产队的菜园子。它的恶行后来被管菜园的郭四伯知道,告状到队长那里,勒令各家各户的猪羊必须上圈,否则跑到集体的庄稼地里,就严惩不贷,轻则罚工分,重则打死吃肉。当然,处罚对象,明显包括黑妞,因为当时黑妞是全村体量最大的一头猪,站直了像一头小牛犊,体重最少一百五十斤。它走到哪里,腿脚生风,气冲霄汉,附近一百米的树棵子都会动弹。因此很远人们就能发现它,并且它很容易成为跟踪和捕捉的对象。曾有几次,它浑身带伤地跑回来,身上有镰刀砍伤的痕迹,也有铁铲扎伤的血印,最严重的一次是右腿被打折了,一拐一瘸地走不稳路。家里人看它受伤都很心疼,但也毫无办法,因为那时的集体财产大如天,谁都不敢侵犯,何况黑妞是一头猪呢?

母亲看到黑妞挨饿很心疼。

黑妞受伤更是让母亲暗自落泪。

但是黑妞很快从挨打的经历中吸取了教训,它变坚强了,也变聪明了,它战胜饥饿,躲避风险的智慧,完全超出了一般人的想象。它开始与人斗智斗勇,开始与大自然斗法抗争。它知道,人是白天干活儿,夜晚睡觉的。所以它就反过来,白天睡觉,夜晚外出觅食。它还知道,老天是要下雨的,下雨天是没有人到野外活动的,所以它也反过来,晴天不出门,雨天到处跑。当然,它还知道,雪夜很冷,那是它最安全的觅食时节。同时,它还知道,村中有几条大路,几条小路,有多少明路,有多少暗路,哪个坑可以躲避藏身,哪条沟可以拐弯逃跑。这样,黑妞以它超常的聪明和智慧,每天昼伏夜出,明躲暗藏,总能悄悄地出去,大摇大摆地回来。出门的时候,它的肚子多是扁扁的瘪瘪的,回来的时候,它的肚子总是圆圆的鼓鼓的。这说明它在月黑风高的夜晚总能找到吃的,也说明在雨雪交加的暗夜总能找到填饱肚子的食材。为了它自己不挨饿,更为了它腹中的七个八个或十多个胎儿,黑妞变成了一个极度聪明的"贼"!

母亲知道黑妞在做贼。

做贼的黑妞并不感到羞愧。

全家人心照不宣,邻居们也心照不宣,就连菜园的郭四伯也心照不宣。大家都知道黑妞夜里偷吃集体的庄稼，南河湾的红薯，北岗上的南瓜，西沟的萝卜，东冲的玉米棒子，都曾是黑妞的美餐，也留下黑妞的大如牛蹄的脚印。但是谁也没有抓到黑妞，甚至没有看到黑妞的影子，有谁敢说是黑妞偷吃了集体的庄稼呢？只有队长不依不饶，硬说黑妞是贼，不然它怎么越长越胖，不光肚子越变越大，而且毛色又黑又亮呢？

队长下决心捉到黑妞。

黑妞下决心顽抗到底。

村南头有块河湾地，取名叫刮金板，三面环水，一面是荒草高坡，每年夏季桐河涨水，洪水总要将地皮（多为小麦）刮去一层活土，裸露的沙石地不好种庄稼，就只好补种红薯、萝卜之类的晚茬作物，到晚秋或冬季收些窖藏的东西过冬。这块不起眼的地，夏季小麦十有八九绝收，但秋季的红薯或萝卜常常大丰收，因此人们叫这块地为"刮金板"，是看着穷实际富有的意思。在队长的眼里，这块地就是生产队的小金库，年年报灾不纳粮，每年窖里满当当，实际收成好着呢。黑妞也看中了这块地，每到冬春萧条时节，到这块地总能找到土层深处遗漏的红薯或萝卜，随便转一圈就能吃个肚子圆。况且，这块地地形好，南面是河，北面是坡，东西两侧各有一条深沟，四面都便于藏身，无人的时候可以大摇大摆，有人来了也便于逃跑。自从队长盯上黑妞之后，就派人夜里值更巡逻，隔三岔五半夜突然袭击，以求当场抓个现行。可惜值班人员忙活了几个月，每天晚上准备几个人的夜班饭，还贴补了许多工分，到底也没有人抓到黑妞，甚至连黑妞的影子也没人看见。这到底是怎么回事呢？队长闹不明白，值班的人也闹不明白，只有黑妞自己知道，它夜里走的是水路，根本就不在地上留下脚印，让他们无从查起。

难道是黑妞的智慧超过了队长？

或许是队长被黑妞的大肚子吓怕了。

的确，黑妞不光十足聪明，而且十足勤劳。俗语说"猪五羊六"，母猪一般是五个月就可以孕育一窝猪崽的。有的母猪产崽后，一般都有间歇期，少则一两个月，多则半年。而黑妞几乎不休产假，一般每年都下两窝猪崽，常常是这窝猪崽刚满月，那边就又怀孕了，而且一窝比一窝下得多。更为出奇的是，黑妞可以自找公猪配种,无须人领路,也无须花钱,自己就能找到公猪的家门,神不知鬼不觉地干完自己该干的事。我们村距离公猪所在的那个村大概有五里路,中间隔个小村,还隔有一条小河,要过河还必须走过那座唯一的小石桥。这么条小路,一般人走过就会迷糊,下一次未必就能走对路,可黑妞只让人领着走过一趟,以后它就自己来去自由了。那年月,配种是需要付钱的,而我们家穷,有时候连为母猪配种的钱都拿不出,曾有几次都是卖了猪崽再付给人家配种的钱。

母亲说,黑妞是通人性的。

有时候黑妞能听懂人话。

到黑妞八岁那年,有一天它突然走不动路了。人们说它老了,它的八岁相当于人的八十岁,无力走路,无力觅食,无力喘气,整天趴在地上喘息。见此情景,父亲就和母亲商量,说要把它杀了,多少有点儿肉吃,也比看着它死了强一些。母亲坚决不同意,说黑妞就像家里的一口人,说啥不能杀了吃肉!实在没办法,可以把黑妞卖了,或者把它送人,反正不能看着它在眼前死掉。如此争论了两天,父亲的意见遭到全家人的反对,都说黑妞是家里的功臣,说啥不能杀掉吃肉。这时候黑妞开始流泪,它听到人们说的话了,也听懂这些话的意思了,不自觉地就泪流满面,泪水像两条小溪一样流进了鼻孔,慢慢地就没有了呼吸。

母亲大哭了一声,叫:黑妞!

我也跟着大叫一声:黑妞!

但是黑妞没有醒来。它好像很累,累得紧闭了双眼,带着它八年做贼的羞愧,带着它先后生下的八十多头小猪崽的功勋母亲的荣耀,以及它风雨夜里不曾迷路,躲过明枪暗箭争取吃饱肚子的聪明才智,梦一般地昏昏然睡去了。

黑妞就这样死了。

死得没有一点声响。

然而它死得并不太平。次日早晨,当我走进厨房的时候,猛然闻到一股久违的香气扑鼻的肉的气息,我知道,这便是黑妞所能做到的最后的贡献了。我质问父亲,为何如此狠心?父亲说,他头天夜里把黑妞埋到河湾里去了,但邻居们听说后又把黑妞挖了出来,宰巴宰巴就把猪肉分到各家各户了。邻居们说,人穷,平时年儿半载吃不到一次肉,把整头猪埋了太可惜。黑妞对你家有恩,你家人下不去手,我们只认它是头猪,该吃肉还得解解馋!说这话的时候,父亲一脸的无奈。母亲躲在柴草垛前,暗暗地哭泣。

　　黑妞命苦。

　　我好伤心。

第三辑　似水流年

洋洋的口腔期

洋洋三岁以前,饿了爱哭,饱了爱笑,困了爱闹,醒了爱动,但这还不算他的个性。他的特点有两条:一是爱提意见,二是记忆力超强。

有几件小事可以佐证。

小名的由来

确定他的名字,是经过一番周折的。开始人们叫他笑笑,因为护士把他从产房抱出来的时候,他见到所有人都是笑的,而且笑得很甜,很乖,很自然。所有在场的人都说,这孩儿爱笑,小名就叫笑笑吧。作为他的姥爷,我第一眼看见他,不光觉得他爱笑,而且觉得他认识我,我也认识他,那眉目,那眼神,似乎很早以前就相识了。所以我也同意他的小名叫笑笑,很贴切,既是心情,也是心意,皆大欢喜。

但是很快这名字被否定了,不是一个人否定,而是参与的所有人否定。理由很简单,这名字太泛滥,似乎人人都可以叫这个名字,没有了个性就不能叫名字。再说了,男孩子叫笑笑,长大了怎么叫?他自己愿意吗?如此,就需要给他起个正规的名字,由此再引申出一个小名。接下来都动脑筋,爷爷奶奶,姥爷姥姥,姑姑姨妈,表哥表姐,凡是沾点儿亲戚的,都献出了取名方案,名字起得五花八门,各有千秋。最后当然是他的爸爸和妈妈有决定权,好一番权衡,好一番思量,最终结果如下:取名皓洋,本姓李,小名洋洋,既是李家的后代,也是杨家的后代,因为"洋"与"杨"谐音,也说得过去。

但是我心里却不太舒服,心想,如今时兴独生子女,隔代也只能生一个孩子,这孩子的名字只有同时含有两家的姓才能让两家人都满意。不过心里不舒服我也没有说出口,只是在名字的叫法上有点儿区别。别人叫他李皓洋,或者叫洋洋,我偏不这样叫,特意叫他"家伙三"以示特别。有人说这样叫不好听,我说这叫法在我们老家南阳府一带,那可是至亲至近的关系才有的称呼,特别是老人对小孩,叫个"家伙三"那是昵称,亲得不得了才这样叫的。"家伙三"最后一个字音要上挑,发出"三"和"参"的谐和音才是标准的叫法,听起来那叫亲切、得劲!

超强的记忆力

就这样,从洋洋刚能听懂招呼开始,我当着别人面叫他洋洋,私下里说话都叫他"家伙三"。有时候在床上陪他玩,一叫他"家伙三"他就张着嘴笑,一笑那胖乎乎的脸蛋上就出现两个小酒窝,他美得不得了,我自然也高兴得不得了。

从一岁多开始我就教他背唐诗,说好的三天背一首,谁知他背三遍就能记住,有时候一天可以背三首。我的办法是叫他"家伙三",他听到"家伙三"就兴奋,知道要叫他背诗了,所以记得又快又准,甚至说他过目不忘也不过分。

我曾对他的记忆能力表示怀疑,怀疑他的眼睛里有照相机,怀疑他的记忆符号是电脑硬盘,一首五言诗或七言诗,你只要一字一句地搋着字让他念三遍,第四遍他自己保准背诵无差错。为了破解他的记忆密码,我曾经让他变换环境和记忆方式,比如让他不看书本背诵,有时候让他骑到我的脖子上,我在下边走路,他在我的头顶背诗,一口气背个十首八首都不会出差错。个别时候他还会纠正我的差错,比如把"一行白鹭上青天"放错位置了,或者把"夜半钟声到客船"说错诗名了。这时候我就会狠狠地说一声"家伙三"哪,夸他了不起。

说起他的特殊记忆力,有一件事我始终找不到答案。大约从他半岁或者更小的时候开始,我喜欢开车带他到附近的公园或绿地去玩,以拍照片为主,也包括品尝美食和购买各种稀奇古怪的玩具等,总之吃喝玩乐各种活动都让他参加,目的是逗他玩。一般情况下,我在前边开车,他姥姥就带他坐在后排玩耍,多数情况就是把他抱在怀里,觉得这样安全。有一次,我们开车跑到一个距市区很远的集镇,在那里准备购买上一次买过的葱花油饼,那油饼很好吃,吃了还想再吃。可惜这次开车在集镇里转了三圈,沿着大街小巷找了三遍,怎么也找不到那家油饼铺子。就在我想放弃的时候,躺在姥姥怀里的洋洋突然叫了一声:"到了,就这地方!"我赶紧刹车,把车停靠路边,果然发现油饼铺子就在眼前。奇了怪了,我们两个老人反复观察找不到的地方,他躺在那里怎么就能看见就能找到了呢?买了油饼,我对他说:"家伙三哪,能说说你的记忆密码吗?"

那年他还不足两岁。

他差不多已经认识两千个汉字了。

第一张站立照

带洋洋玩,凡事需要同他商量,他愿意干的事情就能干好,他不愿干的事情你硬让他干那就一准干砸。

比如照相,那是需要配合的。他有很多好看的照片,但他独自站立的第一张照片却照得相当不体面。那时他大约十个月大吧,刚刚牵着手能走,自己独立还站不稳当。我们带他到新建的郑东新区公园里玩耍,多数情况下他会在草地上爬,不愿站起来走路。绿色的草坪中间有个竖起的自来水管子,水龙头的高度等同于他的身高。我忽发奇想,希望他走过去抓住水龙头拍个站立行走的全身照片。他试了两次,走不稳,也站不稳,于是坐在地上不愿站起来。我拿他最爱吃的巧克力,逗引他走到水龙头跟前,让他扶着水龙头照个相。他照我说的做了,但很不情愿,小脸上挂着一副十分委屈的表情,双腿还有些摇摇晃晃站不稳,正当我举起相机要拍照的时候,他竟然鼓着肚子撒起尿来,尿的时候还时断时续,说明他当时正在哭。拍完这张照片,我把他抱起来,并对他说:"家伙三哪,这是你人生的第一张站立的照片,标志着你是个男子汉哪,可以站着撒尿!"

那张照片拍摄于 2007 年麦收时节。

洋洋是光着屁股完成拍摄任务的。

他很不情愿地干了这件事。不过对于我来说,这算我从事几十年记者工作以来,抓拍得最得意的一组照片。我应当感谢他,而他却对我很有意见,甚至有点儿耿耿于怀。

爱提意见

有时候洋洋的意见是很有道理的,我们需要尊重他提意见的权利。比如他希望妈妈带他睡觉,而不希望姥姥带他睡觉,当然更不希望我陪他睡觉。因此每到晚上,他都要察言观色,选择跟谁睡觉。曾有几次,他妈妈要上夜班,爸爸又不在家,他只好跟姥姥睡觉。于是他就哭,他就闹。有一次他突然停止了哭泣,正儿八经地问我:"姥爷为啥不上班,非要妈妈去上班?"

我愣了一下,觉得这不像小孩儿提的问题,就给他解释说:"妈妈上班去挣钱,不上班就没有钱。"

他不服气,又问:"那姥爷不上班,为啥还有钱?"

我说:"姥爷退休了,可以领退休金。妈妈还年轻,只有上班才能领工资。"

他越发不服气,撒泼说:"我不管这些,我就要妈妈回来!妈妈不回来,这不公平!"

说这话的时候,他还不到两岁。

不到两岁的洋洋,竟然知道呼唤公平。

150 大于 180

我过去一直认为,三岁以内的孩子是没有思想的,他有的只是感性认识,而不可能形成理性认识。不过通过对洋洋的观察,我发现洋洋有自己的喜怒哀乐,他的某些情绪是受思想支配的。尽管有些时候他的行为是荒唐的,但他的思路却是正确的。

记得他不到一岁的时候,发生过一个笑话。他能吃,妈妈的奶水又不足,常常需要补充奶粉或鲜奶,这样才能吃饱。特别是晚上临睡前,一定要吃饱了才能入睡。奶粉是需要用温开水冲的,每次冲多少,是控制他食量的关键,吃多了容易积食,吃少了又怕他缺营养。平时冲奶粉的时候,大人们要商量冲多少毫升,本来以为他听不懂,不料有一次他却加入了讨论。姥姥主张冲 180 毫升,妈妈主张冲 150 毫升,洋洋却突然大叫:"180 不够,冲 150!"弄得全家人哄堂大笑。

而我却暗暗说:"家伙三,了不起!"

他虽然不知道数字哪大哪小,但他却知道争取自己的发言权。

人说三岁看大,七岁看老。从以上这些小事可以看到洋洋的个性,也可以想见他的未来。

考驾照

2017年麦收时节,家里突然发生了一件大事。年近古稀的老伴,冷不丁地向全家人宣布:"我要考驾照,学开汽车!"

这消息引逗得全家人都很兴奋,孩子们纷纷表态支持,说老娘人老心不老,活到老学到老,精神可嘉,值得晚辈们学习。上小学的小外孙子更是活跃,不光口头表态支持,而且双手捧出一台宝马车模型,放到客厅中央的茶几上,供姥姥学车时演练之用。而我却有些担心,问她:

"真的吗?"

"当然。"

"能行?"

"当然。"

于是我开车带她到驾校报了名,领了教材。接下来的日子里,她白天到驾校去练车,晚上在家学习交通法规和行车标识等文化课。

先考科目一。从电脑上下载软件,从手机上下载软件,模拟考试,几百道考试题目,反复阅读,反复背诵,从早到晚,从吃饭到走路,心里想的,嘴里念叨的,都是那些考试题目。这样折腾了半个月时间,自我感觉已经掌握了考试的窍门,她便信心满满地走进考场。

如今考试,采用的是电脑答题。这样可以现场答题,现场记分,走出考场便知道自己的考试结果。当天走进考场的是一百个学员,年龄最小的十八岁,算是刚毕业的高中生,她的年龄最大,只差半年就到古稀之年七十岁。教练估计她第一场考试难过关,因为年纪越大记性越差,能考三次过关就算奇迹。教练还说,学员考得好不好,单从脸上的表情就能看出来,有的考生错题太多,考到一半就哭着跑出考场了。

她是笑着从考场出来的。

教练说,满分一百分她得了九十六分。

接下来的考试她更兴奋,表示要乘胜追击,一鼓作气把科目二也拿下来。场地练习时她特别认真,别人练两个小时,她要求加班练四个小时。时值五月立夏,骄阳似火,练车场的地面被晒得烫脚。每天练车,她都要溻湿几次衣服,却从不叫苦叫累。教练看她苦巴巴的样子,担心她身体吃不消,万一中暑晕倒在考场,那麻烦就大了。谁知她还真的争气,科目二考试也是一次成功,平安通过。

全家人为她摆了庆功宴。

我还悄悄请教练喝了庆功酒。

等到考科目三的时候,教练说她很容易就能通过,前提是考试不能怯场,正常发挥就行。原来,她平时练车上路,常常害怕加速变道,只要车前遇到障碍,一踩刹车就熄火。这个毛病,教练多次给她纠正,要她放松,要她别紧张,要她开汽车当成骑自行车一样,是人驾驶车,而不是车绑架人。刹车分点刹、缓刹和急刹,力道是不一样的,全在个人掌握,关键要悟出其中的轻重缓急,区别对待。她说这些道理她都明白,就是操作起来脑子和手脚不同步,越害怕出错就偏出错,越错越紧张,越紧张越出错,错的次数多了就成了习惯性怯场。

果然,科目三考试第一次没有通过。

第二次考试算补考,不慌不忙反而过关了。

为了稳妥一点儿,她提前复习文化课,参加科目四考试格外小心。知道交通法规吗?知道行车标识吗?除了红、黄、绿灯,还有上下左右、拐弯抹角的标线,以及不断变换的虚线、实线、黄线、白线、斑马线,你能认得出,记得住吗?许多人考驾照闯过了前三关,却在科目四被卡住了,原因就是考试题目繁杂,容易犯记忆疲劳症,看似十分简单的选择题,脑子一恍惚就答错了。

而她,科目四却得了个满分。

她说,文化课对她来说不在话下。

乘着这股兴奋劲儿,她一拿到驾照,就要求我带她到黄山和庐山搞一次自驾游。三个月后从山上回来,她已经是跑了三万公里的老司机了。

大 姐

很多男人不明白一个道理,这辈子陪伴你时间最长的女人是谁。有人说是母亲,有人说是妻子,有人说是女儿,不过这都错了,陪伴你时间最长的女人是姐姐。从你降生到世上第一天起,姐姐就陪伴着你,那时你还没有见到你的妻子,也没有见到你的女儿;到你老气横秋的时候,你的母亲可能早已去世,但是姐姐可能仍然陪伴在你的左右。有些时光你不可能与母亲分享,也不可能与妻子和女儿共同拥有,却可以与姐姐一起共度。

姐姐可能是你一生中最亲近的女人。

当然也是对你的一生最了解的女人。

很幸运,我这一辈子有两个姐姐,是亲姐姐,还有几个叔伯姐姐,以及一群姑姑、舅舅、姨母家的表姐。这里要说的是我的大姐,名字叫秀芝,不过在我的记忆中,她这个名字我一辈子没有口头叫响过,只在心里知道而已。因为在我心目中,大姐就像我的第二个母亲,从小抱我,背我,哄我,喂我,陪我玩,陪我笑,陪我哭,陪我闹,一直陪我长大。家里人说,我在八岁以前,是在大姐的背上长大的,出门看戏背着我,上街赶集背着我,冬天捡柴背着我,夏天下河洗澡也要背着我,一直到我进了村小学,还要背着送我上学,放学再背着回家。母亲给大姐安排的任务,就是像个保姆一样照看我,别摔了撞了,别磕了碰了,别冷了冻了,别饿了撑了,像个宝贝疙瘩一样护着我。这个道理很简单,我是家里的长子,两个女娃之后有个男娃,母亲就把我看得特别金贵。大姐比我大6岁,也就是说,她从六七岁开始就像一匹小马驹一样,背着我遍地跑了。也正是因为这样,大姐呼叫我从来不叫我的名字,都叫"娃",这在我的老家南阳盆地一带,都是父母对儿子最亲昵的称呼,如果姐姐和哥哥也这样称呼弟弟,那就是亲得不能再亲的兄弟姊妹关系了。而大姐叫我"娃",不是叫到8岁或18岁,而是叫到

48岁,甚至叫到68岁也不改。记得那年给我过60岁生日,全家几十口人照相要拍个"全家福",大姐便招着手要我坐到她身边,当着众人面大叫:"娃,来坐我这边!"弄得摄影师莫名其妙,不知道她到底是我姐姐还是我母亲。

大姐对我的亲是天生的。

她的付出是不要回报的。

年轻时候的大姐,不光心地善良,模样漂亮,而且心灵手巧,特别能够吃苦耐劳。她8岁的时候,就会纺花织布,十来岁就会扎花绣鞋。十五六岁的时候,赶上公社化运动,全村妇女每年搞割麦子比赛,大姐连续两年都得全村第一名,被评为村里劳动能手,后来还被选为生产队的妇女队长。大姐的能干,吸引了村中不少小伙子的目光,引得许多人家上门提亲。人们对大姐的评价是,内外兼修,在家孝顺,能够勤俭持家,对外通情达理,下地干活儿是把好手。谁家若能娶上这样的姑娘做媳妇,那一定是烧了八辈子高香,日子会越过越兴旺!

果然,大姐就嫁了个如意婆家。

那年大姐只有18岁。

姐夫姓左,名呼长甫,当时是村里有名的小木匠,可谓心灵手巧,一表人才。因为姐夫在左家兄弟中排行老三,同辈人一般不称呼他的名字,都叫他三哥。为了表示亲近,我们杨家的同辈人也都叫他三哥,这样叫起来近乎,办事也比较随和。在我心目中,三哥不光是姐夫,更像是亲哥哥,有些话我不便于跟大姐说,却愿意跟三哥说,有些事求大姐办不成,求三哥就一定能办成。三哥为人实诚,待人厚道,村里不管谁家有个小木工活儿,他都会主动帮忙,而且从不收取报酬。特别值得称道的是,三哥有个百依百顺的好脾气,平时说话办事,总是笑脸相迎,笑脸相送,从不动气,从不发火。村里人都说,大姐找到这样一个好人做丈夫,实在是一辈子的福气。大姐自己也很知足,把两口人的日子越过越兴旺,把两口之家过成了三口之家、四口之家直到过成儿孙满堂的十几口之家。

不过他们的小日子也经过艰难的岁月。

在"三年困难时期",他们有了孩子。

最大的难题是没有饭吃,或者叫吃不饱,或者叫吃不上粮食,或者叫自己家里不准做饭,生存必需的柴米油盐酱醋茶全缺,村里一律吃大食堂,家家户户的烟囱都不准冒烟。就是在这样的时代背景下,他们有了第一个孩子。那年,大概是全村吃食堂饭的第二年,我在离家二十里外的一所学校读初中一年级,春季开学不久,学校食堂就闹粮荒,先是没馍吃稀饭,再是吃不起稀饭吃菜汤,最后没有青菜就到野地捡拾过冬的干菜叶子熬汤喝,饿得肚子一天到晚咕咕叫。记得有个星期天放学后,我在回家的路上顺道拐到大姐家,一是想看看她那不满周岁的孩子,二是想取走大姐给我做的新鞋。那年月我家是没钱买鞋的,我穿的鞋都是自己家里人用旧布靠手工做的,开始穿妈妈做的鞋,再后就穿大姐和二姐做的鞋。上中学后我喜欢打篮球,穿鞋就特别费,几乎一月就穿烂一双鞋,因此两个姐姐就不断地给我做新鞋。这天到大姐家,心中还暗怀一种奢望,就是赶巧吃上一顿饱饭。

很幸运,这个愿望实现了。

大姐为我摊了煎饼,还有鸡蛋韭菜合子。

在我的老家一带,用芝麻香油摊煎饼,是招待尊贵客人的应急饭,特别适用于招待不速之客。做法很简单,先拿面和成不干不稀的面糊,再把煎锅烧热,往锅里淋入少许食油,拿锅铲将油抹匀锅底,等油锅烧热到冒热气,就用饭勺舀一勺面糊,顺势将面糊在锅半腰抡一圈,然后拿锅铲将面糊抹薄摊平,稍后热锅便将面糊烧成油黄色,接下来把成形的饼子翻个过儿,顺便在锅底第二次抹油,等饼子背面也发黄了,拿炊箸捻着煎饼在油锅底部转一圈儿,顺势折成两折或四折,香喷喷的煎饼就可以出锅了。讲究一点儿的,会在面糊里拌两个鸡蛋,或在面糊里撒些切碎的葱花或香菜,油盐适当,这样摊出的煎饼就更好吃。更精致的做法,是在摊好的煎饼临出锅前,把准备好的鸡蛋韭菜馅放进煎好的煎饼半边,另一边用锅铲对折过来,或者折成四折,出锅时煎饼就成了菜合,稍煎即成,吃起来有饼有菜就更加有滋有味。

大姐是摊煎饼的高手,能把煎饼和菜合做出许多花样,薄饼如蝉翼,大如帽檐,小如手帕,炊具在她的手里上下翻飞,一张张油黄透亮的煎饼便接二连三飞出锅来。煎饼菜合就更好玩了,可以像月牙儿,可以像莲叶儿,也可以做成正方形,还可以做成长方形,吃起来味道是一样的香透入味,沁人心脾。我吃了一张又一张,吃了一盘又一盘,忘了当时天下正闹饥荒,自顾自吃得忘乎所以,美滋滋不知天下何物可与此物媲美！那天大姐摊煎饼正忙，冷不丁旁边床上的孩子睡醒，也许是闻到油烟味儿呛了鼻子，孩子一睁眼便哇哇哭个不停。这孩子是大姐的第一个孩子，也是我的第一个外甥女，取名大凤，当时只有八个月大，抱起来却胖乎乎的压手。我抢着去抱孩子，不行，认生，反而哭得更热闹。这时正在烧火的三哥接过孩子，抱着哄了哄也哄不住，突然明白这孩子饿了，要吃奶。锅正热，火正旺，摊煎饼停不下手来，于是大姐便左手抱起孩子喂奶，右手照样上下翻飞地挥舞着炊具，香喷喷的煎饼照样一张一张跳出锅来。这也多亏三哥配合得好，火烧得不大不小，不快不慢，让每张煎饼出锅时都恰到好处。其实摊煎饼烧锅也是很有讲究的，火大了容易烧煳，火小了就会夹生。一要选好柴，麦秸火冒烟，玉米秆烧不匀，最好烧芝麻秆，次一点儿可以选棉花秆，好柴会出好火苗，摊的煎饼受热均匀，掌锅者操持面糊和饼子就省力又讨好。三哥烧锅熟能生巧，一边烧锅还能一边吃着煎饼，同时还能不断地将盘子递来递去，这样我吃好了，他也吃好了，只有大姐忙乎着无法拿筷子吃饭，不过三哥偶尔也会撕一块煎饼塞到大姐嘴里。那天中午我们忙得欢，也吃得欢，不巧的是大凤正吃奶时突然又拉稀，大姐拿起尿布给孩子擦屁股，又回过头来招呼锅里的煎饼。都说不满周岁的孩子拉屎撒尿可以治病，所以大姐也不在乎我的感受，顾不得洗手照样把出锅的煎饼递给我，整个中午其乐融融。

由此我记住了煎饼的味道。

以后每次到大姐家我都要求吃煎饼。

殊不知那顿饭来之不易，面从何来，油从何来，鸡蛋又从何来？况且，村里的大食堂将散未散，很多人家还不能正常生火做饭，有的人家根本无米下锅，而大姐是怎么弄来这么好的食材，又能堂而皇之地摊成香喷喷的煎饼的？这多半与三哥的为人有关，面也好，油也好，都是三哥的人情换来的。他这个木匠，除了为公社、大队、生产队集体干活儿挣工分以外，还为周围十里八乡的平民百姓家里干活儿。起房盖屋，木工算大活儿；修理车、耙、犁、杈，木工是拿手好戏；婚丧嫁娶，打个新床，做个箱子柜子椅子，都离不开木工，甚至为老人送终做副棺材，同样也需要木工打理。逢着这些大大小小的木工活计，三哥都是有请必到，特别熟悉的人家有了木工活儿，三哥常常是不请自来，主动上门帮忙。干这些活儿,大件给个力气钱,有的没钱就管顿饭或给包烟,许多小活儿三哥就压根儿不收钱,遇到穷苦人家甚至连碗开水也不喝,干完活儿拔腿就走,生怕给人家添麻烦。这样长此以往,三哥就给许多人家帮忙,干了许多不要钱的活儿,在周围村村寨寨成百上千的人群中,播撒了一路的恩德,留下了一路的好名声。反过来,那些接受过三哥帮助的人家,无论是老的少的,无论是男的女的,无论是干部社员,无论是富人穷人,都会在心里留下一份记忆,这记忆其实就是人情,这份人情是无价的。所以,当三哥家里有了喜事,添了第一个孩子大凤的时候,除了大姐的娘家人按规矩"送米面"贺喜之外,还有附近很多村子很多人送礼贺喜,或是一瓢面,或是一瓶油,或是几个鸡蛋,或是一双纳花鞋,都算一份人情。乡下人的感情交流是无声的,大多不擅语言表达,但心里都有一本账,你对我的好,我对你的情,永远都用实际行动表达。那时节,家家户户都很穷,拿不出什么好的礼物,有的人家甚至养只鸡下个蛋都成了宝贝,所以哪怕送礼送个鸡蛋,也算"礼轻情意重"吧。此时,大姐便发挥了她最大的优点,那就是记性好,把每家每户每个人送的每样东西,眨眼之间都记在心中,事后都会一一告诉三哥,而且会一一还这份人情的。

大姐知道人情大如天。

三哥也懂得滴水之恩。

吃罢这顿饭,我对大姐和三哥刮目相看,觉得他们过日子,不但懂得干活儿做事,还懂得实实在在做人。再后来,我到县城上学,又到省城工作,去大姐家的机会越来越少了。不过只要回到老家,只要见到大姐,总是还能吃到她摊的煎饼,闻到那股子芝麻香油爆葱花的气息,看到那薄薄的软软的黄黄的香香的尤物,我就知道这是亲亲的大姐的手艺了。

也许这就是我的乡愁。

那是一种难以忘怀的心念。

遗憾的是,我的这个嗜好,既给大姐传播了好名声,也给大姐带去了不少麻烦。我的朋友们,同村的,外村的,本地的,外地的,只要被我带着到大姐家吃顿饭,都会点名要吃煎饼。特别是我到省城工作以后,结交了不少县里的公社的干部,他们有时下乡检查工作,有时蹲点驻村驻队,只要来到我们村,大队的干部都会给他们"派饭",动不动就"安排"到大姐家。说来也巧,大姐家的房子与大队部办公的院子距离很近,中间只隔了一个几亩地大的水坑,隔岸喊话都能听得见。大队干部接待上级下来的干部吃饭,只要措手不及,就会直接把客人领到大姐家"吃派饭",大姐认识不认识都要笑脸相迎,立马准备饭菜,热情招待。好在大姐手脚麻利,厨房也收拾得干净,吃过饭的客人十有八九都很满意,特别是吃过大姐摊的煎饼的人,更是啧啧连声,赞不绝口!这样天长日久,日积月累,大姐不但增添了许多劳累,而且家里的吃食也形成了不小的亏空。当然,集体派饭给社员,是要定量补助粮食和油盐钱的,但是那个定量补助的标准只够吃个粗茶淡饭,吃得起芝麻油摊的煎饼吗?如此境况,大姐只能暗暗叫苦,却不便给别人说,因为她觉得那些干部,大多是我的熟人、朋友、同事、同行,招待一下都是应该的。事后我知道了大姐的遭遇,感到非常内疚。她反而劝我说,她这么做,不嫌亏,也不后悔。她觉得自己很有面子,她所招待的客人中,有大队的干部,公社的干部,县里的干部,甚至还有省里的干部,这是普通农民家八抬大轿都请不到的客人,而我们家不请自来,这是多大的荣耀啊!这个天大的面子,是谁给的?还不是我的弟弟,一个在省城当干部的弟弟,一个爱吃姐姐摊的煎饼的弟弟,给我这个目不识丁的姐姐带来的光荣和福气嘛!

听着大姐的话,我不知道是批评还是赞扬。

这种荣誉感,让我心里酸溜溜的难以下咽。

许多年以后,也就是在我退休那年以后,我和妻子一起开车将大姐和三哥拉到黄河岸边,沿着大堤走走停停,从邙山到黄河滩,跑了整整一天。中午在南裹头的一条渔船上,点了鱼,点了虾,还点了螃蟹,几乎是一席全鱼宴。我对妻子说,我要以宴请他们吃饭的名义,感谢他们对我这个弟弟一生的关照。席间,我发现三哥的牙已经掉了一大半,大姐的头发也几乎全白了。老了,三哥老了,大姐也老了,他们都老了。此刻,他们坐在船上,一边吃饭,一边观察黄河的旋涡,我悄悄举起相机,为他们拍下了各种姿势的照片,其中一张合影照,背景正是新修的黄河大桥。

若干年后,也许这照片就成了永久的记忆。

面对黄河,我在心里祝大姐:福如东海长流水。

谁说女子不如男
——写给二姐

二姐不但长得漂亮而且很能干。

她十五岁那年挑柴一下子把扁担压断,回到家父亲不但没有表扬她,反而拎个竹编的扫把满院子追着打她。父亲心疼扁担,却忘了心疼闺女。在父亲眼里,他从来没把二姐当女娃养,而是拿她当男娃使唤。家里的重活儿累活儿,比如挑担子拉车,都会让二姐像男娃一样干。

记得有一年,村里一二十个壮劳力要组织一个砍柴队,每家出一辆架子车,一起到桐柏山去拉柴火。因为路途遥远,一来一往步行近五百里,中途风餐露宿,折腾一趟需要半个月时间,所以要求每辆架子车配两个人,大人驾辕小孩出梢,这样长途奔波才能保证体力不掉队。别人家都是男娃出梢,我家因为我年龄太小就让二姐顶上,结果一个车队就我二姐一个是女娃,弄得怪不好意思的。不过二姐很争气,无论空车重车,无论上山下山,她都能争先恐后,捡柴比别人多,做饭比别人快,就连拉车也从不落后。更让别家眼气的是,二姐知道心疼父亲,空车的时候她拉车让父亲坐车,重车上坡的时候她在前面出梢特别卖力气。路途垒锅做饭,她不让父亲插手就能做得又快又好,晚上睡觉还知道为父亲暖脚。如此一来一往从桐柏山拉柴回来,同路的一二十辆拉车人,没有一个不夸赞二姐的,都夸赞我父亲养了个比男娃还有本事的闺女,让父亲觉得脸上很是光彩。那年月(20世纪60年代)我的家乡缺柴,更缺盖房用的黄背草,如果能拉回几根做梁做檩用的木料,那更是求之不得的好事。机灵的二姐知道了这里面的窍门,第二趟进山时不但拉到了黄背草,而且在草捆中间还夹带了几根松树木料,这让在家守望的母亲大喜过望,暗暗夸奖二妮是个能人。

二姐的聪明是从实干中练出来的。

二姐的能干是被穷苦日子逼出来的。

说来有点儿不好意思,我家的老一辈有点儿重男轻女。这也不能完全怪爹娘,那个时代的庄户人家,几乎百分之九十九都盼望有个男娃,不光为了传宗接代,更实际一点儿是为了多个劳动力。旧社会如此,新社会虽然提倡男女平等但实际愿望与旧社会并无太大差别。很不如愿,我的父母就先得了两个女儿,然后才有了我这个儿子。命运对我的两个姐姐来说,注定得不到太多的宠爱,特别是二姐有时候甚至会遇到有意无意的不公待遇。比如上学,二姐就压根儿没有进过一天学堂,这导致她一辈子不识字,甚至连自己的名字"杨秀荣"三个字也不会写。不让上学的真实原因是家里穷,说得出口的理由很简单,女娃长大了要嫁人,上学识字也白搭。这个逻辑在解放初期的那一代人中普遍适用,女娃大多因此成为文盲,而同样是文盲的父母却觉得天经地义,不以为然。父母这样做的另一个原因,是为了保证我这个男娃能够一心一意地上学,期求长大以后能够撑起杨家门庭,甚至光宗耀祖。如此对我来说,命运之神就有了倾斜,不光上学优先,就连吃饭穿衣也得到两个姐姐的关照和爱护。

二姐没有埋怨命运不公。

她用吃苦耐劳证明自己能行。

在家里,她是母亲的得力助手,纺花织布,洗衣做饭,喂猪养鸡,担水浇菜,从七八岁开始就知道帮助妈妈打理家务,直到出嫁都是最顾家的孝顺闺女。在地里,割麦子,摘棉花,她都比一个男劳力挣的工分还要高,还常常像花木兰代父出征一样,代替父亲去修公路、挖水渠,干了不少男劳力才能干的公差活儿。左邻右舍不光夸她能干,还夸她孝顺,因此当她刚到婚龄那一年,便有许多人家上门提亲,都想娶这个又漂亮又能干的姑娘做自己家的新媳妇。说来也算二姐命好,我家房后的李家二娘,早就看中了她的好模样,说杨家那个双辫子二姐,在全村一般大的十几个姑娘中,模样头一份好看,干活儿头一份勤快,对爹娘头一份孝顺,于是铁嘴钢牙上门说亲,把二姐介绍到二十五里以外的南范庄党家,给她的亲戚家做媳妇。

成亲那天,我是送亲客中的座上宾。

见到党家人,我的第一感觉是二姐有福气。

首先是公公和婆婆好。我叫二姐的公公"二伯",叫二姐的婆婆"二娘"。

二伯的脾气好,见面先笑后说话,老人家天生一副自来笑的面相,说话也是轻声慢语的,让人感到随和、舒服。二娘慈善,心肠软,乐善好施,喜欢帮助弱者,逢个逃荒要饭的她都会把自己正吃的馒头分给人家一半。在乡间过日子,媳妇遇到一个好人家,与公公和婆婆相处好才是最重要的,那这个媳妇就在家中有了地位,后面的日子才会幸福。二姐的福气不光是有一双心慈面善的好公婆,而且婆家的哥哥和嫂嫂也都待人特别厚道。她家的亲哥哥有三家,叔伯哥哥有两家,没出五服的叔伯兄弟有十几家,整个家族人丁近百口,可谓族群兴旺发达。最亲近的大哥、三哥和五哥,有的在外工作,有的在家侍候父母,兄弟相处和睦,妯娌之间也是相敬如宾,就连晚辈子孙也都个个孝顺。当然姑娘嫁人最重要的还是选好丈夫,那是一生的亲人和伴侣,决定着两口子乃至一个家庭的生活质量。二姐的运气在于没见面就撞到了一个好丈夫,所谓"撞",就是靠听媒人二娘"说"。她从李家二娘说的话中听出了党家的家风好,听出了公公的脾气好,听出了婆婆的心肠好,当然也听出了将成为她丈夫的那个人的模样、性情、人品乃至待人接物方方面面的好,所以没见面她就认定了那个人将是她终身可以托付的男人。

  按照家乡的风俗,我叫二姐的丈夫"党哥",他的名字全称叫党永耀。第一次见党哥我有点儿手足无措,他也有点儿手足无措,因为我们两个人都不知道第一句话该说什么,才能打开两个人之间那道陌生的屏障,从而进入以后几十年无话不说,推心置腹的境界。我对党哥的初始印象,用两句话可以概括。第一,从面相上来说,个子不高,面目清秀,肤色比女人还要细腻白嫩。第二,从身份上来说,技术工人,工资不高,手艺很好,特别会过日子。这两句话基本可以反映党哥的个人面貌,以后几十年相处,证明我当初对他的印象还是相当准确的:党哥对我姐姐很好,一家人的日子也过得很好。这就够了!

  那天我破例喝了一杯酒。

  党哥还让我破例抽了一支烟。

  因为我当时还在上中学,没长胡子的年龄是不能抽烟喝酒的。党哥之所以破例让我抽烟喝酒,目的是与我拉近关系,让我认他这个姐夫为知己。他的目的达到了,不过不是烟和酒的功劳,而是他递烟端酒表现出来的那份真诚。我听说他也不会喝酒和抽烟,可是为了让我喝酒和抽烟,他自己就带头喝酒和抽烟,这样连哄带逗,才带动我和他一起喝酒和抽烟。按照他们党氏家族的规矩,喝了送亲酒,抽了迎亲烟,那就算双方互认亲家,从此这亲戚就会频繁往来,越走越亲了。

此后我到唐河县城上高中,如果步行走小路,途中都会从范庄的村头经过,随时都可以拐进村子看望二姐,或者借故喝碗茶,或者赶巧吃顿饭。从县城回我家有五十里路,走到范庄二姐家刚好二十五里,歇一歇脚也算正常。开始我去二姐家很随便,觉得是自己的亲姐姐,见一面喝碗白开水就行,所以每次去都是两手空空,不知带任何礼物也没有能力买任何礼物。可二伯和二娘每次见我,都像接待贵客一样忙碌,喝茶端的不是白开水,而是水煮荷包蛋,吃饭不是一碗端(菜带饭),而是炒四个盘子上桌吃饭,二伯或五哥还常常要陪我喝杯酒。这样弄得我很不自在,也很不随便。原来在二伯和二娘眼里,我是他家儿媳妇的娘家人,不管年龄大小,都代表亲家人的脸面,因此所有的招待都按规矩办,迎来送往彬彬有礼。如此这般,次数多了,我就觉得不好意思,甚至有点儿不敢轻易拐弯去看二姐了,因为我的举动在二伯眼里算是走亲戚。所以后来我步行上学就走另一条路,宁可多跑几里地,也要有意避开范庄。

这样表面看走亲戚的次数少了。

其实我心里反而更加想见二姐了。

二姐新婚那两年,党哥在外地工作,他们夫妻等于过的"一头沉"生活,日子还是比较艰难的。说起"一头沉",也许是中国社会在那个户口决定生活质量的年代特有的现象。简而言之,就是夫妻双方一个在城市一个在农村,不能一块过日子。在城市工作的多为丈夫,有城市户口,相应地就会供应粮票、油票、肉票、布票、棉花票乃至肥皂票、洗衣粉票等杂七杂八的日常生活必需品,一切按人头定量供应,许多东西没有票光拿钱是买不到的。而女方多在农村种地,为农村户口,除了挣工分吃粮以外,基本不享受城市户口的定量供应票证待遇,因而计划供应生活用品的年代,农民进城几乎是无法定居也无法生存的。这样一个城市身份的人和一个农村身份的人组建起来的家庭,就叫"一头沉",形象地说明了由身份差别带来的家庭生活失衡或失重。这样的家庭难处在于,在城市工作一方(多为男的)每年只有一次探亲假,平时除了寄钱(多数人工资不高)养家糊口以外,一般没有时间和精力照顾家,若让妻子和孩子进城过日子又解决不了户口问题,相应地就缺少一切日常生活用品供应,靠微薄的工资根本养不起一家人。而女方进城大多找不到工作,更难的是没有城市户口就得不到基本的生活用品供应(票证),等于靠丈夫一个人的定量来维持两口或一家人的生活用度,其艰辛可以想见。

二姐过了三年"一头沉"的日子。

有了孩子以后她就更加艰难。

首先需要照顾好孩子。不但管孩子吃好睡好,还要亲手为他做许多衣服,春夏秋冬的衣服,有单有棉,都要一针一线做好,有的衣服还要绣花。其次需要照顾好老人,一边是公公和婆婆,另一边是娘家的亲爹和亲妈。公婆年岁大了,她不想让他们再干家务,于是就把洗衣做饭、喂猪养鸡的家务活儿全揽过来自己干。这使她在公婆面前落个孝顺的好名声,却把自己累得不轻。对娘家爹妈,她是能帮就帮,竭尽全力尽到女儿应尽的义务。比如她的头生儿子过满月,娘家人需要"送米面"贺喜,准备一架食盒就是一笔不小的花费。她知道娘家穷,担心没钱买这些东西,于是就提前将食盒应装的东西准备好,其中有红糖、鸡蛋、挂面、糖果和点心,还有小孩的金银首饰,甚至虎头帽子、虎头鞋乃至绣花的肚兜,都准备得一应俱全。事前,还要将这些东西托人悄悄送回娘家,然后等"送米面"的那天,再让娘家人请个响器班子,把这些礼品装进食盒抬着送到婆家。这样一来二往把喜事办下来,婆家人觉得阔气排场,娘家人觉得脸上有光,双方都很满意,中间受累的却是二姐,出力花钱的也是二姐。

二姐的命运转折是在进城以后。

孩子两岁那年,她的农村户口转成了城市户口。

这多亏了党哥的功劳。党哥是食品厂的糕点师,由于技术好,又善于创新,勤于钻研,不断为厂里开发新产品,使厂里收到了较好的经济效益。作为厂里的技术骨干,厂里为了奖励他,就把他的"一头沉"问题解决了。这样二姐进城了,不但有了城市户口,而且被安排到食品厂做临时工,夫妻两个共同努力,就把一个新家的日子过得有声有色了。

记得我第一次走进他们这个新家,是在 1967 年冬天。那时他们住在食品厂附近的单身宿舍里,主屋就是半间平房,门前用木棍搭个架子,又在架子四周钉上牛毛毡,房顶搭了一层石棉瓦,这样七拼八凑又接了一间房,平时作厨房,如果来客了也可以临时支起一张床住人,虽然不太雅观却很实用。当年的工人住宅区,许多工友的住房,都是由原来的单身宿舍改造而成的,就是把单间住房中间垒道墙,房门由一边开变成前后两边开,各住半间就变成两家人,各自门前再搭个棚棚房就变成两套房,彼此背对背各过各的小日子,左邻右舍都一样,谁也不笑话谁,反而能够互相帮衬互相照顾,那才叫真正的无产阶级感情。

党哥的人缘好,人们都尊称他为党师(傅)。

左邻右舍的年轻人差不多一半是他的徒弟。

二姐刚上班的时候,受到周围许多人的关照和帮助。作为临时工,二姐拿的是计件工资,干活儿越多拿的工资就越多。比如包装面包,包一个多少钱,包一箱多少钱,都是有人计数和计量的。为了多挣工钱,二姐特别喜欢加班,而且加班多为夜班,既有免费的加班饭,又可多拿工钱,何乐而不为?可惜加班的机会并不是那么多,有时二姐想加班却轮不到她。二姐想多加班,说白了就是想多挣钱。因为她知道老家太穷了,穷得没钱买盐吃,穷得女人买不起卫生纸。她在厂里加一个班,说说笑笑干八个小时,随便算一下加班费,也比农村一个壮劳力半年挣的工分值钱多。所以她特别想加班,有的工友体谅二姐的难处,就主动把自己的加班机会让给她,这样二姐就几乎天天加班。党哥心疼二姐,担心她加班太多把身体累垮了,二姐却不以为然,她说只要能够多挣钱,少睡半夜瞌睡不算吃亏。

二姐以她的勤劳赢得工友们的信任。

播下友谊的种子就能收获快乐。

记得那天晚上我在睡梦中不断地被人摇醒,睁开眼一看就见床头放了一个面包,过一会儿再睁眼一看就见枕边多了一块蛋糕,再过一会儿床边就多了一份盒饭,摸一摸那饭盒还是热乎乎的。开始我有点儿闹不明白,觉得是不是有人把吃食放错了地方,因为当年的食品厂职工宿舍都是门挨门的,房子的模样也都差不多,关键是家家户户都不锁门,打个招呼就可以推门而入了。作为没有离开校门的学生,我虽然经历过"文革"中的"大串连",也走南闯北扒过火车吃过大锅饭,但对工厂内部的人际关系却一窍不通,更不知道如何应对别人的善意和关怀。等到二姐下班回来,我的床头总共放了五份加班饭,那都是二姐的工友们不吭声送过来的,她们知道杨师傅有个弟弟从老家来了,这个弟弟因为爱打篮球在学校总也吃不饱饭,所以就把自己的加班饭送过来了。

听二姐一说,我好一阵子感动。

由此让我知道二姐一等一的人品。

党哥和二姐都是做糕点食品的工人,他们的工作都是为人们做吃食的。俗话说民以食为天,说明吃食对所有人都是头等大事。我想为人做吃食的人起码应该具备三种基本素质,才可以成为合格的食品生产者:一曰慈善,二曰良知,三曰道德。只有心地善良,才能将心比心,不会做假贩假;只有道德高尚,才会童叟无欺,不去干那缺斤少两的勾当。党哥作为糕点师,不光技术好,而且特别注重产品质量,经他手做出来的糖果糕点,品种繁多,花样百出,但用的食材都是货真价实的。有些品牌产品,从在国营厂里当技师到退休后自己开私营店,可以几十年如一日,不变口味,不倒牌子,而且保证物美价廉。比如月饼,木板雕花的饼托,五十年前的花样不变,配料不变,斤两不变,一个一个用手工做出来,让老顾客一尝就还是当年那个味道,模样还是当年的模样。价钱呢,同类产品在北京一个月饼可以卖到十元的价钱,二姐却把党哥做出的月饼卖成两元钱的价格。有时候她碰到小学生买早点忘了带钱,就白白送给人家一个月饼或一个面包,她说那叫对娃娃的"心意"。

所以他们从国营一直干到私营。

品牌不倒是因为信誉一直不倒。

二姐进城几十年,从临时工干成正式工,从学徒工干成技术工,从徒弟干到师傅,每上一个台阶都是靠她的勤劳为支撑的。她没有文化,干活儿做事全凭记忆。有时候我就想不明白,她做那么多的糖果和点心,每个品种都有不同的用料和配比,她是怎么分毫不差地把那些数据记下来的。有人开玩笑说,有文化的人懒,屁大一串数字都要靠笔头记下来,所谓好记性不如烂笔头,这样就培养了人的依赖性。而没有文化的人,凡事都靠脑子记,没有依赖就记得清,久而久之记忆力就特别好。二姐就属于后一种人,因为不识字,所以记性就特别灵光。比如卖东西算账,你拿个笔记一串数字,搞个加减乘除还没有算明白,她那里靠心算就一口把数字说了出来,衬得有文化的人老没成色。家里的老事儿也是这样,前三代后三代陈谷子烂芝麻的旧事,别人十有八九都忘了,二姐却记得一清二楚。比如土改时谁家分了几间房几亩地,或者哪块地几亩几分在哪条路哪条沟第几丈宽的地方,她都能说个八九不离十。她的这种天赋常常让我惋惜,我在想,假若二姐有文化,她当工人就屈才了,她可以当干部,而且可以当个大干部,因为有的大干部拿着稿子在大会上念,还常常把数字念错了,二姐不会犯这样的错误。

二姐的好记忆还表现在家事上。

有两桩事让我觉得很愧疚。

第一桩事是为老家买木料。20世纪70年代,木材是计划供应物资,不但十分稀缺,而且一度作为战备物资,普通百姓想要购买木材,难如登天。我们老家地处南阳盆地腹地,方圆百里一马平川,不但无山而且连个岗丘也很难见到。而稀缺的木材大多深藏在山林,没有山林就难得见到好木材。因此我们那一带的民房,多为土坯墙,茅草顶。好一点儿的民房叫土瓦房,墙是砖垛加坯墙,房顶是土窑烧制的蓝瓦,用的木料也大多是自己院子栽的杂木,不是槐树就是椿树楝树,最穷的人家盖房甚至有拿柳树当房梁的,那是没办法的办法。用杂木做梁做檩,盖成的房顶容易变形,有的房梁不是弯了就是塌陷,不但影响美观,而且变形的房顶容易漏雨,住人也不安全。所以,许多人家为了盖座好房,成年累月地积攒砖瓦,积攒木材,有的甚至为等到合适的大梁,盼个三年五载,甚至等个十年八年也难找到机会。上好的房梁多用杉木,粗壮标直,很少节疤,经久耐用,永不变形;次等的房梁看好松木,以红松为贵,白松次之,但都算栋梁之材;再次就是山杂木,只要木质坚硬,耿直不弯就是可用之材。昔日有钱的大户人家比如地主家盖房,都是雇人雇车从山上拉木材,大多选料考究,盖的房子能传几代,甚至百年不倒。我家土改时分的房子虽然是地主家的,但那房子不是主屋,而是群房,也就是主屋的陪房,充其量只能算乡间的土瓦房,所以年久失修就有倒塌的危险。住这样的房子,每遇大雨暴雨,全家人就提心吊胆,生怕山墙倒了,房顶塌了。每当此时,父亲就摇头叹气,责怪自己没能耐,买不来木材,就盖不成新房,也就不敢扒旧房。

二姐记住了父亲愁眉苦脸的样子。

她在心里记住了购买木材这桩大事。

一个偶然的机会,二姐通过党哥的朋友,认识了南樟山区林场的货车司机。一打听那司机还是河南老乡,她就请人家吃饭,请人家喝酒,还送人家糖果,送人家糕点,这样多次往来就成了熟人,成了能办实事的娘家人。再后她就打听怎样才能搞到木材,找谁批条子,咋办采伐证,找谁办木材通行证,把这些内部信息摸清楚之后,她就按老乡司机指点的路子,一一打通关节,最后竟然把事情办成了。往老家运木材的时候,她又找老乡司机帮忙,算准哪辆车可以带货,哪辆车会从我们老家经过,哪一天可以跟车把木材运回老家。她在心里盘算着装车地点,接货时间,卸货地点,然后又让党哥请了假,配合带货车的时间节点,一路护送木材运回老家。

第一次带货二百多公里一路畅通。

谁知到村头的小河边却做了大难。

过河的土桥坝被水冲垮了一个垛子,路面变窄只能将将就就过牛车,汽车的四个轮子很难过去。车到河边时天色已晚,司机也看不清路基下的垛子被水淘空,前轮刚上坝便陷进泥里。更糟糕的是,汽车载重过大,前进不得,后退不得,车轮越陷越深,最后干脆发动机熄火,汽车趴到河边不会动了。无奈之下,司机要求卸下木材,这样轻车才有可能倒出泥潭。可是木料又粗又大,最重的树轱辘重达几百斤,赤手空拳怎么搬得动呢?急中生智,二姐忽然想到桥头不远处有家亲戚,于是一边安排党哥陪司机抽烟休息,一边自己跑进村去找亲戚过来帮忙。最后那家亲戚开着一辆拖拉机,拉来一车年轻的小伙子,不但将一根一根粗壮的木料拉出了河滩,而且将搁浅的汽车拖出了泥潭,当晚还招待司机吃饭喝酒,临走又送给司机一麻袋干粉条和两麻袋鲜红薯,作为答谢的礼物。

人们都夸二姐会办事。

亲戚们也夸二姐顾家。

事后,老家的四间旧瓦房翻新,用的大梁、房檩和椽子,就连门窗和室内的板床、衣柜等大小家具,全是用这车从山上运回的木材做成的。更让我忘不掉的是,党哥在押车装木料时,还特意加进了香樟和板栗木材。这两种木料后来在我结婚那年,又由大姐夫左长甫亲手雕花制作,香樟做成了衣箱,栗木做成了五斗橱柜,并从六百里外的老家托运到郑州,作为两位姐姐给我的新婚贺礼,送进了我在郑州的婚房。之后这两件家具跟随我四十多年不肯换掉,中间虽然多次搬家,住房不断变大,家具不断更新,但这两件老家具却让我守旧如新,因为那是一种忘不掉的纪念。

闻到樟木的香气我就想起了二姐。

打开厨柜的木门我就想起了党哥。

第二件事还是购买木料。这是两年以后,他们又往老家运送过一次木材,这次运送的木材不是盖房用的,而是给老爹和老娘准备的棺材木料,挑选的是上等红松和水杉。不巧的是,木材从山上装车就开始下雨,一路奔跑二百多公里,大雨不停,党哥就坐在敞篷车的木材上,拿雨衣蒙住脑袋硬被大雨淋了几个小时,直到进了南阳城,他才拍着驾驶楼的车顶让司机停车。那时我在南阳当驻站记者,驻地就在南阳地委机关院。可惜党哥到的那天我正在百公里外的内乡山区采访,地委的值班电话转了几转才找到我,遗憾的是我无论如何也是无法接车的。好在地委值班室的同志热心帮忙,不但热情接待了党哥一行,还为他们找来雨具,并为他们指明了大车出行的道路。这些木材事后在老家珍藏了将近二十年,老爹和老娘看到木材就好像吃了定心丸,他们觉得自己的晚年归宿有了保障,因此从心底暗暗夸赞二妮孝顺。

二姐做了男娃应该做的事情。

这让我感激之余又常常暗怀歉疚。

也许算作一次补偿和报答吧,在我刚刚学会开车的第二年,我和退休的妻子开着一辆新买的小轿车,专程跑到二姐那里,邀请二姐和党哥做一次长途旅游,目标是走遍长江三峡沿岸的山山水水,让他们看看食品厂以外的世界,既饱眼福,又饱口福,享受一下专车旅游的滋味。我们选择的出发地是丹江口水库大坝,先在大坝近百米高的库面上拍了一张合影照,然后沿着奔腾不息的汉江水顺流而下,汽车伴着江边的公路,迎着太阳向东开去。时值阳春三月,沿途的油菜花开得正好,漫山遍野一片金黄。路上走走停停,遇到好的风景就要停车拍照,妻子成了专职摄影师,二姐和党哥成了她拍照的模特。走到襄阳,我带他们参观隆中,讲解三国时期诸葛亮的故事,还讲诸葛亮躬耕之地到底是南阳还是襄阳之争;走到荆州,我又给他们讲关羽大意失荆州的故事;走到当阳,我还特意停车,绘声绘色地讲述了长坂坡赵子龙单骑救阿斗,张飞大吼三声水倒流的故事。二姐听后很激动,她说从小听说书先生讲过这些故事,没想到这些事就发生在她路过多次的襄阳和宜昌一带,并且夸赞我,还是弟弟有学问,识文断字真好。傍晚时赶到宜昌,在新修的三峡大坝旁边,我们又乘着落日的霞光和余晖,抢着拍了一组合影照,与早晨出发时的合影照形成姊妹篇,事后做成了汉江一日游影集。

当晚,我们在宜昌吃了全鱼宴。

次日又参观了新修的三峡水电站。

20世纪80年代早期,我是乘船游过长江三峡的。从宜昌逆水而上,经过湖北的秭归县、巴东县,再过重庆的巫山县、奉节县,船行两天两夜,跨越西陵峡、巫峡和瞿塘峡将近二百公里的水路,途中还可参观南津关、三游洞、夔门、滟滪滩以及白帝城、洛碛等自然景观和人文景观。一路乘船,看不尽的山光水色,时而激流险滩,时而奇山险峰,闯过巫山云雾,越过夔门怪石,沿途美景目不暇接,激动得两天两夜不肯睡眠,生怕错过哪处稀罕景物。兴奋之余还不停地写诗抒怀,比如过巫峡就写出了《巴山秋雨》,过滟滪滩就写出了《江心岛》,过洛碛又写出了《江边人家》,到夔门适逢深夜,马上又写出了《夜闯夔门》。之后这些小诗分为写景、状物、抒情等几组分别发表在报刊上,悦己悦人,自我感觉良好。

修了三峡大坝就看不到当年的水路风光。

所以我只好把当年的见闻讲给二姐他们听。

开车走三峡是要翻越很多奇峰险山的,我们离开宜昌从江南岸向西行车,进入秭归县境便是一座接一座的高山。上坡时,踩着油门不敢松,一口气爬坡能跑几公里,最大的坡陡好像要有三十度角,感觉前面车轮如果碰个石块就会倒翻跟斗似的,陡得可怕;可下坡呢,点刹加慢刹,有的慢坡一下子长达数公里,过陡的路段踩着刹车吱扭扭响,遇到坑坑洼洼的路面就会蹭底盘,车子颠起来就会让人提心吊胆。过去在课本里读过《蜀道难》,没想到在山里的沙石公路上行车也是一样的难,时刻都有一种危机四伏、绝处逢生的感觉。憋气的是这种危险我还不能说,说了生怕乘车的人害怕,那就互相感染更加害怕。要知道旁边坐着的都是我的亲人,副驾驶位置坐着我的妻子,后排坐着我的姐姐和姐夫,这些人与我都是手心和手背的关系,哪一个都是伤不得的,必须保证百分之百安全。如果真有危险,我宁可伤了自己,也决不能伤到他们一根毫毛的。傍晚的时候,我们把车停到一个叫野三关的地方,住的小旅店好像是挂在半山坡的两层小楼,房子的背后是刀削斧凿一般的陡崖,房子的门前便是落差很大的碎石公路,路的另一侧更是幽深莫测的山涧。为了压惊,吃饭时还特意喝了酒,喝到晕晕乎乎时我问二姐怕不怕,二姐却一边举杯与我碰酒一边若无其事地说:"开车的是我弟弟,只要我弟弟不怕,我就不怕。"

那天夜里我接二连三做着噩梦。

听到楼下的汽车不断掉下山涧。

次日醒来发现门前阳光灿烂,抬头望山坡上鸟语花香,低头看山谷中瀑布轰鸣。旅店的女老板告诉我们,三峡沿岸的风光,山高坡陡正是它的特色,好山好水险中求,奇峰怪石险中来,陆路看三峡就是找这种惊险的刺激。她还告诉我们,头天你们走的是山间小公路,多为县道和乡道,等于在山尖上行走,虽然风景好看但是路况不佳;往后你们可以走318国道,大多在谷底行走,路况会好一些,不过就没有"无限风光在险峰"那种感觉了。

后面的路程我首选安全。

这就错过了不少藏在深山的景点。

原计划,我们的行车路线,是从三峡的起点宜昌出发,沿着三峡的南岸自东向西,过巴东后可以参观巫山的小三峡,奉节的白帝城,然后经著名的水旱码头万县(现万州区)稍作休息,品尝万州码头有名的姜母鸭之后,再溯江而上参观丰都鬼城,过忠县顺路再游览世界著名的大足石刻,五天后到达重庆住下来游玩三天,这算第一阶段的目标。在重庆要看红岩村、渣滓洞,重点游览朝天门码头,在老街老店购物逛商铺,之后便直奔成都。到成都除了在市区看杜甫草堂等景区之外,重点要看乐山大佛、峨眉山风景区、青城山风景区以及都江堰和李冰父子庙,这算第二阶段的目标。回程打算走长江以北秦岭以南的路线,经绵阳,过江油,走剑阁,顺便参观剑门关之后,经广元,过勉县,然后到汉中休息两天,再沿汉水入湖北省界。这等于沿着三国时期诸葛亮用兵、演武、六出祁山的路线节点走了一遭,其间的风景名胜和故事传说颇多,这算本次自驾游的第三阶段。最后从汉中出发,沿汉水蜿蜒而下,过西乡,经安康,穿白河,直达湖北十堰,便可回到本次旅行的出发地丹江口水库。这样历时半个月不到二十天,等于穿越湖北、四川、陕西和重庆三省一市,沿长江三峡走了一个椭圆,浏览了三峡两岸最为壮观的一段山水风光,堪称完美之旅。

看了乐山大佛二姐觉得很幸运。

登峨眉山时党哥很想看到佛光。

由于开车技术原因,有些计划在内的旅游景点我们并没有跑到,比如奉节的白帝城,比如著名的大足石刻,比如风景如画的九寨沟,都是因为山高路险,我就悄悄把这些景点减掉了。其实对我来说,这些景点大都是我过去走过和看过的,我带二姐他们参观等于故地重游,相当于为他们当个司机和导游。几年之后,当汶川发生大地震的时候,我一边为灾区同胞祈祷,一边随着电视画面,寻找都江堰、峨眉山、青城山那些曾经接待过我们的农家宾馆,好像在寻找一段难以割舍的记忆和友情。

这次旅游让我完成了一个心愿。

应该是对二姐的一点儿补偿和报答。

二姐明白我的用意。但她觉得自己不忘娘家人,帮助亲爹亲娘办点儿力所能及的事情,这都是人之常情。农村有句俗话,叫作出嫁的闺女想家,看见娘家来条狗都是亲的,那是一个孝顺姑娘珍视亲情的最高境界。二姐以她的实际行动,父母在世的时候为他们帮忙修建阳宅,去世的时候还不忘为他们打造阴宅,可谓想得周全,一般人很难做到。我作为家中的长子,对家中的大事理应多一些担当,可是有些大事却让二姐代劳了。

看来父亲还是很有眼光的。

他是把二姐从小当男娃养的。

怀着深深的感激和谢意,我在退休之后不断地去看望二姐和党哥。如今他们两个都已年近八旬,每天还要亲手烧水和面,亲手制作金黄的面包,松软的蛋糕,喷香的月饼,脆甜的麻糖,一边干活儿一边听着收音机,累了坐下来歇息一番,党哥抽个小烟,二姐喝杯热茶,那份自得其乐的样子,完全把劳动当作一种享受,把手中的糕点当作艺术品来欣赏了。他们做的糕点,许多是被熟客买走的,人家认的不仅仅是点心,真正认准的是他们的信誉和人品。

勤劳和孝顺是两大美德。

这是二姐的传家宝。

师者如光

有人说师恩如山。

也有人说师恩似海。

在我的内心深处,总觉得老师就像一束光。有时候老师一句话,就可以把一个人的心灯点亮。我这一辈子遇到很多老师,但真正能让我终生难忘的,或者因为一句话、一件事、一个手势就让我念念不忘的老师,掐指算来应该有以下这几位。我和他们之间,各有各的故事。

一碗小米粥的力量

第一位是我上高小时的班主任,老师名叫牛良奎。

牛老师的特点是走路快、说话快、写字快,听牛老师讲课,你不能迟到,更不敢走神,稍微慢一点儿,迟钝一点儿,你就跟不上趟了,一步跟不上那就步步跟不上。因为他的节奏快,吐字如珠玑,而且讲过之后不再重复,你连补课的机会都没有。当牛老师的学生,你只能当好学生,不能混,更不能滥竽充数。他带的毕业班,升学率特别高,原因就在于他治学"严"。正是因为这个"严"字,孬学生怕他,好学生捧他,总体看他的威信还是挺高的。若干年后,他从一般教师一直晋升为桐河高级小学的校长。

牛老师的另一个特点是,吃饭特别慢。他吃馒头,那叫一小点一小点地哑;他喝稀饭,那叫一小口一小口地抿。吃饭他不着急,看他吃饭的人反而急得不得了,那叫馋得心慌。当年桐河小学有两个食堂,一个学生食堂,叫大伙;一个教师食堂,叫小伙。学生吃饭都在大食堂前面的大操场,每个班排成两行,一律头对头蹲下吃饭,手里端的是饭碗,地下放的是菜碗,队列整齐划一,整个饭场像一群一群的麻雀在叨食。小伙的门前是老师的饭场，地面比大操场高出四五个石砌的台阶，原本是开大会的讲台，上面有石条和石墩，正好成了老师吃饭的餐桌和座椅。这样吃饭时老师可以居高临下监督学生秩序，却不防学生也可以偷偷瞄一眼老师的吃相。牛老师吃饭慢的样子，也是我在吃饭时偷眼观察到的。

我上高小时吃了两年苦。

正巧赶上了"三年困难时期"。

开始学生食堂是定量供应饭菜，后来发生粮荒，食堂就改为饭票制，你交多少粮就发多少饭票，凭票就餐。各个大队和生产队供应的粮食标准不一样，最困难的时候，有的每人一天供应四两八钱，有的一天只有一两八钱，个别大队和生产队甚至有连续多天断粮的。有的同学因为缺粮，干脆退学，也有不辞而别的。我们村的食堂还算不幸中的万幸，尽管粮食人均定量一降再降，最低降到每人每天四两八钱，但总算没有断粮，所以我还一直坚持上学，并没有因此而缺课或逃学。

可是有一天我却晕倒在课堂上。

当时牛老师正在讲高尔基的《童年》。

因饥饿而晕倒仅是恍惚间的事，醒来时我却发现自己躺在牛老师的床上。有同学对我说，我是被牛老师抱到他床上的。从教室到他的住处，中间隔了一排房子，走小路有一百多米，可见他救人心切。当年的小学老师，大多是寝办合一的，一桌一椅一张床，便是老师的全部家当。不过牛老师屋里多了一个煤火炉，平时用来烧开水，冬天可以取暖，偶尔也会煮点儿饭菜。据说牛老师的粮票总是不够吃的，他把每月三分之一的粮票换成细粮，送给住在农村老家又常年生病的妻子，他再从老家换些粗粮和干菜补充自己的伙食，所以他也有挨饿的时候。

那天牛老师给我熬了一碗小米粥。

粥下面还藏了一个剥过皮的咸鸭蛋。

这碗粥让我感到一股温暖的气息，让我改变了原本打算退学的想法。牛老师说，一个人要学会吃苦，能吃苦的人才能干大事。他说眼前的困难是暂时的，坚持就是胜利。事后,我的学习成绩也一天一天好起来,并且很快成为班里的学习委员,最后以优异的成绩考上初中。牛老师夸我为桐河小学争了光,我却暗自感谢那碗小米粥的力量:那是一束人性的光辉,将我人生的理想火炬点亮。

读书也是一种享受

上初中的时候,我有幸认识了王全峰老师。他不是我的班主任,却教我初一、初二年级的语文课。若论师生情分,他比班主任还要关心我;若论传授学业知识,他比三年级的语文老师还要强得多。

认识王老师是从借书开始的。

他的宿舍简直就像一间图书室。

按惯例,学校给老师的标准配备是每人一间平瓦房,一桌一椅一张床,寝办合一,若需其他家具,都是自己置办。别的老师,一般都是买个脸盆架,顶多再添一个一米高的小书架,这样就显得屋子很宽敞。可王老师不是这样,他把床放在屋子的一角,其他三面墙全部排放成书架,而且那书架很高,有的书摆在书架顶端可以挨着天花板。而那张使用最多的办公桌,却只能放在三面书架环绕的屋子中央空地上,这样人坐在办公桌前,仿佛处于各色各样的图书包围之中。

同学们都说王老师是在书堆里办公的。

备课阅读时需要哪本书可以随手取过来。

不过书多也有麻烦,那就是打扫卫生特别困难。王老师爱干净,几乎每个周末都要来一次大扫除。他打扫书架都是一层一层地擦,挪动每本书都是小心翼翼的,生怕弄脏和损坏。有时候一个人忙不过来,就叫几个学生帮忙。他挑选帮忙的学生是有条件的,一是喜欢看书的,二是喜欢写作的,三是手脚灵巧干活儿麻利的。具备这三个条件者,一般都知道爱惜图书,也能把书架打理干净。很荣幸我被选中,这就多了不少单独与王老师接触的机会。从此,我写的作文每篇都能得到王老师评讲和修改,有些文章经过加工和润色,还被投寄到当年的县报或广播站。这些寄出的文章虽然大多未能发表,却极大地激起我写作的欲望,成为我内心涌动的作家梦的萌芽。再后随着交往的增多,王老师开始给我讲诗歌讲散文,也讲杂文和随笔,其中讲得最多的是小说。这个过程,其实就是对我的文学启蒙。当然这些活动都是在课外业余时间,整块时间一般在星期六,或者在校园散步,或者在河边溜达,王老师总喜欢带着我,用闲聊的方式给我讲述正规的文学课。

他鼓励我多看闲书多读名著。

他让我相信书籍是人类进步的阶梯。

最让我想不到的是,他屋里摆放的五个书架一千多册图书,对我是随时可以借读的,想看哪本书,只要留下一张借读的字条,写明某年某月某日借出,又在某年某月某日还回即可。如果这书借出和还回的循环速度快,他会很高兴,说明我看书快看书多,对他的存书感兴趣。他曾给我开列三个读书清单,第一批书是励志书,比如《钢铁是怎样炼成的》《我的童年》《奥斯特罗夫斯基传》等。第二批书多是文学名著,比如《战争与和平》《呼啸山庄》《安娜·卡列尼娜》等外国的图书,重点让我阅读中国的四大名著《三国演义》《水浒传》《红楼梦》和《西游记》。还把当时流行阅读的《青春之歌》《创业史》《林海雪原》《太阳照在桑干河上》列为重点书目,要求我阅读后写出读书笔记。第三批书多为史书和哲学书,比如《中国通史》《简明中国哲学史》等,还让我读黑格尔和艾思奇等中外哲学家的传记。这些书大多是王老师读过的,有些书还留有他阅读时的标记,个别地方还写有批注和注释,有些文字是红笔,有些文字是蓝笔,说明他对这些书籍的重视程度。他把这些书推荐给我,是希望我把他认为的好书、有价值的书也阅读一遍。可惜,他忘了我当年只是个中学生,没有那样的阅读能力和理解能力。他给我解释道,读文学书就是囫囵吞枣,读多了读熟了,自然就能融会贯通。读史学书和哲学书,也可以不懂装懂,多读几遍,自然就会徒弟变师父。所以他主张青少年要广泛阅读,只有多读才能形成记忆,有了记忆才能形成知识积累,这叫熟能生巧,博学才能强志。

按照王老师的办法,我读了很多课外书。

这些书,十年二十年后对我的工作很有帮助。

高兴的时候,王老师也会带我去他家里看看,他有两个家,一个在南阳市,一个在唐河县城。在南阳那个家,过的是城市生活,他的妻子,也就是我的师母在一家工厂上班,两个女儿在市区上中学和小学。第一次去他南阳那个家,我是坐在王老师骑的自行车后座上,沿着一条坑坑洼洼的砂石公路,颠簸了七十多华里才到达的。那是我有生以来第一次坐自行车,开始有点儿心惊肉跳,后来抱着王老师的腰,把脸贴在他的后背上,觉得很舒服。进家后见到师母,她让我吃了口香糖和饼干,又让我吃了鸡蛋和西红柿卤的热捞面,晚上还让我睡了带弹簧的长沙发,并且让我到厂里的浴池里泡了热水澡。这些对我来说都是新鲜的,没有见识过的人生第一次。从此,我知道城里人和乡下人过的日子是不一样的。后来王老师还带着我去过他在唐河县城那个家,是租用的三间草房,常住人口是他的父母和他最小的女儿。我觉得这个家很随便,进门就管两位老人叫爷爷和奶奶,直呼王老师的小女儿叫小妹。与这个家庭的交往,始自初中,直到我高中毕业,差不多五六年时间,都是往来频繁。特别是我上高中,学校就在唐河县城的那个阶段,几乎每个周末都要到王老师家看望两位老人,或者帮忙挑两担水,或者帮忙劈柴买煤。能够帮两位老人干些杂活儿,就觉得心里安生。爷爷和奶奶待我就更亲,每次到家都要留我吃饭,如果隔段时间不去,他们就会念叨着想我,差不多把我当成亲孙子一样看待。

这场师生情是由借书引发的。

我相信"一日为师,终身为父"的古训。

王老师虽然只教我两年语文课,以后他从我就读的唐河第十一初级中学调往另一所高中学校任教,两地相距百里之遥,但我觉得我们的心是相通的。人未谋面,其音容笑貌却总是在眼前。

师者,传道授业解惑也。王老师引导我多读书,指导我写作,他不是就书说书,也不是就文说文,而是教我方法,教我怎么读和怎么写,为什么要这样读和为什么要这样写。他传授给我的是经验,是开启心智的钥匙。因此,在我的心目中,他才是真正的导师和引路人。他写在我作业上的每一个词句、线条和符号,在我看来都是浇花的甘露,都是哺育的乳汁。许多年后,直到我参加工作当了省报记者以后,每逢遇到重要的写作任务,还会打电话向他讨教。当我的作品在各大报刊发表,甚至个人著作在出版社出版,也会寄给他请求批评和指正。

由此可见王老师在我心中的分量。

他对我是有再造之恩的贵人。

一分钟的提醒

早起一分钟,事事都主动。

迟到一分钟,处处都被动。

这是我在唐河县第一高中上学时,我的班主任曲范玉先生留给全班同学的座右铭。他喜欢在两种场合讲这番话,一是早上起床铃响的时候,他会站在男生宿舍门口,对那些懒得起床的同学训话;二是晚自习课开始的时候,他会站在教室的后门,冷不丁地对迟到的同学讲些劝诫的话。他讲这番话大多带有突然性,说话声音不高,语速也很慢,语气不温不火,却让人听了猛一激灵,带有告诫和警示的功能。他走路很轻,轻得让人毫无觉察他便站在你的床前或者桌边。有时候熄灯铃响过,同学们躺到床上,刚一安静下来,曲老师就会轻手轻脚地在宿舍中间廊道上来回走动,听不到脚步声,甚至连他呼吸的气息也感觉不到。直到屋子里完全安静下来,他就不见了,给人一种来无影、去无踪的感觉。再有晚自习的时候,他在教室里检查学习纪律,大多不从教室前门进入,常常悄没声息地从教室后门进来。如遇某位同学捣乱,他会突然出现在那位同学的背后桌旁,只轻轻咳嗽一声,捣乱者便立刻敛声屏气,使得整个教室恢复井然有序的学习状态。

曲老师对教学要求很严谨,特别强调班级集体纪律。

他说,一支军队要想打胜仗,必须有铁的纪律做保障,那么一个班级要想形成好的学习环境,也要让各位同学养成遵守纪律的高度自觉。他强调纪律,启发多于训诫,鼓励多于批评。在关键时候,他常常以身作则,身先士卒,以求引导和启发同学们的自觉性。印象最深的有两桩事情,让我终生不能忘怀。

第一件事情是背沙,就是从河滩里挖沙,再把沙背到学校后门的操场里。当时学校提倡勤工俭学,号召同学们利用早操时间自觉到河滩里背沙,这样日积月累就能把操场上跳高、跳远用的沙坑建起来,也能把篮球场、足球场以及百米跑道那些坑坑洼洼的地方垫平。背沙是自觉自愿的,背多背少也是自觉自愿的。为了防止个别同学偷懒,曲老师就带着头背沙。每逢背沙的日子,只要起床铃一响,他就会早早地站在教室门前,等待同学们一个个到来,然后集合队伍,带着全班同学一起到唐河岸边的河滩里背沙。从操场到河边有两条路,一条路向北,下去几百米长的大坡,可达五里河,那里的沙质量好,土少沙干净,但路途远,负重上坡也特别费力气。另一条路从操场向西,虽然坡陡路窄,但离河近,取沙也容易,可惜沙子质量差,不单沙粗而且多杂质。有些同学为了省劲儿图方便,就悄悄从西边河滩取沙充数。不过我们班不行,曲老师要求必须从北边河滩取沙,他带头在前面跑,背的沙又多又干净,带动全班同学都背好沙。最后,他给同学们讲,背沙这件事,背多背少看能力,背好背坏看觉悟,做人做事要学会严格要求自己,细微之处才能见精神。

  第二件事情是抬大粪,就是从公共厕所的粪池里挖大粪,再一桶一桶地抬到校园东北角的庄稼地里。那时学校有劳动课,上劳动课的时候,各班都会组织同学们开荒种地。正好学校东北角有一片荒坡荒沟,除了一些杂乱的坟地,其他杂草丛生的地方都可以开荒种地。我们班在一片荒坡上修的是梯田,从坡顶到沟底,大致修了五六层梯田,分配每个小组管理一块儿田,种的有玉米、棉花、红薯,还有南瓜和其他蔬菜。同学们大多来自农村,种庄稼、种菜这些活儿干起来都不在话下。唯独一件事比较为难,那就是抬大粪。表面看,抬大粪是为了积肥、沤粪,给庄稼地施肥,其实还有另一个原因,就是为公共厕所打扫卫生,定期清理粪坑粪池。虽然大家都觉得劳动光荣,但抬大粪这活儿没有几个人愿意干,原因只有一个字——"脏"。更滑稽的是,人人都知道脏,又都不说脏,人人都不愿干,可偏偏都得干,没办法就都得不声不响地干,女同学捂着鼻子也得干。抬大粪时,我的搭档是平时最爱干净的女同学高凤英,平时她的衣服不但一尘不染,而且每件衣服都会散发一种不同洗涤用品的香气。按道理,抬大粪时粪桶应该吊在木杠子中间,这样才容易保持平稳和平衡,不会把粪桶的脏水晃荡或者溅起来,可是由于我的个子高而高凤英比我矮,抬着粪桶走起来那粪桶总会不知不觉地往她那边滑溜,这就给她的干净衣服增加了弄脏的风险。这时曲老师过来了,他让我把粪桶往杠子一头拉偏一些,让高凤英走前边,我抬后边,再伸手拉着粪桶上的吊绳,这样就不会滑溜了。说着比画着,他就自己把我换下来，一边抬起粪桶做着示范动作，一边悄悄地对我说，要学会照顾女同学，还说天平有时会倾斜的，学会照顾别人也是一种美德。

曲老师是教物理的。

他知道天平、重心和引力。

正是在这种言传身教中，曲老师有意无意地让我知道了许多做人的道理。他的早起一分钟理论，让我知道了做事要打有准备之仗；他的舍近求远去背沙的身影，让我知道了凡事质量第一的概念；他的天平倾斜一说，让我悟出了万物平衡的自然法则。如此等等，都是潜移默化中，他在尽一个师者的天职。

2018年，在我离校五十年之后的一个春日，我和我的妻子特意绕道回到唐河一中，去看望多年不见的曲范玉先生。他如约来到住家旁边的街口，站在街边的一块景观石下，揉搓着双手，等待着我们的到来。我把车开到距他五十米左右的地方停下，并没有着急下车，而是坐在车里悄悄地观察他。八十多岁的人了，虽然头发白了，似乎腰背也有点儿驼，但他的身姿还依然像当年站在讲台上那样，侧影如渡船的艄公，躬身如浇花的园丁，浑身透露着一位长者的慈祥。

坐在车上，我在心里说："辛苦了，我心心念念的恩师。"

下车后握着他的手，我却问："我没有认错人吧，先生？"

我在说出"先生"这两个字时，眼里是含着泪的，曲老师在答应的时候也是含着泪的。正好我的妻子在一旁把我们握手的瞬间拍了照片，后来那些照片洗印出来，没敢寄给曲老师，因为我们两个带泪的面相实在难登大雅之堂。

以上说的是我上学时的几位老师，后来参加工作，我还遇到几位工作中的指导老师。这些专业上的前辈或学长，也是一样地关心我和爱护我，不但细心地传授专业知识，还会现身说法，教我修身养性，培养个人的职业情怀。特别是走上记者岗位初期，河南日报社有几位老同志，有的像父辈，有的像兄长，带我采访，教我写作，甚至手把手地教我编辑符号，连增添、删除、另行、接行、字号、字体以及标题中的正题、副题、眉题等最基本的编辑知识，一点一线，一横一竖都会讲得清清楚楚，可谓师者仁心，无微不至。

有人说，人生有三命，一为父母所生之命，二为师造之命，三为自立之命。

父母给予生命,而老师绵延慧命,所以老师可谓再生父母。至于自立之命,全在后天个人造化,成功者大多也不会忘记师恩。有时候我在想,中华文化之所以传承几千年,至今没有断绝,原因之一就是重视师道尊严。老师,无疑是中华文化的"传灯人"。

回望来路,我觉得很幸运。

一生的关键阶段总有恩师相伴。

庐山雾中行
——带着老伴儿自驾游

开车上庐山很刺激。

北坡的盘山路要拐三四百个急弯。

上山前我是有心理准备的,知道庐山以它的雄、奇、险、秀闻名天下。还知道山上多团雾,开车危险性极大。有资料介绍,庐山位于江西省九江市境内,东偎婺源鄱阳湖,南靠南昌滕王阁,西临京九铁路,北枕滔滔长江,耸峙于长江中下游平原与鄱阳湖畔。庐山主峰汉阳峰,山体呈椭圆形,是典型的地垒式断块山,其间共有大小山峰171座,壑谷20条,岩洞16个,瀑布22处,溪涧18条,整个山体落差155米。透过这些数字,不但可以看出庐山景区规模宏大、气势非凡的一面,而且可以想见其雄奇险峻、山路难行的一面。关于庐山的风貌,伟人毛泽东曾写过《七律·登庐山》的著名诗篇,把庐山写得活灵活现:

> 一山飞峙大江边,
> 跃上葱茏四百旋。
> 冷眼向洋看世界,
> 热风吹雨洒江天。
> 云横九派浮黄鹤,
> 浪下三吴起白烟。
> 陶令不知何处去,
> 桃花源里可耕田?

此刻开车上山,我一边猛踩油门爬坡,遇到大角度的弯道,还要抓紧方向盘,时不时大声朗读毛主席那气势恢宏的诗句,比如"一山飞峙大江边"哪,"跃上葱茏四百旋"哪,以此给自己壮胆,给自己鼓劲儿。遇到下坡就会喊"陶令不知何处去"呀,"桃花源里可耕田"哪,由此会想到晋代诗人陶渊明"采菊东篱下"和"带月荷锄归"的故事。如此开车,既可以化解疲劳,又可以逢凶化吉,几百处弯道一个一个顺利通过,不知疲倦,不亦乐乎?

登上山顶,发现阳光灿烂。

旅馆的老板连夸我们运气好。

原来,头天这里曾经下雨,次日早晨雾气很浓,中午时分,正好云开雾散。我们赶到时,太阳刚巧钻出云层。安顿好住处之后,店老板劝我们趁天晴赶快去看三叠泉,那里的瀑布只有在阳光下才能拍出好照片。热情的老板娘给我们指路,说走出旅店不远就是三叠泉景区,步行不但可以游山观景,而且是下山路,可以居高临下拍摄瀑布的全景照片。又特别提醒我们,沿瀑布这条景观道长达5公里,如果体力不支,就早去早回,不然返程摸黑容易迷路。说罢还特别递给我们一张游览三叠泉的路线图,那图上赫然写着两行大字:

> 不到三叠泉,
> 不算庐山客。

进入景区,我们首先看到的不是瀑布,而是道路两侧硕大无比的参天大树。那树多为苍松,也有成排成行的杉树。松树的特点是粗大壮硕,树围大多有两人合抱那么粗。树高多在20米上下,树冠多虬枝,枝丫交错,每棵树都给人以威风凛凛的感觉。杉树的特点是超高、标直,一溜一溜地站在路边,像一群群雄壮威武的士兵在站岗。放眼望去,漫山遍野的大树就成了无以数计的兵阵,林间自来风声,树梢似有呼啸,威严中带着肃杀的气氛。过去曾听说庐山松以高大威猛著称,此刻身临其境,更感到十分惊奇又外加三分敬畏。年近古稀的老伴儿从惊叹中醒过神来,便跑前跑后忙碌起来,一会儿抱着这棵大树,一会儿搂着那棵大树,一会儿挥舞着脱下的外套,一会儿系上花花的丝巾,或蹲或站,或动或静,变换不同的花样,摆出不同的姿势,让我给她拍了一张又一张照片。她说过去见过大树,但从没有一次见过这么多的大树。她说庐山的苍松带有灵气,庐山的杉树带有仙气,看一次终生难忘。

其实真正的树王还在山下。

山半腰的树王叫三宝树。

在玉屏峰和天王峰之间,人们用石砌砖垒,又用铁栏杆圈起来的三棵大树,传说为晋代僧人所植。三棵树中,一棵银杏,两棵柳杉。银杏高30米,树围5.46米,冠幅484平方米。两棵柳杉平行而立,一株高41米,另一株高39米,树围均有6米粗,冠幅达480平方米。这三棵树称得上是森林中的寿星,山里人也把它们视为神树。昔日多有信神拜佛之人,逢年过节到此祈求平安,叩头跪拜。因而三宝树周边的栏杆上有许多红布结,那可能就是人们留下的信物。据说也有到此拜谢龙王的,因为三宝树的旁边就是三叠泉的流水通道,站在树下,似乎能够听到山涧淙淙的流水声。

> 日照香炉生紫烟,
> 遥看瀑布挂前川。
> 飞流直下三千尺,
> 疑是银河落九天。

这是唐代大诗人李白旅居九江时,写在庐山的诗篇之一《望庐山瀑布》。此诗收入中国的小学语文课本中,连小学生都会背诵。李白是浪漫主义诗人,他用极其夸张的意象,把庐山瀑布的雄浑、伟岸和陡峭的山峰飞溅而下的气势都写活了。这里的"香炉",实则是指庐山的香炉峰,"紫烟"则是透过阳光看到的瀑布溅落水潭的雾气。此情此景非到现场很难理解诗的意象所指何物。当日我们走在三叠泉一路下行,每当回头遥望山顶的夕阳,就会深切感受到那诗的意境。三叠泉瀑布的形成,实际是地下水逐级下泄,每逢断崖就会形成泉水喷涌而后溅下所生成的物理现象,具备极强的感官刺激作用,观者无不一惊一乍,惊奇之余多有惊叹。请看下面关于"黄龙潭"的介绍:

黄龙潭幽深、静谧,位于古木掩映的峡谷间。一道溪涧穿绕累累大石惊涌窜流,至大裂石而下,银色瀑布泻落于暗绿色的深潭。潭上多彩色蝴蝶和水鸟,频添雅趣。

再看关于"乌龙潭"的介绍,文字虽然简短,却生动有趣:

乌龙潭,《西游记》水帘洞拍摄外景地。位于东谷山冲底头。两山夹峙,中为一线幽涧,树木交翠,绿荫掩映。潭水分五股从巨石缝隙中飞扬而下,短而有力,像是一把银锻的竖琴。下端潭面平阔不深,河水清澈,是观瀑佳处。

以上两处景观介绍,把三叠泉的地理、地貌以及水流的落差、水潭的特征、瀑布的个性都讲得清清楚楚。一个"惊涌窜流",有没有"飞流直下三千尺"的味道?一个"五股"分流,飞扬而下,有没有"疑是银河落九天"的神奇?

惊叹之余,我们拍了很多照片。

老伴儿还在水潭边捡了不少鹅卵石。

由于贪玩,那天我们返程迟了些,摸黑走了大约2公里的山道。走回旅馆的时候,我问老伴儿累不累,她说累,拍一张照片做出一个笑脸,拍百张照片,光笑也把人笑累了。晚上睡觉前,我又给她讲了李白另外两首诗,也是写庐山瀑布的。其中有这样的句子:"西登香炉峰,南见瀑布水。挂流三百丈,喷壑数十里。……"说着说着她睡着了,还发出轻轻的鼾声。

次日,我们开车进山,先去看了人见人爱的"花径",然后重点去看了"仙人洞",其实耗时最长、拍照片最多的地方是"锦绣谷"。老伴儿对"仙人洞"特别在意,是因为年轻时经常背诵毛主席写的那首诗——《七绝·为李进同志题所摄庐山仙人洞照》:

> 暮色苍茫看劲松,
> 乱云飞渡仍从容。
> 天生一个仙人洞,
> 无限风光在险峰。

据说这诗是毛主席写给江青的,是特意为江青1961年拍摄的庐山仙人洞照片赋诗。毛主席非常赞赏这张照片,这张照片也确实拍得很美,之后收录于1968年《新摄影》第一期。2013年在北京一次拍卖会上,这幅摄影作品以1万元起拍,终以34万元成交。照片的构图别出心裁,取景不是直接对准仙人洞的正面,而是从侧面远望西北方锦绣峰的景观。画面上方有蟾蜍石以及古松疏影数丛作为点缀,左下方为锦绣峰白鹿升仙台以及台上御碑亭的黑影,中间大片空间则为黄昏时天幕的阴云层。这种取景不但增添了作品的美感,而且提升了作品的思想性和艺术性。之后毛主席为此照赋诗,更使照片名满天下。毛主席的诗寓理于景,借助劲松、仙人洞以及暮色、乱云、险峰等意象,短短四句诗,就勾勒出了庐山仙人洞这一"无限风光"的艺术境界。诗作不但形象生动,气势宏伟,而且字里行间蕴含着一种深刻的哲理:无论是干事业还是做学问,为了实现理想,要不懈地追求,不懈地奋斗;或者在人生旅途上受到挫折、身处逆境的时候,都应该充满必胜的信心,进行不懈的努力,敢于攀登高峰,去夺得最后的胜利。

一张照片为仙人洞传名。

一首诗唤起催人奋进的力量。

关于"劲松",《庐山老相册》一书中还记载了这样一个故事。说是1966年"文革"开始后,每天都有成百上千的红卫兵排着长队来到仙人洞前,体验伟大领袖诗篇的意境,纷纷在"劲松"前留影,留影后还要拔下几根"劲松"的松针,夹在红宝书里带走。不久,松针就几乎被拔光了,树根也被摇得松动。1967年,"劲松"开始发黄,奄奄一息。于是工作人员挑来黄土,注入"劲松"根部的石缝里,然后再灌水。经过精心呵护,1968年,劲松又奇迹般地返青了,历经磨难之后更加青翠坚韧。

但愿这个故事说的都是真话。

从中让人感到仙人洞的诱惑。

仙人洞位于庐山天池山西麓,是一个由砂崖构成的岩石洞。由于大自然的不断风化和山水长期冲刷,慢慢形成天然洞窟。因其形似佛手,故名佛手岩。这里的飞岩可栖身,清泉可洗心,俯视山外,白云茫茫,江流苍苍,颇有远离尘世的感觉。这里不仅是历来最为游人所喜爱的胜景,而且是道教的福地洞天。相传唐代明道吕洞宾曾在此洞中修炼,直至成仙,并成为传说中的八仙之一。后人为纪念吕洞宾,便将佛手岩更名为仙人洞。

神秘的传说更为仙人洞增添了神秘。

我们到庐山,当然要去仙人洞游览一番。

怀着某种好奇,怀着积蓄已久的渴望,我和老伴儿在游玩花径之后,便沿着路标向仙人洞方向走去。前行十多分钟,走过一面山坡,便见一片郁郁葱葱的老松树,下有一条石砌的小径,三拐两转便到达一面高耸的石墙跟前。只见石墙正中有一圆形石门,石门上方正中镌刻着"仙人洞"三字,左右刻有对联:"仙踪渺黄鹤;人事忆白莲。"进圆门逐级而下,可见一巨石横卧,宛如一只大蟾蜍伸腿欲跃,人称"蟾蜍石"。在此处悬崖左边,有一巨石凌空横出,上镌刻"纵览云飞"四个大字,石上有一株苍松,名石松。石松凌空展开两条枝茎,犹似一位热情的主人在欢迎游客们的到来,堪称庐山一大奇景。再向右边山崖处观看,便见一处敞开的洞窟,那便是大名鼎鼎的仙人洞了。此洞奇大,洞内高约 6 米,宽约 12 米,纵深可达 14 米。洞中有一殿阁"纯阳殿",立有背着宝剑的吕洞宾石像,两旁对联为:"称师亦称祖;是道乃是佛。"洞穴最深处有两道泉水沿石而降,滴入天然石窟中,叮咚作响。泉水清澈晶莹,其味甘甜,这便是《后汉书》上记载的千年不竭的"一滴泉"。洞门外不远处,便是悬壁千仞的山崖,岩上有古松数株,回环盘曲,其势如飞行,与石洞形成一幅天然岩石园林景观图,奇石异景看得人眼花缭乱。

游人们大多忙着照相。

我用手机和相机交换着拍照。

老伴儿最得意的是仙人洞圆门口的合影照,我和她分别站在圆门一边,每人各扶一边的对联,微微抬头仰望门楣处"仙人洞"三个大字,又各自做出举手、抬腿、展翅欲飞的动作,模样像两只跃跃欲飞的燕子。这本是当年二十来岁理想的姿态,此刻进入古稀之年,再去模仿当年,有点儿"老而不知其辱"的滑稽之感。

帮忙拍照的是一位不知姓名的姑娘。

作为游客,她非常羡慕我们这样的"老来狂"。

恋恋不舍地走出仙人洞,我们便踏上被称为庐山仙境的锦绣谷廊道。这是一条傍着绝壁悬崖修筑的石级便道,东西长约 1.5 公里,亦路亦桥,时而穿山凿洞,时而栈道飞架,可谓"路盘松顶上,穿云破雾出;天风拂衣襟,缥缈一身轻"。沿途景观颇多,往下看谷中千岩竞秀,万壑回萦;往上看断崖天成,石林挺秀。

路边峭壁峰壑,多有奇形怪石,有的如雄狮长啸,有的如猛虎跃涧,怪似捷猿攀登,奇似仙翁盘坐,个个栩栩如生。一路走来,满眼景色如锦绣画卷,令人陶醉。印象深刻的景点有天桥、竹影寺、游仙石、人头石以及观音梳妆、双狮戏球、莲花缀谷、鹰嘴探壑等,可谓步步是景观,一步三回头。

游览锦绣谷很容易让人流连忘返。

不料走出锦绣谷我们便遇到大雾。

庐山的雾像孙悟空的脸,可以七十二变,时而逗你笑,时而逗你哭,时而温柔似天仙,时而凶险可杀人。那天我们遇到的雾,开始一朵一朵飘过来像棉花,不一会儿变成一片一片的像白纱,眨眼间再变成一团一团的像乱麻,说话不及又变成黑压压似云似雨搅和到一起的漫天谜团,很快便让你变成睁眼瞎,伸手不见五指,低头也看不见自己的脚。我们吓坏了,两个人手拉手背靠路边一棵大树站定,再也不敢挪动脚步。看不见路,也看不见车,只听身边有人声刺耳和喇叭长鸣,却看不到一个人影,无法问路,更无法找到我们自己的车。此刻的雾,带雨带风还带着昏黄的沙尘,铺天盖地地从山谷向山顶弥漫开来,仿佛一张无边无际的灰色大网,一下子将整个景区罩住了,顷刻间白昼变黑夜,让人无法逃脱,也无法躲藏。极度恐惧中,突然有人朝我们大喊了一声,这时才发现路边不远处是一家饭店,店老板正招呼我们进店吃饭。进店以后发现是一家河南烩面馆,老板操着一口地道的河南话跟我们打招呼:"憨哪,站那雾地里多悬!快吃碗热汤面,压压惊吧!"

老板说我们遇到的是庐山团雾。

团雾的特点是来得快走得疾,起雾十分凶险。

交谈中我们得知,庐山风光有三奇,一为云雾,二为瀑布,三为绝壁。我们眼下碰到的是团雾,这是庐山云雾少有的现象。其实庐山云雾一年四季都可以看到,尤其是春秋两季最美。游人观景,不少人专门来欣赏千变万化的云雾。关于庐山云雾的生成,主要得益于周围的大江大湖。独特的地理位置为庐山提供了极为充足的水汽条件,这些水流和空气中的尘埃结合,就会产生小水滴,从而形成云雾。这些云雾在风的作用下,就会变幻出各种不同的形态,而且在不同的季节,不同的阶段有不同的形态和美感。据说庐山云雾分为四层,山顶、山腰、山谷和山峰的云雾各不相同,各有特色,各有妙处。夏季云雾多在山顶,冬季云雾多在山腰。这是因为冬季水分凝结的位置低于夏季,所以冬季云层的位置也就低于夏季。春夏之交由于水汽多,季风变幻,群峰经常云遮雾罩,烟霞弥漫,因而天气忽晴忽雨。最妙的要数山峰间的云雾,每当云雾弥漫,整个大山仿佛茫茫大海,一座座山峰从巨大的云雾天幕中钻出头来,仿佛为山顶戴上了一顶一顶的白色绒帽,妙趣横生。传说庐山云雾还有两怪。一怪是下雨时,庐山的水往上流,不往下流。这是因为当峡谷中向上吹的风力比雨往下降的重力大的时候,雨滴就随风往上飘了,于是这种"雨自下而上"的奇特现象就出现了。第二怪是满天雾色中,浓雾会发出"呼呼""哗哗"的声音,有人怀疑是云雾中的松风之声,其实大自然不是那么简单。另有人身临其境做实验,说是站立山顶观看庐山云雾,山间涌出腾腾雾气,如呼啸海涛驰来,云流汹涌,就像瀑布倾泻,呼呼作响,此时哪儿有松树风响。以上两怪说得有鼻子有眼,似乎有些道理或依据。至于说古代名人学者在庐山云雾中看到佛灯,那就不便考究和打探了。总之,庐山的云雾既是千姿百态的,又是瞬息万变的。就像我们今天遇到的团雾,刚刚还是随风飘荡的一缕青烟,转眼间就变成了一泻千里的云和雾的河流。相传有人在团雾中行走,一步踏空便掉下悬崖,还有人开车行路,一不小心就滚落山沟。

感谢河南老乡的那碗烩面。

他让我们躲过团雾也算躲过一劫。

不料,一波未平一波又起。我们离开饭店走到停车场,刚一打开车门,就被看车场的师傅拦住了。他说,庐山的团雾是分层的,山顶的雾散了,山腰的雾反而更浓了。你们的车如果是往山下走,那就正好赶上一团一团的迷雾,钻进去是会迷路的。因而劝我们不要急于下山。我一边表示感谢,一边观察周边的天气,觉得四周阳光灿烂,不可能再有大雾拦路,于是便十分自信地发动座驾,出了停车场,便追着一辆闪着应急灯的警车向前跑去。下山的路大多是盘山公路,每拐一个弯就低了一层。拐了三四个弯之后,前方果然就出现一团一团的浓雾。警车在前方一边鸣叫一边奔跑,我盯着前车一闪一灭的尾灯做路标,时而钻进雾团,时而钻出雾团,觉得警车好像为我们开路一般,很是刺激。谁知在拐了几个弯道之后,遇到三岔路口,警车往左拐了,而我们回旅馆的路却需要右转,这样猛然间就失去了参照,不知车轮下的路是宽是窄,更不知下一秒钟路面的高低。此刻我忽然明白,那警车是急着处理山下的交通事故的,我们跟着警车跑是彻头彻尾的错误。迷茫中我强打精神,凭着来时的一点儿记忆,知道所住的旅馆就在附近,于是一边不停地鸣着喇叭,一边不停地踩着刹车往前滑行。此时的团雾已经连成一片,前后左右都是灰蒙蒙一片。我们的车停也不是,走也不是,只能凭感觉往前滑行。应急灯早已打开,迷雾中后车是看不清前车的,所以停车就特别怕后车追尾。前行又特别怕会车,因为迷雾中判断不准路面的宽度,也许往左多打一轮就会撞车,更怕往右多打一轮滚下山崖。此时此刻,此情此景,开车等于盲人摸瞎马,车轮下面的路况鬼知道是福地还是鬼门关。

我嘱咐老伴儿系紧安全带。

那一刻我们的车等于在雾中盲开。

谢天谢地,终于看到前方的灯光。这不是夜间的灯火,而是迎面有辆车在打着闪光,也许是迷雾探路,也许是为我们的车导航,对我而言,那灯光就是救命的灯塔,更像暗夜的福星。等我们走到近前,那辆车的司机鸣了两声喇叭,就把车往另一个方向开走了。原来,这是当地司机的习惯,雾中遇到危难的车辆,都会打开会车灯,一长一短让灯光闪烁。待对方脱离险境之后,就会鸣笛告别,连个车牌号也不会留下。我在感激之余猛按喇叭,代表着一连声的道谢。

这叫团雾无情人有情。

其实路边就是我们下榻的旅馆了。

第三天是个大晴天。云开雾散之后的庐山鸟语花香,空气也格外清新。走在林荫夹道的山坡上,仿佛进入了辽阔无边的大氧吧。乘着好心情,我们又去参观了庐山别墅群,特意去毛主席当年居住的一号别墅拍了很多照片。顺路还瞻仰了庐山革命遗址,当然也看了庐山国民党军官训练团的旧址,以及蒋介石在庐山的居住地。最后把参观的重点,放在了庐山人民剧院。我站在剧院门口的大红灯笼下,让老伴儿给我拍了许多照片,有正面全身照、侧面半身照,还有微笑的、严肃的以及仰视的、俯瞰的多种表情的照片。庐山人民剧院现在看似一座普通的建筑物，这里却先后召开了两次不同寻常的历史会议。一次是20世纪50年代末期的党的庐山会议，另一次是20世纪70年代初期的党的九届二中全会。此刻，我逗留在庐山人民剧院的大门前，先是在门前的广场上转了两圈，又沿着门前的台阶上上下下走了两个来回，然后走进剧院，又仔细端详着主席台上的红旗和标语，再仔细观察台上台下的每一张座椅，一时间心中生出许多感慨。这感慨既有对伟人的敬仰，也有一时说不清道不明的许多东西。忽然想起宋代文学家苏轼的一首诗《题西林壁》，也许正好能解释我此时此刻的心境：

横看成岭侧成峰，
远近高低各不同。
不识庐山真面目，
只缘身在此山中。

这首诗也是写庐山的，诗中有画，寓景于理，句句精辟，把世事人生的哲理蕴含在对庐山景色的描绘之中，意境悠远，韵味无穷。三天后下山的时候，当越野车钻过团雾，拐过三百多个弯道之后，我幡然醒悟，忽然冷不丁地对老伴说：

"不虚此行。"

彼时，我们的车载电视上显示，北京天安门广场上彩旗飘扬，人们正在欢度2017年国庆节。

第四辑　记者生涯

豫西行
——记者生涯之一

记者采访也有应急采访。

应急采访完成的是指令性任务。

1996年三月,正是桃花盛开,紫燕穿柳的时节,报社编辑部接到上级指令,要求组织一次系列报道,集中反映全省各地落实河南省第六次党代会精神的情况,重点报道各地采取的举措以及取得的成果。新闻单位的特点是有令则行,而且要雷厉风行。报社编辑部很快从各个业务处抽调一批记者,组成东、南、西、北四个采访小组,每个小组由一名处级干部带队,要求每个小组在二十天内,完成五至六个县(市、区)的采访,并且要把采写的稿子及时发回编辑部,开辟专栏刊发这些专题文章。

文艺处接到的任务是采访豫西五个县。

商量的结果是由我带队执行这次任务。

处里派出两名年轻的记者与我同行,一男一女,男的叫陈炜,女的叫平萍,都是写文章的快手,算是年轻记者中的笔杆子。我很高兴带着他们两个一起采访,除了公事公办,一起共事的因素之外,还有点儿私人因素,是我非常喜欢他们。先说陈炜,他是兰州大学毕业的高才生,与我的大女儿是一前一后的校友,并且是同一个系同一位系主任带的学生,这从师生情分上讲就亲近了许多。再说平萍,虽然年龄不大,却已经有一定的工作经历,更巧的是她竟然与我的大女儿同岁,只不过一个生月是年头,一个生月是年尾,所以我看见平萍就如同看见我女儿一样,有一种自然而然的亲切感。

这么说来我们这个采访小组就很和谐。

因此一路上有说有笑干起活儿来也很开心。

出发之前,我们看过豫西五县的资料,每个县的基本情况,包括政治、经济、文化、历史,甚至地形、地貌等有关信息,也已经大致心中有数。这是记者采访的基本功,叫作有备而来,或者叫有的放矢,不打无准备之仗。当然也不能主题先行,熟悉背景情况是为了做好选择,找准切入角度,既便于采访,又便于写作,以求收到事半功倍的效果。就我而言,过去做过几年驻站记者,对于采访程序不能说是轻车熟路,应当说是曾经积累过一些经验。这次和两位年轻记者一起采访,只要能够出出主意,指指路子,找准切入角度,剩下的事情他们都能做得很好,甚至我根本不动手人家就能把稿子写好。

新闻的行话叫七分采三分写。

因此搞好前期准备很重要。

我们规划的采访路线是在豫西转个半圆,先到汝州,再过偃师和新安,到最西边的灵宝县可休息一下看看著名的函谷关,然后从灵宝折回向南向东到嵩县,最后到嵩县的白云山住两天,集中把稿子写完再商量定稿,然后就可以打道回府向编辑部交差。因为我以往多次到豫西采访,对这一带的地理环境和风土人情也算比较熟悉,所以提出这个采访路线大家都很满意。特别是司机小樊,更是笑得合不拢嘴。小樊是我们单位一位老同志的孩子,我和他爸爸曾经在一个办公室工作多年,因而他见了我就像看见长辈一样毕恭毕敬,这次出车陪我们一起采访,觉得一定是趟美差,因为他知道路上不光可以品尝豫西许多有名的小吃,还有许多名胜和风景可以参观。我给陈炜和平萍分配的任务是每人写两篇稿子,采访时一起采访,写稿时谁对哪个县有灵感就写哪个县的稿子,自己选择,剩下的编辑和统筹稿子这些杂活儿最后交给我来收拾。两个人听后也很高兴,各自先挑了两个县作为准写作对象,并且采访时暗暗做好了写稿准备。为了鼓励年轻人的积极性,我承诺如果提前完成了采访任务,我们还可以利用空余时间参观当地的名胜古迹,比如汝州的风穴寺,偃师的二里头遗址,灵宝的小秦岭,新安的黄河峡谷,都可以去游览一番,当然最后到嵩县的白云山统稿,我们还可以到玉皇顶看白河的源头,到陆浑水库去吃全鱼宴,如果县里不招待我就自己出钱请客。

文艺处的记者本来就是文化记者。

我所列出的参观景点特别具有吸引力。

采访中我又提出了一个原则，叫作采访可以全面撒网，写作应当重点钓鱼。具体说，就是每个县要找到新闻的侧重点，突出特色，写出特点，表现出个性。比如在汝州，听了县里的全面情况介绍后，我们觉得这个县在职业教育和成人教育方面做得卓有成效，既符合省第六次党代会提倡的教育要从基层抓起的大方向，又切中了汝州的现实需要，那就是为当地的大型工业项目和新型的农业项目培养人才，储备人才，所以这新闻就具备了个性。再比如在灵宝，以往多年提倡"以果（苹果）富农，以金（金矿）富市"，市域经济搞得有声有色，经济数据每年都上新台阶。不过我们在听了县委书记的情况介绍之后，觉得真正的亮点在于引进外资，与当地的资源相结合，形成新的经济增长点。其中一个典型的例子就是著名的灵宝苹果，从果农种果、卖果到出口苹果，尽管果农收入不断增加，但始终还是苹果的价钱。后来，一个引进外资的果品加工厂，一个果品生产线一年就能"吃"掉两万吨苹果，以果汁和罐头为主的产品远销日本、美国、意大利等多个国家，产值和利润成几何倍数翻番，让昔日的农产品苹果一下子变成了工业产品，而且还可以出口。我们认为这才是新闻，这才是我们写稿的切入角度。

真正的新闻应当是常写常新。

找出新闻的个性才是写好稿子的关键。

同时我们在对每个县界定新闻题材（即内容）的切入角度之后，还对表达形式（即文体）进行了界定，统一采用新闻特写的形式写稿，这样既避免了消息写作的死板，也躲开了通讯写作的繁杂。再说，采用夹叙夹议、亦动亦静的写作方法，也正是我们文化记者的特长。让我没有想到的是，我们研究的这套采访和写作办法很有效，不但大大提高了工作效率，而且调动了每个人的积极性。路上，小樊还悄悄告诉我，说是陈炜和平萍两个人争着写稿，每采访一个县，第二天就把草稿完成了，最后只等我到白云山统稿了。

于是我便在偃师请他们吃烧饼夹儿，又在灵宝请他们吃那流传千年的糊粕饭。

最让我感动的是两个年轻记者的忘我精神，如果我记得不错的话，那年陈炜的孩子不足三岁，平萍的孩子只有一岁多，都是上有老下有小的人生起步阶段,其艰难和辛苦是可以想见的。但是他们在采访中没有一个人说到困难,也没有流露出一丁点儿想家或放不下孩子的念头。他们的表现让我想起河南日报社的传统,一代又一代的老报人,一丝不苟的工作作风,公而忘私的敬业精神,忠于职守的操守习惯,那都是一脉相承,代代相传的,而且一代更比一代强。在白云山统稿的那天晚上,山顶下雪,我们住的小木屋没有暖气,县里陪同我们采访的同志找来了棉大衣,每个人都是裹着棉大衣御寒的。就在那么寒冷的夜晚,平萍还在赶写最后一件稿子,脚冻麻了,站起来跺一跺继续写,手冻僵了,哈口热气搓一搓继续写,硬是准时准点地完成了写稿任务。这种敬业精神,实在令人感动。

最后,我们在白云山结束了本次采访。

作为奖励,大家一起游览了仙人桥和白龙瀑布。

踏着三月的桃花雪,我们时而在山道上爬坡,时而在瀑布边赏花,你给我拍张照片,我给你留一个剪影,时不时再来一张合影,每个人玩得都很开心,那是劳作之后的快乐。导游在介绍白龙瀑布时,冷不丁提到白河,提到玉皇顶的积雪,提到白河镇和下游的沙滩,然后又提到南阳,提到新野,一直说到三百公里以外的唐白河,说着说着就说到我的家乡南阳盆地,原来我的家乡唐白河的源头就是从伏牛山主峰玉皇顶发端的,白龙瀑布正是白河的河首!

白河是南阳的母亲河。

这是每一个南阳人心中的图腾。

据《历史地名大辞典》解释,白河古名淯水,源出河南省嵩县西南伏牛山主峰玉皇顶东麓,向东南流经南召、方城、南阳、新野,至湖北襄樊市(现襄阳市)东北的两河口与唐河汇流称唐白河,再下二十多公里注入汉水而终。白河总长三百多公里,其较大支流有刁河、湍河、赵河、潦河等,再加之后人工建造的大小引水灌渠,在南阳盆地形成的流域面积达一万多平方公里。由于唐白河流经伏牛山区的花冈片麻岩出露地区,故有"白河沙白滩多,唐河湾多"之说。历史上的南阳市区十分繁华,白河沿岸有舟车辚辐、人蔗浩繁的水上码头,河面上帆樯颇盛,船行如梭,桅杆林立,号子激越,此起彼落,帆船往来,络绎不绝。商船可直下湖北,顺汉水入长江,直达武汉,再下南京,终汇大海。从地图上看,白河好似母亲的臂膀,在南阳盆地温柔地打了一个弯,就是在这臂弯的中心位置,孕育了南阳城数千年的青史文明,滋养和哺育了一代又一代的南阳人。

作为南阳人,我对白河充满了敬意。

由此便对活水的源头白云山刮目相看。

怀着激动和感恩的心情,我便在完成新闻采访之余,躲在白云山下的陆浑水库招待所里,草草写成了一组小诗。这组小诗不久后在《河南日报》副刊发表,据说后来还被白云山旅游风景区制成书法条幅,挂在山门前的玻璃橱窗里,作为白云山的形象广告向游人宣传和展示。诗文如下:

白云山三题

白云山在哪里?在伏牛之巅。位于豫西嵩县境内,以其罕见的原始植被、奇异的险山俏水、丰富的珍稀动物资源,被命名为洛阳白云山国家森林公园。日前笔者有幸前往采访,在写过新闻之后犹感不足,人虽下山而心却仍在山上发呆。故而提起生锈的诗笔,草书三题聊补遗憾。

写给"陆车公路"

70公里长的一个惊叹号,
从陆浑水库的浪花上起笔,
穿越外坊山尘封的历史,
走进车村的"富民工程"。

滚动的车轮,
撞响汝河水悠悠万载的琴弦;
清脆的喇叭,
惊醒白云山那个沉睡千年的梦。

仿佛一夜之间睁开眼睛，
大山开始注视外面的世界，
让秦砖汉瓦与现代文明对话，
让核桃板栗带着微笑进城……

于是这个巨大的惊叹号，
便站成山中一桩美丽的风景。

写给"仙人桥"

没有人工雕凿的痕迹，
只有麻枯石的原始风光；
是谁造化了如此空灵的艺术品？
大自然是最好的能工巧匠。

桥上有羚羊奔跑的蹄印，
桥下有麋鹿栖息的"温床"；
月夜里有松涛阵阵的低语，
阳光下有小鸟喳喳的歌唱。

这座桥上没有灯红酒绿，
这座桥上没有官样文章；
更没有投机心理和商战的硝烟，
金钱在这里也仿佛失去了影响。

走在仙人桥上是一种超度，
修身养性才能还你人格的高尚。

写给"白龙瀑布"

一条涓涓细流从玉皇顶出发,
翻过一千个跟头留下一万个微笑,
终于在这里发出了一声动地的呐喊,
于是山石开裂万仞便飞出了白龙瀑布。

站在白龙瀑布前我就想起了白河,
想起白河我就想起母亲,
还有像我一样喝着白河水长大的,
南阳盆地的一方山水和父老乡亲。

过去我不知道我故乡的兄弟,
为什么腰板健壮个个是红脸膛;
过去我不知道我故乡的姐妹,
为什么身材苗条人人都是好模样。

这时候我从白河的源头找到了答案,
原来这白河水是经过原始森林净化的;
这时候我从白龙瀑布的彩虹中找到了答案,
原来这白河水是经过彩虹照射瀑布锻打的。

喝过白河水的男人不能忘记母亲,
喝过白河水的女人不能忘记白云山;
作为男人我把白云山看作母亲的乳峰,
那万仞之下的白龙瀑布恰似母亲的乳汁。

这组小诗发表在1996年4月29日《河南日报》上,作为新闻采访的副产品,与此前发表的系列新闻报道(行程16天采访5个县)形成互为印证的效果,彼此相辅相成。这里不妨列出"豫西行"采写的文章标题,以便唤起当年的记忆。第一篇发表在4月7日,题为《新安:春风化雨正逢时》;第二篇发表在4月8日,题为《偃师:文明树上开新花》;第三篇发表在4月11日,题为《灵宝:勇立潮头唱大风》;第四篇发表在4月21日,题为《汝州:振兴经济先育人》;第五篇发表在4月26日,题为《嵩县:打开山门气象新》。

感谢陈炜、平萍和小樊。

这五篇文章里也融入了他们的汗水和笑声。

雁北行

——记者生涯之二

异地采访被视为美差,一般记者很难捞到这样的机会。对记者而言,异地采访可以开阔视野,增长见识,拓展新闻写作的宽度和厚度,同时采访中还可以搂草打兔子,顺便看一看外地的风景名胜,了解一下异域的风土人情,于公于私皆有好处。对新闻单位而言,传播外地先进经验,带动本地的发展,所谓"他山之石,可以攻玉",既丰富了报道内容,又增强了新闻的可读性,还有助于提升媒体自身的形象和影响力,当然也是一件事半功倍的好事。我在当记者期间,有幸赶上了几次异地采访活动,其中到山西省雁北地区的那次异地采访,给我留下的印象最为深刻,以至于事过 30 多年之后,我还要带着年近七旬的老伴儿,老两口自驾游再回访一次雁北,目的是故地重游,找回当年采访雁北时的那种热血沸腾的感觉。

雁北是一个神奇的地方。

走过一次就一辈子忘不掉。

最初接触雁北这个名字,是在中国记者协会的一间办公室里。那是 1984 年 10 月中旬,中国记者协会要组织一个由北方 12 省有关新闻单位参加的采访团,到山西雁北地区 13 个县(市、区),进行一次为期 20 天的异地采访活动。很荣幸我被选中,作为《河南日报》的特派记者参加这次采访。报到的那天,我在中国记协那间小小的办公室里,碰到了这次采访活动的组织者,也是这个采访团的领队刘海兰女士,她正在向签到的记者发放行程表和有关资料。听到我的口音,刘海兰把我拉到旁边的一张桌子前坐下来,她说她跟我是老乡,听到乡音就觉得特别亲切,想单独跟我聊一下,顺便把雁北的背景材料也介绍一下。刘海兰比我年长十几岁,也是资深记者出身,说话条理清晰,不到五分钟就把雁北的前世今生说得一清二楚。

她说，昔日雁北的苦寒超出世人的想象。

又说今日雁北的变化超出今人的想象。

到达大同的那天傍晚，适逢一场大雨，雁北地委的接待人员把我接到招待所，安排我住下之后先让我洗了个热水澡，然后便带我到附近的一家小餐馆吃饭，说是要为我接风。我原以为是大宴，一定有酒有肉，再有一群人陪同劝酒，不喝个东倒西歪不会散席。谁知到小餐馆里一看，只有一桌两椅，坐在那里等候的只有一个人，他便是雁北地委的秘书长古鸿飞同志。没有寒暄，也不讲客套，他只是起身做了个手势，让我坐到对面的空椅上，便回头招呼餐馆老板上茶。端上桌的茶碗是雁北有名的三泡台，主料是雁北的黄芪、枸杞和酸枣，与春尖茶配伍便成了上品药茶饮。据说三泡台源于盛唐时期，明清时期传入西北，与当地穆斯林饮茶习俗相结合，形成了独树一帜的具有浓郁地方特色的茶品。茶具制作玲珑小巧，由茶盖、茶碗、茶托三部分组成，故称为三泡台或盖碗茶。细瓷精致，古色古香，令人赏心悦目，饮用时馨香甘甜，回味无穷。又说三泡台起始于四川成都，兴盛于甘肃兰州，再后流传大江南北，长城内外。雁北的三泡台药茶饮，传说与当地人爱吃莜面和走西口有关。莜麦面食耐饥，一两莜面能当半斤米饭的营养，只是吃了不好消化，所以人们便配以黄芪为主料的药茶饮，用来消食解积。昔日走西口的穷人，需要长途跋涉，还要耐得住饥饿，就拿莜面作干粮，吃一顿莜面能扛三天不吃饭。这样一反一正的解说，把昔日的莜面说成了宝，把今日的三泡台说成了它的亲兄弟，听起来便有了传奇色彩。古秘书长虽然个子不高，却气宇轩昂，精明干练，言谈举止颇有学者风度，讲起话来也是满腹经纶。他声明当晚为我接风，只饮茶不喝酒，只吃莜面不吃肉，原因是我刚刚淋了雨，需要防风祛寒，养精蓄锐，这样才能确保贵体安康，精神抖擞地完成在雁北的采访任务。

实话实说应该是雁北人的性格。

古鸿飞的一番话让我从此记住了雁北。

接下来我们慢慢品茶吃饭，茶是一口一口地品，面是一点一点地尝，蒸莜面卷儿，炸莜面角儿，还有猫耳朵，酸面叶儿，越吃越有味道。慢慢地我觉得身子暖和起来，接着头上沁出汗珠，再以后鼻子通气了，肠胃也热乎起来了。就在品茶吃面的当儿,古秘书长给我讲了这次采访的路线图。从大同出发,先看怀仁县(现怀仁市)的盐碱地改造,再看左云县的治沙造林,途中路过金沙滩和两狼山参观宋辽交兵的古战场,然后再看右玉县的小老树改造工程,之后参观杀虎口和明长城,再南下参观平鲁和朔州的大型露天煤矿。中途休整两天,顺便去看一看恒山脚下的悬空寺,返程再采访一下黄沙洼林果改造工程,顺便观赏一下号称世界奇观的应县木塔,最后回到大同再游览一下云冈石窟。这样古今题材交替、工业和农业题材转换,既欣赏了厚重的历史文化,又见证了现代两个文明建设,让所有的记者都有得看,有得写,不虚此行,也不枉在雁北留下的一串脚印。

当天晚上我睡得很踏实。

暖心的三泡台让我避免了一次重感冒。

次日一早,我们的采访车队出发,一共从雁北地委招待所开出去 5 辆车,一色的军绿色北京吉普。每辆车都有编号,一号车为当地雁北日报社的导引车,后面 4 辆车分别坐着来自华北 12 个省的外地记者。我被分配到二号车,与黑龙江日报社的彭景约和山东日报社的张军同坐一辆车。除了司机之外,我们这辆车三个记者中我的年龄最大,张军年龄最小,于是我们三个便以老杨、大彭和小张相称,一路呼来喊去,三个人几乎成了桃园三结义的兄弟。采访中我们三个人也总是互相照顾,核实采访笔记,共享采访资料,商量新闻主题,明确写稿角度,三个人也总能互相切磋,彼此关照。有时候途中拍照,中途休息和吃饭,也总是相互照应,互相帮忙,配合默契。

异地采访是兄弟新闻单位相互切磋的好机会。

也是记者之间取长补短结交朋友的好机会。

采访的第一站,我们走进的是大名鼎鼎的金沙滩。车过木瓜河,西望两狼山,东瞧黄花梁,眼前由南向北蓦地现出一马平川的开阔地带,这里便是宋辽交兵的古战场——方圆四百里的金沙滩了。在这里,人们自然会想起杨家将。传说当年宋辽交战,杨家将救主保驾,而后兵败两狼山,杨业头撞李陵碑,七郎陈尸桑干河,以及再后的穆桂英大战葫芦峪,日中城点将,就发生在这一带。当年的金沙滩,战马嘶鸣,刀枪铮铮,黄风漫漫,飞沙走石,堪称荒凉不毛之地。

"登上黄花梁,两眼泪汪汪。男人走口外,女人挖野菜。"这首苦巴巴的民谣,就是昔日金沙滩贫不养人的见证。

可是这次我们走访了金沙滩之后,耳闻目睹的却是另一番景象。那天走进金沙滩政府大院,只觉得眼前倏地一亮:榆树墙,月牙门,青砖铺的道路,红砖砌的花坛,门厅走廊装潢考究,花卉盆景各呈异彩。整个院落,几进几出,路伴树,树伴花,花伴房,仿佛人造公园一般,更有果枝飘香,丁香掩映。我们一群记者看得入迷,忽听主人招呼:

"吃个本地苹果吧,喷香!"

"尝尝沙窝里的葡萄吧,酸甜!"

来到会客室,只见桌子上大盘小碟,大筐小篮,摆满了橘子、苹果、瓜子、花生,还有滴溜溜的紫葡萄,黄澄澄的大鸭梨。这些都是金沙滩的土产,不但用来待客,而且主人消受不完,需要推销到外地,有些品种还出口到国外呢。

交谈中,我们得知,金沙滩现有县办果园一处,1200余亩,年产鲜果40余万斤;乡办果园5处,计2000余亩,年产鲜果30多万斤;另外还有不少村办果园和农家果园,产量自然更是喜人。由此可以看出,果树成园,足见绿化也已成林。据说这里是20世纪50年代开始造林的,1959年时任团中央书记的胡耀邦同志曾来这里视察,表彰了金沙滩青年造林队,以后这里年年造林形成高潮,现今森林覆盖率已占总面积的46%了!

绿化改造了生态环境,沙滩变样了,农业逐步发展起来。但这里农业真正翻身,还是从1978年以后开始的。自从实行了联产承包责任制,金沙滩的农民说,以往咱吃国家20多年的统销粮,现在该向国家粮仓还粮了。可惜这几年农民产的粮食太多,有些农户一季就出售几万斤商品粮,闹得粮站也发愁无处存放了。

走出乡政府大院,我们一群外地记者来到"井"字形街心,只见条条街道绿树成荫,房舍一新,沿街两旁,商店、学校、工厂、医院、文化站、影剧院、饭馆、旅社应有尽有,相互排列有序,一派升平景象。其中有一条新建的商业街,1华里之内,店棚门面竟有100户之多。看到此处,我们这些记者禁不住惊呼:"呀,金沙滩,想不到变成如此繁华的天地!"

午饭在乡政府举杯庆贺。

不料下午上山时却遭遇了一场大险。

这是一座不算高的小山坡,因为没有开发,山崖周边长满了荒草和沙棘。我们一群记者在当地导游的陪同下,希望穿越山坡上的流沙地走捷径,以便登上高坡去观察金沙滩古战场的地貌。谁知走到半坡沙地草丛中时,突然听到崖边的沙棘中发出嗖嗖的类似于敲击竹梆子一样的奇怪响声,这时我们的领队古鸿飞秘书长突然大声喊道:"站住!都不要动!是毒蛇!"

一时间所有人都惊呆了!

几个女同志吓得瑟瑟发抖。

果然,在人们站定之后,从山崖的树棵子中就嗖地蹿出一条蛇来,开始朝人群方向横着滑行,动作快得像飞起来一般,眨眼之间掠过我们的身边,好在没有向人群攻击就蹿到山坡的另一边去。乘此空档,县里、乡政府的陪同人员迅速捡起地上的干树枝,迎着蛇蹿的方向组成了一道防护屏障,保护着外地的十几名记者,安慰大家不要乱动,也不要害怕。古鸿飞秘书长向大家解释说,这是当地的一种毒蛇,名叫"草上飞",类似于响尾蛇,如果攻击人可以致命。但是如果人主动避让,蛇一般不会主动攻击。刚才之所以蛇要发起攻击,估计是人群侵犯了它的领地,或者草丛周边的蛇蛋受到威胁,这才惹怒了毒蛇,引发了它的攻击行为。过了几分钟,我们发现没有蛇的动静,正准备快速逃走的时候,那条被惹怒的毒蛇反而唰的一声又倒蹿回来,好在有几个人用树棍抵挡,那蛇没敢直扑人群,拐个弯又蹿回老窝去了。古鸿飞催促人们快速离开,自己带着几个拿棍子的人在后面用力拍打地面,吓得那条蛇再也没敢出来。

一次有惊无险的遭遇就这样过去了。

我们在感谢古秘书长的同时也记住了金沙滩。

这次意外,让我们这些外地记者变乖了,听话了,遵守纪律了,中途采访、拍照再也不敢乱跑乱动了。在右玉县,我们来到了著名的杀虎口,登上明长城,遥想当年,晋陕一带逃荒的人流从这里"走西口",那般贫困交加,那般凄凉无助,从巍然屹立的烽火台上,从蜿蜒逶迤的明城墙上,还能找到他们的影子吗?如今,左云和右玉的人民,通过防风治沙工程,通过治理"小老树"工程,早已使杀虎口这个历朝历代的兵家必争之地,变为南来北往的通商大道,两岸的荒山秃岭也变成绿化率超过50%的金山银山了。

接下来在平鲁,在朔州,我们参观了一个又一个大大小小的露天煤矿。对我而言,我在河南的平顶山、焦作和义马多次下过矿井,看到的煤矿都是在以百米计算深度的井下,那里的巷道,那里的井下翻斗车,都是以黑色为特征为标记的;可平朔露天煤矿,他们在地面上跺一脚就能跺出煤来,他们的铲车可以在几分钟内装满百吨重的大卡车,那个机械化程度,那个电器化程度,中原有哪个矿井可以与之相提并论呢?

雁北的矿产资源是让人刮目相看的。

聪明的外资早就盯上了这里的露天煤矿。

离开平朔煤矿,我们赶到了北岳恒山脚下的悬空寺。我在参观悬空寺之后写出如下的笔记,突出一个"奇"字,突出一个"险"字,突出一个"巧"字,夸其为天下无双。记录如下:

北岳恒山,以奇制胜,其中挂在金龙峭壁间的悬空寺,当为恒山十八奇景之冠。

悬空寺始建于北魏后期。"辽人信鬼,拜日为神",因而悬空寺坐西面东。怎奈峡谷绝壁恰是南北走向,建寺者从汉代空中偷渡、栈道运粮得到启发,于是凿壁而立,栈道代路,在半空建就了这座古刹。整个建筑共有大小殿阁四十间,皆为木结构,半插飞梁为基,巧借岩石暗托。寺院坐西向东,寺门却向南,堪为悬空寺一奇。

游人进寺内,跨月门,钻天窗,观石窟,看碑碣,走栈道,穿曲廊,游方殿,赏山色,辗转迂回,曲折上下,若置身于迷宫之中,竟有入而不知所出,上有不知所下之感。其中两座三层飞楼,高下对峙,争奇斗险。据说风雨来临,置身悬空寺上,天上下雨淋不着,谷中来风刮不到,足见建筑群隐蔽之妙。此乃悬空寺二奇。

殿内观赏,别有一番景象。铜铸、铁身、泥塑、石刻、脱纱神像,千姿百态。你看那三教殿堂之上,儒教创始人孔子居左,佛教创始人释迦牟尼居中,道教创始人老子居右。乍一看,三位鼻祖平分秋色;仔细一瞧呢,释迦牟尼居中正坐,趾高气扬;孔老夫子面带愠怒,颇有不满之色;而老子却似笑非笑,冷嘲之状溢于言表。一殿而"三教归一",堪称悬空寺三奇。

古刹奇巧,令人叹为观止。难怪唐代大诗人李白游历到此,泼墨写下二字:壮观!

看完悬空寺之后,再登应县木塔,竟找不到措辞形容木塔之玄妙。只记得当时我在采访笔记中也写下三个字,分别为"稀""奇""巧"。所谓稀,是指应县木塔是中国现存最高、最大的一座木构塔式建筑,也是唯一一座木结构楼阁式塔,稀在它的唯一和仅有。所谓奇,是指它的构造。远看外观是 5 层,近瞧塔内还夹有暗层四级,整座塔实为 9 层。塔建于辽代,精确高度为 67.31 米,呈平面八角形。塔身全部用红松木建造,耗材 3000 立方米,重达 2600 吨。这么个庞然大物,竟不用一钉一铆,全为木结构衔接,所有接口天衣无缝,固若金汤。这塔的奇,奇在不用一颗铁钉。所谓巧,巧在全靠斗拱、柱梁镶嵌穿插吻合。木塔每层檐下及暗层平座围栏之下,都是一层挨一层的斗拱,转角处更是三组斗拱组合在一起,犹如多朵盛开的莲花。据统计,木塔共使用 54 种 240 组不同形式的斗拱,是我国古代建筑中使用斗拱最多的建筑。专家说,这种结构具有很强的抗震性能,历史上虽遇多次大地震,却能千年屹立不歪不倒。因此,应县木塔与意大利比萨斜塔、巴黎埃菲尔铁塔并称"世界三大奇塔",并被吉尼斯世界纪录认定为"全世界最高的木塔"。

半个月之后,我们这次异地采访活动结束,中国记者协会作为组织单位,要求各省汇报记者写稿情况和发稿情况。我给远在北京的刘海兰女士回电话,感谢老乡的关照,事后又给她寄去样报和样刊。这次异地采访,本报发稿一组三篇,另有两件稿子为杂志刊发。《河南日报》的发稿篇名分别为:载于 1984 年 11 月 16 日的《这是一片神奇的土地——雁北采风之一》,载于 1984 年 11 月 18 日的《塞上小康村——雁北采风之二》,载于 1984 年 11 月 20 日的《车过黄沙洼——雁北采风之三》,算是从雁北带给河南读者的礼物,也算是留给雁北读者的一点儿思念。

事后我还知道,黑龙江日报社的彭景约发稿 3 篇,山东日报社的张军发稿 2 篇,我们彼此交换样报之后,保持多年的通信往来,以示远方有如是这般忘不掉的朋友。多年后,彭景约到南方出差,还特地在郑州下车停留,专程到河南日报社看望我,我还特地带他到黄河游览区参观了炎黄二帝的雕像,我们还在黄河母亲的塑像前合了影。

  不巧的是,当我 30 多年后带着我的老伴儿自驾游重访雁北故地的时候,此时的雁北地区已经一分为二,行政管辖变为大同市和朔州市,当年那个完整的雁北十三县已经不复存在,我们留下的文字已经成了雁北的纪念碑。

  让人舍不得的一段记忆。

  永远留给雁门关外的朋友吧。

信阳行

——记者生涯之三

认识大别山，我是从陈有才的五句头山歌开始的。

走进大别山，我是被赵主明讲的红二十五军的故事吸引的。

作为省报的副刊编辑，我经常要阅读全省各地的作者来稿，有小说，有散文，有诗歌，还有短小的报告文学。看稿时间长了，就知道豫西有几个写小说的，豫北有几个写散文的，豫东有几个写曲艺的，豫南有几个写诗歌的。久而久之，这些作者反复寄稿，就知道某地某县某人常写小说，或者常寄诗歌和散文，慢慢地就知道某地某人的小说、诗歌或者散文写得优劣，也会摸准某位作者的文字风格如何，除了正常选稿发稿，遇到专刊特刊时还可以有目的地约稿或组稿。这样随着联络时间的延伸，有的作者通过来信复信，自然而然就成了熟人，再后交往几次就成了朋友，再进一步可能就成了知己。在我二十多年的编辑生涯中，通过稿件交往成为熟人的，全省一百多个县平均每个县按三人计算，也应该有几百人。进一步成为朋友的，每个县平均按两人计算，少说也有一二百人。更近乎一点儿成为知己的，少说也有百十个人吧。说实在的，那个年代我觉得在新闻圈子的朋友，全省遍地都有，而在文学圈子的朋友，几乎每个县都有三五个能说出名字的。至于这些朋友的远近亲疏，都要经过交往才能知道，但彼此信任程度还是心中有数的。比如信阳的陈有才，提起他的名字我就知道他是写诗的高手，更知道那是大别山五句头山歌的代表作家。而对赵主明的印象呢，那就是既写新闻又写文学作品的全才。我最佩服的是他会讲故事，不光能写，而且会说，说故事娓娓道来，环环相扣，让人听了还想再听，听了以后就再也不会忘掉。

新闻采访需要学会交朋友。

搞文学更需要以文会友。

1981年夏天,我应主明之邀,到信阳大别山区采访,主题是反映党的十一届三中全会以后大别山区的变化,采访对象主要是山区农村,因为党的十一届三中全会以后中央连发几个"一号文件",都是针对农村联产承包责任制出台的带有方向性的政策。除了新闻采访之外,我还带有副刊组稿的任务,这就需要见一些作者,顺便研究一些选题。我与主明很熟,熟到我们同在一个学习班同住一间房同吃一盘菜同吃一份卤面的份上,所以可以无话不说,彼此几乎没有隐私。此时他已经是信阳地委宣传部新闻科的科长(以后升任信阳市政协副主席),有关采访的行程、路线和接待等一切事宜,都由他说了算。于是我就向他提出,采访要带上诗人陈有才,有了这个既会写诗又会讲笑话还会唱山歌的"活宝",我们一路走下来将会增添许多乐趣。

主明采纳了我的建议。

于是我们的采访就多了一点诗意。

关于陈有才,我曾写过一篇文章介绍他,题目叫《从放牛娃到诗人》,发表在《农民日报》上。文中这样写道:"他是一个普普通通的人,个子不高,壮得像一头小水牛,鼻子眼睛都透出一副大别山农民那种憨厚老实的气象——笑一笑都是一番景致。他又是一个热情洋溢的人,说话的时候两手抱到胸前,双脚不停地挪动着,两个肩膀交替地一耸一耸的,仿佛他的话不是从嘴里说出来,而是从肚子里压出来似的——蹦到外面都是哗啦啦响。"这番描写,就是我们这次采访,刚一见面时他留给我的印象。时值1981年盛夏,他上身穿个白汗衫,下身穿个拉风的西装短裤,脚上虽然穿的凉鞋,却特意又穿了一双极有弹性的尼龙袜子,这番打扮标志着穿戴整齐,那是一种见面礼仪。不过他手里却不停地摇着一把折扇,时而打开时而合上,天实在是太热了,再加上他体型有点儿胖,他实在管不住头上的汗。

采访路线是穿行信阳七个县。

这等于在大别山腹地转了一个圆。

我们乘坐的是一辆吉普车,我和主明坐后排,特意让有才坐在前排副驾驶的位置,这是考虑到他的块头比较大,又特别怕热的缘故。按常理,乘坐吉普车的规矩,客人应坐前排,那个位置视野开阔,有利于欣赏窗外的风景,是对客人的尊重。有才有点儿不好意思，不时回头表示歉意。我和主明就逗他，办法是罚他作诗，每到一地就必须即兴赋诗一首，以示诚意。说话不及，前面山道上飞起一群喜鹊，迎着车头喳喳叫个不停。见此情景，有才张口便来了一首五句头山歌：

> 翻个山岭过道坡，
> 碰见喜鹊在垒窝，
> 俺问喜鹊多少喜，
> 喜鹊问俺多少歌，
> 千首万首撞心窝。

张口就来，出口成章，这是陈有才创作五句头山歌的特殊本领。他的这种本领不是凭空得来的，而是从小放牛时在山坡上斗歌斗出来的。他的家乡盛产山歌，几乎每个放牛娃都会斗歌。所谓斗歌，就是你唱一首，他还一首，一首更比一首强，一首更比一首快，直到一方把另一方斗败，把另一方斗哑，胜的一方才可以当歌王。陈有才为了当歌王，曾经背着锅巴赤着脚，跑遍大别山的山山水水和村村寨寨去收集山歌，最后能够熟记在心、倒背如流的山歌就有三百多首，这样熟能生巧，他创作起来才能得心应手。再后他又将五句头山歌扩展开来，采用五句头山歌的形式写叙事诗，最长的诗可以写到几百句，不但可以记事写人，而且可以供艺人演唱。

说起山歌，有才就滔滔不绝。

他让吉普车里充满了诗的灵气。

讲到兴奋处，有才激动得手舞足蹈。他说五句头山歌的精华在对歌，有男女对歌，老少对歌，还有单人对歌、集体对歌，灵活多样，多姿多彩。歌词大多来自生活，辞章大多口语化，唱者开口就来，听者抒心开怀。高明的对歌，不乏诙谐和幽默，而且充满了智慧和哲理。说着说着，他便随口哼唱，举例如下：

"什么开花在枝丫？

"什么开花像喇叭?
什么开花红似火?
什么开花刺扎扎?
什么开花又开花?"

"茄子开花在枝丫,
牵牛开花像喇叭,
石榴开花红似火,
黄瓜开花刺扎扎,
棉花开花又开花。"

这样一问一答,诗的意象都是日常生活中司空见惯的事物,说的有花果,有蔬菜,还有庄稼,人人都很熟悉。比兴也很形象和风趣,凡而不俗,俗中见雅,却能考验一个人的想象力和应变能力。如果稍有迟钝,便会思路卡壳,或者答非所问,那就会败下阵来。更有聪明的对歌,像谜语一样,让你猜来猜去,颇费周折。比如下面这样的:

"什么弯弯一并排?
什么弯弯水上来?
什么弯弯十八子?
什么弯弯上锅台?
一碗两碗添上来?"

"牛角弯弯一并排,
水车弯弯水上来,
豆角弯弯十八子,
梅豆弯弯上锅台,
一碗两碗添上来。"

提问颇费思量,对答妙趣横生,既考量人的生活常识,又挖掘人的思辨能力,拙中见巧,粗中有细。这些散发着泥土气息的对歌,亦诗亦画,亦谐亦趣,娱乐的情趣大大超出了诗艺的情趣。还有对歌的高手,能把土得掉渣的生活素材推到艺术的极致,出其不意的想象令人叹为观止。比如下面这样的:

"什么做窝做得高?
什么做窝半截腰?
什么做窝莲花碗?
什么做窝一条槽?
什么做窝尽是毛?"

"喜鹊做窝做得高,
斑鸠做窝半截腰,
鹌鸽做窝莲花碗,
兔子做窝一条槽,
麻雀做窝尽是毛。"

有才这样讲下去,有说有笑,时吟时唱,有时拿手比画,有时跺脚助兴,引逗得我和主明捧腹大笑,曾有几次让司机笑得把不住方向盘,差一点儿将车跑偏冲出边道。如此笑一程走一程,我们从信阳走到罗山,又从罗山走到潢川,途中两次停车,一次问路,一次参观,虽然中午没有休息,都不觉得劳累,这大半得益于有才逗笑的力量。晚上住在潢川县委招待所,我和主明合住一间,让有才住个单人间,因为怕他晚上打鼾,所以对他特殊照顾。酒足饭饱之后,有才早早进入梦乡,我和主明在隔壁房间听他鼾声如雷,索性坐起来泡杯信阳毛尖新茶,一边品茶一边聊天。

说着说着就说到了红二十五军。

这是我第一次听这支红军队伍的故事。

原来,我们上午途经的罗山县,曾是当年豫鄂皖革命根据地的重要组成部分。罗山县铁铺镇何家冲,就是红二十五军长征出发地,是中国近代革命史上红军长征四大出发地之一。1931年10月,红二十五军成立于鄂豫皖革命根据地,隶属红四方面军,为巩固和保卫鄂豫皖革命根据地作出了重大贡献。1934年秋,红二十五军由何家冲出发长征,成为第一支到达陕北的红军长征部队,在红军长征史上写下了光辉的篇章。现在罗山县红二十五军长征出发地,主要包括红二十五军军部旧址、长征出发集合地遗址和红二十五军医院旧址三个部分。

主明在讲红军故事的时候非常认真。

他讲的有正史也有野史还有神秘的传说。

次日一早,我们按照原定的采访计划,访问了潢川县卜集公社奶庙大队张花园村。这个村里有许多养花专业户,他们养的花木盆景有的北上郑州,有的南下武汉,有的东进上海,有的甚至漂洋过海卖到国外,种花的收入要比种庄稼的收入高出几倍甚至几十倍。激动的诗人陈有才,看到花农的变化立即赋诗一首,诗文还是五句头:

> 千里稻乡访花村,
> 花香稻香醉人心,
> 十年内乱花木枯,
> 一场春雨又生根,
> 花农重端聚宝盆。

借助诗的开篇,主明很快便写出了《花农重端聚宝盆》的新闻稿子,事后消息刊发在1981年8月26日的《河南农民报》上,同题的花乡游记刊发在《工人月报》期刊上。这是我们走进大别山采风的首发作品,诗歌、消息、散记一石三鸟全被选中采用,分别被三家报刊发出,可谓大获全胜。当然,我们在潢川吃的涧河小黄鱼和干笋烧腊肉,不能不作为大别山美味记上一笔。

在固始县我们访问了几个万元户。

那时的万元户就像金榜题名中状元。

思考了几天之后,我们的新闻写作高手赵主明同志冷不丁地拿出了一篇稿子让我看。这篇稿子只有几百字,写法却别出心裁,通篇采用一连串的数字,却把一个万元户的前世今生写得活灵活现,而且生动传神。我看后只说了一个字——"精",就让主明把稿子寄出去了。不久,这篇稿子竟在《人民日报》见报了。更让人想不到的是三十年以后,《河南日报》为了纪念改革开放和农村实行联产承包责任制三十周年,特意又辑录专版文章,把这篇三十年前在《人民日报》刊发的稿子重新刊登出来,足见文章之奇。

离开固始我们前往商城县。

路上竟遇到两件啼笑皆非的怪事。

第一件事发生在我们从固始赶往商城的途中,吉普车沿着山道前行,走到一座浅山下坡的地方,前面横过一条小河,一头硕壮的水牛从河边饮水过来,顺着山路上坡,迎面正好碰上我们正在下坡的吉普车。山道路面不宽,吉普车无法躲开水牛通过,司机只好踩死刹车站住,等待水牛从车边通过。谁知水牛不领情,它不知吉普车为何物,立刻怒目圆睁,摆出一副决斗的架势,将两只又粗又大的牛角压低前倾,时刻准备向前与吉普车抵架。我们坐在车上,眼睁睁望着水牛那副凶相,一个个吓得面色煞白,手足无措。如果水牛冲上来,前挡风玻璃将不堪一击,车身的帆布篷也会稀里哗啦被牛角挑个粉碎,那么车里的人呢,会不会被撞个血肉模糊,后果不可想象。这样僵持了一两分钟,司机早已吓得六神无主,既不敢前进,又不敢后退,他担心发动机一响会成为水牛攻击的信号,所以只好停在原地听天由命。有才坐前排,嘴里低低地用信阳话嘀咕:"靠啦靠死,这牛想抵架,这不是玩命嘛!"没有人应声,谁都没见过这阵势,不明白水牛为啥跟吉普车为仇。就在千钧一发之际,山下跑过来水牛的主人,拿鞭子在牛头前撩了一鞭,那牛便乖乖地向路边走去。但又不死心,生怕车子从后边攻击它,所以几次三番回头怒吼,最后终于被主人赶走,我们的吉普车才敢发动机器下山。

此事后来被当成笑话。

但是那一刻却是真的灾难临头。

第二件怪事发生在我们离开商城去汤泉池的路上,正走着遇到前面小河发水,汽车不敢过河,只好把我们放下,让我们蹚水过河,因为目的地就在河对岸的不远处。如果坐车需要再绕道几十里,蹚水过河仅有百十米的河宽。此时除了有才、主明和我,又多了商城县委通信组的徐光华。光华身高一米八几,过河不需要游泳,举着衣物就可以蹚水而过。这时光华要我们三个脱光衣服,光屁股游泳,他自己举着所有的衣物过河。我一看对岸河边有几个女人正在洗衣服,就觉得没法脱衣服,特别是不能脱成光屁股,所以犹豫再三坚决不脱。可是不脱就会湿了衣服,衣服湿了就没有干衣服换,那会更加难堪。这时光屁股的有才和主明在水里等我,并一再催我脱光衣服下水。原来当地风俗,光屁股过河,男女不避,只要彼此不偷眼相看,就当什么都没有看见。女人尚且不怕,一个大男人怕什么?正在我犹豫的时候,冷不防对岸的洗衣女一齐吆喝起来,她们在嘲笑我胆小,嘴里发出"哟嗨哟嗨"的嘲笑声。无奈之下我只好脱光衣服,光着屁股游泳过河。游到对岸,姑娘们又是一阵"哟嗨哟嗨"的叫声,据说这次的声音是赞叹!

人说乡间十里不同俗。

大别山的风俗是过河一丝不挂。

当天晚上在汤泉池洗过温泉,每个人都觉得身上滑溜溜的,躺下就能睡个好觉。我和主明仍旧住在一个房间,按照约定,他该给我讲关于红军的第二个故事,也就是金刚台红军洞的故事,以及红军洞里妇女排的故事。

据有关资料记载,金刚台红军洞群位于商城县东南二十公里的大别山主峰金刚台。1934年11月,红二十五军长征后,鄂豫皖边区开始进入三年游击战争时期。随着斗争环境的恶化,为了保存力量,商南县委将地方党政干部中的女同志、原红军医院的部分护士和红军家属,编为一个妇女排,留在金刚台开展游击战争。从1934年到1937年,妇女排一直在金刚台英勇机智地同敌人斗争,赢得了"金刚台红旗不倒"的英雄赞誉。红军战士和伤病员经常居住在豹虎洞、凉子洞、水帘洞、朝阳洞、妇人洞、蝙蝠洞等七十余个山洞里。其中以水帘洞最为隐蔽和坚固,此洞的上方是西河上游河流,水从洞门上往下流,把整个洞门遮住,形成一处天然瀑布,洞内有两间多屋大小,人住在里面可以看见外面,而外面根本看不到里面。正是这些天然洞穴,掩护和保存了革命力量,被后人亲切地称为"红军洞"。这里发生的许多动人故事至今仍被商城人民广为传诵。到了解放战争时期,刘邓大军千里跃进大别山,这里成了解放军战斗的前沿。高敬亭、徐海东、邓小平、刘伯承、李先念等曾在这里指挥战斗。解放军战士凭借金刚台红军洞群的自然优势和天险,与敌军顽强作战,再次写下了可歌可泣的革命斗争史。

原计划我们要到金刚台采访的,可司机说暴雨冲毁了道路,因此未能成行。

本着有张有弛的原则,我们在汤泉池休整了两天,一边整理采访笔记,一边撰写有关稿件,同时还能借助温泉的治病功能,调理身体,养精蓄锐。就我而言,我希望在完成新闻写作之余,收集到更多的文学写作素材,以便写出点儿像样的文学作品。实践证明,我这次大别山采风,得益于主明所讲的红军故事原型,从大故事里分解出小故事,从大题材里剥离出小题材,从大人物中寻找小人物,合理虚构,合理想象,事后写出了以红军小英雄为主线的叙事诗《神奇的弹弓手》;还写出了以儿童文学为特色的长篇小说《三百六十五里弯弯路》。同时,在聆听有才关于五句头山歌的采集和创作中,时不时会出现心中一热,脑子一激灵,再加上一路采访中所碰到的人物故事原型,二者结合便让我也有了用五句头山歌写叙事诗的冲动,于是便写出了中篇叙事诗《春喜招亲》。

是主明讲的故事让我的作品与大别山结缘。

是有才的五句头山歌把我领进了叙事诗的大门。

在离开商城汤泉池赶往光山静居寺的路上,我曾在心中默默念叨无数遍下面这段话:大别山是我的福地,这里不光盛产故事,而且盛产山歌。我喜欢大别山,因为这里有帮助过我的贵人!

纬一路一号
——留在河南日报社的记忆

引子

郑州的昵称叫绿城。

绿城的特色是多法桐。

法桐树长得又高又大,最粗的树干需要三人合抱,最大的树冠可有半亩地那样大,马路两边的枝丫交叉,形成一条一条的林荫大道。法桐树最多的地方在行政区,南北走向的叫经路,东西走向的叫纬路。站在高处俯瞰,纵横交织的道路就像一幅巨大的绿色棋盘,有板有眼,井井有条。

其中有个地方的法桐树最壮观。

这个绿树掩映的地方叫纬一路一号。

五十三年前,我就是沿着一眼望不到尽头的林荫大道,数着一棵一棵的法桐树,一边惊喜一边惊叹地走进这所大院,走进河南日报社编辑部办公大楼的。《河南日报》是河南省委的机关报,也是当年河南省唯一的一家省级报纸。

从此,我便像一棵法桐树,在这所院子里不断长高和长大。

一

端庄,正派,大气。

规矩,严谨,敬业。

这是我对河南日报社的初始印象。端庄是指院落的布局和建筑风格,正派是指一个单位的对外形象,大气是指一个单位的办事能力和社会影响力,这是外在的气质。内在气质多指单位的内部管理、人员素质和工作作风。所谓规矩，首先是有规矩，其次是讲规矩，然后是按规矩办事。所谓严谨，泛指工作态度、劳动纪律和自律精神。所谓敬业，多指事业心、荣誉感和奉献精神，这是一个单位的内在活力，需要潜移默化、长期培养才能生成的精神气质。

外在气质代表一个单位的长相。

内在气质代表一个单位的素养。

先说河南日报社大院的建筑和布局。从院子重心的办公大楼，到东西两侧的职工宿舍楼，从廊道连接的排字车间，到位于院后的印刷车间，从职工食堂再到后勤仓库，甚至连大门的传达室和收发室，往下看是一律的青砖砌墙，往上看是一律的红瓦房顶，整个院落的大小建筑，给人一种端庄中显大气，朴素中见高雅的感觉。走进院中，大路回环，前后左右，互通互连，这样既有利于车辆进出，也有利于人员往来，可谓四通八达。其间也有小路花径，把办公区、生产区、生活区自然分开，以路为界，泾渭分明。路边的行道树也多有讲究，东边的环道是一排一排的大观杨，笔直的树干直插蓝天，树围大都有两个人合抱那么粗，树梢可以高过四层楼的房顶；西边的环道是一溜一溜的法桐树，树干奇粗，树冠奇大，浓密的绿叶悬在马路上空，仿佛在道路上空搭起了绿色大棚，有风吹过，树叶便会哗哗作响，人在下面行走，头顶仿佛有人在鼓掌。路边低矮处，大多栽植有灌木，或是冬青篱笆，或是四季常青的柏树墙，间或有几株飘香的玫瑰或月季，时不时有盛开的花朵映入眼帘。这样的环境，让人在院子里走上一趟就会觉得美滋滋的。

据说这大院的建筑布局是仿效苏联的俄式风格。

当年的省直机关大院也大多是青砖红瓦的模式。

再从大院内部功能来看，大体可分为三个区域，前院以编辑部大楼为中心，算是办公区；中间以排字车间（一车间）为主，加上制版、铸字等辅助部门算是制作区；后院以印刷车间（二车间）为主，加上纸库、邮电发行等协作部门，算是生产区。这样前、中、后三个区域分担不同的功能，一张报纸就从凌乱的文稿变成铅字，再变成印刷精美的报纸，出了后院大门，就上了汽车、火车乃至飞机，分发到千千万万的读者手中了。这叫编印发一条龙，从报社前门到后门，经过三个区间三四百米的距离，报纸出版的内部循环就完成了。其间有多少人在忙碌，社内社外有多少人在忙碌，一时谁也说不清。不过让人真真切切感到的，是大院内部三个区间的不同个性，分别可概括为三个字，前面编辑部大楼叫"静"，中间排字车间叫"快"，后院印刷车间叫"忙"，这就是报社内部的运转状态。编辑部的静，是一种细心、静心、用心的工作状态，有时候整座大楼听不到一点儿声音，仔细一看，每一层楼每一间办公室都坐满了人，或写或画，都在专心致志地编稿子。一车间的快，是以排字的速度为计量标准的，最快的排字速度，差不多可以与普通人的语速同步。也就是说，如果有记者急于发稿，又来不及把稿子写在纸面上，那就站在排字车间的字架旁，一边思考一边说腹稿，旁边的排字工人一边听一边在字架上捡字，等记者把稿子口述完，排字工人也就把文稿排出来了。至于印刷车间的忙，那就不用多说了，只要印刷机一响，工人们是需要轮班吃饭的，因为印刷质量的要求是人停机不停，否则就会造成损耗，浪费材料。

每一个工作环节都体现一种责任心。

这就是报社大院人的精神状态。

二

有一种招待叫私家宴。

有一种感情联络叫串门。

20 世纪 70—80 年代，郑州曾一度兴起一股请客风，这种请客几乎没有目的，就是这次你到我家喝酒吃饭，下次我到你家喝酒吃饭，互相登门拜访，相互设宴答谢，以求联络感情，彼此加强联系和沟通。请客多发生在朋友之间，或者同学，或者同事，或者老乡，或者亲友，不管男女老少，不管远亲近邻，不管上级下级，不管贫富贵贱，都可以互相串门，拉到家里请客吃饭。这种来往，不花公款，应当算地地道道的私家宴。

私家宴表现的是民风淳朴。

一杯薄酒表达的是一颗诚心。

在河南日报的机关院里，我接触的大多数是文人、知识分子，抬头不见低头见的不是编辑就是记者。这些同事和同志之间,也会串门,也会请客吃饭,虽然喝酒者不多,但彼此串门借书者还算来往频繁。刚到报社初期,记忆最深的是倒请客,就是徒弟被老师请到家里吃饭。按照常理,民间拜师学艺一般都是徒弟请师父喝酒吃饭,叫拜师宴。可河南日报社的规矩却反过来了,是老师请学生到家里串门,加强师生感情。我刚到河南日报社时被分配到工业编辑组实习,一个办公室五六个老编辑,应该都是我的老师,其实指定的带班老师就一个,他的名字叫胡国林。

"杨儿,星期天到我家去吧。"有一个周末快下班的时候,老胡一边弹着烟灰一边朝我笑了笑,然后就漫不经心地说,"随便吃个饭吧,也算认个门儿。"他叫我的时候把"小杨"的"小"字省掉,"杨"字后边带了个儿化音,听起来亲切又随和。

猛一听我吓了一跳,老师请徒弟吃饭,天下哪有这个理?

"哎,还是先到我家吧。"坐在办公室套间的资深编辑,也是工业编辑组的组长王捷同志,听到我和老胡同志的对话,就笑眯眯地从套间里走出来,一边喝茶一边对我说,"听说小杨会拉二胡,我家大小子正好也在学二胡,你去我那里教教他,也算到我家吃个便饭吧。就这么办!"

老王很肯定。这时坐在办公室墙角的李盛朝同志把话拦了过去:"按理说,我和小杨是老乡,应该先到我家才对。你说是吧,小杨?到我家吃芝麻叶面条吧!"

老李的态度很恳切,弄得我不知如何是好。就在我左右为难的时候,住在我宿舍楼下的任何身同志,拦住大家的话茬为我解了围,他建议我按规矩办,轮着来,每家都要走一趟,吃顿饭就算混熟了。原来他刚到报社上班的时候,也被同一个办公室的老同志请了一遍,从此变成了同事。

以老带新是河南日报社的优良传统。

一顿家常饭传承的是一种仪式感。

以后在工作中我逐步认识到,这个传统很重要,这种仪式感也很重要。这似乎是一种凝聚人心的力量,可以让前人引领后来者,也可以让后来者继承前行者,共同承担同一种责任、同一个使命、同一个信仰,向着同一个目标、同一个方向前进。因此,那时在河南日报社工作的人,无论男女老少,无论职务高低,彼此之间一律叫同志,或者叫老李、老王,或者叫小孙、小张。因为大家的目标是一致的,都是为了办好报纸。

彼此叫一声"同志"很重要。

只有志同道合才会高度信任。

弄懂了私家宴的来龙去脉,我便去王捷同志家里拉了二胡,去李盛朝同志家里吃了芝麻叶面条,去胡国林同志家里吃了饺子。再后来还去过韩一凡、文廷华、王梅生、张银波、王怀让等许多同志家里吃过饭,不过我敢保证都不是公款,而是地地道道的私家宴,当然偶尔也会喝个小酒。

串门吃饭也是一种感情联络方式。

私家宴不同于大吃大喝请客送礼。

这个传统在我这里延续了许多年,直到 20 世纪 80 年代中后期,逢年过节,同志和朋友之间还会互相邀请,喝酒聊天,玩个不亦乐乎。记得我在"农村版"工作期间,我们文教副刊部的六七个同志,每年春节都会轮流坐庄摆家宴,互相比赛谁家的饭菜做得好,谁家的女人会操持家务,当然也会谈到儿女教育、老人养老等家长里短的问题。喝酒吃饭的过程,等于家庭互访交流。家宴的高潮常常在主人猜枚划拳的时候,一人摆擂,众人应战,你来我往,花样百出。猜枚的级别分高、中、低档,酒量大者多喜欢划拳行令,酒量一般又不喜欢划拳的,多喜欢猜老虎、杠子、虫,不善饮酒只能应酬者,只好玩石头、剪刀、布。文雅一点儿的,也有玩成语接龙的,玩诗词飞花令的,难度再大一点儿的还可以玩哑拳,还有对诗猜谜的。真正的高手,划拳时还会左右开弓,就是一人同时与两人猜枚,左手和右手变换不同的手指手型,嘴里却喊出同一个数字,与左右两个对手比输赢。再玩花一点儿的叫唱枚,喊出的数字不是简单的一二三,而是与每个数字意义相符的吉祥话,比如"哥俩好""三桃园""四季财""快升官""八大仙"之类,彼此用枚语和酒令表达互敬互爱的心声。真正的唱枚是有乐感的,有哼有念,有腔有韵,抑扬顿挫,押韵合辙,唱者洋洋洒洒,听者笑逐颜开,整个酒场喜气洋洋,热闹非凡。

酒文化本质上是一种娱乐文化。

酒逢知己就会掏心窝子说话。

我们七个人中酒量最大的是马树军,最会猜枚的是陈贞权,最会劝酒的是陈辉映,最会玩花样的是史稼轩,啥也不会玩的是老实疙瘩李增生,跟着起哄的是张长笙,我算中不溜的酒量,中不溜的玩家,所以总是给别人当裁判。正好我当时是分管这个部工作的部主任,所以当裁判他们不听也得听。结果是稀里糊涂都喝酒。也有麻烦的情况,就是几个人一起矛头向上对准我,先是碰杯、敬酒,接着轮番上阵猜拳,一人最少三杯,不猜不中。遇到这种情况我就求饶,或者讨价还价,输三个喝一个,再不行就装孬以茶代酒,表面装英雄实际是蒙混过关了。平心而论,我觉得这几个同事真好,这几个家庭(除了一人没结婚外)也真好。每家的家宴也做得好,哪怕一盘萝卜丝、一盘花生豆,都是做得有滋有味的,那叫家常,那叫亲切,那叫随意,那叫温馨。

摆私家宴实际上是一种交流方式。

一杯薄酒的情意胜过千言和万语。

家宴的主人,也就是东家,除了自己敬酒,自己带头喝酒之外,能不能引逗别人酒兴大发,是一场酒宴成功与否的关键。我们几家的家宴,每家各有特色,有的以菜品取胜,有的以酒量取胜,最聪明的是以娱乐活动取胜。这中间最豪爽的是马树军,他不光酒量过人,举杯来者不拒,划拳一锤定音,而且他的妻子是戏剧世家出身,擅弹钢琴,我们喝酒,其妻便在另一个房间弹奏钢琴,好像为家宴伴奏,别有一番趣味。多年后马树军的儿子成为全国小有名气的钢琴家,我猜想与那场家宴的钢琴伴奏也多少有点儿关系。因为当时马树军的妻子正好怀孕,再后他的妻子生孩子的时候,马树军正好出差在外,到医院接孩子出院的正是我(二十年后我为此感到骄傲)。据说音乐的律动是可以遗传的,说不准马树军的儿子当年接受过胎教。此为笑话,不必当真。另一个真真切切的钢琴伴奏,发生在陈辉映家。他的妻子荆乐霞,不光模样漂亮、为人贤惠,而且有一双灵巧的能在琴键上飞来飞去的巧手。就是这双巧手,不但为我们制作了一桌精美的家宴,而且在我们猜枚划拳行酒令的时候,还在酒桌旁为我们演奏了莫扎特的《小夜曲》和柴可夫斯基的《天鹅湖》舞曲。再后我让我的小女儿跟着荆老师学钢琴,她便成为我女儿的终身恩师。最有趣的是在陈贞权家喝酒,他不但会双手猜枚划拳,而且猜枚的声音像歌唱,那音节听起来娓娓动人。他划拳的节奏很快,语速就更快,常常在不经意间变换数字,让对手防不胜防,稀里糊涂地就认输喝酒。这里随便实录两句,请听听他到底喊的是几。"一那么一呀,一四七呀;七那么七呀,请端起(七)呀——喝酒!"这句到底喊的是一还是七,只有他自己知道。再一句是这样的:"二呀么二呀,二五八呀,发发发呀;哥俩那个好呀,五魁那个首呀,八仙那个到哇——倒酒!"拐弯很猛,由短音突然变长音,对手还没从长音里反应过来,他就一锤定音,算定赢了。如此这般,贞权总能变着花样赢酒。我这个小老乡是南阳山里人,说话耿直,办事实诚,喝酒却花哨得很。这与他懂得乡风民俗有关,那叫"州官不打敬酒人",逗着让朋友多喝酒,本身就是一件找乐子的事。

家宴常常在欢声笑语中结束。

我想这就叫人间烟火吧。

就这样,那几年我们部门的工作很顺利,同志关系也很和谐,有了任务抢着干,有了困难共同想办法,甚至家里有了私事大家也会出手相助,彼此像兄弟一样互相关心,互相爱护。再后来我离开了原工作岗位,他们几位由于工作出色,先后晋升高级职称,行政职务也陆续被提拔,有的职级待遇甚至比我还要高。我知道后很高兴,衷心祝福他们赶上了好年华。

三

爱熬夜的人被称为夜猫子。

编辑部大楼里夜猫子很多。

初到河南日报社工作的时候,我被大楼里有这么多夜猫子吓坏了。当时我们刚进报社的年轻人有个习惯,晚饭后喜欢结群搭帮,外出散步,一般戏称压马路。出报社大门往东走几百米,沿着河南饭店门前的林荫大道往南,晃晃悠悠走过一片荷塘和稻田,就是紫荆山公园。一群人在公园里边走边说,边笑边闹,折腾个把小时再打道回府,既消除了一天紧张的工作疲劳,也消磨和打发了单身汉夜晚寂寞的时光。可是有一天返回大院,走进机关大门的时候,猛抬头,却被办公大楼的灯光惊呆了。只见整座大楼灯火辉煌,从一楼到三楼,从西头到东头,每一层一二十个办公室,几乎每间办公室都是亮堂堂的。这是怎么回事?难道是在开会,或者是在加班?难道是这么多人都上夜班?正在传达室值班的李师傅见我们发怔发呆,就不无骄傲地说,咱这大楼的人习惯坐夜!坐夜成习惯了,十个有九个都是夜猫子,说不定哪天你们也会变成夜猫子。

夜猫子大多是关起门来在看书。

也有人喜欢夜深人静时写稿子。

留心观察以后我才知道,报社的职工上班是黑白两重天,每天大约有三分之一的人上夜班。夜班又分前夜和后夜,前夜是晚上8点到次日凌晨2点,后夜是12点到凌晨出报,早出报早下班,晚出报晚下班,所以后夜班最辛苦。工人也是这样,排字车间大多上前夜班,印刷车间大多上后夜班。总之是夜里人来人往,报社大院一片忙碌。不过这些正常上夜班的人,还不算夜猫子。真正的夜猫子是加班干活儿的,或者是自愿熬夜的。这些人大多是编辑部的,不是编辑就是记者,反正都是耍笔杆子的角色。

我开始羡慕夜晚加班的读书人。

更羡慕那些倚马千言一夜能写成专稿的人。

人说书籍是人类进步的阶梯,多读书是快速获取知识的最佳渠道。正巧我住的是东楼单身宿舍,左邻右舍、楼上楼下都是当年被称为"臭老九"的知识分子。其中有不少老同志都是名牌大学毕业,也有跟我年龄相仿却读书早已经成名家的。这些人的共同特点是屋里书多,读过的书也多,所以向他们借书很方便,讨教也很方便。在读书方面,对我帮助最大、影响最大的有两个人,一个是住在我楼下的任何身,一个是住在我隔壁第三个房间的冀中兴。

先说任何身,他是我心目中读书人的偶像。读书人的一般特征是斯文,但有些人是那种弯腰弓脊的斯文,有些人是猴精猴精的斯文,任何身不是,他的斯文很干净,他的斯文很正派,从模样到人品,都给人一种放心的感觉。在你接触他的时候,不是你担心他是否可以信任,而是他担心你是不是信任他。这叫诚,或叫厚道,或谓之君子。看见他是不是在读书有两种方式,一是通过窗子的灯光,二是通过房门的闭合。他住在东楼单身职工宿舍东段北头的楼梯间旁边,俗称编辑部职工宿舍。这座楼是"L"形的拐角楼,南头一半坐北向南,拐弯的半截为坐东向西,所以说准房间的位置有点儿绕口。他的房间最好辨认,是因为紧靠楼梯,从办公大楼出东门儿正对着他的宿舍,同楼的人上下楼梯也多从他的房间旁边经过。而我住的房间在二楼,就是他楼上错对门的那间房,因此,我几乎每天多次上下楼都从他的住房边墙经过。经过长期的观察,我发现他的房间总是亮着灯,夜晚也能亮到半夜。只要亮灯,说明他一直在看书。他有个习惯,就是回屋爱拿拖把拖地,一拖地,屋里地面就是湿的,他就需要开门通风,把地晾干。开门的时候你从他门前经过,十次有九次他都在书桌前看书。其实他屋里就是一桌一椅一张床,比别人多的就是有两个书架。我看到他读书,只拐进他屋里站一会儿,知道他读什么书就走了。然后我就到机关图书室或资料室,去借与他看的同样的书。他读的多是理论著作,比如马、恩、列、斯的书,也读政治经济学和哲学书,比如费尔巴哈、黑格尔的书。偶尔也读文学和史学书,大多是名著,比如莫泊桑、巴尔扎克、高尔基、司汤达、契诃夫,还有中国范文澜的书,以及茅盾、巴金、老舍、鲁迅的书,我那时就是跟他学,他读什么书,我就到图书资料室借同样的书来读。不过他读书是要记读书笔记的,这我就没法看他记些什么,只好自己也记读书笔记。比如读《资本论》,我读了三遍就记了三本读书笔记。

跟任何身学读书等于瞟学。

此事过去五十多年他还不知道。

其实我心里是非常感激他的,他等于是我不掏钱请的读书指导老师。也有报答,也有感恩,只是不动声色。有几年他外出做驻站记者,常年不在家,而恰好这时他的妻子从外地回到郑州工作,我就经常帮他家做些买煤球之类的杂活儿。念念不忘的有一件事情,就是他的大儿子任重出生的时候,我用架子车送他的妻子进产房,又用架子车把他的妻子从医院接回家。这件事情我觉得他应该感谢我,可惜他从记者站回来时,仅仅对我一笑,轻描淡写地说了句"谢谢"就算完事,好像他觉得我做这些事都是理所当然的。

为此很多年后我还耿耿于怀。

要知道第一个抱他儿子的是我而不是他。

再说冀中兴。这位是复旦大学的高才生,分配到河南日报社工作时间不长,三四年后就调回江苏老家工作了,据说后来还当了无锡市政府的秘书长。很荣幸,我跟他在一个办公室工作了几个月时间,还跟他一起采访,一起在门缝里夹核桃吃。一个人的聪明可以从小事上看出来,比如夹核桃,愚笨的人是想不出这高明的办法来的。我们住在宾馆,有人从山上送来一布袋核桃,想吃又没有砸核桃的工具,众人干着急,有人拿脚踩,有人用牙咬,结果谁也打不开。忽然冀中兴想出一个办法,他把核桃放在门柱合页的夹缝中,先把门开大,放进核桃,用力拉门,猛地一夹就咔吧一声,核桃夹碎,果仁儿就活蹦乱跳地从厚厚的果皮中剥离出来,又快又省力。从这件简单的小事中,我看到了冀中兴的聪明,也不得不佩服上海复旦大学培养的人才有多高的智商了。此为闲话,说来只为一笑。真正让我感谢冀中兴的是一件大事,是他把自己在复旦大学新闻系读的教材,一本不落地让我读了一遍,甚至最后把全套书也留给了我。那段时间他也在东楼宿舍住,我住的房间与他仅隔两三个门,茶余饭后总喜欢到他屋里串门,一来二去就混得很熟。看见他书架上有新闻系的教材很眼馋,因为我当年没上过大学就很想读那些书,于是就试探着向他借。他是南方人,印象中南方人的私人物品大多不肯外借。不料小冀却很大方,见我借书,显得既兴奋又高兴,随口向我撂了一句南京话:"啥子嘛,随便拿就是了。"

于是我便读他读过的教材。

每读一本,还都包了封皮。

还书的时候他见我如此珍惜,就干脆把书送给我。这样读到最后,我把他读过的新闻类书籍几乎一本不落地全讨了过来,其中《新闻学概论》《编辑学教程》《采访与写作》等新闻知识读本,对我以后的采访和编辑工作实践都有潜移默化的作用。

再后我在编辑部上了差不多八年的夜班,读书和写作也让我变成了夜猫子。

四

深挖洞,广积粮。

备战、备荒、为人民。

这两句话,生活在20世纪六七十年代的人无人不知、无人不晓,这是预防打仗的动员令,全国各大城市几乎每个单位,都要组织力量挖防空洞,各地农村都要囤粮备战。那时我刚到报社工作不久,领导让我每天加班一个小时去挖防空洞。如果上夜班,起床第一件事不是刷牙洗脸,而是钻进防空洞里去背土。我所在的综合编辑室老同志多,年轻人少,因此我便成了挖防空洞的主力军。每个编辑室都有任务,我们编辑室需要完成一个窑洞的工作量。防空洞位于办公大楼东北角的小花园里,面积大约有两亩,下挖深度有四五米,地下先挖一个南北通道,然后沿通道两侧各掏五个窑洞。成型后整个防空洞像一条街道,两边布满了门面,十间窑洞可以容纳近二百人藏身。挖出的土需要从地下运到地面,为了节省人力,积土可以就近存放,以备地下工程垒砖石后再回填到地洞房顶。这样不但加高了洞顶的厚度,而且上面的活土还可以栽花种树,甚至建成四季花开不断的花房。

实践证明,这个蓝图实现了。

几年后防空洞上边真的变成了花圃。

不过我却为此吃了不少苦,刨土常常把双手磨出了血泡,抬土时双肩磨得红肿,扁担压上去疼得龇牙。开挖防空洞的工期大约持续了半年,如果加上后期加固工程时间,大约一年后才算完工。我们编辑室的主任是位老同志,也是我的老乡,每次看到我挖土和抬土很卖力,就夸我能吃苦,并答应完工后要评先进、评模范,他保准投我一票。可说了许多次,直到防空洞建成,他却没了回音。

党报工作者首先讲究的是政治觉悟。

有令则行并且需要雷厉风行。

另一件印象深刻的事发生在1975年,驻马店地区暴雨成灾,板桥水库、宿鸭湖水库等一连串的水库大坝崩溃,滔天洪水铺天盖地倾泻而下,不但冲垮了京广铁路干线地段,而且造成大量人员伤亡和成千上万的灾民。面对百年不遇的灾情,各级政府紧急动员救灾。报社积极响应,先是派出记者到现场采访,接着就组织全社职工捐款捐物,主要以捐赠棉衣棉被为主。应急的救助主要是食品,因为大批灾民被洪水围困,需要用飞机空投大批干粮。时值盛夏,气候炎热,一般食物很容易变质,人们摸索的经验是烙馍和烙饼。这种半干半湿的食物既可以应急使用,而且保存期相对较长。报社除了动员职工食堂全力以赴制作救灾食品以外,还动员后勤、行政、工厂以及编辑部各个部门,都要参与烙饼和烙馍。一时间路边支起了许多锅灶,整个大院四处冒烟都在烙饼,东楼和西楼许多小夫妻也把自家的炉灶腾让出来供救灾使用。我们部门一天分配一二百斤面粉,女的和面擀饼,男的烧火烙饼,起早贪黑忙个不停。说来也算巧,我在老家时管过大队知青食堂,跟着厨子师傅学过蒸馍和擀面条,也算学点儿做饭的手艺,起码知道食物的生熟。此刻,这点儿技术恰好派上用场。从和面、擀面到烧火、烙饼一条龙,我都能下手操作,这让许多女同志都感到惊奇。

烙饼子一干就是三天三夜。

干到最后累得躺在柴火堆里就能睡着。

应急救灾断断续续忙了个把月,时紧时松,每隔两三天就有个小高潮,每次烙的饼都是成麻袋装。这活儿看起来轻松,一张饼子在面板上飞来飞去,再到热锅里转来转去,觉得有趣还好玩儿;可是烙得多了时间久了,和面就会觉得累,烧火就会觉得困。但是,一切都需要撑住,没有人叫苦,也没有人说累。最后几个女同志生病了,都是感冒发烧,我估计那是一热一冷干活儿的后果。

报社的职工是讲集体主义的。

办报是这样,日常生活也是这样。

五

顺便还想说两个荣誉不倒的部门,一个是报社职工食堂,一个是报社卫生所。记忆中我在报社工作二十多年,这两个部门几乎年年都被评为先进集体。他们不是某个人好,而是集体好,每个人都好,人人都有荣誉感。

先说职工食堂。掌勺的师傅不多,只有七八个,却个个都有拿手绝活儿。一日三餐,首先要做好大锅饭,保证就餐职工吃饱吃好,还要保证钱多钱少的人都能吃得起。当然,还要保证粮票多少都能从月头吃到月尾,这就需要精心搭配,做好粗细搭配、贵贱搭配、荤素搭配、干稀搭配等。别小瞧这搭配,那可是一门儿不小的学问,也是考验饮食班有没有良知和良心的一把标尺。经常在食堂吃饭的大多是机关院的单身汉,也有住在东西楼单身宿舍的小夫妻。这些人大都不起火做饭,一天三顿饭,全凭食堂的师傅操持。个别有家有灶的职工,包括住在家属院常年在家吃饭的职工,偶尔也会到食堂买馍买菜,因而质量、数量和价钱,就全凭人心这杆秤,方方面面都要照顾到。我记得报社食堂有几种品牌饭菜,一吃就让人忘不掉,甚至吃罢几十年后还在怀念那个味道,那真叫馋。首推第一的大众饭是卤面,或荤或素,俗称蒸面条。一般四两粮票都能吃饱,荤的两毛钱,素的一毛钱即可。这卤面都是用笼蒸的,一架好几层,锅大气圆,蒸出来的卤面油光发亮,又软又筋,吃到嘴里溢香满口。若再配一瓣大蒜,吃两口面,喝一口玉米糊糊,那真是天下最廉价的美味。与卤面齐名的是包子,有荤有素,一个包子一般一两粮票五分钱,常人吃四个包子正好一顿饭。包子的第一特点是好看,特别是收口处拧的那个小结,让里面的菜馅儿似露还藏,个个都像开口笑。吃起来就更美,不光肉香蛋香,那配菜更香。不论是萝卜缨、粉条、雪里蕻,还是韭菜、大葱、干豆角,经过大锅一蒸,就浸润了肉的滋味或鸡蛋的气息,咬一口就会流油。第三种特色食品叫肉杠或者菜蟒,一般二两粮票两毛钱一个,饭量小的人一个就能吃饱。食堂的主食除了这些还有馒头、米饭、捞面条,这些家常便饭也都价廉物美。有名的菜品是卤猪蹄,偌大的猪蹄两毛钱一个够你啃半天。最惹人的是早餐,有许多小菜,萝卜丝、芥菜丝都不算稀奇,我最喜欢的是两分钱一小碟的四川榨菜,足够吃馍配稀饭一吃到底,总共五分钱就能吃饱一顿早餐。当然还有卤鸡蛋和咸鸭蛋,流油的咸鸭蛋也不过五分钱一个,但是工资低的职工也是舍不得吃的。

少花钱吃美食是大众的需要。

这便是食堂职工努力的目标。

当年一般职工的月薪大多在四十元上下,每月定量供应的粮票是干部只有二十九斤,不盘算好是没法过日子的,何况多数职工还要养家。所以,机关食堂的大师傅们将心比心,就把一餐一饭、每日每月的伙食搭配得体,让每个人都能吃饱吃好,又没有心理负担。

令人感动的还有夜班饭。

夜班费两毛钱也能做出许多花样来。

我常吃的是拆骨肉下面条,又好吃又实惠。当然,大师傅能够做的花样很多,比如羊肉炝锅面、鸡蛋打卤面、香菜馄饨面、醋熘丸子汤、小酥肉和羊肉汤泡馍等,有时候准备的菜品能有一二十种,任人随意挑选。这是大师傅耍手艺的好机会,每个人都是小锅小灶,点啥做啥,煎炒烹炸,只要不出两毛钱的伙食补助标准,要怎么做就怎么做。

夜餐补助体现的是一种劳动关怀。

两毛钱的饭菜在厨师手里就变成了一份爱心。

值班厨师大都知道当晚上班的人数,编辑部有多少人上班,一车间有多少人上班,二车间有多少人上班,备菜备饭的时候都会做到心中有数。个别时候,值班人员忙昏了头,就会忘记到食堂去吃夜班饭(多为编辑),操心的厨师就会到办公室里叫,看你忙得走不开,偶尔也会做好了饭送到你办公桌前。给我送过饭的厨师就有好几位,他们的名字依次是孙守礼、苏永州、齐好学、苏文元等。

报社食堂的名声是有口皆碑的。

就连社外的流动人员也会夸赞不已。

当年省直每个单位几乎都有职工食堂,但附近几个单位的职工都想混到报社食堂吃饭。不允许他们买饭票,就托熟人买卤面、买包子、买猪蹄,由此可见报社食堂的吸引力。托我买过饭票的有省工会的朋友、省共青团的朋友,省教育厅、文化厅的朋友,最多的是一墙之隔的省电台的朋友,他们常常混到报社食堂买包子,如果有人盘问,就说是我的朋友或客人。

所以给报社食堂评先进集体是应该的。

下面要说的卫生所也名不虚传。

早期报社卫生所只有两位大夫,一位马大夫,一位张大夫。两个人负责机关院二百多名职工的日常健康管理,还要兼顾三个家属院成百上千的家属的医疗咨询,按常理应该是非常忙碌的。可是我见到他们平时总是十分从容,偶尔有急诊也不会手忙脚乱。仔细观察,他们的从容淡定是建立在平时细致工作基础上的。就说马大夫吧,他住在报社机关院的西楼,和普通职工一样住的单身职工宿舍房,只是多个楼梯间做厨房,就带着一儿一女过成热热闹闹的一家人。作为医生,他的特点是嘴勤、腿勤、手勤。平时他对机关院每个职工的家庭状况、健康状况、病情、病史都摸得一清二楚,所以他在给人治病的时候,无论打针、配药都是心中有数的。遇到大病急病,卫生所没有条件治疗,他会帮助联系医院,陪送患者一起到医院治疗。有些慢性病患者,他会登门治疗,打针送药,楼上楼下,东楼、西楼跑来跑去。由于他住在机关院,无论上班下班,几乎全天候服务。深更半夜有急诊病人,他也会马上起床接诊。

那年月职工治病是不要钱的。

作为医生给人治病也是讲医德的。

让我心存感激的是我在报社期间曾有两次突发疾病,都得到了马大夫的及时救治。一次是夜间值班,因为修改版面,我正在与总编辑商量删节稿子时,不知不觉就感到一阵眩晕,迷迷糊糊就瘫倒在座椅上,瞬间就昏迷不醒了。旁边的同事急叫马大夫过来,一边掐人中,一边做人工呼吸,好大一会儿才把我叫醒。根据马大夫的判断,我当时的症状叫一过性脑休克,必须马上送医院治疗。情急之下,他抱起我就跑出总编室大门,一边奔跑一边叫值班司机开车,很快就把我送到省人民医院急诊室,立马进行抢救治疗。这次疾病好在有惊无险,多半得益于马大夫送医及时。第二次生病是怪病,早上起床好好的,洗脸刷牙一切正常,可是从厕所出来就觉得腰疼肚子疼,接着就觉得从头到脚浑身疼,那疼痛好像会游动,疼到哪里就犹如针刺刀割一般,疼得离奇,疼得钻心,疼得满身大汗,让人无法招架。我妻子把马大夫叫来,一时不知疼从何来。看我忍无可忍,马大夫就叫我吃止疼片,打止疼针,但是疼痛反而更变本加厉,那感觉真叫死去活来。最后不得不把我送往医院,检查时几经折腾确诊为尿路结石,那麦粒大小的石头就卡在肾脏和输尿管的连接处,上不去也下不来,这便是奇疼的元凶。住院治疗一段时间病好了,此时我才想起感谢两个人:一个是背我上车的马大夫,一个是背我下车的田建中。

他们背我的距离大约只有一百米。

这恩德却足足让我感谢一辈子。

马大夫的名字叫马庆华,他年龄大约比我大十岁。田建中是我当时的顶头上司,也就是我工作部门的部主任,他的年龄差不多可以是我的父辈。那一百米的上下车距离,都是他们屈尊下驾背我的,因此我对他们的感激就带有无以言表的尊敬。

报社大院的人都是讲政治的。

作为过来人我知道也有人情味儿。

六

古时有孟母三迁的故事。

这说明环境对人的成长影响很大。

我在报社大院进进出出工作了二十八年,仅在东楼职工宿舍就住了十三年,熟悉这里的一草一木,也熟悉上上下下的人情世故。总体感觉是报社大院是个人才辈出的地方,也是个生长文明的地方。说个真实的笑话,从中可以品味报社大院的生活状况。有一天,从老家南阳来了三位客人,领头的是公社党委书记老薛。他们是来省里开会的,顺便到报社看看我的日子过得怎么样。我领着薛书记他们三人在报社大院里转了一圈,从编辑部大楼走到了东楼职工宿舍区。进屋后,老薛惊奇地问我一句话:"这大楼里怎么没人呢?好安静!"他说的话嗓门很大,是乡间那种开大会讲话的腔调。我一听吓了一跳,慌忙给他解释,办公大楼里有许多人在办公,东楼宿舍里也有许多人在睡觉,大家习惯了保持安静。说话不及,楼道里有人开门,接着便有人打水刷牙洗脸,那是上夜班的职工被惊醒后起床的动作。一层楼住着二十多个夜班编辑,我让老薛看了看,发现每个房间都住的有人,看后他吓得伸了伸舌头,再也不敢高声说话了。

自律是一种高度的道德自觉。

公共道德的养成需要合适的环境。

报社东楼的职工宿舍区,大半职工是上夜班的,平时楼道里很安静,这是约定成俗的习惯。说话轻轻地,走路轻轻地,做事轻轻地,都是为了照顾夜班职工的休息。偶尔也有孩子的哭声,但是大人们都能很快安抚孩子,让孩子知道隔壁房间有叔叔阿姨正在睡觉,要教孩子学会体谅别人。因此,从报社东楼出来的孩子,长大后无论走到哪里,都是遵守纪律的模范,都是遵守公共道德的模范。

文明的生成是潜移默化的。

它是一代又一代传承的结果。

下面的故事要从报社大院的澡堂里说起。多年来,我养成一种习惯,每到星期六总喜欢到澡堂里泡一泡,以求洗去一周的困倦和疲劳。澡堂这地方很好,摘掉帽子,脱去衣服,褪去鞋袜,赤条条便人人平等,没有了官位,没有了尊卑,说话不需要再拿腔捏调,行动不需要再循规蹈矩,一切都还原成天然的面貌。正是有了这种氛围,到澡堂里洗澡就不光是为了洗去灰尘,同时也为了获得一种童稚般的心境,这无疑有利于身体健康和心理健康。在这里,你只要细心地观察,便可以发现平时不了解或不易觉察的一些情况,有时会让你眼睛一亮,心里一热,仿佛突然间悟出了一点儿别样的道理。其中有两例让我着实感动,不妨说来听听。

第一例是父子俩,儿子尚小,老子年逾半百,他们在澡堂里戏耍,俨然一对小朋友。这做父亲的便是报社收发室的宋德科同志,身高超过一米八,但在儿子面前却变得很矮小,可以变马,可以变猫,让儿子骑,逗儿子乐。老宋会逗乐,内心却别有一番苦衷。他的儿子患先天性疾病,虽然能吃能喝,体态也很结实,可脑神经有点儿异常,动一动就得有人照看,否则就会摔倒,或者闹出什么乱子。幸亏老宋脾气好,也有耐心,经常把儿子弄得干干净净,衣服也穿得整整齐齐,让旁人一看,觉得他儿子不像有病。他带儿子进澡堂,总是笑眯眯地先抚慰一番,然后帮儿子脱鞋、解扣子、扒衣服;再将儿子抱入大池、浇水、温身、搓背;接下来就去洗淋浴、擦肥皂、抹洗发膏,每一个步骤都做得十分认真。有时孩子会撒野,会闹别扭,会冷不丁做出些怪动作,他不气不恼,不打不骂,想尽办法逗孩子欢心,直到孩子服服帖帖地搂着他的脖子,这时他会递给周围所有人一个歉意的微笑。这一套动作,老宋已经做得很熟,差不多有十年吧,他几乎每个周末都要带孩子进澡堂,算一算十年有多少个周末,那老宋就做了多少次这样的动作。我每次观察他,心里都会觉得热乎乎的。时下有些人溺爱孩子,也有个别人虐待孩子,而宋德科对待患病的儿子,付出的完完全全是纯真的父爱。他这爱不曾雕饰,不曾掺假,因而才能够持久,而且将会继续下去。

再一例还是父子俩,不过这里不是老子照顾儿子,而是儿子侍奉老子。我们报社摄影处有一位叫孙金榜的,模样长得很精神,平时也极爱干净。他的父亲孙守礼原是报社职工食堂的一名厨师,待人和气,爱说爱笑,因而心宽体胖,腰围也差不多是金榜的两倍。几年前,老孙师傅退休了,不幸被车撞伤,以后又患脑血栓,走路就成了问题。这样,极爱干净的孙金榜便担起了照顾父亲的义务,除了床前问寒问暖之外,时不时还要带父亲进澡堂洗一洗。一个精瘦,一个超胖,这父子俩进澡堂是非常困难的。每次金榜都需要把父亲从三轮车上搀下来,先送进大池,再冲洗淋浴,再服侍穿衣,其难度可以想见。但金榜不躁不烦,照顾得无微不至。曾有几次,我留心观察金榜为其父修剪脚指甲,时而将脚抱在怀里,时而将脚捧到脸前,每剪一下,还要吹一吹,再拿手揉一揉,搓一搓,那细心那专注,仿佛是在修饰一件工艺品。此情此景,让我禁不住想,如果普天下的儿子都能像孙金榜一样侍奉父亲,这人间不就多一份和睦,多一份温馨了吗?

尊老爱幼是我们中华民族的传统美德,这话说起来容易,做起来未必都能自觉。尤其是遇到特殊情况,比如宋德科照顾生病的儿子,比如孙金榜侍奉伤残的父亲,长久如一日,爱心不老,情谊永驻,而且能做到心平气和、无怨无悔,那实在不是一件易事。

类似的例子,在报社大院里还有不少,夫妻之间有恩爱不倒的典型,兄弟之间有助残扶弱的榜样,邻里之间有以邻为友的佳话。这些发生在身边的琐事,不留意时觉得它很平常,仔细想来却别有意味。精神文明贵在建设,倘若每个人都能从自身做起,从家庭做起,都能从身边的亲情、爱情、友情做起,那么公共文明就有希望了。

报社大院是有生长文明的基因的。

我为此感到庆幸,感到自豪和骄傲。

尾声

倘若时光能够倒流,我还想回到报社大院,去欣赏编辑部大楼夜晚的灯光。

假若生活可以重来,我还想回到五十三年前的岁月,去品尝两毛钱一份的夜班饭。

可是忽然有一天,那青砖红瓦的苏式建筑群不见了,原地生长出一片高耸入云的商品楼。那楼体是用钢筋和混凝土浇筑的,浑身布满密密麻麻像鸽子笼一样的窗户,闻不到昔日的墨香,不见了当年的书卷气。

这还叫纬一路一号吗?

只有街边的法桐树似曾相识。

2018年初春,当我从海南一个叫保亭的小县城度过一个温暖如春的冬天,从而躲过黄河岸边冬日的冰雪,享受过五指山南麓的雨林氧吧,呼吸过三亚海棠湾温柔湿润的海风之后,再次回到郑州的时候,我特意开车跑到报社大院。那一刻我站在纬一路一号的街边,辨认着编辑部大楼的旧址,回想着东楼职工宿舍区那种宁静,心中生出许多感慨。时代在进步,社会在发展,报社的事业也在长高和长大,这是自然规律,也是社会运转规律。就说我刚刚在海南岛过冬住的房子吧,也是河南日报社为职工异地度假盖的商品房,那叫事业扩张和开发,形象地说也叫"母鸡下蛋"。从这个角度看,报社大院的除旧布新,也许是一种兴旺发达的标志。

不过,我还是怀念当年的岁月。尽管退休多年,离开报社多年,心中却总是念念不忘一句话:河南日报社是培养我成长的地方,我也为河南日报社做了铺路石。

忘不掉报社大院的人间烟火。

那是我一生中最美好的记忆。

第五辑　书有余香

寺河山情结

——《红色接力棒》后记

当《红色接力棒》这本书落下最后一个句号时,我看了看电脑显示屏上显示的时间,为 1995 年 11 月 15 日 18 点整,刚好报时的钟点响起,那"嘀——嘀——"的长音听起来欢快又悦耳。这时我便在心中涌出了一种感激:第一次使用电脑写书,由陌生到熟悉,再到成为朋友,这是一种缘分啊!

同时我在心中涌出了另一种感激,那就是对寺河山的深深敬意。是寺河山的博大胸怀,以其山的雄奇,以其水的灵秀,孕育了一连串创世神话般的故事,为我们的写作提供了丰富的素材,这才有《红色接力棒》的诞生!

写作这本书仿佛经历了一次精神漫游。

激动的时候常常有泪珠子化作文字。

因此我又特别感激我的主人公们,是他们的精神鼓舞着我不停地敲打键盘,日以继夜,夜以继日,历时 56 个太阳与月亮的轮回,唱不尽一曲昂首奋进的创业之歌。这歌声里面总有一个强音符跳动,那就是共产党人的生命音响;这歌声里面总有一个鲜活的意象出现,那就是由镰刀加锤子图案组成的中国共产党党旗;这歌声里面总有一种炙热的情感涌动,那就是共产党人与人民群众血脉相连的鱼水关系。所有这些符号汇聚在一起,便组成一首美轮美奂的生命乐章,让我们去聆听,让我们去欣赏,让我们去感受人间最纯真最伟大的一种力量,那就是共产党人献身事业献身信仰的大德和大爱。

不过这本书是难产的。

它的孕育过程长达 15 年。

初衷来自 1981 年我对寺河山的首次采访。作为记者,我需要捕捉新闻。当时寺河山发生了两件亘古未有的事情,一是"深山修公路",一是"山村办小水电"。这两件事情触发了我的新闻敏感,于是我就去采访。接待我的是王龙水,那时他任乡长。见面的时候他正在修理一辆破旧的吉普车，这辆车好像是从战场上退役的那种军用吉普，由于年岁太久它就浑身是病，跑起来除了发动机常常不响其他地方总是哗啦啦乱响。王龙水想让我坐他的车，就激我，问我敢不敢坐他开的车。其实我当驻站记者时也喜欢玩车，遇到紧急采访任务又找不到司机就自己开车，不过只敢跑山路不敢跑平原，原因是山路上车辆少又几乎没人，那我就胆大。这么说我和王龙水就很对脾气，两个敢玩命的就上路了，先是他开车我坐车，后是我开车他坐车，在弯弯的山道上兜来兜去，途中多次有惊无险，一路采访很开心。更有趣的是，王龙水是个故事篓子，能讲寺河山许多鲜为人知的故事，而且讲起来绘声绘色，讲到兴奋点上他的嘴角喷出的白沫也顾不得去擦。这让我非常喜欢他，觉得他朴实坦白得可爱。继而又很尊敬他，佩服他的博学，佩服他对下情了如指掌，佩服他吃苦耐劳的作风。通过他又使我认识了许多寺河山山民，其中有不少村干部，还有不少技术员，更多的是普普通通的果农。这样我在采写新闻之余，便了解到新闻之外的大量素材，从历史传说到寺河山的现状，从修路架桥到兴水办电，从"以果为主"方针的确立到寺河山的未来，方方面面的印象组成了我对寺河山一个轮廓的观察。以后我又多次到寺河山采访，先后与苗鸿伟、张周、王平灿等人接触、相识、结交，以致成为远乡的朋友，目的都是进一步了解寺河山的情况。我有一种感觉，觉得寺河山很典型，昔日的古老封闭很典型，自然环境的恶劣也很典型，社会环境的独特也很典型，后来由穷变富的过程也很典型，就连它的文明进程也很典型。这典型的个性对农村而言很有意义，对贫困山区而言更有意义，对党建工作而言同样很有意义。这时我的思考就由经济上的观察扩展到政治上的观察，由对寺河山外在的观察扩展到对寺河山人特别是共产党人的观察，由对个别共产党员的观察扩展到对一群共产党人的观察。到此我便产生了系统表现寺河山的动机，因为我感到过去零打碎敲写新闻总有些顾此失彼，总有些不过瘾。由于新闻的属性，由于新闻限于文字篇幅，它所漏掉的那些素材比如背景分析、理性思考以及不构成新闻的情节和细节，也许对完整地表现一个典型来说，又是最重要的最能体现深层意义的活性要素，弃之岂不可惜？所以我就有些歉疚，总觉得有许多该写的东西没有写出来，有点儿对不起寺河山，有点对不起自己的职业良心。

这种感觉被以后我的合作者吴长忠和郑彦英称为寺河山情结,其实质是一种难以忘却的关照和关怀。说穿了,最难忘却的是一份情义,这情义是苗鸿伟他们一群共产党员用自己的汗水和着泪水在寺河山写就的一座丰碑,那就是共产党人完全彻底地为人民服务的精神!

所以我下决心为寺河山写一本书。

遗憾的是总也捞不到整块的时间。

梦寐以求的机会来了。这是1995年春天,一个风和日丽的日子,河南省委宣传部召集省会部分作家和学者开会,议题是研究写好"五个一工程"作品。常务副部长葛纪谦在会上提出一个口号,叫作"抡大锤,唱大戏,出精品",意思是河南的作家要搞大动作,拿出气魄写大作品,成大气候。他的话很有鼓动性,与会的很多人纷纷发言,表示要落实江泽民同志"以优秀的作品鼓舞人"的指示精神,说实话,动真劲,办实事,争取写出与时代共呼吸的作品,为"五个一工程"做贡献。但是仅发言还不算数,每位作家每个单位还要拟定重点项目和创作计划,以求春天播种秋天就要有收获。这时我便在会上讲述了寺河山的故事,从它古老的历史讲到生动的现实,直说得与会者一个个张大了嘴巴。所有人的表情都告诉我一个信息:寺河山是个奇迹,很值得一写,写好了将成为值得河南人骄傲的事情。会后葛纪谦同志很兴奋,特意召我去到宣传部他的办公室,明确说寺河山这个题材将作为省委宣传部抓的"五个一工程"项目,给予全力扶植和支持。接下来就是具体实施创作计划,由省委宣传部副秘书长、省"五个一工程"办公室主任吴长忠牵头,我和专业作家郑彦英参加,组成对寺河山的一个采访小组,进入采访和创作状态。我们三个人有一个庞大的打算,先是写一个长篇调查,以新闻体裁出现,由长忠执笔;接着再写书稿,以长篇报告文学的形式出现,由我执笔;然后再完成12集的电视连续剧,由彦英执笔,最终目标是真实地系统地表现寺河山,将它作为贫困山区建设的典型、作为乡一级党建工作的典型、作为一茬又一茬共产党员传承共产党的法宝——全心全意为人民服务的典型,推向报端推向屏幕推向社会,唱响一曲时代的主旋律。至此,我在寺河山孕育的那个长达15年的梦,有希望从梦境走到现实中来了。

种子的发芽需要合适的土壤。

作品的问世需要良好的环境。

《红色接力棒》在采写过程中,还得到省委有关领导同志多方面的关心和帮助。省委常委、宣传部部长张文彬同志,曾经在百忙中抽出整块时间,听取长忠、彦英和我对创作计划的汇报,并与我们一起研究书稿的主题,对文稿采用的体裁也提出了建设性的意见。省委副书记宋照肃同志多年来一直关心寺河山的变化,他曾多次到寺河山搞调查研究,两次为寺河山题词,鼓励寺河山的物质文明和精神文明建设不断攀登新高峰。在听取《红色接力棒》的创作汇报时,宋照肃同志还欣然答应为该书作序。另外,省政协主席林英海同志、省人大常委会副主任侯志英同志在得知我们的创作计划后,不但给予热情的鼓励,而且各自回忆起当年对寺河山的印象,为书稿提供了不少间接的素材,对书稿把握客观的价值尺度起到了画龙点睛的作用。

这里,我们还要一并感谢三门峡市委、灵宝市委以及寺河乡党委为我们的采写工作提供的一切便利条件,感谢为该书提供素材的老寺河山人和新寺河山人,其中包括数以百计的干部、技术人员和果农(原谅不便一一点名),是你们那火一般的热情和水一般的爱心,激发了我们的创作灵感,浸润了我们的文字。

面对所有这些关心和帮助,我们心中只有一句重复了上千遍的话:感谢和感激!

当然,仿佛农人播种,仿佛裁缝剪衣,寺河山为我们提供的是上乘的创作素材,而我们落笔的文字却难保个个籽粒饱满,更谈不上天衣无缝,失误和不当的地方,也只好恳求读者诸君见谅了。正所谓:文章自古难求全,留得后人补遗篇。

说完了以上这番话,面前的电脑又在报时,此刻走上阳台,只见金乌西坠,玉兔东升,烦嚣的街市也渐渐安静下来了。这景象正合我的心情:热烈的夏季走过之后,期盼沉甸甸的秋天,因为收获的季节总是微笑一般的安详。

但愿有个好收成!

是以后记。

注:《红色接力棒》一书于1996年11月由河南人民出版社出版。

追求生命的质量
——《过河卒子》后记

人生好比一盘棋赛。在这盘棋赛中,每个人都要选准自己的位置,或者将士相,或者车马炮,或者为兵为卒,总之都要扮演一种角色。棋赛的对手是时间,下的赌注是生命。在有限的时间有限的生命中,能够展示人生价值的就是胜利者。因此,生活河流中就有了形形色色的人物,形形色色的人物就构成了多姿多彩的生活河流,最终就形成了坎坎坷坷的历史。就每个人而言,最重要的不是看你做什么,而是看你怎么做。前者追求的是生命过程,后者追求的是生命质量。所以,棋盘上的小卒子尽管身份低微,但它一往无前、开拓进取的精神,却是创造历史必不可少的品质。

这就是我喜欢过河卒子的原因。

因此我把这本书定名为《过河卒子》。

本书收录的31篇作品,大都是以写人物为主的。前四辑是写别人,后一辑是写我自己,写个人的生活状态和心态。写别人的时候我常常十分激动,那是因为他们的事迹感动了我。其实我写人物是非常挑剔的,找不到感觉是不肯轻易动笔的。这也许是长期当记者养成的习惯,总想从人物身上找到闪光点,找到让人眼睛一亮、心头一热的那种感觉。收入本书的人物作品,多数找到了这种感觉。从他们的身上,我看到了一往无前的进取精神,感受到了过河卒子那种看似平常却很崇高的品质。写自己的篇什,大多是应约写的命题作文。虽然选材细小,但我却力求写真。其间流露着一种情绪,也想做一名过河卒子。现实生活中,我觉得我很像一名过河卒子。我这个人很笨,本来是不该写书的。可是在27年的记者生涯中,我却总是不安分,写罢新闻总想写点文学作品,这样积少成多竟然写出了8本书。现在收录的算是第九本书,这时候我正好从报社调到出版社工作,此书算是为我的记者生活绾个结,也算是为我干出版工作开个头。

我希望在文学园地里继续笔耕。

就像过河卒子那样义无反顾。

另外,在收录这本集子的时候,我心中一直没有忘记一串熟悉的名字:郑彦英、王洪应、高金光、董林、刘乡英、赵有维、陈守贵等,他们的足音或者在黄河边徜徉,或者在太行山回荡,他们的笑容或者在五月的田野里开放,或者在午夜的灯光下闪亮。在采写这些作品的时候,他们中有人帮我带路,有人帮我搜集素材,还有人与我共同执笔完成某些篇章的写作任务。可以说,书中的字里行间,同样渗透着他们的心血和汗水。对此我在感激之余,又在书外写就两个大字:谢谢!

当然,我还要感谢文化艺术出版社的同志们。在当今出书如同出血的情况下,能够给这本小书一个面世的机会,那就无异于母亲对于婴儿的恩德了。

谨作此记。

——原载《河南日报》1998 年 9 月 18 日

读书人的心是相通的
——《小小说之我见》序

前不久,南京大学一位研究生来郑州找我,一见面就说认识我,一见面就叫我老师,弄得我好一阵子纳闷。当时我想,这小伙子一准是认错人了。后来他从口袋里摸出了一本书,看到这本书我就吃了一惊。这本书不是别的,正是十二年前我写的《小小说十三讲》。再看那书的封面,厚厚的铜版纸已经磨破,乍一看就像一块起了毛的抹布。翻开内文,几乎每一页都有圈点的痕迹,横批、眉批、红笔、蓝笔,密密麻麻的笔迹纵横交织,有些页码的阅读笔记比原文的铅字还要多。这时候我抬眼望着他,心中好一阵子感动。小伙子能把我的书读破,有什么能比这种情谊更真诚呢?接下来他就有点儿不好意思,说他小时候家里没钱,买不起书,这本书是他写了一篇作文获奖,县文化馆奖励给他的。又说他读了这本书,就开始喜欢上小小说,进而喜欢上文学,再后就读大学中文系,直至读到研究生也离不开文学。最后他一本正经地对我说:"是《小小说十三讲》引我走上了这条路,所以我很早就认识你了,只是不曾见面。"他的话让我不敢当,不过看他笑脸上流露出的那份诚意,让人相信他的话绝对不掺假。

这件事让我想了很多。

首先想到的就是交朋友。

的确,当初我写《小小说十三讲》,目的就是交朋友。那时我在河南日报社当副刊编辑,经常与作者打交道,其中接触最多的是小说作者。报纸版面有限,小说稿件量大,一少一多是个矛盾,一般作者发一篇小说很难。为了解决这个矛盾,照顾更多的作者发稿,这就要求小说必须写得短小精悍。在我看来,小小说这个概念,起初就认识得这么肤浅。以后在实践中,需要对每一篇小说稿子逐字逐句精编细琢,必要时还要把作者请到编辑部改稿,一起研究稿子的立意、结构、情节、细节。改好一篇稿子就像生个儿子。时间长了,觉得这样效率不高,不如到基层走走,与广大作者见面,直接把意图和要求讲给大家听,这样漫天撒网,重点钓鱼,无疑会提高小说原稿的成功率。试了几次,效果果然不错。再后事情就颠倒了,不等我去找作者对话,反而常常被各地文联拉去给作者讲课。这一讲不打紧,就逼着我认真地研究小小说,否则讲错了将会误人子弟。正是出于这种动机,我开始写讲稿,起初只写提纲,讲一次补充一次,讲一次修改一次,慢慢积累完善,等串过几所大学的文学团体之后,我发现我的讲稿已经累积到四五万字了。兴奋之余我在想,难道这收获仅仅是几万字吗,更大的收获应该是交了许许多多的朋友。这朋友中,不光有年轻的学生,还有不少白发苍苍的老者。是小小说的诱惑,是文学的吸引,是知识的沟通,把我们不分老少,不分男女地呼唤到一座艺术精灵的殿堂,一起欣赏,一起切磋,一起享受那类似于雷电和春雨般的精神碰撞。

真正的朋友应该是交心的。

交心的最好方式是做学问。

于是,抱着对朋友负责的态度,抱着交往更多朋友的愿望,我在1986年初秋一个雨过天晴的日子,来到了河南省郏县一个叫老虎洞的水库旁边,住进了仅有一名看水人的招待所。这里三面环山,一面临水,站在我所住的小楼阳台上,可以看到山坡上的野兔奔跑,可以看到水面上硕大的鲤鱼跳跃。如此清冷清静清幽的地方,正是我所希望的。我需要把自己关闭起来,我需要冷静地沉思,我需要进入一种幽冥的境界。其实我当时很累,刚刚完成了一项新闻采访任务,又给郏县的文学朋友们讲了一次小小说,真正需要的是休息。可是我不敢休息,担心仅有的几天时间溜走,因为当报纸编辑是很难捞到整块时间的。我要利用这个整块时间,把我的小小说讲稿系统整理出来,形成与朋友交流的一本小书。这个愿望很强烈,仿佛得了狂躁症,白天吃不下饭,夜晚睡不着觉,一心一意想着小小说,好像小小说成了我的爱人。看水人见我整天整夜困在屋里不出来,闹不清出了什么事,有几次悄悄溜到我的窗下,见我还活着才放心地走了。他的举动让我感动,每天为我烧水做饭,夜里他怕我饿还每每给我留两个馒头放在灶台上。就这样,我白天写,夜里也写,除了上厕所,一天二十四个小时几乎不离开房间。也有困的时候,实在支持不住需要睡觉,伏到桌子上迷糊一阵子，睁开眼继续写，彻底打乱了生物钟。好在我那时身体极棒，多年打篮球练出的一股子耐力，这时候充分发挥了作用。等到第十五天头上，稿子脱手了，一数有十二万字，刚好够一本小书。通读一遍，自我感觉良好，觉得个人才华发挥得淋漓尽致，那种兴奋不亚于得了头生闺女。高兴得不能自制，就跑到山沟里偷偷地喊了几嗓子二黄戏，然后跑到山下的小街上买了两斤大肉，回去让看水人包了一顿饺子。临走时我觉得从水库带走了什么宝贝，而看水人却连说没有照顾好我，有点儿不像话。无奈我就把剩下的香烟全部给他留下，以示我对他的真诚谢意。

那位看水人非常善良却是个文盲。

他不知道我只要能写书比吃饭都香。

当然，起初连我自己也没有估计到，"囚禁"在老虎洞15天所写出的这本小书，事后会引起这么大的反响。《小小说十三讲》成书后，出版社担心赔钱，让我自己帮助推销。第一次我没敢多要书，仅要了3000册，谁知书一发出去就收到了许多信，纷纷要求追加订数。开始是河南各地要书，而后山东、四川、湖北、湖南、安徽、河北、辽宁、黑龙江、贵州等二十多个省市的作者不断来信，一两本三五本地寄钱买书。最多的时候我一天能收到三十来封信，弄得收发员很麻烦，问我是不是要办邮局。一句玩笑话说得我面红耳赤，但心里却是乐滋滋的。只要有人要我的书，就说明我的劳动没有白费，也侧面说明了这本书的价值。我在书的前面加了一段"编者的话"，其中这样写道："这本书是献给初学小小说写作的朋友的。全书共分十三讲，作者结合自己的创作和编辑工作实践，从阅稿中常见的毛病入手，首先分析了小小说的一般面貌，然后对症下药，分别从小小说的选材、构思、立意、故事、人物、情节、细节、语言、风格以及悬念和伏笔，侧笔和反笔，旁写和暗写，实写和虚写等方面，探讨了小小说创作的一般规律和表现技巧。其间旁征博引，列举了三十多篇中外小小说名著，力图帮助初涉文学之门的朋友加深对小小说的理解和鉴赏，进而找到自己从事练笔和创作的钥匙。"这段话的本意在于吸引读者看书，但从吸引读者到读者主动购买，其间的意义已经发生了实质变化。接下来我就要求出版社追加印数，第二次我又帮助发行5000册，结果不足三个月就卖光了。当然，我个人卖书是不赚钱的，因为其中有相当一些索书者是朋友,不但送一本书出去,还要倒贴邮费。不过送书是一份快乐,类似于行善助人,那是一种发自内心的暖融融的友爱。

这种友爱是不要求回报的。

真正的回报就写在书的字里行间。

以后果然就出现了本文开头所述的那一幕。其实这种情景我过去已经多次遇到过,有时冷不丁收到外地陌生人一封来信,打开一看果然就是我的读者。此情此景,让我在感激和感动之余,往往产生一种新的创作冲动。曾有许多次,我打算找一整块时间,把原来的讲稿再重新修订一遍,可惜总也不能如愿。这次出书,实在是迫于许多读者和作者的催逼,向我要书而我又无书可送,不得已才换个花样成书,以便了却欠了许久的人情。需要说明的是,在编选这本《小小说之我见》的时候,对原来的讲稿做了一些小小的删改,而没有来得及增加新的内容。说实在话,文学创作是一种激情的宣泄,理论写作是一种透彻的理解,否则是不敢动笔的。凭我现在的处境,每天工作早出晚归,公家的事情已经耗去我百分之一百二的精力,根本不可能再有力气做私家的笔耕活计了。在这种不可能深思熟虑的情况下,我若动手修改讲稿,恐怕还不如保留原稿更为合适些。为了弥补这方面的欠缺,我在这本集子里特意收录了十几篇自己过去发表过的小小说作品,以求理论与实践互为验证。这些作品只能算我在小小说方面的代表作,但不能算成功之作。人们往往嘲笑编辑眼高手低,也许我在这里为大家提供了一个范例。但我并不害羞,业余创作本来就是意外的收获,做学问更应该不耻下问。我敢于把这些作品拿出来,目的正在于与诸位方家共勉。

话说到这里有些厌了。

好在读书人心是相通的。

因为我们都喜欢小小说。

这个命题就是我们的连心锁。

注:本文原载《中华读书报》1998年4月29日,发表时有删节。

生活不曾亏待我

——《寸心摇摇》后记

一点印象,一点感觉。

一种启发,一种情愫。

点点滴滴的认识汇聚在一起,便形成一条奔涌不息的感情小溪,使我坐卧不安,似乎不写下来心中就会有某种歉疚。

于是便有了这本书。

书中的人物,都是我在新闻采访中碰到的,碰到了便相识了,相识了便再也难忘,难忘了便想写下来,写过新闻之后又觉得不满足,这就想起写报告文学,算作是对新闻的补充和延伸。

对我来说,这种新闻之外的副产品,大多是自己跟自己过不去的产物。

当记者碰到的新闻人物很多,可惜能够构成报告文学的却极少,这中间自然有个题材问题,但更重要的却在得到一个感悟,如果没有这个感悟,便无从下手作报告文学。

收入这个集子里的人物,都曾给过我某种感悟,或者让人眼睛一亮,或者让人心中一颤,创作的灵感正是在这一亮一颤之间产生的。从这些主人公身上,我看到了人生的灿烂,生命的辉煌,事业的崇高,道德的永恒……他们表现出来的这些气质,为我的文章找到了命题。

因此,我感激,首先感谢我的这些主人公们,是他们激励了我的创作热情,引发了我对生活的思考。

如果说我的文章是精神的产物,那么我的主人公们早已把它写在生活的天幕上了,他们才是这文章的真正主人。

其次,我感激,还要感谢帮助我采访和写作的文友们。新闻采访并不是一件轻松的事情,有时候需要跋山涉水,四处奔忙,有时候需要明察暗访,甚至过五关斩六将,其间的艰辛可以想见。这里,我要特别向李德昌、曲令敏、李时赋、赵秀琴、范文章、邢军纪、刘凌霜、甘思孟、邱铭楠、秦友堂等同志表示谢意,书中的某些篇章也融进了他们的汗水和心血。同时我还要向河南省文联主席南丁同志道一声感谢,感谢他在百忙中为这本书灯下作序。

最后,我依然感激,向中原农民出版社的同志们道谢,难得他们看中了这本书,给它一个面世的机会。在此之前,我先后编著过六本书,我一样地珍视它们,但唯独对这本书寄予别样的深情。

记得 21 年前,我在河南日报社当驻站记者时,跑到伏牛山写了第一篇报告文学。当时心情特别激动,完稿后独自奔进山林,对着空旷的山谷大叫三声,仿佛在呼唤某种希望,寻觅某个知音。我期望在新闻与文学之间,找到一条传递生活之声的渠道,这条道上走的是正步,这条音带里流动的是心音。今天,当我收录这个报告文学集子时,有意选取了 21 篇稿子,目的在于对应 21 年前那个初衷,算是应诺,也算是还愿。

生活不曾亏待我。我谨以此感谢生活。

是为后记。

注:《寸心摇摇》一书于 1991 年 11 月由中原农民出版社出版。

说实话是需要勇气的

——写在《野西瓜》出版之际

庆祝新中国六十周年诞辰那天,我独自开着汽车,奔跑在通往家乡的高速公路上。途中接到一个电话,是河南日报社原副社长程顺立先生打来的。他说要向我推荐一部书稿,让我看看写得咋样,能不能出版。我和程顺立先生是几十年的老朋友,他知道我长期从事文艺编辑工作,又当了多年的文艺出版社社长,判断一部书稿应当不是一件难事。于是我便认识了谷新耀,以及他的书稿《野西瓜》。

初识谷新耀让我有点儿吃惊,不是他曾经穿过军装的军人气质,而是他对文学创作的痴迷精神。这种精神是三十年前我很熟悉的,从许多作者身上看到和感受到的狂热或执着。那时的作者几乎没有人计较稿费,甚至有许多人自愿不要稿费,完完全全出自对文学的热爱而忘我地创作,不少作者的创作是业余的,把创作当作一种使命。如今,不要说业余作者,就连不少专业作家,也很少动笔或者不见"银子"不动笔了。也难怪,由于市场经济的利益驱动,文字不自觉地就会染上商品属性。可是谷新耀却不然,他给我的感觉依然像三十年前那些作者:一样的单纯,一样的冲动,一样的热血沸腾而富有使命感。他说他想写,忒想写,不写出来睡不着觉,写得不满意连吃饭都不香。尽管他的本职工作很忙,但他却能忙里偷闲,常常灯下走笔而且乐此不疲。我理解,这是一种创作欲望,很苦却很干净,难能可贵。

从他的作品中,可以印证上面的印象。《野西瓜》是一本以写人为主的散文集,其间有些作品也可以拿来当小说阅读。全书大体可以分为三部分,第一部分写亲情,涉及父子情、母子情、兄妹情,比如《父亲》《野西瓜》《大姐》等;第二部分写乡情,涉及故土情、邻里情、朋友情,比如《圪针》《根岳》《海霞》等;第三部分写恋情,涉及初恋、婚俗、民风,比如《秦婷》《云琴》等。这些作品,写的是身边人,说的是身边事,取材多为小人物、小事件,展现的却是人间至亲至爱的大情怀:亲情、乡情和恋情。正是这种对故土的怀恋,对亲人的思念,对恋人的追忆,才引发谷新耀不可熄灭的创作冲动,把心中所思所想的人和事,演绎成一个个鲜活的文学形象,升华成永久的记忆。

生活的真实性,应该是这些作品的典型特征。阅读《野西瓜》,透过豫西一个偏僻山村的人和事,可以读出时代的印记、流年的变迁、人物行走的足迹、山村的生存状态以及大地的心跳,土地改革、"大跃进"、人民公社、大食堂、"文化大革命"、知青上山下乡、改革开放等这些一系列过往的时间符号,工分、粮票、布票、招工指标、商品房等这些涉及每个人生活质量的生存符号,都能在这些作品中找到其存在的环境和空间,听到其喜怒哀乐的碰撞和心音。生活是立体的,人物是多面的,故事是穿越时空的,因而才让人感到真实。比如写父亲,不光写他勤劳、耿直和厚道,也写他脾气暴躁、打老婆、骂孩子,既表现他男子自强不息的阳刚一面,也表现他粗野、狂放、恶习难改的一面。同时,作者还把父亲的性格特征,放到时代环境的大背景下审视,写他被抓壮丁的无奈,写他被戴上"四类分子"帽子而挨批挨斗的委屈和不幸,进而揭示出人生坎坷、命运多舛的主题。这里作者摒弃了往常众多关于父亲题材的写作模式,不是歌功颂德、毕恭毕敬地去树碑立传,而是既亮"家丑"又揭"伤疤",反而把一个父亲形象写得更真实、更生动,读来栩栩如生,过目难忘。作品中的类似人物还有不少,比如《圪针》中那个破衣烂衫、满街跑着插科打诨的"笑布袋";比如《老晕》中那个经常蹲在石墙边晒太阳,娶个傻老婆连孩子都会压死的老晕;比如《根岳》中那个用蘸了水的麻绳打得老婆离婚,又渴望与年轻貌美的女知青结婚而最终却打了光棍的根岳;还有四庆和海娃等一系列人物,各有各的生存之道,又各有各的秉性和不幸。把这些人物串联起来,俨然一群活生生的雕塑,每个人身上都有典型的标志,或强或弱,或喜或悲,都是一个生命的音符。

文学艺术来源于生活,又高于生活。作者在创作这些作品的时候,并没有拘泥于生活的原型,而是对生活素材进行合理的剪裁和加工,通过时间与空间的转换、情节与细节的穿插、叙述与描写的交织等多种艺术手段,突出人物的性格特征,彰显故事的奇特和独特,从而达到了以较短篇幅塑造完整文学形象之目的。作品多用第一人称,操着生动的豫西方言,常常三言两语,就能写景传神,可谓千字写人生、千字写命运,只要有真性情,不在文字长短。书中比较成功的短篇,比如《大姐》《秋女》《根岳》等,都是用墨不多而意境纷呈的精彩篇章,从中可见作者的文字功力。

现实生活中,敢说实话是需要一点儿勇气的。文学创作中,能说真话是需要胆略的。生活的真实是一种品格,文学的真实是一种境界。

说实话,讲真话,这便是《野西瓜》给我留下的深刻印象。

是为序。

注:本文为《野西瓜》序言,原载《河南日报》2010 年 6 月 29 日,发表时略有删节。

写作一如登泰山
——写在《无悔年华》出版之际

　　大约在1985年秋天,我在豫北组织过一次散文作者笔会。与会的40多名作者中,有一位名叫孙贵芹的女士,给人留下特别深刻的印象。她的特别不是表现在作品讨论中,而是表现在登泰山的路途上。别人听说登泰山,个个兴奋异常,而她却显出一脸的无奈。起初,我以为她体态过胖,登山乏力,后来一打听,才知道她患有"恐高症",不敢居高临下看东西,一看就会头晕。她自己把这症状称为"晕山",一见高山峡谷,不敢站起身走路,总想伏下身爬行。听到这情况,大家一阵哈哈大笑,纷纷鼓励她抬起头,向前看,大山自然就被踩在脚下。话虽这么说,作为笔会的组织者,我仍然有点儿担心,生怕她登山途中发生意外。于是,就特别安排几名年轻力壮的小伙子,前后左右照顾她,一路逗她说笑,还不时为她留影拍照。结果,我们登高四个多小时,贵芹不但没有"晕山",而且成为第一批登上泰山望月亭的人。事后,参加笔会的作者们无不称奇,说贵芹那么胖,又有"晕山症",要攀登泰山上万级的台阶,这需要多么大的勇气、毅力和意志呀。由此,我也就对孙贵芹刮目相看了。觉得贵芹攀登泰山这件事,与她从事写作,从事文学创作或者与她做事、做人,总是有点儿联系,有点儿相似之处,甚至可以看到她人生奋斗的影子。

　　谁知在18年后的一天,也就是2002年中秋节的前一天,贵芹以她的突然出现,印证了18年前我对她的印象是正确的。这次她带给我的是一部沉甸甸的书稿,其中有手写的抄得工工整整的稿子,也有打印的装订得整整齐齐的稿子,合起来的稿纸足有上千页两斤重。粗略翻阅一下,其中报告文学23篇,散文作品20多篇,广播电视获奖作品30余篇,计约25万字。这些文字有的是我非常熟悉的,比如报告文学《彼岸是光明》,比如散文《思念母亲》,都是我在河南日报社当编辑时编发过的作品;也有相当数量的作品是我不太熟悉的,比如她写的理论文章,那是她从事广播电视专业之后的新作。阅读这些熟悉的或不熟悉的文章，我总在有意或无意地印证18年前我对孙贵芹登泰山时的印象。从事写作是一条艰苦的道路，文学创作恰如登山，越往高处走就越艰难，走到极致就更难。但贵芹不怕，她凭着自己的执着，凭着自己的韧性，凭着对文学的爱好和追求，一路挥洒着汗水和泪水，很有耐心地孜孜不倦地在这条道上往前走，一走就走过了18年。身后留下了密密麻麻的脚印，每一个脚印就是一个大大的方块汉字，串联起来便有了这厚厚的一本书。从这些文字中，我仿佛读出了贵芹的个性：顽强。

人说勤奋出天才，贵芹说不上是天才，但她的勤奋是可以由她的文字做证的。她生活在豫北一个偏僻的县城，她的家境不是可以让她养尊处优写作的。据她自己说，年轻的时候她需要伺候父母睡下之后，再怀抱孩子伏案写作。她的作品大多是在老人和孩子睡觉的时候完成的。以后孩子长大了，丈夫从部队转业了，她才有一些整块的时间写作。她的丈夫非常支持她写作，有时候她写稿子，她丈夫会站在旁边为她打扇子。她下乡采访就更难，难在她既要写新闻稿子完成任务，又想多搜集一些素材写文学作品，这样她就比别人多花费许多精力和时间。有一次她为了写电视剧本，曾骑着自行车连续到采访地跑了八趟，每趟骑自行车都是几十公里，白天的时间不够用，她常常需要赶夜路。当她深夜穿行在一人多高的玉米棵子夹持的小路上时，她觉得这是一个女人遇到的终生难忘的恐怖。但她总是硬着头皮挺了过来，并且最终完成了这部十集电视剧的创作。于是她就有了一种成就感，她把她的作品当作孩子一样看待，非常金贵，每件作品问世她仿佛都能听到婴儿呱呱坠地的声音。

这，也许就是孙贵芹坚持写作的动力所在。所以我在阅读她的作品时，不太在意其作品的优与劣、精与粗、雅与俗，而特别看重其作品之外的品格和品质，特别看重其中潜在的文学追求和文学精神。

是为序。

2002年10月16日于郑州

人过留名
——序《郭逢廷美术作品集》

一画一世界，

一字一乾坤；

一人一命运，

一生一名声。

这几句话，我想送给郭逢廷先生。他在世的时候，我没有来得及对他说，如今他已经去世十七年了，我要把这几句话郑重地送给他。前两句话，说的是他的作品，指他的创作态度：认真。后两句话，说的是他的人品，指他做人的态度：认真。

先说他的作品。

我第一次正儿八经地看到郭逢廷的作品，大概是在 1980 年。那时，我在河南日报社当编辑。有一天，有个人突然出现在我的面前，他个子高高的，胳肢窝夹着一卷厚厚的画稿，双手捧着几张画稿的照片，脸上呈现出一副憨憨的微笑。这就是郭逢廷，他是来送画稿的，希望报纸能够发表。当时，省里的报纸、杂志很少，能够在省级报刊上发表作品，对许多作家、画家来说是一件可望而不可即的事情。报纸用稿十分挑剔，可谓优中选优，百里挑一。不少作者求爷爷告奶奶，恳请编辑能够留下他们的作品，即使不能发表哪怕留作备用稿也是十分荣幸的事。郭逢廷则不然，他不说一句央求的话，只是憨憨地笑着，耐心地等待着我的裁定。我端详着他的作品，不时再抬眼望一望他憨憨的笑脸，心里总觉得有些奇怪。首先，我觉得他的作品有些似曾相识，比如雕塑《群鹿》《蘑菇》，总觉得在什么地方见过；其次，我奇怪他这个搞美术创作的，为什么如此木讷，好像他把艺术的灵性和鲜活的语言，都凝聚到他的作品中去了，而留给自己的只有憨憨的笑容。事后我想起来了，我在郑州的街头、广场、公园和展览馆，我在接受阶级斗争教育和爱国主义教育的过程中,曾经看到过许多街景雕塑和馆藏雕塑,其中不少作品比如《母子图》《东郭先生》《华夏名医》等,正是出自这个寡言少语的郭逢廷之手。

他创作的作品是会说话的。

而他本人却老实得像个农人。

这就是我对郭逢廷的最初印象。应当说,第一次接触是通过作品交流的,我们彼此没有多说话,只是简单的工作程序上的对接。我留下他的三幅作品,其中一幅《梅花香自苦寒来》发表了,另外两幅作品存作了备用稿。但是不久我发现我犯了一个低级的错误,那就是对他的作品评价带有严重的个人好恶倾向。郭逢廷的美术创作是多样化的,最擅长的是国画,尤工花鸟画、山水画、人物画,还兼搞木刻、篆刻,生活中还喜欢制作根雕、石雕盆景等工艺品,但是他真正积少成多,由小及大的作品,应该是雕塑,之后在省级乃至全国美术创作评奖中进入奖项的,也多为他的雕塑作品,而我,却特别喜欢他的国画。我看过他的巨幅人物画《大路朝阳》《工人纠察队》和《郑州的早晨》,其中勾勒的人物少则几十个,多则一二百个,在画布方寸之间,能够容下这么多人物的音容笑貌,一点一线皆细心,一笔一画皆精神,实属一件不易的事情。我还看过他的花鸟画《五虎图》《铁骨》《荷》《春》《松鹤图》,其间或紫燕穿柳、鱼翔浅底,或虎啸山林、松鹤千年,构图之美,寓意之妙,让人爱不释手。国画作品中,他的山水画另有个性,比如《高路入云端》《天高任鸟飞》等,多为野外写生之作。郭逢廷的老家在豫北获嘉县,自小生活在北依太行、南眺黄河的天高地厚的环境中,自然喜欢家乡的高山和大河。以后他画山水画,太行山成了他最热乎的临摹对象。为了画出太行山奇崛、伟岸、挺拔的个性,他常常废寝忘食,整天整天蹲在山中写生。在他的山水画中,以太行山为题材的作品不下百幅,画风千姿百态,用墨泼辣劲道,每一幅画都能画出一个惊奇或惊喜。他画的石阶天梯,他画的空谷鸟鸣,他画的悬崖飞瀑,他画的倒挂苍松,乍一看似曾在太行山中见过,仔细品味却另有一番意境在其中;他画的其实是太行山的气质和灵魂!正是基于以上原因,所以我特别喜欢他的国画作品。理由有三:一是题材热,比如他的人物画,画知青,画铁路工人,画市井民风,多为时代热门题材,适合报纸宣传功能需要;

二是画风纯净,比如他的花鸟画,多为小写意,单一主题,不乱不杂,不枝不蔓,适合报纸副刊作花絮插图;三是寓意厚重,比如他的山水画,无论画山画水,一草一木皆有精神,总能引发人们对自然、社会乃至人生的某种哲思和想象。至此,随着岁月的变迁,时光的转换,我觉得我对郭逢廷的作品了解越来越多,越来越熟悉了,便暗暗认定他是一位以画人物、山水、花鸟为特长的画家,其余的作品应视为副产品或业余之作。这种错觉,直到20世纪末21世纪初,也就是郭逢廷去世七八年之后,我才从内心反省,加以纠正。这时候,我已经从报社调到一家出版社任社长和总编辑,由于经营业务关系,我不但多次参加全国各地的书市营销活动,还去过美洲和欧洲一些国家参加书市交流。出国活动,诸多见识这里不必细说,但有一种感悟是不能不说的,那就是城市雕塑——它既是一种民族文化,又是一座城市的符号。当我在美国的纽约、华盛顿、旧金山等地走过一遭之后,拍了许多照片,事后留下深刻印象的有哪些地方?既不是白宫,也不是国会大厦,而是自由女神等巨雕、群雕或组雕前面的定格化瞬间。而后在欧洲,我走过巴黎、波恩、阿姆斯特丹、布鲁塞尔以及水城威尼斯,记忆中的世界名城,它们的特征或许就是某一座雕塑。说到这里,我不禁再提起郭逢廷,特别应该提及他的雕塑作品,那《一部煤矿斗争史》中150多个人物组成的雕塑群,还有《欧阳海》《白毛女》《三鲤喷泉》《仙鹤》等分布在中原多个城市广场的单幅雕塑和彩色雕塑作品,难道不是郭逢廷留在创作道路上的人生符号吗?这些作品,有的没有刻下创作者的名字,却成了某一事件某一城市的永久性标志。从这个意义上说,雕塑作品是在记载历史,是在传承文化,它应该成为美术创作中的"雕塑",无论如何是不能被忽视更没有理由被轻看的。所以我要纠正以往我对郭逢廷的偏见,他不仅是一位喜好画山水、花鸟画的画家,更是一位中原不可多得的雕塑家。

驾驭多种样式的创作手段是需要付出汗水的。

郭逢廷的创作成就是以吃苦耐劳的品德为支撑的。

以下就说到郭逢廷的人品。《三字经》上有几句话讲得好,叫作"为人子,方少时,亲师友,习礼仪",强调做人的基本原则,一要"孝顺",二要讲究"礼仪"。在我与郭逢廷多年的交往中,对他感触最深的是一个"孝"字。他是独生子,其父母已到大龄才生下他,因此我认识他的时候,他的父母均为年过七旬的老人。1981年春节,我和好友李继槐、王鸿玉一起去他家拜年,第一次发现了他家的秘密。他家有两间房,三楼有一间稍大的房子,一楼门前又临时搭建了一间稍小的房子,一家人的活动,需要楼上楼下地跑,跑腿的多为郭逢廷和他的妻子马鸣,家庭其他成员不是老就是小,老的跑不动小的不会跑。其时,楼下那间房里住着三位老人:他的父亲、母亲和岳母。父亲年龄最大为78岁,岳母年龄最小为68岁;楼上那间房里有两个孩子,儿子郭昕四五岁,刚能扶着楼梯上下楼,女儿郭露不满周岁,还躺在摇床上哇哇哭,这就是郭逢廷的家境,年届半百的汉子忙老又忙小,似乎上下两辈人的年龄都跟他有些偏大的距离,因此注定他的日子要过得辛苦。见此情景,那天晚上我们三个号称朋友的都不好意思在他家吃饭,怎奈老郭执意留客,再加上他的夫人马鸣出奇地利索又会干家务,不一会儿就将一桌子饭菜摆在了我们面前。这样也好,我们就与他父母和儿女一起吃了一顿令我终生难忘的晚餐。席间,郭逢廷对三位老人毕恭毕敬的程度,以及他对幼小儿女的疼爱程度,完全超乎了我的想象。再以后,我多次去过他的家,只觉得三位老人年龄越来越大,直到一个老人瘫痪两个老人拄拐,而郭逢廷对待老人依然孝顺有加。当然,他的儿女也一天天长大,从幼儿园到小学一个台阶一个台阶地往上走,学文化的过程对孩子是一种成长,而老郭夫妇则是不断地增加抚养成本和家务劳动量。然而这上有老下有小的负荷,并没有压垮郭逢廷笔挺的身板。他依然站直了身子过日子,白天照样上班工作,下班照常侍奉老人和管教儿女,只有夜深人静之时,才是他个人的创作空间。其中的佐证,就是我以后每次到他家去的时候,总能发现他家墙上挂有新的画作,屋子中唯一宽敞的画案上,总能发现蘸湿了的画笔和五颜六色的墨盒。述说这些家务琐事,似乎与郭逢廷的创作成就并没有必然联系,我却宁愿以一位职业记者的眼光和视觉,来推断郭逢廷的创作生涯是分外艰辛的,进而推断他的基本人品是值得信赖和尊敬的。

老吾老以及人之老。

幼吾幼以及人之幼。

郭逢廷先生既做到了创作丰收,又做到了家庭和睦,这样的人可以视为朋友。在以后的交往中,我发现郭逢廷的另一个特点,就是从来不说别人的坏话,哪怕是对他做过错事或坏事,良心和道义上永远都对不起他的人,他也从来不讲人家的坏话。他的一生也经历过许多坎坷,经过政治运动的创伤和生存灾难的磨炼,但他总能以平和的心态和善良的评判尺度,去化解各种是是非非和知识分子常有的各种精神疾病。他总是快乐地面对创作,面对生活,面对世俗,面对人生,甚至能够快乐地面对死亡。记得他临近病危的时候,因为医院已经无法医治,他不得不躲进自家办的小工厂里休息,其实与其说是休息,不如说是等待死亡。届时,他家中还躺着三位老人,父亲已年过九旬,岳母年近八十,他们三位老人还能互相照应着健康地生活,而他却再也站不起来了。偏巧,他自家办的小工厂,也因为一次经营失误而停产了,这意味着他家断了生活来源。面对如此困境,他依然无怨无悔,好像这世界从来都没有对不起他而他却总觉得对不起这世界。有一天我去看他,他躺在一张倾斜的病榻上,全身已经浮肿,胸部和腹部肿胀得就像一架可以敲响的鼓。我同他说话,安慰他不要想外面的事情,这时他的脸上突然露出十几年前那种憨憨的微笑,心态平和得就像念佛的菩萨。他说,该来的总是要来的,该走的总是要走的。只可惜,我以后不能作画了。

他留下的画作已经够多了。

还留下了明明白白做人的好名声。

最后值得一提的是,郭逢廷走了之后,中原画坛上又出现了一位半路出道的女画家。这位女画家既是他的徒弟,又是他的妻子,她就是眼下以其牡丹画出名的马鸣。郭逢廷不知道,他的妻子马鸣,不光代替他尽孝,把他的父母双双赡养到90多岁,而后为他们送终,而且又将他的画作发扬光大,将他生前擅长的山水画、花鸟画推展到日本、韩国、加拿大,使他的作品连同他作品的儿子、孙子一起走出国门,名声播撒到四海之外。

人过留名。

雁过留声。

值此《郭逢廷美术作品集》将要出版,郭逢廷诞辰80周年之际,我要告慰我的老朋友郭逢廷:一个文品,一个人品,这是你留在中原画坛上的两行脚印呀。

2000 年 4 月 5 日于郑州

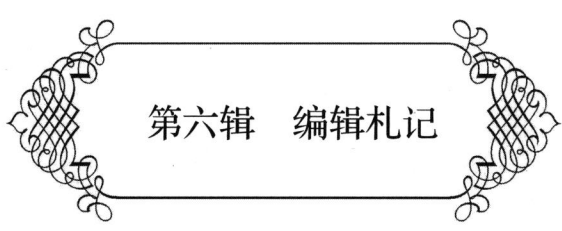

第六辑　编辑札记

中国原生文明的艺术再现

——长篇历史小说《大秦帝国》编辑札记

一

最初接触《大秦帝国》，是在 1996 年秋天。当时我在北京开会，中国作协一位朋友向我说起，陕西有位学者正在写一部大作品，皇皇 500 万言，名曰《大秦帝国》。说罢将他手头的第一部借给我看。夜里我开始翻阅稿子，发现是电视连续剧文学剧本，这在传统出版者的眼光里是不太适合阅读的。但是，当我读完作者的总体阐述与序篇，便立即被作品的立意、构思与气势震撼，不知不觉读到了凌晨。此时我的感觉仿佛在深山老林中散步，面前不时有心灵的小鸟掠过，还有猴子的智慧、狐狸的狡猾、野鹿的机敏以及山崖的凶险、瀑布的轰鸣、小花的微笑等诸般感受。我意识到，这是文学的魅力在发挥作用。待我一口气看完了第一部，我的脑海里便深深印下了一个名字——孙皓晖。

后来得知，《大秦帝国》的作者孙皓晖先生一直在大学任教，对先秦历史情有独钟，常自诩为"纯正兵马俑"。在 20 世纪 70 年代末，孙先生曾经有过一闪而逝的文学经历。后来在研究中国经济史与法制史的过程中，产生了以文学形式再现先秦辉煌的创作冲动。从 1993 年秋天开始，孙先生便开始了潜心写作 136 集文学剧本的巨大工程。乍听之时，我确实有些惊讶。在当今创作界"热炒急卖"的潮流中，竟真有人埋头苦干地制作"深水炸弹"，这无疑是文学的福音。我也是写作人出身，也策划、编辑过几部历史小说，懂得写历史小说独有的辛苦。虽然不是理论的历史研究，可比起其他题材，历史小说的一半功力就在于研究历史的功底。尤其是最为芜杂的先秦史，要吃透它，并以艺术的形式梳理再现它，那真是谈何容易！

回到出版社，我便立即委托一位老编辑与作者孙皓晖联系，希望孙先生能把他的电视文学剧本改写成长篇历史小说，由河南文艺出版社独家出版。说到这里有些私心，因为河南文艺出版社曾经出版过《康熙大帝》和《乾隆皇帝》，我想在长篇历史小说方面形成品牌图书。倏忽五年，我们一直关注着作者的创作进展，其间也不断从报纸上看到关于《大秦帝国》摄制准备的有关报道，以及著名人士对文学剧本的高度评价。

已经逝世的中国秦汉史学会会长林剑鸣先生在看了剧本后曾说，《大秦帝国》不亚于任何当代重大题材，它是再现中国文明的根的大作品。原文化部副部长、著名电影剧作家陈荒煤在相关座谈会上说："这段历史，文学艺术上一直没有反映过，很遥远，很辉煌，工程很大，这在过去是不可能的，只有新时期改革开放了，才有可能。故事好，人物好，文化内涵丰富，没有学问与文学两方面的功底，搞不出来。这样的东西最叫人头疼。人物都是些历史文化巨人，能将他们写得这么鲜活，这么叫人感动，这么有力度，不简单。看《大秦帝国》，民族自豪感油然而生。"北京人艺副院长、著名话剧导演林兆华评价说："《大秦帝国》气壮山河，慷慨悲歌，令人震撼。"著名历史地理学家史念海先生说："《大秦帝国》选了一段最壮烈的历史。写得很周到，很细，也很感人。我看到的历史小说，瞎诌的很多。《大秦帝国》是非常具有历史真实感的一部作品。"著名文学评论家、诗学家霍松林先生祖籍秦州，对秦文化有独到研究，他说："《大秦帝国》规模宏伟，气象万千，有很大震撼力。人物命运令人拍案三叹，掩卷不能。"著名文艺评论家萧云儒认为："《大秦帝国》对现实的精神介入深度令人惊叹，人物的生命状态昂扬勃发，充分体现了先祖的有为主义。语言形式很好，营构了历史氛围。"萧先生并为之题词："世界曾经拥有这样的中国。"

这些评价，都使我们期待着孙先生的长篇历史小说问世。

直到1998年孙先生专注地修订完136集电视文学剧本，创作长篇历史小说《大秦帝国》的计划才商定确立下来。2001年初夏，当孙先生将沉甸甸的第一部两卷交给我们河南文艺出版社出版时，我社便立即将《大秦帝国》列为重点书目，并申报为国家"十五"规划图书。在书稿进入编辑流程后，无论是参与编辑、审校的社内人员，还是审读、装帧、插图的社外专家，都被《大秦帝国》深深感动了。我们有一个基本评价,《大秦帝国》是一部优秀的长篇历史小说。它艺术地再现了中国原生文明,在思想性和艺术性两个方面都达到了一个新的高度。

二

以文学形式反思历史,从来便是中国文学的一个基本方面。自明清以来,话本历史小说登上了文学舞台,并且长期成为历史小说的主流形式。但由于史观陈旧,处理史料多有鲁莽灭裂,对当代人反思历史的精神需求无法满足,也就必然不再成为主流。新中国成立后,中国出现了当代文学形式的历史小说,"文革"前有《金瓯缺》《李自成》等。改革开放以来,历史小说的创作空前繁荣,涉及的题材大为广阔,创作风格异彩纷呈,的确使历史小说的创作走向了一个新的台阶。在如此一个创作平台上,《大秦帝国》问世,无疑给小说之林增添了一抹亮色。那么,它的不凡之处在哪里呢?

首先是它的立意不凡。《大秦帝国》最可贵的地方,在于它立意高远,内涵饱满。作者的题记是"献给中国原生文明的光荣与梦想",我以为这便是作品的根本立意——通过重大的历史冲突与鲜明的重量级人物形象,展现中国原生文明的不朽内涵。一路读来,对这种内涵的感受便时时油然而生。那个伟大时代的生活方式、交往方式以及人们所崇尚的竞争精神,无一不充分表现了那个时代的生命状态。那种黄钟大吕般的神韵,那种充沛的英雄主义精神,那种豪迈浪漫的情怀,那种质朴厚重的情义,都使人禁不住地感慨唏嘘。那些细致入微的刻画,那些真实剧烈的矛盾冲突,那些激荡人心的情义纠葛,都使我们真切感受到了一片浓郁醇厚的古风,感受到华夏先民不朽的强势生存精神。

什么是强势生存?《大秦帝国》展现出了这样一副壮阔的画卷:一个偌大民族在遗留分割为三十多个大小国家的时代,展开了残酷的"大争"——谁都想立于不败之地,于是便人人创新求变,个个救亡图存;锐意创新的精神意志,刻意求变的毅力胆识,就是我们这个民族在那个时代的强势生存精神。作品展现出了战国时代一波又一波的变法浪潮,展现出了变法浪潮中一波又一波的兴亡沉浮。这些故事都凝结成一个铁一般的"大道"——谁变得最彻底最全面,谁便有可能最强大；谁畏首畏尾躺在先祖旧制上裹足不前，谁便要落后挨打，便要悲剧地灭亡。国家如此，个人也如此。这种强势生存的时代精神被《大秦帝国》淋漓尽致地发掘展现了出来，读来令人生出无限感慨。

强势生存，是中国原生文明的核心，是不朽的民族精神。《大秦帝国》艺术地再现了这种精神，使先民的伟大灵魂穿越时空隧道而大放光华。这便是《大秦帝国》令人惊叹的"对现实的精神介入深度"。

三

以人物为依托，编织故事，展开情节，这是《大秦帝国》的另一特点。《大秦帝国》的人物，是最为独特的历史群雕。

仅以第一部为例，涉及的人物就不下百位。我们所熟知的那些不朽名字，商鞅、秦孝公、齐威王、吴起、老子、墨子、孟子、荀子、孙膑等，都极为鲜活地呈现在我们面前。说这些人物独特，在于作者以独特的史观，对他们都做了既在情理之中又在预料之外的全新处理。上至国君名流，下至各色庶民，在《大秦帝国》中都栩栩如生地活了起来。

其所以鲜活，在于这些人物大多具有"这一个"的文学属性，更有难以转移到其他时代的战国精神与战国特色。譬如《大秦帝国》人物的名士精神、阳谋风格、实力竞争心态、情感方式、生活方式，都常常使人喟叹不已——非如此不是战国！而在这种共有底色的基础上，每个人物的人生格调与现实作为，又是异彩纷呈的。同是诸子名家，老子、孟子、墨子、荀子的精神风貌、行事方式、言谈举止，决然各有特异。同是国君，七国之主却各有独到的一面，而且个个血肉丰满。同是入世名士，商鞅、吴起、申不害、孙膑、邹衍，又各个特立独行，无法与他人雷同。

作为第一部的中心人物商鞅，是最令人感动的。他以个人的悲剧命运燃烧了秦国的变法大业，其精神人格与传统话本中的酷吏、负义的商鞅有着霄壤之别。这不是作者的臆造，而是以大量研究为基础的"写真"。作者提出了古代有识之士对商鞅的经典评价"极身无二虑，尽公不顾私"，认为这才是商鞅的本色。

因而塑造了一个不朽政治家的丰满形象,商鞅的精神世界与悲剧结局都给人以强烈的冲击。

总之,阅读《大秦帝国》的感受是奇特的。从史学的角度讲,它可以牵引读者与两千年前的历史对话;从文学的角度讲,它可以引导读者去品尝两千年前先民们的喜怒哀乐。我猜想,这大概就是优秀历史小说的功能!

——原载《中华读书报》2001年8月29日

弘扬历史精神　抒写英雄画卷
——读长篇历史小说《大秦帝国》第二部

《大秦帝国》(河南文艺出版社出版)已经出版了两部。当我拿到第二部《国命纵横》时,竟是手不释卷地一口气读完,读罢意犹未尽,不禁又回头重读了一遍。这种感觉,叫作"上瘾",或者说文明一点儿是被吸引了。这是小说的功能,艺术的功能。时下的长篇小说出得不少,但能让一位年近花甲的出版工作者读上瘾的并不多。所以,我不得不认真对待这部书稿,禁不住又将第一部《黑色裂变》重新浏览了一遍。两部四卷连贯起来品味,竟是浮想联翩,久久沉浸在一种昂扬澎湃的激情之中。

《国命纵横》写的是秦国强大之后与中原诸国全面大争的故事。故事的主人公是中国民众熟悉而又陌生的苏秦、张仪。说熟悉,是因为自《东周列国志》与各种戏曲故事流传以来,苏秦、张仪的名字便借着演义与传说,成为先秦时代知名度最高的两个人物。说陌生,是因为久远的历史烟雾迷蒙了我们的视线,我们对战国风云中的苏秦、张仪并没有多少真正的了解。《国命纵横》却给我们从容地展开了一幅惊心动魄的猛士画卷,历史的残片借助作者创作的精神火炬燃烧起来,烛照了深邃的时空隧道,战国之世便在我们面前活生生地复原并展现出来,令人惊叹不已!

《大秦帝国》最令人感慨唏嘘的,是英雄时代与悲剧人物的巨大反差与碰撞。战国时代无疑是最辉煌的英雄时代,然而《大秦帝国》告诉我们的,却是英雄时代的铁血内涵:这个英雄时代的光焰,正是我们的民族精神点燃的,是英雄的鲜血铸就了我们民族的脊梁!第一部《黑色裂变》,写的是奠定中国原生文明根基的伟大时代。商鞅的悲剧命运与秦孝公的悲剧命运以及变法新锐们的悲剧命运,便是滋养这个根基成长的鲜血土壤。商鞅为了维护新法,为了保持秦国稳定,甘愿放弃反抗、逃生的机会,而主动走上刑场接受残酷的车裂酷刑,何其慷慨、悲壮！秦孝公为了实施变法，刻苦勤政，惕厉奋发，牺牲了一个国君完全可以拥有的各种享受，竟至积劳成疾，在四十五岁的英年之期梦断关河。每每读到这里，不禁便有鲁迅的诗句在我灵魂深处轰轰回响：我以我血荐轩辕！

第二部《国命纵横》，写的是苏秦的合纵抗秦战略，其真实意图始终不为六国所理解，一个借合纵抗秦，给六国争取变法图强机遇的伟大谋划，却只被平庸的君主们当作"应急盾牌"。末了，当苏秦有了一个能够自己变法的千古机遇时，却被旧贵族势力卑劣地暗杀了，弄得他死不瞑目，读来令人潸然泪下！张仪出连横奇对，为秦国东出中原打开了广阔的天地，最终却在秦惠王逝世后被宫廷阴谋逼迫出逃，一颗巨星无奈地淡出历史，堕入了苍茫山林。

这种反差与碰撞有一种强烈的寓意：一个时代之所以伟大，那是以无数英雄的悲剧命运为代价的；正是这些英雄猛士的悲剧牺牲，才成就了一个又一个的辉煌，才成就了那个伟大的时代；一个能够不动声色地吞噬英雄猛士的时代，才能积淀伟大的文明根基；只有能够不断涌现敢于走上历史祭坛牺牲的英雄猛士，这个时代才堪称惊心动魄的伟大时代！

我想，这就是《大秦帝国》所锤炼的历史精神。正是这种历史精神，成就了《大秦帝国》的坚实根基，也成就了《大秦帝国》作为真正历史小说的神韵。改革开放以来，历史小说的创作进入了一个空前繁荣的时期。中国人的历史文化传统，既给历史小说提供了永不衰竭的读者群，又给历史小说提供了广阔的市场基础，以至于历史小说与在此基础上衍生的其他艺术形式，竟成为与现实题材的创作并驾齐驱的文学潮流。可是，从整体形势看，历史小说的艺术质量与涌现的作品数量之间，还存在很大的反差。也就是说，大多数历史小说并不为读者所看好，也并不为评论界与专业人士所认同。一个几乎没有争议的现象是：历史小说的创作在某种程度上泛滥了，真正有力度的作品也太少了。这种现象提出了一个最基本的问题：究竟什么样的作品才是历史小说？是否凡是讲述古代故事、书写历史题材的作品就是历史小说？

《大秦帝国》给了历史小说一个最基本的定位：真正的历史小说，是体现了历史精神的文学作品，而绝不仅仅是以古典题材为写作内容的作品。什么是历史精神？就是作品所涉及时代的独有精神风貌与独有的时代性格。中国有漫长辉煌的历史,每个时代都有其不同的时代精神与时代风貌。一个创作历史小说的作者,若不能高屋建瓴地把握所描写时代的独特精神内涵及其外在形式,就不能写出特定的"这一个时代"。而失去了这个特定的时代底色,任何人物便都会失去时代的光彩。《大秦帝国》之所以令人感奋,基础就在于作品浓郁厚重的战国精神与战国性格。翻开《大秦帝国》,人的生活方式、行为方式乃至器用礼节等,无不让人感到一股战国雄风扑面而来! 当然,最根本的,还是战国特有的"大争"精神、"阳谋"风格。每一个计谋,每一个人物,每一个行为,几乎都体现了这种独有的时代精神,实在是不胜枚举。

《国命纵横》相比于《黑色裂变》,更显得鲜活生动,充分展现了那个时代饱满昂扬的生命状态,实在是一幅慷慨悲歌的猛士长卷。《国命纵横》的人物群像从社会底层到最上层,是一个立体群雕。无论是苏秦、张仪这两个主轴人物,还是孟尝君、平原君、信陵君、春申君战国四大公子这一组纵横骨干,抑或是七大国君、各国将相、嫔妃公主,还是云梦泽渔子弟与药农工商,各种人物便交织成了那个时代特有的饱满生命状态。其中最感人的,还是苏秦、张仪的历经苦难而坚忍不拔。苏、张两人都是名门高才,却决然不是那种天马行空的神奇英雄。他们是历经磨难而成长的英雄,是敢于直面惨淡人生的猛士。苏秦出身大商之家,修学出山,踌躇满志,但由于对天下大势揣摩不透彻而导致说秦失败,更由于一辆"天子王车"而遭遇奇祸,无奈孤身跋涉千里河西高原回乡,途中又遭遇中山狼大险,坎坷回家又饱受人情冷暖的煎熬,于是在郊野井田自建茅屋苦修三载而须发皆白,直至重新出山一举成名身佩六国相印;此后又是屡遭挫折——合纵攻秦失败、安定楚国失败、在燕国又险些陷入野心家子之的阴谋政变、合纵战略流产而流落齐国做了个小小客卿,正在东山再起真正实现变法大志的时期,却又遭旧贵族势力暗杀,终是死不瞑目。但是,苏秦在每一个危难关头都凭着顽强的毅力挺了过来,在不断的苦难磨炼中不断对人生生出新的感悟,却始终没有丝毫的衰颓。张仪则是另一番曲折磨难——欲报效故国,却遭貌似敬贤的魏惠王与儒家孟子以及大梁朋党合力的排斥;说齐大成,正在将任齐国丞相的关头,却因一谋出错而被楚国君臣下狱,导致重伤;逃回故乡时母亲已亡故,他守陵三载,再造自我;在苏秦合纵后重新出山,又在斡旋楚国中遭遇屈原变法派的暗杀而致瘸腿,由此与苏秦生出了一段令人揪心的误会和摩擦;正在巅峰,又在夺取巴蜀上出错,刚刚扭转秦国危局,又遇秦惠王晚年怪疾,终是在阴霾笼罩的咸阳朝局中被迫夤夜出走。虽则全身而退,却是怀着无限的心痛。虽然如此,张仪却始终都是意气风发洒脱不羁笑对人生苦难。这种饱满的生命状态,来源于一个共同的根基:邦国苦难,人生多艰,撑持天下,舍我其谁?

战国名士的这种几乎是与生俱来的使命感,是那个时代孕育出来的普遍精神。这种普遍精神就是战国先民鲜明的"大争"精神——争得彻底,争得全面,争得赤裸裸毫无遮掩!适者生存,弱肉强食,国家如此,人生也如此!每个国家,每个生民,都必须全力鼓起生命的风帆,才能立足于邦国之林,才能立足于名士之林,才能有属于自己的生活。当一个社会弥漫着这种精神风貌的时候,人的生命状态便必然是饱满昂扬的,社会步伐便必然是摧枯拉朽地全力猛进。

作为一部真正的历史小说,《大秦帝国》所渗透的知识含量更是难能可贵的。书中描写大、小战事几十次,其间涉及的古代军事知识、天文地理知识、外交礼仪知识、法律法规知识乃至诸子百家、琴棋书画、民风民俗、婚丧嫁娶、方言俚语等方方面面的表现和表达,如果没有足够的知识储备,是无论如何驾驭不了的。好在孙皓晖先生文学与史学兼修,并且业余爱好广泛,特爱研究古往今来的战争和武器,所以写起这皇皇几百万言的大书来才能得心应手。一部长篇小说能包容丰富的知识,我以为这是作家献给读者最珍贵的礼物。

——原载《中华读书报》2002 年 8 月 7 日

金戈铁马　瑰丽雄奇
——读长篇历史小说《大秦帝国》第三部《金戈铁马》

由河南文艺出版社推出的长篇历史小说《大秦帝国》共6部,目前第三部《金戈铁马》已经出版上市。与前两部不同的是,第三部更偏重于描述古典战争,这在当代历史小说创作中,可谓别具一格。古今中外,历史小说涉及战争者不乏其作,但像《金戈铁马》从一开篇擂响战鼓,终其八十余万字仍是战云低回者,实在是绝无仅有。全书正面实写的大战便有宜阳之战、河外之战、河内之战、彝陵水战、鄢都之战、济水之战、临淄之战、即墨之战、阏与之战、岱海草原之战、阴山草原之战、上党对峙、长平大战共十三场大战,连绵打来,战战相接,竟让人紧张得喘不过气来。

战国中期,正是战争白热化的时代。在远交近攻的战略之下,秦以强盛国力连续东出,与山东六国鏖兵中原,大战连绵不断。其间,恰逢赵国胡服骑射之后崛起为军事强国,成为六国对抗秦国的屏障。秦赵两强最终在上党战场轰然碰撞,酿成了中国历史上最大的战役——长平大战。这段时期的重要性在于,它是全部战国历史的枢纽,是秦国以实力摧毁山东六国根基的最关键时期。战国之所以为战国,便是因了这段环环相扣、间不容发、延续五十余年的连绵大战。可以说,能否写好这段白热化的战争时期,决定着《大秦帝国》这部长篇历史小说的艺术命运。

所幸的是,《金戈铁马》成功了。其要害,便在于成功地谱写了一部古典战争的交响乐,英雄主义的旋律在金戈铁马、瑰丽雄奇的战事中依次展开,使作品充满了阳刚之美。

古典历史小说写战争,如《三国演义》《水浒传》,多以计谋与个人格斗为主,战争要素被大大简化。当代历史小说写战争,则多以古代战争为背景,而重在其他方面的社会生活。一旦直接进入战争,也很少全景式正面实写战争,如

《金瓯缺》《李自成》。而《金戈铁马》写战争,却是全景式正面实写,实实在在地以战争为核心事件塑造人物。应当说,《金戈铁马》在历史小说中创造出了描写古代战争的一种全新手法。正是对高密度战争的高密度描写,才使《大秦帝国》的时代充分展现出"战国"特色。若是没有《金戈铁马》的战争乐章,《大秦帝国》对战国精神的深度发掘将会有很大缺陷。

所谓新,其一在于战争史观。作家既没有陷入明清小说将战争局限于计谋与个人格斗的泥沼,也成功摆脱了当代许多历史小说只对古代战争作局部或浅层背景式描写的方式,而将决定战争胜负的所有元素都翔实展开,多方描绘,使读者真正立体化地感受到了战争进程。其间,战争起因、国力储备、兵器装备、粮草辎重、山川地形、兵学理论、作战方式、双方谋划、兵力配置、营垒驻扎、阵法对抗、将帅素质、民心士气、庙堂帷幄、军队训练、战场进程等,无一不有细致形象的描述。所有这些元素以错综复杂的方式组合,便有了战争胜负的必然,又有了种种戏剧性的偶然,使战争形式大大丰富起来,也使人物形象大大丰满起来。

其二在于把战争写得真切、扎实。以兵器描写为例,《金戈铁马》不但翔实地展现了战国时代的格斗短兵器,而且第一次在历史小说这样的艺术形式中,大规模展现了古代战争中的大型兵器,进攻型、防守型、机械型、水战舰船四大类数十种,有图有说,还有展开使用的战场描写,确实令人大开眼界,让读者感受到了兵器装备在古代战争中的某种决定性作用的描写。这一点,与古典历史小说以及当代历史小说有着明显的不同。尤其是对大型兵器在战国大规模战争中的作用,是历史小说中从来没有过的。再以兵学理论与战争谋划为例,《金戈铁马》没有仅仅满足于战场机谋之算,而对敌对双方将帅的兵学渊源、军事思想、用兵风格作了多角度的发掘,由此而生发出的战事谋划便有了深厚的根基,读来十分耐人寻味。这种真切和扎实的描写,没有深厚的学问功底与相当的艺术造诣,确实是很难达到的。

其三,直接在战争事件中塑造一系列名将、名相、名君的艺术形象,而不是着意通过战争之外的描写来"折射"这些人物形象。同是名将,白起、乐毅、田单、赵奢、廉颇却各有完全不同的战事个性。同是掌控战略全局的领袖,宣太后、秦昭王、赵武灵王、燕昭王也各有全然不同的战略风格。同是全面操控战争后方与国政邦交的名相,魏璵、范雎、剧辛、平原君,却有着迥然不同的处置战争事务的方式。所有这些个性,都是主要通过战争场景的矛盾冲突展现出来的,而不是叙述出来的。

战国中期是中国战争史的最高峰,其战争规模之大——有的战争双方一次参战兵力百万以上;战役持续时间之长——比如燕齐之战长达六年、上党长平之战长达四年,都在中国历史上无出其右。《大秦帝国》第三部奏出的这部《金戈铁马》交响乐,瑰丽雄奇,激情回荡,打开了通往秦帝国最终统一的最险关隘,也奠定了《大秦帝国》这部长篇历史小说的雄厚根基。

这,也许正是《大秦帝国》越写越好看,越看越耐品味的原因。

——原载《文学报》2004 年 1 月 29 日

创世纪的河流

——《平民世纪》编辑札记

永远行走在路上的人类,总是不乏形形色色的探险行为,在正统与正义的旗帜下,曾经记录下一部一部的经与史。20世纪是人类历史上空前伟大的一百年,因为它造就了一个亘古未有的"平民时代"。面对着这个连上帝都陌生的时代,它的成功与否,它将对未来社会造成怎样的影响,我们一时间似乎还不能全面而准确地予以评价。诚如歌德所言:理论是灰色的,生命之树常绿。也许就是基于这一点,作家吴恩泽先生,凭着自己独特的视觉和感受,以及历经沧海的生命体验,奋笔疾书五年,完成了《平民世纪》这部长篇小说。作品艺术地再现了那个令人难以忘怀的时代,成功地在20世纪平民的心灵之路上,作了一次光怪陆离的探索和探险。

小说从一个秋日的黄昏展开。在那样一个平常的日子,童稚的文必汉从一碗袅着热气的面条后面,幻化出了将要为其奋斗一生的"彼岸"。这个理想并不伟大,只是要求吃饱饭,不要饿肚子。于是,他身不由己地汇入了这个时代的远征队伍。先天的地域局限,异乎寻常的出身,还有他的性格、智慧和机遇,迫使他不得不进行人性重塑和价值再造,于是他与他的亲朋好友们在革命的征程中,历经了一次又一次生离死别的情感折磨,乃至抛头洒血的英勇行为……然而,"彼岸"仍然遥不可及。文必汉在身心交瘁的奋斗中,在无情岁月的消磨下,仅余下一头的白发和安分守己的名声。再后却因为一次偶发的事件,他被阴差阳错又顺理成章地送到了一个他曾经梦寐以求的生命港湾。但是,面对这种令他惊悸又惊喜的命运,他那颗本就破碎的心,却依旧停留在从前那一碗面条袅起的热气后面,无所皈依……

这部小说以半个世纪的重大事件为背景,巧妙地凭借感情这个纽带联系全书的故事、情节和人物,字里行间充溢着亲情、友情、恋情和乡情,牵动着读者的情思,抚摸着读者的心灵。作品力图唤醒人们的记忆,同时又在传达某种信息。从世纪初的仁人志士倡导土地革命,延伸到波澜壮阔的世界共运,先辈们构织的平民时代的雏形,到20世纪70年代末期也算基本画上了句号。但小说却没有就此打住。时代向着曾经被平民政权视为洪水猛兽的国际资本靠近与接轨,作家的笔触也继续向着书中众多人物的心灵纵深挺进——要看看他们在以政治斗争为特色的平民时代里既然已经饱经了风雨,又该在以经济竞争为特色的平民时代里历经怎样的炼狱才得以功德圆满?他们的生存智慧能否疗治他们那与生俱来的心灵苦痛,而这样的心灵苦痛与生存环境又有着怎样千丝万缕的关联?……读者的思绪便随着作家精心塑造的各类文学形象,走向全书的终点,也走向属于自己内心深处那一片无垠的情感空间。

当与生活一样丰富的文学情节和众多的人物形象围绕着文必汉而展开的时候,我们就不能不为作家把握鸿篇巨制的匠心发出由衷的感叹。在小说结构中,中心人物文必汉好比是通过格林尼治天文台的本初子午线。以杨老红军、姚先珍、江一鸣、毛一家、王忆桑、介林、方书记、武书记等政治风云人物组成的方阵,就应视为经线。以碧桃妈妈、二果老爹、姜可风、麻一兴、陈怡、有财、周唯川等生活型的人物组成的方阵,则应视为纬线。经线中的人物都在政治生活中沉浮,却又千差万别。杨老红军与江一鸣都属时下的英雄形象,但前者的英雄行为与后者的英雄气概就风马牛不相及;姚先珍与王忆桑虽说都属模范人物,但她们的内心世界却又各有千秋。不过,这些人物都在政治的洪峰里演绎着自己的故事,其命运却殊途同归。纬线上的人物命运注定了只能在民间文化的天地里表演,最终无奈地燃尽自己个性鲜明的生命火焰。姜可风与周唯川属玩世不恭的一派人物,结局却大相径庭;陈怡和有财都属有志青年,也都死于非命,其善恶品行却形成强烈的反差。书中刻画得最为成功的人物当推主人公文必汉。这个人物是牵动全书的灵魂。作家在这个人物身上倾注了对于一个时代的关怀与观照,也倾注了对于广大平民不能把握自己命运的同情与批判,更倾注了作家发自心底的全部激情与思考。无论我们对于这个人物有着怎样的理解和评判,但有一点是应该承认的,那就是:文必汉是20世纪平民时代里,特有的中国文化土壤里培育出来的"这一个"。

《平民世纪》以小说的艺术魅力,真实地重现了20世纪的平民生活。我们在书中感受到的,不是某些过来人所妄言的那么荒诞和荒唐,也不是某些文本里所描写的那么血腥和丑恶,当然也不是某些人物所宣示的"红色天堂"。在作家的笔下,真善美与假恶丑相伴相生,水乳交融,存在于所有的生命形式之中。《平民世纪》对生活在20世纪里林林总总的人物,进行了深刻而剔透的文学解剖。小说对人物命运的博大关怀,以及向所有飘飞在空中无所皈依的灵魂的一声声呼唤,令我们深深地感动。

所以在我审读完这部书稿,签上"同意出版"四个字的时候,我便在心中暗暗向读者祝福:这是一部真正的小说!同时我也向作家吴恩泽祝贺:沉得住气,终于钓到了一条大鱼——你为小说创作争了光呢!试想,在这风生浪涌,人们都在物俗的水面上表演得令上帝眼花缭乱的时候,一部从灵魂和生活深处涌流出来的大作《平民世纪》,竟在一位少数民族作家手里应运出世,这难道不算文学界的一桩幸事吗?

——原载《中华读书报》2002年10月9日

诗品　文品　人品
——《苏金伞诗文集》编辑札记

编完了《苏金伞诗文集》,心中久久不能平静。苏老的文品与人品,让人敬仰,让人佩服,让人感动。阅读他的诗歌和文章,仿佛在阅读生活,阅读历史,阅读20世纪中国诗坛一桩独特的风景。收获的喜悦冲淡了编辑工作的艰辛,作为这本书的第一个读者我深感荣幸。

诗文集首先把人带进了一段奇妙无比而又高深莫测的历史隧道。

苏金伞是20世纪的同龄人。他从20年代起爱上了新诗,并开始创作新诗。在心领神会的基础上,他有了自己的见解和主张,这为他以后的创作打下了基础。他是活跃在(20世纪)30年代、40年代中国诗坛的诗人之一。写作新诗既是他的爱好,更是他投入社会生活斗争的武器。这个阶段的中国历史是光明与黑暗大搏斗的历史。日本帝国主义野蛮侵略中国,国民党反动派的黑暗统治给中国人民特别是广大农民造成了极度的痛苦。苏金伞作为农民的儿子,在这场大搏斗中,始终站在人民大众一边。随着斗争的深入,苏金伞愈益清醒和坚定,他站在共产党的旗帜下,自觉地为实现党的新民主主义革命目标而奋斗。读他这个时期的诗歌,可以使我们更形象、更深刻地了解中国的这段历史,不仅从理性上认识它,而且在情感上经受了一场特殊的陶冶。在《我们不能逃走》《法西斯的溃灭》《迎接自己的队伍》等诗篇中蕴含的急切的心情、愤怒的情感和自豪喜悦的情绪,深深地感染着我们。在近70年的创作生涯里,他的人生命运和我们国家民族的兴衰遭际紧紧地连在一起。他的诗作是他生命的体现,他的充满爱与恨的生命历程,从他的诗作里可以清楚地反映出来。读他的诗文集,既是一种艺术享受,又是一次对现代史的情感体验。

在《苏金伞诗文集》中,我们还强烈地感受到一个真正的艺术家、诗人高尚的文艺观和严肃的创作态度。苏金伞把创作新诗当作他生命的一部分。他十分重视诗歌的思想内涵,在所收集的 222 首新诗中,"每一首诗都有生活,每一首诗都有新意,每一首诗都流露着真情实感"。无病呻吟,逢场作戏,追逐时尚的应景之作与他无缘。他重视诗歌的思想内涵,反对标语口号式的空喊空叫。他追求诗的意象美、意境新,有时达到苛刻的地步。他的诗风和臧克家十分接近。读他的诗,大有"两句三年得,一吟双泪流"的苦吟派的感觉。在创作方法上,强调语言的创新。有人曾把他 40 年代的诗誉为"讽刺深刻而得体,当世无第二人",可见其艺术造诣之高。苏金伞这种严谨的创作态度,在"左"的文艺思想泛滥时期,曾屡遭打击和压抑,但他坚守精神阵地,从不随波逐流。这就是我们今天还能看到的他的有独特风格的新诗集的原因。

苏金伞是一个诗品与人品相映生辉的诗人。他的严谨的诗歌创作态度,是他正直严肃的人生信念的再现。在将近一个世纪的人生历程中,他的命运始终与人民、与祖国息息相关。他的悲欢离合、一吟一咏无不与时代历史紧紧吻合。早在青少年时代,为反抗黑暗势力,他曾手擎大旗走在游行队伍的前列。在国民党黑暗统治下,他一边以诗歌为武器进行着特殊的战斗,一边参加旨在反抗黑暗势力的革命活动,为此,他曾被关进了监狱。出狱后他不改初衷,继续追求理想的目标。终于投入党的怀抱,成为革命队伍中的一名歌手。解放后正当他放声歌唱新生活的时候,由于左的思想为害,在不正常年代里他被迫停止了歌唱。即使在受打击蒙受屈辱的年月里,他仍坚守着自己的人生信念,保持着正直善良的品质。他宁可缄默,也不做违心之事。细心的读者在阅读他的诗文集时可能会发现,在 1960 年、1961 年,及至后来从 1965 年至 1975 年的 14 年中,未见作者一首诗收入其中。14 年的沉默啊,这对于一个感情激越的诗人来说,要承受多么大的精神压力,又需要多么大的韧性和勇气!作为人民的诗人,苏金伞身上所表现出来的中国知识分子优良的传统品质,值得备加敬重和珍视。

在改革开放的今天,文艺界可谓春色满园,万紫千红。值此重温一下中国革命文艺的历史,研究一下老一代文艺家的创作道路,当是十分有益的。从这个意义上讲,《苏金伞诗文集》的出版,无疑为我们提供了一个好的范例。

——原载《河南日报》1998 年 5 月 15 日

第七辑 编外余墨

以短养长　以长带短

图书选题犹如农民选择种子,要考虑收获。种什么,怎么种,必备哪些技术和条件,这些问题事先都要精心策划。这就叫心中不糊涂。

但是仅仅不糊涂还不够,还需多一点儿战略眼光。

所谓战略眼光,这里指宏观上把握出书方向。如今,出版社面临的竞争是多方面的。这些竞争的实质用两个字就可以概括,那就是"效益"。不过,出版社的效益,不单单是赚钱,更重要的是社会效益。因此,宏观上把握出书方向,既要保证不出坏书,又要保证能赚钱,在这里就显得尤为重要。

努力做到既出好书又能赚大钱,就涉及操作技巧,涉及选题策划中的战略思考。

打仗要讲究战略战术,出书也要讲究方法步骤。

有些书,一时看是赔钱的,长远看却是赚钱的;还有些书,乍一看效益不错,但是印了一版之后再没有销路。另外有些丛书和套书,单本发行可能是赔钱的,但是规模发行就有可能赚钱。因此,便有畅销书、常销书之说,更有短效书和长效书的不同评价。有些出版老手更是风趣,把长效书称为"铁杆庄稼",把常销书称为"月季花",那些短效书就被称为"草"。在这种情况下,出版社的社长和总编辑们就面临一种抉择:是选择长项还是短项,怎样处理长与短的关系?

长与短是一对矛盾,这里面充满了辩证法。

就图书选题而言,长项目一般需要投资量大、时间长,回报比较缓慢;短项目一般需要投资量小、周期短,回报比较快。但是放在长远建设的高度来看,长项目又有它不可轻视的重要性。首先,长项目做好了,有助于产生出版社的标志性产品,形成自己的图书风格,培养自己的图书特色;其次,长项目一般都是一个社的基础项目,做好了容易形成新的经济增长点,等于为今后的发展积累了后劲;第三点也是最重要的一点,一个出版社如果有长项目做支柱,有助于克服零打碎敲、杂乱无章,走向集约化、规模化经营,进而形成良性循环。不过,说到这里就引出了另一个话题,那就是出版社的经济实力。许多社长在做选题时有心栽树养花搞长项目,但是由于社里的经济条件限制而却步。这不能怪他们目光短浅,有时候实在是巧妇难为无米之炊。

但也不能让"穷"字完全挡住视线。我们需要的是"穷则思变"。

这里有一个比较便当的办法,叫作"以短养长,以长带短"。这是农业上的一个术语,用在图书出版业也很恰切。比方山区种苹果树,是个长项目,需要投资大,见效也比较慢。但是山区农民有办法,他们知道"以短养长",在苹果树苗下间作土豆,拿土豆当年卖钱,这样既不影响当年收入,又养了苹果树,三五年后苹果卖钱了,经济效益可以翻几番,又起到了"以长带短"的作用。同样的道理用在出书上,穷社也是可以干些有特色的长项目的。当然,干长项目也不能一口吃个胖子,最好分步走、分块走,做到长计划、短安排,合理布局,量力而行。

关键是要搞好长短结合,这一点做选题之初就要想周到。

——原载《新闻出版报》1998年5月4日

地方文艺社的生长点在哪里

——南阳作家群丛书策划的启示

近年来,在河南省南阳盆地,集中出现了一批创作面貌各不相同的作家,如田中禾、周大新、二月河、乔典运、周同宾等。他们的创作以其强烈的现实主义指向和地域文化特色,不时成为国内文坛的热点。其作品如《村魂》《满票》《五月》《香魂女》《向上的台阶》《匪首》《康熙大帝》《雍正皇帝》《皇天后土》等,形成了一个令人瞩目的文化现象。周同宾的《皇天后土》新近荣获鲁迅文学奖,二月河的《雍正皇帝》获全国优秀长篇小说奖。更为可喜的是,在这支队伍里,既有乔典运、张一弓等老作家,又成长起来一批新秀。《人民日报》、《求是》杂志、《光明日报》、《中国青年报》等国内重要报刊都先后报道了南阳作家群现象,影响广泛。

河南文艺出版社作为一家地方性的文艺出版社,出版南阳作家群作品,展示其创作实绩,总结其创作经验,应该是义不容辞的责任。于是,我策划并主持编选了南阳作家群丛书。

选题和计划提出后,省新闻出版局、省委宣传部以及省委、省政府的领导十分重视,给予了充分肯定:为支持这个选题,省委宣传部和新闻出版局决定拿出一部分资金支持。

出版做的是文化积累工作,地方性的文艺出版社对于地方的出版资源得天独厚,有更加了解、更为熟悉的优势,更有为本地两个文明建设服务的责任。

在市场经济的条件下,一个四平八稳,没有个性的出版社是很难具有竞争力的,但何以形成自己的风格和个性?在什么样的基础上形成自己的个性?我想应该从这样几个方面考虑:

首先,面向地方,积极挖掘本省的文化出版资源,并且作为基础性的工作去做。河南有一支国内有影响的创作队伍,号称豫军。紧紧地抓住这一批知名作家,把他们的最新创作成果及时推向文坛,推向图书市场,逐渐打出自己的名牌,应该是一项基础性的工作,是地方性的文艺出版社的生长点。当然,这种工作必须是主动的、引导和策划的,要形成拳头产品打出去,要听到黄钟大吕般的反响。

其次,培养新人,培植养护出版资源。据了解,河南省近年来又有一批青年作家崭露头角,有的正走红文坛,还有不少尚未知名的年轻人正在埋头创作,他们给河南文坛带来一股清新之气,关注、支持这支创作力量,也就是关注了河南文学的未来,培植了未来的出版资源。我们应该拿出一部分精力和财力做一做这方面的工作。

在此基础上,张大渔网,面向全国,形成有特色的选题,打出几个系列化的拳头产品。我们打算选择目前正走红的七八位青年作家出版一套丛书。

最后,要把这张出版之网撒向世界,一切人类文明的优秀成果都可以尽收眼底。吸取兄弟出版社的经验,站在整个人类精神文明的高度策划选题,拿出一批又一批新鲜的、深刻的、厚重的出版成果,为中外的文化交流,为中国传统文化的创造性转化,为中国文化的现代化做出自己的贡献。

——原载《中国图书商报》1998 年 5 月 8 日

人物采写三题

一

在世间一切事物中,人是最美的风景。

作为一名新闻记者,不能不关注人物。

有人说新闻是易碎品,这话也许是对的。昨天的新闻可能引起轰动,到明天它就变成了旧闻,那就可能失去意义。写这类新闻的记者也不要遗憾,那不是你的过错,实在是新闻自身的生命力所限。此类烦恼,凡是当记者的几乎都能遇到,那就是今天写的新闻到明天就失去了保存价值。不过这时候你需要想一想,看看能否找到一种办法,延长新闻的生命力,使新闻价值得以持久发挥作用。其中有一个很便当的办法,那就是请你关注一下人物,如果你写的新闻与人物有了某种联系——事实上大多数新闻都是以人物为本的或者依附于人物的——那么人物就可以使你采写的新闻活跃起来;如果你写作的时候再赋予这人物一点灵性——事实上每个人物都有自己的个性——那么这人物就可以承载起新闻,使新闻价值因人物的存在而相对延长寿命。

这就是人物的功能。

新闻回答是什么的问题。

人物回答为什么的问题。

有了人物的新闻应该更深刻。

因而它具有更强的生命力。

让人物活跃于新闻之中,让新闻通过人物更加鲜活起来,这既是解脱"新闻是易碎品"的一种办法,也是克服见物不见人——这个新闻界的顽症的好办法。当然,人物新闻只是新闻的一种,但几乎所有的新闻都不拒绝容纳人物,这里的关键是你能不能透过新闻看到人物,或者换句话说是记者眼中有没有人物。

见物不见人是一种偷懒的写作方法。

因为回答是什么的问题比较简单。

而回答为什么的问题就需要多动一些脑筋。

许多经验告诉我们:做记者的千万不要偷懒。

否则将会受到你自己的作品的惩罚。

二

新闻采访是与人打交道的。

写作人物新闻更讲究艺术。

对人物的把握不光要知道他怎么做或做什么,更要了解他为什么这样做或他这样做的动机和目的。换句话说就是要把握人物的心理,洞悉他内心的某些秘密。有了思想的新闻就会价值倍增,有了思想的人物才会使你的作品具备艺术生命。现实生活中的人物都是有思想的,有了思想才产生行为。记者的任务不光是叙述人物的行为,还要探索人物的活的思想。每个人的思想都是一个五光十色的世界,其中最闪光的那一点便是他的个性。人物具备了个性特别值得珍视,这不光可以让你的作品体现新闻价值,而且可以体现艺术价值。新闻价值可能是有限的,而艺术价值是永恒的。

写出人物的灵魂很重要。

这会让你的作品鲜亮起来。

做到这一点并不容易,这要求我们的采访必须十分认真。有人把采访分为两大步骤,一为采,二为访,这好比我们的双腿双脚,两者互为补充才能走得稳。所谓采,好比蜜蜂采集花粉,在记者就是收集有用的素材。采的过程是比较直接的,诀窍在于会不会选择。而访的过程就比较复杂,其工作大多为间接的。单就"访"字可以作多种理解:寻访,查访,明访,暗访;访问,访视,访探,如此等等。通过访,不但可以扩展新闻素材的广度,而且可以延伸新闻主题的深度,有利于拓宽视野,印证真伪,把握准确的价值尺度。从这个意义上说,访的过程其实就是观察和思考的过程,这是从感性到理性、从具象到抽象的一种升华。克鲁普斯卡亚曾说:"善于观察,这是一种伟大的力量。"我想对人物的采访,更要注重观察。

采访好比沙里淘金。

从这里可以折射出记者的眼光。

三

新闻界有句行话,叫作"七分采,三分写",其意在于强调采访的重要。

不过真正动手写作的人,都知道要想把零乱的素材变成文字落在纸上,是一个并不轻松的过程。如果你想写得好一些,那就更不容易。所以凡是尝过其中甘苦的人,丝毫不敢轻视写作。特别是写人物,需要一字一句精心侍候,否则就会留下无法弥补的遗憾。这道理好比裁缝剪衣,布料是一样的,一百个人可以做出一百个花样,其做工有高下优劣;又好比泥瓦匠盖房,同样的砖瓦材料,有人可能把它盖成低矮的茅屋,有人可能把它盖成漂亮的别墅,其间的差别在工艺;就记者写作而言,那差别就是写作技巧,当然也包括下功夫的大小。

写作人物新闻需要强烈的责任心。

不负责任你就千万不要写人物。

中国新闻界有位郭梅尼,她是写人物的高手。

高在哪里?高在功夫到家。

据说她每写一个人物,都要患一场病。这病很奇怪,只要开始写稿就会闹肚子,拉稀,拉得有气无力,甚至出现浮肿,可是一旦稿子写好,肚子马上也就好了,健康如初。这在医生看来也许不可思议,但对有写作经验的人来说就很容易理解。郭梅尼的病其实是一种条件反应,那是全身心地投入写作,过度地思考,过度地紧张,过度地劳累,过度地消耗自己而给身体带来的不适。由此可见大手笔的艰辛,她的那些奖状差不多是用生命换来的呀!但是郭梅尼真正自豪的不在奖状,而在于对得起笔下的人物。

真正的写作是一次又一次的炼狱。

——原载《新闻出版报》1997年1月11日

加强编辑专业教育　提高编辑生产力
——读《编辑学原理论》引发的思考

"近年来,我国编辑出版事业的巨大发展,从实践和理论两个方面同时提出了编辑教育这一重大课题。这不是因为以往的编辑实践活动没有教育环节,而是编辑教育内容、教育方法、教育结构层次和基本设施以及社会重视编辑教育的程度等,不能适应编辑事业发展的客观需要。编辑工作的科学性、专业性很强,社会亟须扩大专业编辑队伍的规模和提高编辑专业人才素质,而编辑劳动力的再生产和编辑劳动就业问题没有相应的教育制度配套,已经严重妨碍着我国编辑出版事业的发展和提高。编辑出版物长时期的大量的低层次循环状态,与我们没有正规的编辑出版教育系统,不能有计划地培养多级多类专门的编辑出版人才有很大关系。"

上面这段话,是《编辑学原理论》一书中提出的一个重要观点。这话决不是耸人听闻,而是切中了要害。它从编辑队伍现状、编辑专业建设、编辑素质教育以及编辑工作管理等方面,向业内人士提出了一个既司空见惯又熟视无睹、既不能回避又难以解决、既十分焦急又十分无奈的严肃问题,那就是如何从根本上提高编辑生产力。

一、编辑的天职

编辑作为一种创造性的文化活动,恐怕从人类发明文字开始就已经存在了。人类发明文字的目的,是交流思想,传播信息,记载事件,传承历史和文化。那么,最早动议把文字刻在骨片、石片、竹片或者别的什么载体上的人,就应当是编辑的始祖了。请注意,这里用了"动议"二字,带有指导、指挥、指使的含义,已经超出刻字匠的行为,包含着某种思考、构思或理智选择了。这类人物有史记载的,比如中国的孔子、司马迁等,我想称他们为编辑家是当之无愧的。之后,日复一日,年复一年,一代一代的编辑者继往开来,繁衍、发展、创造、创新,直至形成我们今天这支庞大的编辑队伍,直至形成包括报纸编辑、广播编辑、影视编辑、图书编辑、期刊编辑等门类齐全的编辑事业或出版产业。正是有了编辑这种活动,人类的文明史才得以继承和发展;正是有了编辑的劳动和创造,人类文化才得以传播和繁荣。

编辑既是文化的收集者。

编辑又是文化的传播者。

作为文化的收集者,编辑担负着选择的任务。这种选择,基本的尺度有两个,一把是政治价值尺度,一把是艺术价值尺度。前一把尺度是带有规律性的,任何统治阶级都要求文化为政治服务,因此编辑必须在这个前提下进行文化选择,否则将被禁止。后一把尺度则带有很大的灵活性或弹性,对艺术价值的认定、把握或鉴赏,可谓仁者见仁,智者见智,选择的优劣关键在编者的眼光和见识。不管怎么说,编辑在对文化进行选择时,职业道德要求其必须尊重科学性、知识性和实用性,同时还要关注社会文化的延续和发展。

作为文化的传播者,编辑又担负着重要的社会责任。无论编书,无论编报,无论办广播,无论办杂志,编辑都要通过适当的媒体将自己编辑的内容传播给社会,只有通过这种传播才能与受众交流和沟通。大而言之,编辑工作的所有内容,都带有影响舆论、引导舆论的功能。这是最直接的作用,间接的作用还有潜移默化的教化功能和文化积累功能,等等,这都将影响社会文明的进程。由此可见,传播内容的正确与错误、高雅与粗俗、健康与不健康,对受众的社会信仰、价值观念、思维方式、行为方式等,都将产生重要的影响,因而也将负重要的责任。从某种意义上说,编辑像教师一样,也是人类灵魂的工程师。

编辑工作的重要性决定了编辑者必须具备较高的素质。这种素质不光指文化素质,而且包括政治素质、思想素质、道德素质等,最重要的是专业技术素质,还要具备较强的实际操作能力。

要做到这一点并不容易。

教育人者应当先受教育。

二、编辑队伍的现状

然而,我们的编辑队伍现状不容乐观。

这里,笔者举两个例子,从中可见一斑。

第一个例子说的是一家省报编辑部。70 年代初,这家省报编辑部有正式编辑、记者 100 名左右,实行编辑与记者定期轮岗,也就是说每个人都有当编辑的机会。从基础学历上说,这 100 人中大约有 50% 具备大学本科以上学历,余下的 50% 都在本科学历以下。再从专业学科上说,这 50 名具有本科以上学历者,大约有 1/3 是学新闻的,1/3 是学中文的,剩下的 1/3 中有学政治的、经济的、历史的,但没有一个是学编辑学的。那 50 名本科学历以下者,有的是报社的老编辑,有的是从市、县调上来的业务尖子。前者编辑经验丰富,新进的人员全靠他们传、帮、带,但是学历不高,个别人基础学历只有高小文凭;后者采访和写稿实践多,笔头子利索,能写稿子,但专业基础起点不高。这样一支队伍,寸有所长,尺有所短,各有千秋,在当时的历史条件下是无可厚非的。当时提倡"实践出真知",提倡编辑队伍要"以老带新",提倡"工农兵占领上层建筑阵地",于是没有学过编辑学的便在同样没有学过编辑学但有编辑操作经验者的带领下,一步一步地、一代一代地走上了编辑岗位,而且不少人学问见长、学识见长,有的人还成了名编辑、名记者。对此,我们在惊呼"时代造英雄"的同时,不能不提出另一个问题:假若这些人的起点是学过编辑学呢?那么他们的进步是不是会更快一些,这支队伍的结构是不是会更优化一些,也未可知。不过,随着时代的发展,到了 90 年代,这家省报编辑部自然发生了很大变化,编辑人员增加到 300 人左右,其中 80% 已经是本科以上学历。此时,队伍基础文化素质是升高了,但学过编辑学专业的人却不占 1%。也就是说,多数人上岗前对编辑学仍然是一片空白,只有上岗后靠自己在实践中摸索,靠老同志传、帮、带。这说明现在这支编辑队伍,虽然文化起点高了,但并没有解决专业起点低的问题。

第二个例子说的是一家出版社。80 年代中期,这家出版社刚刚成立的时候,有 30 名左右编辑,其中 3/4 具备本科以上学历。其队伍构成比起前一家报纸编辑部,基础学历要高一点,但同样没有一个是学编辑学专业的,专业起点十分相似。而到了 90 年代末,两家情况就大不相同了。差别在哪里呢?在于队伍新陈代谢不一样。经过十多年的日月交替,这家出版社潮起潮落,外部环境有了不小的变化,而编辑部队伍却几乎面目依旧。这就引出了另一问题,十多年前的中年编辑此时已将近退休,十多年前的青年编辑此时已年过半百,十多年的阴差阳错错就错在没有增加几个新面孔,以致形成编辑队伍严重老化。依据自然规律,年龄老化又带来了知识老化、技术老化、观念陈旧等伴生的问题,这就严重制约了这家出版社的发展。按理说,一个人应当活到老学到老,不断地更新知识,更新技术,更新观念,以适应时代的进步,时代的发展。可惜许多人难以做到,那种"一张文凭伴终生""走出大学门,端上铁饭碗"的世俗观念,使不少人在现代电脑技术面前却步。更何况,继续教育制度不健全,有些老同志希望接受就业后的再教育也难如愿。

以上两个例子,从不同角度反映了我们编辑队伍的现状。这种状况用两句话可以概括,一是上岗前专业教育准备不足,二是上岗后继续教育不够。面对这种状况,基层编辑组织只好从实际出发,将生产和教育双肩挑着向前走。而将生产和教育混合于基层编辑组织的后果,不仅增大了编辑组织的负担,而且使编辑群体起点较低,劳动效率较低,最终导致产品的质量也较低。错字连篇,语句不通,缺乏编辑创意的出版物,实属精神产品中的残次品。奈何?强调编辑责任感只能治表,而根治则必须加强专业素质教育。

编辑队伍素质决定着出版物质量。

基层编辑组织呼唤编辑专业教育。

三、称职的编辑要活到老学到老

没有通过一定的专业教育,直接从事专业性较高的编辑劳动,是编辑队伍目前存在的严重问题,也是编辑出版事业中出现质量低,差错多,"黄""非"不断头等大量问题的原因之一。

这不是今天的过错。

而是历史留下的难题。

但是我们今天必须面对它,解决它。为此,党和国家已经把编辑专业教育,包括普通专业教育和岗位职业教育,提到编辑管理的议事日程上。中共中央、国务院在《关于加强出版工作的决定》中,明确强调"充实编辑队伍,并采取多种方式,加强编辑队伍特别是青年编辑的培训工作";同时要求"编辑人员不适应工作需要的,要经过训练再继续工作,不适宜做编辑工作的要进行调整";还要求"今后调做编辑工作的,必须具备大学以上的文化、专业水平,至少必须具备相当于大学的文化、专业水平"。这说明党和国家正在采取组织手段落实编辑专业教育,以求维护编辑工作的严肃性和科学性。

与此同时,国家新闻出版署采取一系列的举措,来落实编辑专业教育。比如对新批图书、报纸、期刊、音像出版单位执行开业前社长、总编辑培训制度,对在岗编辑出版人员实行持证上岗、教育培训制度,还成立了全国新闻出版人员培训中心、印刷物资学院,并在有关大专院校设立了硕士学位授予点,等等,这些措施的出台,不但对提高和改善在岗人员的编辑专业素质有较大的作用,而且对编辑队伍的未来建设给予了力所能及的关注。

党和政府重视编辑队伍建设是个好事,但这好事必须在基层编辑组织开花结果,否则天上打雷地下不下雨就难见成效。目前基层编辑组织遇到不少难点,妨碍着编辑专业教育工作的落实。首先从领导层面看,难处有三:一是人事制度死滞,对那些虽然不称职又端着铁饭碗的编辑人员奈何不得;该送的送不走,该进的进不来,队伍极难改善;二是生产与教育的矛盾,前者是硬指标、急任务、短期效益,后者是软任务、慢功夫、长期效益,当然是先急后缓,极难做到二者兼顾;三是教育经费的制约,这在经济效益好的单位似乎不成问题,而在经济效益差的单位就成了一道解不开的几何方程。其次,再从一般编辑人员的层面看,麻烦也有三:一是"编辑无学"的偏见根深蒂固,认为编辑活动就是师徒相承的经验积累,多从简单琐屑的技术和方法层面理解,而少有在科学规律方面下功夫的;二是"老不学艺"的思想障碍,这在一些50岁以上的老编辑中或明或暗地存在,认为"年事高,血气衰,难成栋梁材",凭着一张大学文凭和二三十年的工作经验,混口饭吃就行了,无意再钻研新的学科领域,况且即令学了还能用几年?三是当前工作与接受继续教育的矛盾,这种情况多发生在中青年编辑中间。30岁到40岁这个年龄段,正是工作任务和家庭负担繁重的时期,不少人无力再接受过多的学业负担,因而积极性不高。当然,除此之外,还有职称体制、分配机制等一些共性问题,对编辑专业教育或多或少也有些负面影响。

以上这些分析,说的不一定准确,也不一定全面,却从某种程度上反映了推行编辑专业教育的难度。

解决的办法,上级主管部门自然会出台相应的政策。不过作为业内人士,每个人都应该从职业道德的高度,从提高出版物质量的高度,认真考虑一下自己该怎么办,该做些什么。

落实编辑素质教育要从基层抓起。

落实编辑素质教育要从自身做起。

四、编辑专业教育要从基础抓起

以上讨论的问题,多是从编辑队伍结构的角度去说的。目的在于引起业内人士正视这个现状:我们的编辑队伍先天不足。

同时也暗示一个话题,对现有编辑队伍进行继续教育十分必要,但是操作起来困难重重,目的在于提醒人们注意:我们的编辑队伍后天营养不良。

这样,现实的编辑生产力就与提高出版物质量的迫切要求形成了矛盾。一方面,全社会急切呼唤提高出版物质量,这质量包括从内容到形式的全方位改善和创新;另一方面,固有的编辑队伍和管理机制又在背着沉重的历史包袱作业;后者的能力与前者的需要之间,仿佛耕地的老牛与拖拉机赛跑,总是显得有些力不从心,甚或是力不能及。

这就需要为现有的编辑队伍输血。

还要想办法为这支编辑队伍造血。

于是,河南大学教授王振铎先生经过多年潜心研究,便在他的《编辑学原理》一书中发出了"编辑专业教育要从基础抓起"的呼唤。他说:"社会主义现代化建设要求我们以现代化的速度、规模、质量和数量进行社会主义的文化积累和文化传播,过去那种手工作坊式的编辑出版方式、师傅带徒弟式的编辑出版教育方式,或边干边学、自抠自摸自学的方式都已不能适应时代的需要。编辑出版的内容、形式、方法和技术都在不断更新,教育必须跟上实践的步伐,甚至超前一些才好。编辑教育与专业化劳动同步进行的现象不可能是系统的科学的编辑教育。与编辑劳动同体存在的编辑教育,只能是软弱的被动的短期行为。片面的经验传递,无法代替编辑专业的基本素质教育。我们提出的必须高度重视的编辑教育,主要指由国家教育部门负责的专门性教育。通过不同层次的正规学历教育,培养具有不同学位水准的编辑出版专业人才,包括专业教育人才和科研人才,系统总结、研究和传授编辑出版实践长期积累的经验,以及用科学方法概括形成的编辑规律、原理、知识和技能。编辑教育实施造就编辑劳动力的再生产任务,为编辑实践活动输送合格的劳动者。"

我想这话是一语中的的。

编辑教育应当着眼未来。

同时,王振铎先生还就编辑专业教育内容提出了自己的见解,强调编辑劳动资格教育的重要性。其一,搞好编辑理论教育,"确立编辑劳动者在文化创构中的主体意识和社会责任感"。其二,搞好文化知识教育。在分析了知识结构的"专"与"博"、"粗"与"精"之后,还对编辑职能给予特别的关注。"编辑被认为是文化交流与文化传播的中介,他监督执行社会统一的编码规则、符号规范和媒体的结构与解构法则,保证人际社会交流的畅达"。其三,搞好编辑业务中的基本知识教育,遵守编辑工作共同的"规律"和"章程"。其四,搞好职业道德教育,加强"思想情操和道德修养的培育"。

这是一位职业教育者的殷殷真情。

如此,提高编辑生产力就有了希望。

结束语

以上这些话,有的是个人感受,有的是个人感想。不过,都是我作为三十多年的老编辑的心里话。有人说经验是财富,我说经历也是财富。经过了成功与失败,经过了欢乐与痛苦,经过三十多年的实践与摸索,在笔与墨之间,在鲜活的文字与符号之间,在正确与错误之间,终于使我读懂了一句话:什么叫捷径!

常言说:"工欲善其事,必先利其器。"

同时还有一句俗话讲:"欲速则不达。"

老祖宗的遗训,饱含哲理。可惜许多人并不能够及时明白,只有经历了经过了才能真正领悟。假若时光能够倒流,假若人生能够倒着走,假若让我回到三十年前,那么我就必然先读编辑学,然后再来当编辑。

这,也许就是我阅读《编辑学原理论》一书的最大收获!

——原载《编辑之友》1999 年第 3 期

关于自传的闲话
——写给我自己

记不清这一辈子写过多少自传。

小时候参加少年先锋队,要写自传;上中学加入共青团,要写自传;参加工作以后加入共产党,要写自传。这些自传大多带有政治色彩,首先要写家庭出身,其次表明爱党、爱国、爱组织的政治态度,重点要突出个人思想表现,对理想、信念的追求,等等,政治属性大于生活属性。

再后要写很多业务自传,比如评职称,从申报初级职称、中级职称,再到申报副高级职称、正高级职称,乃至当了省级职称评委会的评委,也要填写个人资料表,都要撰写业务自传。另外,申请作家协会会员,省级会员要填写自传,国家级会员更要填写个人自传。如果再申报曲艺家协会、民间文学研究家协会会员,也都需要附上个人业务自传。还有行政职务升迁,从一般干部到科级干部,从科级到副处级,从副处级到正处级,从中层领导岗位到单位主要领导岗位,每进一个台阶也都需要撰写个人自传。如果再有社会兼职,比如记者协会、编辑协会、副刊协会、散文学会或诗词学会,兼职做个理事或者副会长之类的名誉职务,也都需要备一份个人自传。这还没有算上在职继续教育,比如读个外语班或者在职研究生,入学或毕业也都需要撰写个人简历或者自传。

这样粗算起来一辈子要填写几十回自传。

填的次数多了就干脆准备一个自传通稿。

简单的自传通稿限定在300字以内,根据不同的需要可以删繁就简,也可以随意添加需要的内容。比如行政职务考核就需要增加政治思想表现等方面的内容,读了哪些政治理论书籍,学习了哪些政策和法规知识,读书和学习之后思想有哪些变化,能否学以致用与活学活用,运用到实际工作中又会收获什么样的实际效果,等等。再比如职称评聘考核和专业技术考核,就会压缩政治思想方面的内容,而偏重于增添业务和业绩方面的内容,出版过哪些专业理论著作,发表过多少专业理论文章,完成过哪些重大专业技术项目,以及由此产生的社会效益和经济效益,等等。这些自传,最短可压缩在百字以内,最长可达万言以上。通用稿一般是这样准备的:

本姓杨,名贵才。男,汉族,生于1948年10月27日,原籍河南省唐河县桐河乡大杨庄村。贫农成分,中共党员,编辑学在职研究生。职称为高级记者或编审,行政职务为处级。中国作家协会会员,中国作协第五次全国代表大会代表。曾任河南省作家协会理事、散文学会副会长、河南省报纸副刊协会副会长、河南出版编辑学会理事。主要著作有《小小说十三讲》《三百六十五里弯弯路》《寸心摇摇》《延期举行的婚礼》《过河卒子》《红色接力棒》《小小说之我见》等,有30余件作品获省级以上报刊奖,《红色接力棒》一书获河南省"五个一工程"奖。

这个自传通稿也可以极度简化,文字压缩到百字左右,用于生平简介:

鄙人姓杨名贵才,生于南阳解放前夕的炮声中,儿时生活在新中国的幸福阳光下,少年遭遇饥荒差不多饿个半死,青年得志做半生记者,壮年升迁当了个七品芝麻官,中间历尽坎坷与曲折。退休后躲进山沟开荒种地,亦耕亦读,自得其乐。平生为人耿直,有人骂我为工作狂,有人夸我著作颇丰,其实我只是想做个不说瞎话的记者而已。

如果将自传压缩成墓志铭,不妨客气一点,谦虚一点,简明扼要一点,可用一句话来表达:

请原谅,这个一辈子不肯撒谎的家伙是个记者,让他永远躺在这里去做他的作家梦吧。

以上这些关于自传的闲话,其实都是实打实的经历,每次填写都很不耐烦,却又十分认真,生怕哪一项填错或漏写,事后再招来不必要的麻烦,甚至影响自己的前程。

不过我总觉得自传是官样文章。

其实我最喜欢最后那个,像一句话新闻。

2022年10月27日于郑州黄河南岸靠山居

后 记

为了一个交代。

所以才写这本书。

首先要向自己交代。我是谁,我从哪里来,要到哪里去,这是哲学界有名的灵魂三问。对此古希腊著名的哲学家柏拉图和他的导师苏格拉底,以及他的学生亚里士多德都有异常玄妙的回答。看似一个哲学命题,现实生活中的每个人,却都需要自觉不自觉地作出回答,甚至有些人需要用自己的人生作赌注,最终才能找到自己的答案:种豆得豆,种瓜得瓜。

这个答案看似有点儿宿命论。

实践却验证它自有道理。

我在四十岁以前,有一次下乡采访,碰到有位写小说的朋友曾给我看相。他说我肤色白皙,年轻时面嫩,年老时皱纹一定增多,因此衰老加速,阳寿不过五十而已,说得我很是泄气。之后我活得很小心,过五十岁那年果然遭到一次梦幻般的磨难。仿佛做了一场噩梦,弄得伤痕累累,差一点儿丢了性命。不过事后抖了抖肩膀,觉得自己没有死,反而活得更精神了。相反那位给我看相的作家朋友,倒是自己先去了。此本戏言,不过这玩笑开得有点儿大。五十岁以后,有位练气功的朋友教我用气功治病,发功时又悄悄给我算命,说我阳气太盛,因而脾气大,脾气大火就大,长此以往必然折寿,阳寿难过七十,说得我又是十分泄气。之后我活得更加小心,快到六十岁那年就真的得了一场大病。这次仿佛一头狮子落入了狼的包围,暗战中还没有看清狼的模样就败下阵来。病愈后远离尘嚣,养精蓄锐,慢慢恢复元气,并且很快学会了开汽车。到了七十岁那年,我和妻子开着汽车,日行千里,夜行八百,老夫老妻换班跑车,一口气跑了将近三千公里,跑到海南岛最南端的一个小城住下来,安安生生过了一个温暖的冬天。及至我们回到河南,给我算命的那位练气功的朋友,又是悄没声息地进天堂了。这事说来让人难受,不过不是笑话,却是实事。

有人说我命硬。

我说自己是命大。

如今我虚岁七十有五,还是活得好好的,不但能吃能喝,还能自己驾车旅游,而且还能写几十万字的书稿,也算是对自己人生的一个交代吧:但行善事,不问前程。甘愿吃亏之人,老天自有福报。

第二需要交代的是我的家人。爱笑的奶奶,委屈的父亲,慈善的母亲,漂亮的姑姑,以及大姐小妹、四叔五叔、郭家四伯,还有饿死的姥爷、姥姥等那些去世的和在世的亲人们,他们要么对我有恩,要么对我有爱,都是我心心念念需要报答的人。如今我把他们的故事写出来,也算是一种报答方式。就我而言,写出他们的故事,也算了却了我的一桩心愿,等于给他们一个交代。当然,我的故事还涉及围绕在我身边的妻子、女儿、女婿和外孙子,这些我一生中最亲近的人,就像我生命和心灵的守护神,时时刻刻都在爱着我和护着我,所以我的故事也是给他们一个交代。

我自己不忘来路。

也希望后人不要忘记。

第三需要交代的是亲戚和朋友。小时候,兄弟姐妹是一家人,长大后有的就成了亲戚,再到下一代,亲戚的亲戚就成了老亲,那也是存在一定的血缘关系的。再说朋友,应当说,年轻的时候我的朋友很多,在职在岗时我的朋友就更多,有职有权时我的朋友多到每天接不完的电话。退休以后电话是逐渐变少的,也许当年打电话最多的朋友这时候突然就失联了。特别是文学圈的朋友、文化圈的朋友,说变脸那是分分秒秒都会说再见的。不过也有真正的朋友,那是无论贫富贵贱,无论身份地位,永远也忘不掉、拆不散的铁杆关系。这种关系的明显特征只有三个字:忘不掉。书稿中写的《一诺五十年》《露水朋友》就属于这类,虽然多年不往来了,甚至终生不再见面,那依然是朋友,因为心里是永远忘不掉的。类似的朋友还有一些,比如老家还有几个一块光屁股长大的朋友,比如我当记者采访过的一些朋友,比如我上小学、初中、高中时的一些同学特别是后来又一起成为"老三届"的朋友，还有几位当年一起上夜大后来当了高级干部的朋友，他们中年龄最大的已近米寿，隔个仨月俩月打个电话问候一声，那股热乎劲儿一如当年，这就说明我没忘掉他他也没忘掉我，有的甚至成了神交。比如有位朋友因患脑出血成为植物人，到目前躺在病床上六年有余，结果我每次到医院看他，只要抓住他的手他就会流泪，那是一种感应，虽然不会说话，也没有知觉，但他仿佛知道那是我的气息。

有些朋友的故事过去已经写过了。

这次写我自己的故事也是给他们一个交代。

当然还有过去共过事的同事，比如新闻界的同事，比如出版界的同事，有的曾经是我的老师和学长，有的曾经是我的上级和领导，也有比我年轻一代人甚至两代人的同行，这里也一并以故事的形式向他们交代，让他们记得：新闻界和出版界曾经有过如是这般的一个同行。

行文至此，就在我准备收笔的时候，我的手机里突然闪出一条微信，那是一位几十年如一日关心我荣辱兴衰的老同学发过来的一首歌，歌名叫《知道》。打开一听吓了我一跳，原来这首歌唱的主题和意境正是我这本书要表达的意思。突然就觉得这歌的作者（南歌子作词，大平作曲、演唱）是写作的高手，于是就想借花献佛，把这首歌作为我的收笔寄语。歌词如下：

> 路你走过了
>
> 才知道有短有长
>
> 事儿你经过了
>
> 才知道喜和伤
>
> 酒你喝过了
>
> 才知道有浓有淡啊
>
> 这话你要是说过了
>
> 才知道暖与凉
>
> 林你穿过了
>
> 才知有松有杨

花要开过了

才知有红有黄

泪你流过了

才知道有苦有涩呀

这人你要是爱过了

才知道善与良

米要用斗称啊

布要用尺量

是好是赖都有本账

迟早记你头上

人情有远近啊

世态有炎凉

有些事儿不必挂心上

看懂就不迷茫

…………

这歌词娓娓道来，一咏三叹，句句都是大实话，每一句都能唱到人的心窝子里去，真是把人间百态说透了！感谢《知道》的作者，这歌为我的书找到了解读的注脚。

谨以此记。

杨贵才

2022 年 6 月 27 日于靠山居